dtv

Freiherr Childerich von Bartenbruch, Majoratsherr in Mittelfranken, führt eine Keule in seinem Wappen. Von schmächtiger Statur, doch stets zu Wutanfällen neigend, hält er sich nicht ganz zu Unrecht für einen Nachfahren der Merowinger. Durch ein wohlüberlegtes System etwas ungewöhnlicher Heiraten und Adoptionen ist es ihm gelungen, sein eigener Vater, Großvater, Schwiegervater und Schwiegersohn zu werden. Die beiden ersten familiären Chargen erreicht er dadurch, daß er jene jungen Damen, die sein Großvater und Vater im hohen Alter in zweiter Ehe geheiratet hatten, nach dem Tode der betagten Herren selbst heimführt. Erhebliche Teile des Bartenbruchschen Vermögens fallen damit im Erbgang wieder an ihn zurück. Durch solche Anfänge ermutigt und infolge seiner immer zahlreicher werdenden Nachkommenschaft vermag er seine Vorstellung von der Totalität der Familie im Ein-Mann-Prinzip zu realisieren: »La famille c'est moi.«

Heimito von Doderer, am 5. September 1896 als Sohn eines Architekten in Weidlingau bei Wien geboren, lebte fast ausschließlich in Wien. 1916 geriet Doderer in russische Gefangenschaft und kehrte erst 1920 zurück. Er studierte Geschichtswissenschaft. 1930 erschien sein erster Roman ›Das Geheimnis des Reichs‹. Seit der Veröffentlichung seiner Hauptwerke ›Die Strudlhofstiege‹ (1951) und ›Die Dämonen‹ (1956) gilt Doderer als einer der bedeutendsten österreichischen Schriftsteller. Er starb am 23. Dezember 1966 in Wien.

Heimito von Doderer

Die Merowinger oder Die totale Familie

Roman

Deutscher Taschenbuch Verlag

Von Heimito von Doderer
sind im Deutschen Taschenbuch Verlag erschienen:
Die Strudlhofstiege (1254)
Ein Mord den jeder begeht (10083)
Die Dämonen (10476)
Die Wasserfälle von Slunj (11411)
Tangenten (12014)

Ungekürzte Ausgabe
März 1965
11. Auflage Juni 2001
Deutscher Taschenbuch Verlag GmbH & Co. KG,
München
www.dtv.de
© 1995 C. H. Beck'sche Verlagsbuchhandlung (Oscar Beck),
München
Die erste Auflage dieses Werkes ist im Jahre 1962
im Biederstein Verlag, München, erschienen.
Die Wappen entwarf Hans Eggenberger.
Umschlagkonzept: Balk & Brumshagen
Umschlagfoto: ›Sportverein ‚Blau-Weiß Lindenthal'‹
(ca. 1924) von August Sander
(© Photograph. Sammlung/SK Stiftung Kultur –
August Sander Archiv, Köln/VG Bild-Kunst, Bonn 1998)
Gesamtherstellung: C. H. Beck'sche Buchdruckerei,
Nördlingen
Gedruckt auf säurefreiem, chlorfrei gebleichtem Papier
Printed in Germany · ISBN 3-423-11308-1

Dem hochverehrten Freunde
Baurat Hans Stummer
herzlich zugeeignet
vieler glücklicher Stunden
dankbar eingedenk!
H. D.

Wappen der Freiherrn von Bartenbruch

Verily even, I think, no ›story‹ is possible without its fools –
Henry James, Preface to The Princess Casamassima

Verprügelt mir nicht Jeden! Dafür aber die Richtigen saftig.
Ein Wort Childerichs III. an seine Knechte

Die Wut des Zeitalters ist tief.
Ausspruch des Majordomus Pépin von Landes-Landen

Doch ein Geschlecht ist schwerer als der Mensch.
Ausspruch Childerichs III.

Inhalt

1. Die Heilungen 9
2. Die Existenzgrundlagen 14
3. Die räumlichen Verhältnisse 20
4. Die totale Familie und die Entstehung einer Bart-Tracht 25
5. Der Paust'sche Sack – Die Subkontisten 42
6. Der Majordomus – Die Skandale 56
7. Die Bauschung – Die Orgel des Grimmes 79
8. Ein furchtbarer Verdacht Professor Horns – Horn verfällt der Geldgier 113
9. Hulesch & Quenzel 121
10. Das fragwürdige Kapitel 127
11. Die Beutelstecher 136
12. Das Smokingerl 151
13. Pépin 166
14. Elemente und Sub-Elemente 173
15. Der große Beutelstich 190
16. Einlegen von Peinflaschen bei Childerich III. – Grimm Childerichs – Die Wintermandln 197
17. Fistulierung Bachmeyers 217
18. Untergang Professor Horns im Toben der Elemente 220
19. Humane Anwendung verlängerter Blatt-Zangen 228
20. Einzelbehandlung Childerichs III. – Triumph der Wuthäuslein – Wiedergeburt Prof. Horns durch die Wissenschaft 230
21. Timurisation der Familie Kronzucker 242
22. Kriegsvorbereitungen – Schnippedilderichs Wiederkehr 247
23. Verprügelung des Doctors Döblinger 257
24. Die Schlacht am Windbühel 259
25. Übergang zum Stellungskriege – Schnippedilderichs Abschied – Childerichs III. Auszug 264
26. Sturm auf Theuderoville – Scheerung und Entmannung Childerichs III. 285
27. Die Eygener 288
28. Epilog 303

1 Die Heilungen

Bachmeyer, ein kleiner, lebhafter, sehr gut gekleideter Mann mit schwarzem Spitzbarte, stieg die Treppen zur Privat-Ordination des Direktors der neurologischen und psychiatrischen Klinik, Professor Dr. Horn, hinauf und ließ dabei einen spürbaren Duft-Streifen von Lavendelwasser hinter sich: bitter und rundlich zugleich, ein sozusagen comfortabler Geruch. Als ihm geöffnet war, betrat er die weiten Vor-Räume und, auf die Minute bestellt, auf die Minute gekommen, hatte er nicht lange Zeit, sich in dieser neuen Umgebung umzusehen: schon erschien eine weißgekleidete, blond überschopfte, hübsche, große Krankenschwester – ihre Augen konnte Bachmeyer nicht recht sehen, wegen ihrer Brillen, zu seinem Glücke! – und sagte, der Herr Professor lasse Herrn Bachmeyer bitten. Im Ordinationsraume selbst ward der Patient alsbald vom Arzte sozusagen überwölbt, wie von einem vorhängenden Felsen: der Professor trug ebenfalls reinstes Weiß, einen Ärztekittel, wovon aber ungeheuer viel vorhanden war, ganz oben erst gekrönt vom Antlitze, vom runden, breiten Barte, von den blinkenden goldnen Brillen. Es gehörte Horn zu jenen Leuten, die ständig vor Wohlwollen schnaufen und, auch wenn sie nichts reden, immer irgendwelche kleine Töne von sich geben, eine Art asthmatisches leises Piepsen, das in seltsamer Weise an jenes feine Getön erinnern kann, wie es eine gewisse Art von Schmetterlingen zu erzeugen vermag, die zwar in Europa einheimisch, aber doch selten ist: wir meinen den dicken, samtigen ›Totenkopf‹. So piepste denn Horn, wenn er nicht gerade schnaufte oder sprach. Bachmeyer hatte Platz genommen und Horn ließ seine gletscherweißen Massen ihm gegenüber nieder, rückte die Brillen, sah auf Bachmeyers elegante Schuhe hinab und sagte: »Nun, Herr Bachmeyer, wo fehlt's denn, was haben Sie denn für Beschwerden?«

Bachmeyers intelligente Augen, glänzend wie facettierte schwarze Jettknöpfe, bewegten sich lebhaft, während er antwortete, korrekt sprechend, urban und wohlerzogen:

»Die Wut, Herr Professor. Ich leide unter schweren Wutanfällen, die mich entsetzlich anstrengen und sehr mitnehmen.«

»Hm«, sagte Horn mit leichtem Schnauben und Schnaufen, den Blick immer auf Bachmeyers Schuhspitzen geheftet, »können Sie mir, Herr Bachmeyer, vielleicht sagen, welchen Grund diese Wutanfälle haben?«

Bachmeyers Augen blitzten auf wie das Mündungsfeuer bei einer Schußwaffe; zugleich beobachtete der Professor, wie die Spitzen seiner Schuhe sich immer weiter voneinander entfernten, so daß die auseinander gedrehten Füße jetzt schon einen stumpfen Winkel bildeten. Zugleich begannen beide Füße eine Art verhaltenen Tretens und Stampfens, ohne daß freilich die Sohlen sich eigentlich vom Boden lösten. Wenngleich Bachmeyer die folgenden Worte urban und höflich wie das Frühere sprach, schien doch sein Grimm jäh zu schwellen, und er zerrieb geradezu, was er sagte, zwischen den Zähnen. Zugleich wurde seine Stimmlage jetzt hoch, fast fistelnd:

»Wenn ich den Grund wüßte, Herr Professor, wäre ich vielleicht gar nicht zu Ihnen gekommen.«

Horn hielt sich dabei nicht auf; er hätte wohl sagen können, daß er nicht eigentlich nach dem Grunde, sondern nur nach den Anlässen der Wutanfälle habe fragen wollen und daß der Ausdruck ›Grund‹ von ihm versehentlich gewählt worden sei. Inzwischen aber hatten sich Bachmeyers Fußspitzen noch erheblich weiter auseinander gedreht und der Professor sagte beiseite und halblaut zu der Ordinationsschwester Helga, die herangetreten war:

»Hundertunddreißig Grad. Nasenzange.«

Schon saß das Instrument, etwa von der Größe eines kleinen Schmetterlings – es sah auch ähnlich aus – auf Bachmeyers Nase (dem Horn durch einen Augenblick sanft die Hände festhielt), in der Art eines Kneifers, nur erheblich weiter unten. Es war eine feine und lange Schnur daran befestigt, deren Ende Schwester Helga in der Hand hatte; jedoch war die Schnur nicht etwa gespannt, sondern locker und durchhängend.* Die Schwester blickte auf den Patienten; ihre schmalgeschlitzten Äuglein hinter den Brillengläsern aber zeigten eigentlich keinen richtigen Blick, sondern nur die dünne und wäßrige Substanz einer fast unbegreiflichen, aller-

* Die Nasenzange gehört zur Gruppe der sogenannten Blattzangen. Es sind dies Flachzangen mit sehr verbreiterter Druckfläche, zu deren Fertigung das Material dünner genommen wird. Den Sitz am Nasenrücken bewirkt ein Feder-Bügel. Handhaben fehlen. Jedoch läßt ein kleines Hebelwerk bei geringer Spannung der Schnur drei scharfe Nadeln durch jedes Blatt treten, welche sogleich bis in die Beinhaut dringen, und dadurch auch schwerst tobende Individuen mühelos bändigen. Die Nasenzange ist nicht zu verwechseln mit dem gleichnamigen, bei der Jagd zum Ausheben des Dachses gebrauchten Instrument, wenn die Hunde jenen in der Röhre gestellt haben. Eine gewisse Analogie zur Dachszange besteht allerdings.

äußersten Frechheit, und einer sanften Befriedigung eben darüber.

»Wir beginnen nun gleich mit der Behandlung«, sagte Horn zu dem perplexen Bachmeyer und schnaufte begütigend. »Bitte jetzt keinerlei heftigere oder plötzliche Bewegung zu machen, es könnten sonst leicht Beschwerden eintreten. Und langsam aufstehen, ja, so, Herr Bachmeyer.« Er drehte ihn sanft herum, so daß Bachmeyer mit dem Rücken gegen den Arzt stand. Die Schwester betätigte einen elektrischen Kontakt: im nächsten Augenblicke schmetterte der Krönungsmarsch aus Giacomo Meyerbeers Oper ›Der Prophet‹, von einem Lautsprecher machtvoll verstärkt, in den Raum. Dieser gewaltige Rhythmus löste endlich Bachmeyers Sohlen ganz vom Boden. Die Fußspitzen weit auseinandergestellt – der Fußwinkel mochte jetzt bald 140 Grad betragen – begann er zu treten, ja, bald zu stampfen, und bewegte sich so, immer die Fußspitzen seitwärts, mit kleinen Schritten fort, bald in ein noch kraftvolleres Stampfen übergehend: rhythmisierter, geordneter Grimm. Helga schwebte voran. Sie glich einem Botticelli-Engel, aus dessen Augen jedoch äußerster Hohn blinzte. So leitete sie Bachmeyern, das Ende der Schnur, die zur Nasenzange lief, leicht emporhaltend, den anderen Arm tänzerisch in die Hüfte gestützt. So leitete sie Bachmeyern wie einen Bären. Die Schnur hing durch. Eine geringste Anspannung nur hätte, vermöge des sinnreichen, kleinen Hebelwerkes der Nasenzange, dem Wütenden einen äußersten, ja, fast betäubenden Schmerz zugefügt und ihn unverzüglich gebändigt, wenn er etwa versuchen wollte, aus dem rhythmisch geordneten Wutmarsch seitwärts auszubrechen. Der Professor hatte indessen aus zahlreichen Pauken- und Trommelschlögeln, Klöppeln, Klöpfeln und hölzernen Hämmern, die in Taschen an der Wand gereiht waren, zwei Instrumente gewählt – lange Paukenschlögel, vorne gut umwickelt – und schritt hinter Bachmeyern drein, den Rhythmus mäßig auf dessen Schädel paukend, wobei er die Schlögel elegant und routiniert aus dem Handgelenke fallen ließ. So bewegte sich dieses dreigliedrige therapeutische Wut-Element unter Trompetenschall durch das weite Ordinations-Zimmer, sodann durch eine im Hintergrunde offen stehende Flügeltüre und den benachbarten Raum, um schließlich in ein sehr ausgedehntes Gemach einzutreten, welches völlig leer war, bis auf den lang ausgezogenen Tisch in der Mitte – es war ein solcher, wie man ihn oft in sehr groß dimensionierten Eßzimmern sehen kann – welcher, ganz nach Art der Schaukasten oder Schaugestelle in den Museen, mehrere Stufen von rotem Samt zeigte. Sie waren in Abständen mit billigen Porzellan- oder Steingutfiguren besetzt: Mädchen mit Harfen, Tänzerinnen mit Tamburins, Knaben mit Hirtenflöten, weiblichen Figuren, die Krüge auf der Schulter hielten, und ähnlichem Unfug mehr. Bachmeyers Stampfen hatte sich während des Wutmarsches erheblich gesteigert, zur Befriedigung des Professors, der ja nur bei kräftigem Durchkochen und Durchtreiben des Grimms etwas für seine therapeutischen Ziele hoffen durfte; als man in den letzten, großen Raum kam, trat Bachmeyer bereits derart machtvoll auf, daß der Boden zitterte und mit ihm alle Figuren auf dem Tische. Der Professor, nachdem er sich durch einen kurzen Blick davon überzeugt hatte, daß Bachmeyers Fußwinkel noch keineswegs abnahm, sondern eher größer zu werden im Begriffe war, vertauschte blitzschnell die Paukenschlögel gegen zwei hölzerne Hämmer, welche in den Taschen seines weißen Kittels staken: die rhythmische Applikation wurde zudem jetzt noch bedeutend kräftiger als vorher erteilt, was angesichts der dicken, schwarzen Haarwirbel Bachmeyers dem Arzte als angängig erschien; allerdings waren die Hämmer an der Schlagfläche mit Leder gepolstert. Man war noch keine zwei Schritte an dem Tische mit den roten Samtstufen entlang gegangen, als Bachmeyer blitzschnell, ja, geradezu mit Gier, eine der Figuren ergriff und sie zu Boden schmetterte, so daß die Scherben weithin über das glatte Parkett sprangen. »Eins«, sagte der Professor laut, und Schwester Helga wiederholte: »Eins!« Während des weiteren Umganges consumierte Bachmeyer noch zwei Figuren, darunter einen Faun mit Spitzbart und Bocksbeinen. Jedesmal wurde laut mitgezählt. Schon nach der zweiten Figur begann der Fußwinkel rapid zu sinken und das Stampfen Bachmeyers schwächte sich mehr und mehr ab. Nach der dritten Figur sagte der Professor laut »neunzig«, die Schwester wiederholte, die Applikation ward neuerlich modifiziert, von den Hämmern wieder zurück auf die Schlögel, welche Horn jetzt nur leicht auf Bachmeyers Haupt tanzen ließ; dieser langte schließlich vorne im Ordinationszimmer mit dem Fußwinkel eines normalen und menschlichen Ganges an. Noch blieb die Nasenzange am Ort. Erst nachdem der Arzt durch einen kurzen, mäßig starken Riss an Bachmeyers Bart – es erfolgte darauf keinerlei Reaktion – sich von der nunmehr eingetretenen Harmlosigkeit dieses Patienten überzeugt hatte, ward sie entfernt.

»Ich danke vielmals, Herr Bachmeyer«, sagte Professor Horn, sich mit seiner ganzen Masse langsam verbeugend (während im Blick der Schwester Helga die Frechheit gallertig wie Eierklar stand), »Sie werden jetzt zweifellos ein Nachlassen der Beschwerden während der nächsten Tage beobachten können; die Reaktionen waren ja sehr günstig, durchaus erfolgversprechend. Doch möchte ich empfehlen, in zehn Tagen wieder vorzusprechen; wie Sie wissen, ordiniere ich für solche speziale Fälle jeden 1., 10. und 20. des Monates; das wäre also das nächste Mal am 20.«

Schon hatte Schwester Helga in einem Buche nachgeschlagen und rief Bachmeyern, freundlich lächelnd, die genaue Uhrzeit seines Erscheinens zu. Horn verbeugte sich nochmals, vor Wohlwollen schnaufend. Und damit ging Bachmeyer ab: in tiefstem Staunen, leicht schwitzend – dies trieb den Lavendelduft noch mehr heraus – und in glücklicher Benommenheit. In tiefstem Staunen: nicht so sehr über alles, was ihm jetzt widerfahren war, sondern über das Fehlen der Wut, ja, mehr als das, über das augenblickliche Fehlen jedes Verhältnisses, jeder Beziehung, jeder Möglichkeit zur Wut oder zum Grimme. In Bachmeyer war die unschuldige Freundlichkeit und Sanftmut eines gutgearteten Jünglings, während er leichten Schrittes über den Treppenabsatz vor der Ordination des Professors Horn ging. Eben als er dann die ersten Stufen betrat, kam von unten ein kleiner, sehr bärtiger Herr, den er im Vorbeipassieren versehentlich leicht streifte; Bachmeyer lüftete den Hut, entschuldigte sich rasch und lief leichtfüßig die Treppen hinab, voll tiefer Bewunderung für den Arzt, von dem er eben kam, und beflügelt von der Aussicht, daß ihm wirklich könnte geholfen werden.

Hätte Bachmeyer sich umgewandt – zu seinem Glücke tat er's nicht – dann wäre ihm vielleicht das Mark gefroren vor Entsetzen über den Blick, welchen das vielfach bärtige Wesen, das er auf der obersten Stufe leicht gestreift hatte, ihm nun nachsandte: beispiellose Wut, gräßlicher Grimm brachen als gelblich-grün aufleuchtender Strahl aus den Augen des Kleinen: ja, die Wut stand wie in bebenden Türmen ob seinem Haupte. Er schritt über den Treppenabsatz auf Horns Türe zu, indem er die Knie weit höher hob, als zum Gehen erforderlich gewesen wäre, er ging im Hahnentritt; und einem kundigen Auge hätte sein Fußwinkel allein schon gesagt, daß hier eine bedenkliche Lage herrschte. Der Professor, als er des Kleinen ansichtig wurde – welcher den Namen eines Freiherrn Childerich von Bartenbruch trug und Childerich III. genannt wurde, zum Unterschiede von seinem Vater und Großvater, die ebenso geheißen – der Professor also erkannte sogleich die Gefährlichkeit des Zustandes, in welchem sich dieser ihm schon lange bekannte Patient heute befand; und Horn wußte auch sehr wohl um die bestehende Möglichkeit, daß zwei oder drei Sekunden später das kleine, bärtige Wesen tief in seine Schulter verbissen sein konnte, mit einem ungeheuren Satze ihn anspringend. Jedoch der Professor dosierte meist richtig und rechtzeitig. Seine flachen Hände gebrauchend, die ungefähr die Größe von Suppentellern haben mochten, begann er sofort, dem Herrn von Bartenbruch derart kräftige Ohrfeigenpaare zu applizieren, daß der Kleine bald mit rotem Gesicht im Ordinationszimmer nur so herumtaumelte: nach dem sechsten Ohrfeigenpaar konnte schon die Nasenzange gesetzt und der Baron auf den Trab, das heißt auf den Wutmarsch, gebracht werden. Helga schwebte voran. Immerhin erst nach der fünften Figur – im ganzen consumierte Herr von Bartenbruch heute deren neun – begann der Fußwinkel zu sinken, so daß Professor Horn einen zweiten Umgang vornahm, an dessen Beginn man noch auf 100–110 Grad stand; und erst ganz am Ende trat die Normalisierung ein und wurde das Maß eines menschlichen Ganges erreicht. Bartenbruch mußte sofort gebadet und in einem für solche Zwecke neben der Ordination befindlichen Ruhe-Raume gebettet werden.

2 Die Existenzgrundlagen

Der Doctor Döblinger, ein nicht eben unbekannter Schriftsteller, befand sich zu jener Zeit, als Herr von Bartenbruch Patient des Professors Horn wurde – also etwa ein halbes Jahr vor dem Erscheinen Bachmeyers am gleichen Schauplatz – in einer äußerst bedenklichen Lage. Er war zwischen zwei Verträgen, einen abgelaufenen und einen noch nicht wirksamen, zu sitzen gekommen, wie zwischen zweien Stühlen, auf dem Boden also, auf dem Boden des Dalles, um's ganz gradaus zu sagen. Die Lage wurde daumschräublich: und damit ließen denn die Fähigkeiten, bei aller Zähigkeit, doch allmählich gar sehr nach. Zudem bestand Gefahr der Melancholie. Wenn es jemand durch längere Zeit schlecht geht, wird das Benehmen der Menschen gegen ihn auch gerade kein besseres, ja, es beginnen deren Manieren einen Schwund zu zeigen, welcher in unangenehmer Weise dem des Geldes parallel läuft. Dies kann zu tief verstimmenden Betrachtungen führen, und solchen pflegte sich der Doctor Döblinger sehr zur Unzeit hinzugeben, nämlich am Morgen. Als er nun einmal um acht, zwar schon glatt rasiert, aber ebenso glatt arbeitsunfähig, beim Frühstück saß, klingelte es schwach, gewissermaßen schüchtern und höflich, nicht aber so wie der Briefträger das zu machen pflegte, der immer zweimal kurz den Knopf drückte. Döblinger, nachdem er durch's Vorzimmer gegangen war und geöffnet hatte, erblickte vor der Türe die ungeheuren, gletscherweißen, leicht überhängenden Massen Professor Horns im Ärztemantel, ohne allerdings zu wissen, wer das sei und was solcher Aufzug vorstelle; denn der Professor hatte die Ordination hier eben erst eingerichtet; und Döblinger, in seinen Sorgen, war weit weniger aufmerksam und sehscharf als ehedem. »Meine Verehrung, Herr Doctor«, sagte Horn, stark vor Wohlwollen schnaufend, »gestatten Sie, daß ich mich Ihnen bekannt mache. Mein Name ist Horn. Professor Horn.« Sodann piepte er leise: »Würden Sie mir, lieber Doctor, eine Unterredung von zehn Minuten in einer geschäftlichen Angelegenheit gewähren? Und wollen Sie, bitte, gütigst entschuldigen, daß ich im Arbeitskleid bei Ihnen erscheine! Aber, wie's nun einmal ist – die Pflichten drängen.« Döblinger beneidete in diesen Augenblicken den consolidierten Koloß; ihn drängten zur Zeit die Gläubiger mehr als andere Pflichten. Er bat den Professor, einzutreten und Platz nehmen zu wollen. Horn, der sein Cigarren-Etui hervorgezogen hatte und die Erlaubnis zum Rauchen erbat – Döblinger konnte nur mit Cigaretten dienen – gab während des Entzündens der Cigarre eine solche Fülle der Schnauf- und Pieplaute von sich, daß sie gleichsam nach allen Seiten aus ihm hervordrangen, wie die Blumen aus einer Vase. Inmitten dieses Straußes oder Kranzes von unarticulierten Äußerungen saß er nun bergesgleich und schmauchend. Sodann begann er nicht ohne eine Art von beschwerlichem Behagen – wobei die Pieplaute sich dazwischen wieder hören ließen – seine Sache darzulegen, während es Döblingern eben einfiel, daß er ja diesen Gelehrten dem Namen nach längst kannte. »Nun, verehrter Herr Doctor, ich habe also jetzt grad über Ihnen meine Praxis für die Privatpatienten. Hm. Da mußte ich mit dem Hausherrn ein besonderes Abkommen treffen, ja, sozusagen wegen des dabei habituellen Lärms. Das berührt nun auch Sie, ja, Sie vor allem. Ich möchte mit Ihnen, hm, sozusagen ein gentleman agreement treffen. Ja. Hm. Es sind besonders drei Tage im Monate – immer der 1., 10. und 20. – wo Ihnen, Herr Doctor, der Aufenthalt hier in Ihren Zimmern schwerfallen wird, ja, hm, ich möchte sagen, für Ihre literarische Arbeit kommt die Wohnung während dieser drei Tage des Monates kaum in Frage. Kaum. Das bedeutet nun eine empfindliche Unterbrechung, Störung, Schädigung für Sie, Herr Doctor. Es war die Loyalität immer mein Lebensprinzip, im Praktischen wie im Theoretischen, sozusagen, hm (piep!). Ich möchte Ihnen daher auf Grund eines, hm, sozusagen Still-Halte-Abkommens zwischen uns – paradox genug, wo es sich doch um den Lärm handelt! – eine angemessene monatliche Entschädigung anbieten und gleich für's nächste Vierteljahr im voraus übergeben. Und da habe ich mir nun überlegt....«

Die Gedanken des Herrn Doctor Döblinger kamen nicht nur sehr schnell auf den Trab, sondern sie gingen alsbald in einen muntern Schweinsgalopp über. Was nun den Professor bewog, eine verhältnismäßig sehr hohe Summe anzubieten – Lärm-Miete möchte man sagen! – das ließ der Doctor Döblinger gerne dahingestellt. Vielleicht hatte Horn in seinem früheren Ordinations-Lokal unangenehme Erfahrungen gemacht, vielleicht eine gerichtliche Klage, vielleicht ein unliebsames Aufsehen erregt: genug, er brachte hier ein offenbares Opfer, um die in Frage kommenden Faktoren von vornherein zu neutralisieren, ja, an seinen Unternehmungen eigentlich zu interessieren. Zudem, er mußte sich wohl darüber im Klaren sein, daß jeglicher andauernde, außergewöhnliche Lärm für einen Literaten ein ganz besonderes Übel bedeutet: so zog er denn gleich den Doctor Döblinger großzügig in den Kreis seiner eigenen Interessen. Zahlen macht Frieden. Zudem zahlte ja nicht der Professor Horn; sondern es bezahlten seine Patienten.

Man wurde einig, wie sich leicht denken läßt. Der empfangene Betrag schloß für den Doctor Döblinger die klaffende Lücke im Existenzplan. Und, Horn hatte ihn noch nicht verlassen, da wußte er schon, wohin zu flüchten während der kritischen Zeiten. Er hatte sich einst verschiedener Wissenschaften beflissen und zahlreiche Prüfungen abgelegt; das berechtigte ihn auch heute noch, in einem staatlichen Forschungs-Institute, das sich hier in der Stadt befand, einen Arbeitsplatz zu belegen. Davon gedachte er nun, wenigstens für drei Tage im Monat, Gebrauch zu machen.

Freilich bedeutete die Sicherung einer ungestörten Privatordination vor allem für den Professor eine die Existenzgrundlagen berührende Angelegenheit; denn jene Grundlagen waren für ihn, angesichts seiner mehrköpfigen Familie und eines fast herrschaftlich zu nennenden Haushaltes, durch die Professur allein keineswegs noch gegeben. Horn bewohnte draußen vor der Stadt eine der schönsten Villen im Rebengelände.

Er plagte sich redlich, hatte es weit gebracht und bezog ungeheure Honorare. Die gewöhnliche Kunst mancher Psychiater besteht bekanntlich darin, irgendwelche Gesunde, deren sie habhaft werden können, ad hoc verrückt zu machen, so daß am Ende die Diagnose stimmt und die Behandlung fortgesetzt werden muß; um das Letztere war's dem Professor freilich auch zu tun; und für's Verrücktmachen ad hoc hatte er seine eigene Methode, eine eigentlich außermedizinische Methode, die er durch Laien üben ließ, wovon später. Aber immerhin, er leistete doch was, er ging über die gewöhnliche Psychiatrie weit hinaus, er half den Leuten wirklich, besonders am 1., 10. und 20. des Monats. Bachmeyer etwa hatte gleich nach dem ersten Besuch eine entschiedene Besserung verspürt. Horn plagte sich redlich. Eine ambulante Behandlung, wie etwa jene Childerichs III., war auch körperlich in hohem Maße anstrengend. Er tat was. Er paukte die Kerle, ließ sie unter Umständen auch baden, frottieren und betten. Er führte über jeden genaue Aufzeichnungen und wußte von ihnen weit mehr, als gemeiniglich ein Arzt von einem Patienten weiß.

Das war auch in seinem Falle unumgänglich notwendig, der außermedizinischen Methoden wegen. Die meisten der Wutkranken lieferten ihm die öffentlichen Ämter, Behörden, Stellen, mit denen die Patienten als größere Geschäftsleute – wie etwa Bachmeyer und viele andere – laufend zu tun hatten (nur bei Childerich waren die Anlässe anderer Art). Der Professor wußte fast immer genau im voraus, wann einer seiner Patienten auf einem Amte vorzusprechen hatte und auch bei wem: er hatte sich ganz bewußt mit der Zeit eine gewisse Kenntnis der Behörden und der dort in Frage kommenden Personen angeeignet. Der Ursprung seiner Methode erscheint noch als ein durchaus humaner, nämlich als ein sehr weitgehender Pflichtbegriff von ärztlicher Obsorge: dieser veranlaßte Horn bei schwierigen Fällen, also insbesondere bei Wut, sich vor dem Erscheinen des betreffenden Patienten auf einem Amte mit der jeweils dort maßgebenden Persönlichkeit in Verbindung zu setzen und eine Berücksichtigung der schwankenden Gemütslage, erhöhten Erregbarkeit und Reizbarkeit seines Schützlings zu erbitten. Weil nun Horn solches unter dem ganzen Gewichte seiner Stellung und seines Namens vorzubringen wußte – welches Gewicht auch auf dem rein akustischen Wege wie ein Überhang aus dem Telephon sich wölbte, durch Horns schnaufende Vaterstimme beinah anschaulich vermittelt – weil er also am Telephon unerschütterlich mit seiner ganzen Kompetenz auftrat, so geschah es selten, daß man seine Einmischung oder Intervention geradezu barsch zurückwies (bis auf einen Sektionsrat etwa, der ihm einmal sagte: »Dann lassen Sie eben Ihre hochempfindlichen Herren Narren nicht frei herumlaufen!«). Was freilich nicht ausschloß, daß man sich über solche Anrufe des Direktors der neurologischen und psychiatrischen Klinik auf den Ämtern gewaltig ärgerte und sie als durchaus unangemessen empfand. Horn mußte das bald merken. Oft kamen die Patienten nach ihren Amtsgängen fürchterlich zugerichtet in die nächste Sprechstunde, mit erheblich erhöhtem Fußwinkel und einem dann folgenden verstärkten Figurenverbrauch, der jenen der letzten Ordination weit hinter sich ließ. So gingen die Früchte wochen- und monatelanger Behandlung verloren, und manch einer, der auf Ämtern gewesen, bedurfte jetzt einer Vor-Behandlung, wie wir sie bei dem Freiherrn von Bartenbruch kennen gelernt haben, der zwar für seine Person einen sozusagen außerämtlichen Fall darstellte, dafür aber den schwierigsten in des Professors Privatpraxis überhaupt.

Diese schwoll. Bebend vor Wut kamen die Leute von den Ämtern. Des Professors telephonische Anrufe besserten nichts, ja, sie verschlimmerten alles: und Horn mußte dessen bald inne werden. Personen, die über einen Fußwinkel von 110 Grad und drei Figuren kaum mehr hinausgelangt waren und höchstens einmal im Monate noch zwecks Bepaukung vorzusprechen hatten, füllten nun wieder am 1., 10. und 20. das Wartezimmer. Jetzt aber geschah das Entscheidende: der Professor blieb trotzdem bei seiner Gepflogenheit der telephonischen Anrufe vor den Amtsgängen, er gab diese untaugliche Methode nicht auf. Damit aber tat er einen entscheidenden Schritt, einen Schritt hinüber zu einer sehr tauglichen Methode – ad hoc.

Es ist schwer zu sagen, wann diese Wendung sich bei ihm vollzogen haben mag, und wie dies im einzelnen und auch im Seelischen geschah. Das Resultat bestand jedenfalls darin, daß eine in ihren Ursprüngen humane Absicht auf den Kopf gestellt ward. Am allermerkwürdigsten aber erscheint es, daß man Horns gleichbleibende telephonische Anrufe bei den Amts-Stellen nicht etwa mit steigender und schließlich irgendwo hervorplatzender Ungeduld hinnahm. Vielmehr wurde man zusehends entgegenkommender, ohne daß jedoch die erwähnten Auswirkungen sich irgendwie änderten oder gar abschwächten: ja, sie schienen sich eher zu verstärken; fast sah es so aus, als hätte man den Professor in einer wahrhaft sublim zu nennenden Weise noch früher richtig verstanden, als er sich selbst. Bei alledem ist es nur als ein hinzutretender, keineswegs als entscheidender Umstand anzusehen, daß Horn um diese Zeit begann, auch persönlich in Beamtenkreisen zu verkehren, wobei sich Gastfreundschaft und Entgegenkommen des Professors in jeder Hinsicht glänzend erwiesen. Es muß abgelehnt werden, daraus irgendwelche konkreten, und also schon zu weitgehenden, Folgerungen zu ziehen.

Dieses ganze System – man kann es doch wohl so nennen – aber hatte, wie eben jedes System, ein Loch. Nichts Menschliches ist vollkommen. Das Loch hieß Regierungsdirector Dr. Schajo; wovon später.

3 Die räumlichen Verhältnisse

Zilek war ein vorzeitig pensionierter Oberlehrer und hatte die unter Doctor Döblingers Zimmern gelegene Wohnung inne. Zilek war so dünn, daß man, wenn er nur einen Türspalt öffnete, ihn schon zur Gänze erblicken konnte. Sein Wesen entsprach auch sonst seinem Namen, der ja an den Angriff einer Stechmücke denken läßt. Sehr zum Unterschiede von dem über ihm wohnenden Schriftsteller war er stets aufmerksam und bei voller Sehschärfe, eine vigilante Natur und ein Adnotam-Nehmer von Profession. Der Einzug Horn'scher Anstalten in's Haus war ihm also keineswegs entgangen, noch weniger die umfängliche Person des Professors, den er wiederholt schon senkrecht empor hatte steigen sehen, im Glashause des Aufzuges nämlich. Diesen benutzte der Professor stets, und auch die meisten seiner Patienten taten das; es war ein Punkt im Mietvertrage, daß jenen der Lift zur Verfügung stehen müsse, denn Horns Pauklokal lag im vierten Stock. Gerade aber die Paukanden (nicht Paukanten!), welche am 1., 10. und 20. jedweden Monates in Erscheinung zu treten pflegten, gingen dann allermeist zu Fuße die Treppen hinauf, sie zeigten wenig Lust, im Aufzug zu fahren, mochte gleich die Portiersfrau oder Hausmeisterin jeden jedesmal in der höflichsten Weise dazu einladen, sich doch hinauffahren zu lassen – um so einladender, als Frau Soflitsch eine hübsche, ungewöhnlich dralle Weibsperson von kaum fünfundzwanzig Jahren vorstellte. Sie bezog von Professor Horn geradezu ein festes Gehalt und daneben einen stets fein rieselnden Regen von Trinkgeldern; auch ihr langer, dünner Mann, Herr Soflitsch, von Beruf Tischler, ward beschenkt, obgleich man diesen Tischler Soflitsch fast niemals zu Gesicht bekam, denn er arbeitete auswärts. Es läßt sich also leicht denken, daß die Hausbesorgerin sich der Horn'schen Sachen befliß und stets zur Hand war, wenn jemand zum Paukboden hinaufgelangen wollte. Aber eben die Paukanden, wie schon gesagt, waren es, die allermeist mit leichtem Knurren – bei Childerich klang es manchmal fast bedrohlich – an ihr vorbeiwischten, um dann auf der Treppe in ein sozusagen gravitätisches Zeitmaß zu fallen; man möchte eher sagen, daß sie stapften, als daß sie stiegen, und manche traten dabei sehr fest auf (es klang nach Selbstbewußtsein), so daß man sie noch lange stapfen und stampfen hörte, bis herunter in die Portiersloge, mochten sie gleich schon im zweiten oder dritten Stockwerke sich aufwärts bewegen. Besonders bei Childerich war es meist so; jedoch nicht immer. Allmählich fiel dieser Umstand der Portiersfrau auf. Mitunter, wenn auch selten, pflegte dieser Wüterich ohneweiteres den Lift zu benutzen; das war nun freilich noch auffallender: am allermeisten aber die durchaus liebenswürdige Natur des kleinen, sozusagen vielfach und auf eine schwer zu überblickende Weise bärtigen Herrn, der es an andeutungsweisen Hofierungen der hübschen Soflitsch während des Aufwärts-Schwebens nicht fehlen ließ, und beim Aussteigen auch nie an einer stattlichen Belohnung. Ein nächstes Mal wieder schoss er jedoch im Hausgang unten knurrend an ihr vorbei, und dann hörte man ihn gewaltigen Schritts die bebenden Treppen hinaufsteigen, als begäbe sich der steinerne Gast aus dem Don Giovanni in voller Person zu Professor Horn, nicht aber der kaum mehr als einen Meter und sechzig messende Freiherr von Bartenbruch.

So spiegelte sich die überaus schwankende Verfassung dieses Patienten innerhalb der Frosch-Perspektive einer Portiersloge ab. Für Professor Horn, also vom Standpunkt der Wissenschaft und einer sowohl medizinischen wie außermedizinischen Praxis, sah der Fall allerdings wesentlich ernster und komplizierter aus.

Es gehörte der Professor nicht zu jener psychiatrischen Schule, die ihre Macht vorzüglich darauf gründet, daß ein ›ad hoc‹ Vorbehandelter vom Facharzte jederzeit in eine Anstalt eingewiesen werden kann: damit hat man freilich den Hebel vieler Dinge des Lebens in der Hand und auch solcher, die mit der Wissenschaft nichts zu tun haben. Derartige Eventualitäten erwog der Professor bei Paukanden nie. Einerseits waren die Honorare, welche diese Art von Patienten zahlen mußte, die höchsten überhaupt, andererseits aber, und damit im Zusammenhange, wollte der Professor die Leute im wissenschaftlichen Sinne überhaupt nicht für Kranke halten; und das waren sie ja wohl auch nicht. Sie befanden sich nur sozusagen in permanenter Ad-hoc-Vorbehandlung. Diesen Zustand in der Schwebe zu halten wurde durch Dosierung der außermedizinischen Mittel möglich. Wir haben schon gesehen, daß Horn im richtigen und rechtzeitigen Dosieren Meister war. Bald verfiel er darauf, wenn die

Ad-hoc-Wirkung der außermedizinischen Methoden zu nachdrücklich ward, den telephonischen Anruf vor dem Amtsgang eines Patienten einfach zu unterlassen – und jedesmal erschien dann der betreffende Fall ohne erhebliche Steigerung des Fußwinkels in der Ordination, und auch der Figurenverbrauch stieg nicht nennenswert an. Schon diese Umstände allein zeigen uns, wie sublim und richtig man den Professor in einer seinem Kompetenzbereich entrückten Sphäre verstand. Späterhin, als er mit solchen Kreisen die persönliche Fühlung schon in zunehmendem Maße und vielfältig aufgenommen hatte, blieb in ganz vereinzelten Ausnahmefällen, wenn innerhalb des ›ad hoc‹ der Überdruck allzu steil und etwa bis an die Internierungsgrenze anstieg, immer noch die sich jetzt eröffnende Möglichkeit einer direkten Fühlungnahme: und das nun wirklich im ursprünglichen durchaus humanen Sinne der Obsorge. Ausnahmslos sanken dann Fußwinkel und Figurenverbrauch rapid ab; so daß der Professor sich entschloß, diese außermedizinische Therapie höchst selten und immer nur einmalig zu applizieren.

Childerich jedoch befand sich außerhalb solcher Einwirkungsmöglichkeiten und Regulative. Seine geradezu beispiellosen Wut-Anfälle standen mit Amtsgängen in keinem Zusammenhange, sie waren also keine amtswegigen. Die schwersten Wut-Anfälle Childerichs hatten ihre Anlässe bisnun innerhalb des freiherrlichen Familienkreises gehabt, dessen ganz ungewöhnlich complizierte Verhältnisse freilich auch durch schärfste finanzielle Interessen tief und finster grundiert waren.

Zurück zu Zilek. Er versuchte, aus der Portiersfrau etwas über Horn herauszukriegen, ganz vergebens freilich, wie man sich leicht denken kann, denn die Hausmeistersleute standen fest zu ihrem hochverehrten Herrn Professor. Nicht lange danach zilkte einmal morgens schüchtern die Türklingel bei Doctor Döblinger. Dieser saß glatt rasiert, und ebenso glatt bereit, die Morgenarbeit aufzunehmen, bei Tee und Eiern. Es war ein Viertel vor acht. Doctor Döblinger öffnete die Wohnungstür zum Spalt und erblickte durch ihn Herrn Zilek zur Gänze. Dieses Geschöpf nun war ihm freilich bekannt. Zilek wohnte eben so lange im Hause wie er selbst. Man stand auf Gruß-Fuß. »Entschuldigen Sie die Störung, Herr Doctor«, zilkte es zart, »ich hätte Sie so gerne einmal etwas gefragt.« Man ging hinein. Es war, als poche Zilek mit einem kleinen Probier-Hämmerchen an Doctor Döblinger und der ganzen Lage hier sachte herum. »Da hat doch jetzt über Ihnen dieser Professor seine Ordination.« »Ja«, sagte Döblinger. »Haben Sie da nicht Besorgnisse wegen seiner Patienten, denen man im Lift und auf der Treppe täglich begegnet? Es sind doch Geisteskranke darunter, wahrscheinlich; oder daß oben Lärm entstünde – würde Sie das nicht sehr stören, bei Ihrer Arbeit?« »Habe bisher nichts bemerkt«, entgegnete der Autor, während seine private Person bereits argwöhnisch die Zugbrücke hochgehen ließ: er witterte Schädliches, mindestens Abträgliches. »Allerdings«, fügte er beiläufig hinzu, »arbeite ich jetzt oft außer Hause.« In Wahrheit aber war er noch kein einziges Mal seit dem Erscheinen Professor Horns auf jenem gelehrten Institute gewesen – Horn hatte seinen Besuch bei Doctor Döblinger am Monatsersten gemacht (dem letzten ruhigen und häuslichen Monats-Ersten für lange Zeit! – damals daumschräublich-sorgenvoll begonnen und garnicht recht geschätzt, oh, sehr im Gegenteile, von wegen der Wohnungsmiete!). Nun, seitdem waren nur fünf Tage vergangen; der erste Warntag sozusagen, von dem ab es alle zehn Tage da oben losgehen würde, aber sollte ja der zehnte dieses Monates sein. »Hm, nun ja, mir wurde die Sache doch ein wenig ungemütlich«, sagte Zilek, indem er gleichsam das Probierhämmerchen weg tat und bereits beidrehte, »als dieser Narrendoctor da ins Haus zog. Sie meinen also, daß für uns keinerlei Gefahr einer Störung besteht, durch Lärm oder unliebsame Zwischenfälle?« »Wo denken Sie hin!« rief jetzt Doctor Döblinger und schwang sich auf das hohe Roß des Wohlunterrichteten und Wissenden, um Zilek rasch nieder zu reiten. »Sie dürfen sich doch nicht vorstellen, daß der Professor hier schwere Fälle behandeln wird, Leute etwa, die in eine Anstalt gehören, und so weiter. Dafür hat er ja seine Klinik. Dies hier ist offenbar nur seine Privat-Ordination für neurologische Zwecke oder etwa für Personen, die an Gemüts-Depressionen oder an nervösen Störungen leiden.« Wirklich ward Zilek solchermaßen überritten. Er drang nicht durch; und ging also. Bemerkenswert ist doch, daß Döblingers Verhalten eine gewisse Analogie zu dem der Portiers-Leute zeigte. Hier war sogleich nach dem Einzug des Professors eine Interessengemeinschaft entstanden. Vielleicht fühlte Zilek das in irgendeiner Weise – und trachtete nun den Anschluß zu finden: jetzt noch vergebens;

aber sehr bald sollte das Gewünschte ganz von selbst sich ihm anbieten.

Er hatt' es nötig. Er kam mit seiner Pension niemals aus*; während ihm zu Häupten beim Doctor Döblinger zwar keine festen Bezüge vorhanden waren, jedoch die Pressionen stets vorübergehend blieben. Diesmal hatten sie gar ein plötzliches Ende gefunden.

Man fragt sich, wie die beiden Leute, Zilek mit seiner Frau, jedoch ohne Kinder, der Doctor Döblinger gar allein, so geräumig zu wohnen vermochten. Beide hatten den Weg zu solchem schönen Zustande, der ihnen die Mitmenschen vom Leibe hielt und eine erweiterte Reservation des Privatlebens um sie ausbreitete, auf ähnliche Weise gefunden: durch Untervermietung an so gut wie nicht vorhandene Personen. Es waren überseeische Ausländer, die im Lande oder auch anderswo reisten, jedoch einiger Zimmer bedurften, um die schönen alten Möbel und Bilder, Wandteppiche und Kunstgegenstände verschiedener Art, die sie allenthalben einkauften, an einem Punkte zu sammeln und unterzubringen. Ging man durch Döblingers Zimmer, dann konnte man da oder dort solch ein Prachtstück von Barock-Schrank sehen oder etwa einen Gobelin, der die halbe Wand bedeckte; die meisten Sachen waren wohl in Truhen verpackt; aber das wenige Sichtbare wirkte grotesk genug in der sonst recht moderat möblierten Behausung des Autors. Waren diese kunstsammelnden Herrschaften aber hier in der Stadt anwesend, was selten genug geschah, dann fiel es ihnen garnicht ein, unbequem zwischen ihren Schätzen zu hausen, sondern sie logierten im Hotel; und zudem eignete ihnen die bemerkenswerte Artigkeit, von ihrem Erscheinen immer lang vorher schon Kunde zu geben. Die Feuer- und Einbruchs-Versicherung, welche bei solcher Konzentration von Werten sich empfiehlt, bezahlten sie selbst. So lebten denn sowohl Zilek und seine Frau wie auch der Doctor Döblinger in einer Art von Museum, worin allerdings der kleinste Teil des Bestandes nur zur Aufstellung gelangt war.

Das Haus hatte vier Stockwerke. Auf der einen Seite waren diese durchwegs von gewerblichen Betrieben besetzt: es gab da einen Damenschneider, eine Hutmacherei und noch an-

---

* Wir möchten noch erwähnen, daß Zilek gewisse Auslandsbeziehungen hatte, die jedoch nur fallweise was abwarfen, und nicht allzuviel. Er pflegte das bei sich seinen ›Idealismus‹ zu nennen. Hinter dem Ideal ist das Übel am besten verborgen, sagt Karl Kraus einmal.

deres. Gegenüber befand sich im ersten Stock das Lager einer Firma, die Drucksorten aller Art erzeugte. Im zweiten Stock wohnte Zilek, über ihm Döblinger, und obenauf war nun neuestens der Horn'sche Paukboden etabliert, in beiden einander gegenüber liegenden Wohnungen, die vereinigt worden waren. Es befanden sich sämtliche Marschräume ob dem Haupte des Autors, der Empfang, das Arbeitszimmer des Professors, Douche- und Ruheräume sowie ein Laboratorium über der Hutmacherei. Es mag wohl sein, daß der Professor nach langem Wählen diesem Hause eben darum den Vorzug gegeben hatte, weil es zum kleineren Teil Wohnungen, zum größeren jedoch Geschäfte und Magazine enthielt.

4 Die totale Familie und die Entstehung einer Bart-Tracht

Childerich von Bartenbruch hatte seine Kindheit und Jugend auf angestammtem Schlosse in Mittelfranken verbracht. Er behielt auch das Majorat Bartenbruch immer in der Hand, obwohl er nach erlangter Großjährigkeit mehr in der Stadt als auf dem Gute wohnte. Childerich verheiratete sich sehr bald, zum ersten Mal schon mit fünfundzwanzig Jahren, und zwar mit einer fünfundvierzigjährigen Dame.

Seine Jugend hatte ihn nur bedrückt. Von den zahlreichen Brüdern Bartenbruch war er zwar der älteste, doch der geringste von Ansehen, klein und weichlich, ganz frühzeitig schon faltig: während die anderen Kerle wie die Tannen aufwuchsen. Autorität besaß er zunächst – in jenem Alter nämlich, wo es noch vorwiegend auf die physische Überlegenheit ankommt – den jüngeren Brüdern gegenüber nicht die geringste, obwohl Childerich einen in solcher Jugend sehr erheblichen Vorsprung an Jahren hatte: von dem nächstältesten Bruder trennten ihn deren drei. Gleichwohl ward Childerich häufig verprügelt, und eine Zeitlang setzte es fast täglich Ohrfeigen und Fußtritte. Schwerste Raufereien zwischen den jungen Leuten waren auf Bartenbruch die Regel, gegen welche nicht einmal der Vater was vermochte (Childerichs Mutter, eine englische Dame, war wenige Jahre nach der Geburt ihres jüngsten Sohnes Ekkehard verstorben). Nur die Faust konnte sich hier durchsetzen. Der künftige Majoratsherr führte daher ein gänzlich zurückgedrängtes, zerdrücktes, zerknittertes Jugend-Dasein.

Mit fünfzehn sah er aus wie ein trauriges Beutelchen. Das Gesicht war alt, die Backen schlaff. Kränklich allerdings war er nie. Childerich ist auch in seinem späteren Leben so gut wie niemals erkrankt und in ärztlicher Behandlung gewesen, mit Ausnahme jener des Professors Horn, die aber eigentlich wieder eine stabile Gesundheit geradezu voraussetzte.

Doch, auch in Childerich war Kraft: eine zurückgeschlagene, zurückgescheuchte, die sich nach innen hatte kehren müssen; hier sammelte sie sich. Ohne jemals für die Künste oder Wissenschaften sich im geringsten über jenes Maß hinaus zu erwärmen, welches der obligatorische Bildungsgang seines Standes als Minimum vorschrieb, schärfte sich gerade in der frühen Jugend, freilich an ganz anderen Gegenständen, schon Childerichs Geist: besonders sein Gedächtnis ward durch das genaue Registrieren einer Kette von erlittenen Beleidigungen und Mißhandlungen gestärkt. Und so entwickelte sich bei ihm ein ausgebautes System sorgfältigster Nachträgereien von seltener Subtilität. Er ward dabei groß im ›Nehmen‹, wie ein Boxer sich ausdrücken würde. Unter alledem – und dies bildete den wesentlichen Inhalt seiner Jugend – aber bewohnte ihn eine ungeprüfte und unumstößliche Gewißheit, daß seine Stunde noch im Kommen sei, daß er nur bereit sein müsse mit sämtlichen Registern ihm angetaner Peinigungen, um dann, bei reifer Zeit, einen Feldzug gegen Welt und Leben zu eröffnen, der, nach sorgfältigster Vorbereitung, gar nicht anders als von Sieg zu Sieg führen konnte.

Bedeutung und Macht zu gewinnen – darüber sann und grübelte schon der Fünfzehnjährige. Wir sagten, daß er sann: und eben damit meinten wir auch, daß er nicht träumte. Die beispiellosen Wutanfälle, welche dereinst seine reifen Jahre erschüttern sollten, sie blieben zunächst bei ihm, angesichts des äußeren Überdruckes, in's tiefste Innre gepreßt: und wie gewaltig muß dieser Druck gewesen sein, um solchen Grimm in verborgene Höhlen zu scheuchen! Allerdings, auch bei dem späteren, dem schon tobenden Childerich III., konnten wir doch sehen, daß die hageldichte Applikation kräftiger Ohrfeigen durch den behandelnden Arzt, Prof. Dr. Horn, nicht ohne Wirkung blieb. Solcher Hagel aber war in der frühen Jugend sein tägliches Brot gewesen. Sahen die Brüder bei ihm nur des tiefinnerlichsten Ergrimmens kleinstes Zeichen: schon setzte es Prügel, schon schlugen sie auf ihn ein. So stak denn die Wut in Childerich während seiner Jugend wie ein tief, ja samt dem Kopf in's Holz geschlagener Nagel, den man kaum sieht. Zu seinem Glücke vollzog sich die weitere und höhere Erziehung der jüngeren Brüder in England, womit ein vormals ausgesprochener Wunsch von Childerichs III. englischer Mutter pietätvoll erfüllt wurde, den sie freilich auf den Ältesten und Majoratsherren nicht ausdehnen hatte können, denn die Burschen sollten ja drüben bleiben und ihren Boden erben, wenigstens die drei jüngeren nach Childerich, Dankwart, Rollo (Rolf) und Eberhard. Von dem spätgeborenen Ekkehard war freilich noch nicht die Rede.

Bedeutung und Macht zu gewinnen, darüber sann Childerich, und ganz klar, ganz ohne Selbsttäuschung. Das heißt, er war sich nicht nur seiner annoch herrschenden Ohnmacht bewußt, sondern auch darüber im Klaren, daß diese ihre guten Gründe hatte, und daß diese Gründe in ihm selber lagen, in seiner nichtsbedeutenden, elenden Schwächlichkeit, der Armseligkeit eines traurigen, greisenhaften Beutelchens: wäre er das nicht gewesen – gerade die äußeren Umstände hätten ihm, als dem Ältesten und künftigem Majoratsherren, eine Schreckensherrschaft über die jüngeren Geschwister (es gab auch Schwestern) ermöglicht, ja geradezu nahegelegt. Viel andere Möglichkeiten der Beziehung zwischen Familienmitgliedern als im ganzen das Prügeln oder Geprügeltwerden gab es schließlich nicht im Hause derer von Bartenbruch: der Vater etwa vermied das erste, wohl wissend, daß seine Söhne ihn glatterdings und alsbald zum Objekt des zweiten gemacht hätten. Und mit Childerich III. war es, auch als er schon fünfzehn geworden, an dem, daß nicht einmal die Schwestern, Gerhild und Richenza, sich ihm gegenüber des Ohrfeigens und Tretens enthielten.

Unter solchen Peinigungen und mancherlei anderen Vexationen und Huntzungen entdeckte Childerich in aller Stille das einzige Vehikel, das ihn zu Ruhm und Rache führen konnte: seine das gewöhnliche Maß weit übersteigende Manneskraft; ihrer vollen Stärke ward er um's zwanzigste Jahr inne. Zugleich trat bei ihm enorme Bärtigkeit auf, er konnte kaum genug sich schaben, und doch trugen seine schlaffen Hängebacken stets tiefblaue Schatten.

Hier ward denn die Achse seines Lebens aufgepflanzt. Noch nicht fünfundzwanzig heiratete er die im fünfundvierzigsten Lebensjahr stehende reiche Witwe eines Kulmbacher Bierbrauers, namens Christian Paust, eine geborene von Knötelbrech: passabler, wenn auch nicht eben alter Adel. Diese Person, eine starkgebaute, hübsche Frau mit schwarzem glattem Roßhaar, erlebte in ihrer Ehe derartige Excesse, daß sie nach vier Jahren den Geist aufgab. Nicht selten war es geschehen, daß Childerich tief in der Nacht wie aus der Kanone geschossen in ihr Schlafzimmer hereinraste.

Seine erste Gemahlin hinterließ ihm, trotz der verhältnismäßig kurzen Zeit dieser Ehe, zwei kleine Mädchen, und daneben noch mehrere erwachsene oder beinah erwachsene Kinder des Bierbrauers Paust, deren ältestes, Barbara, ein großes, ungewöhnlich schönes Frauenzimmer, sich im Jahr der zweiten Heirat ihrer Mutter – die übrigens Christine geheißen, also die weibliche Form von des seligen Bierbrauers Taufnamen – verehelichte, mit dem Amtsrichter Bein zu Kulmbach. Diese Ehe gestaltete sich glücklich und kinderreich, fand aber schon nach fünfzehn Jahren ein vorzeitiges Ende durch das Ableben des Gatten: der Amtsrichter hatte sich in Oberbayern, stark im Schweiße, dem kalten Bergwind ausgesetzt und stand von einer Lungenentzündung nicht mehr auf.

Ungefähr um die Zeit, als die geborene von Knötelbrech, jetzt Freifrau von Bartenbruch, ihren Geist aufgab, wurde im Hause derer von Bartenbruch ein erheblicher Skandal perfekt.

Es war dies die zweite Ehe von Childerichs Großvater, Childerich I. genannt. Dieses alte und schwer reiche Übel in der Familie – ein schlanker, knebelbärtiger, knotiger Greis von der Bosheit eines Pavians – begann mit bald fünfundachtzig dergestalt zu rappeln, daß er sich in eine sechsundzwanzigjährige schöne Person verschoss und vergeilte. Es war dieser Childerich I. übrigens der einzige Bartenbruch, der sich unter seinem Stande bewegte, was den von ihm ausgeübten Beruf betrifft: er besaß große Fabriken für Spielwaren im Thüringischen, wo solche Industrien bekanntlich heimisch sind. Was aber seine späten Liebesneigungen betrifft, so bewegte sich der alte Bartenbruch keineswegs unter seinem Stande, etwa als ein von irgendeinem hergelaufenen ordinären Frauenzimmer gegängelter und um den Verstand gebrachter Greis. Vielmehr war seine zweite und so junge Frau eine Gräfin Cellé, und obendrein war sie wohlhabender als er selbst, war volljährig und stand beinahe allein.

Es hat keinerlei Sinn, hier herumzuschriftstellern, um ein monströses Faktum durch Motivierungen mundgerecht zu machen. Vielmehr liegt's auf der Hand, daß jene Verbindung irgendeinen kaum faßbaren, widerlichen Hintergrund hatte. In diesem Falle aber ward von der Bartenbruch'schen Seite bald der Geist aufgegeben, und die Baronin Clara, geborene Gräfin Cellé, fand eines Morgens, was an Resten oder Krüstchen von Childerich I. noch übrig war, bereits erkaltet neben sich in dem zweiten Bette.

Damit aber war für Childerich III. erst recht Feuer am Dach. Der Pavian, erbost durch die Mißbilligung, welche seine zweite Ehe in weitesten Familienkreisen fand, hatte seinen Sohn, Childerichs III. Vater also, auf den Pflichtteil gesetzt, alle sonstigen Hoffenden enterbt, und seine junge Frau zur Universalerbin gemacht. Es war leicht vorauszusehen, daß die geborene Cellé nicht lange würde ehelos bleiben: und so stand denn ein Abzweigen bedeutender Bartenbruch'scher Vermögenswerte in fremde Gleise für früher oder später zu erwarten.

Childerich III. ergrimmte auf's äußerste. Es trat, bei der bloßen Vorstellung, daß die Dinge diese Wendung nehmen könnten, bei ihm zum ersten Mal einer jener gewaltigen, man möchte sagen, umfassenden Wutanfälle ein, mit welchen viel später der Professor Horn so große Mühe haben sollte.

Childerich hatte die Cellé-Bartenbruch noch garnicht persönlich kennen gelernt, da er sich an dem fast lückenlosen Boykott beteiligte, welchen die Bartenbruchs über des Pavians Haus schon bei der Kunde von seiner Verlobung verhängten, um so mehr, als dieser aus der Änderung seiner testamentarischen Verfügungen bereits damals kein Hehl machte. Nun, nicht allzu lange nach seines Großvaters Tode, als sich der ja zur Zeit schon verwitwete Childerich III. eines Nachmittags im Juni allein in seinem Stadthause befand, meldete der Diener ihm den Besuch seiner Stiefgroßmutter.

Childerich III., damals etwa im dreißigsten Lebensjahre stehend, sah, wenigstens mit normalen Augen betrachtet, recht widerlich aus. Seine geringe Körpergröße, die leicht vorhängende Haltung, das schlaffe, lasche, backentaschige Antlitz mit den blauschwarzen Bartschatten wirkten alles eher denn vorteilhaft, und dazu kam eine gewisse Vorgetriebenheit der Augen, jene Quelläugigkeit, die man nicht selten bei schweren Cholerikern findet. Nicht verschwiegen darf allerdings werden, daß dem Männlein bei alledem doch die Herkunft aus einer hervorragenden alten Familie in irgendeiner Weise aus allen Ritzen und Fältchen sah: er war in seinem Betragen oft nichts weniger als vornehm, unser Baron; aber er sah eben vornehm aus. Noch schwang die Tugend adliger Ahnen nach, wenn auch meist nur an der sichtbaren Oberfläche; noch immer war diese Oberfläche intakt: und wo nicht mehr Anzeige innrer Formkraft, doch immer noch Vorhang, dicht genug, Abscheuliches zu verbergen.

Man muß sich Childerich vorstellen, wie er sich da aus einer Sofa-Ecke erhob, um seiner Großmutter entgegen zu gehen. Diese hypertrophischen Augen hatten ja immerhin auch ihre Vorfahren, deren gewissermaßen nach außen überhängender Blick auf Generationen von Hintersassen und Leibeigenen geruht hatte; hervordrohend aus einer Sicherheit, deren absolute Selbstverständlichkeit niemals war angetastet worden, drückend, niederhaltend. Childerich trug einen sehr teuern Sommeranzug von dunklerer Farbe, etwa das, was man ›Pfeffer und Salz‹ zu nennen pflegte, und – man schrieb 1920, aber schon für jene Zeit war's etwas altmodisch! – weiße Gamaschen über hellbraunen Halbschuhen. Auch die Krawatte war weiß; letzteres bildete eine stets gepflogene Eigenheit bei Childerich, abseits aller Mode. Er hatte übrigens kürzlich erst, und etwas vorzeitig, die Trauerkleidung des Verwitweten wieder abgelegt.

Was die Cellé veranlassen mochte, ein Mitglied der feindlichen Familie Bartenbruch zu besuchen, und obendrein gerade ihren Enkel, das blieb dem Baron vollends undurchsichtig; und viel Zeit zum Nachdenken hatte er jetzt nicht: objektiv lag's für ihn ganz außerhalb der Möglichkeit, auf die Wahrheit zu kommen. Diese war ebenso einfach wie widersinnig: Clara Cellé hatte den Baron mehrmals und vorlängst schon gesehen, vor Jahr und Tag schon, zum ersten Male bei Paris auf dem berühmten Rennplatze zu Auteuil. Man hatte ihn ihr gezeigt. Und sie hatte Wohlgefallen an ihm gefunden. Ein größeres allerdings dann späterhin am Paviane. Aber dieser war nun tot.

Ihren Besuch hier ermöglichte ein eigentümlicher Vorwand. Sie trug diesen Vorwand buchstäblich quer auf den Armen: ein langes, schmales Paket in braunem Papier.

Unschwer erriet ihr Stiefenkel, was dies für ein Ding war: daß sie es jedoch ihm und nicht seinem Vater brachte, dem es wohl eher zukommen mochte, entkräftete den Vorwand, machte das Erscheinen Clara Cellé's hier bei ihm erst recht unverständlich. Warum überhaupt brachte sie dieses Familien-Altertum persönlich und bediente sich nicht ihres Rechtsanwaltes oder einfach eines Boten? Wollte sie dies aber nicht, aus irgend einem Grunde, dann hätte ihr der Weg zum Vater wohl leichter fallen müssen. Es war die Beteiligung Childerichs II. am Boykotte gegen den Pavian eine mangelhafte und nur durch die wilden brieflichen Drohungen seiner jüngeren Söhne erzwungene gewesen. Man mochte glauben, er verhielte sich aus Sohnesliebe so. Später sollte sich zeigen, daß er aus Gleichheit der in ihm schlummernden Neigungen jener verliebten Tollheit des Alten ein verzeihendes Verständnis entgegenbrachte. Childerich II. sah zudem seinem Vater sehr ähnlich. Auch ihm eignete etwas durchaus Pavianöses. War's jedoch dort ein von Bosheit toller, so hier ein trauriger Cynocephalus.

Nachdem dessen englische Gemahlin verstorben war – das mag etwa 1908 gewesen sein – zog er sich ganz auf ein Nebengut in Franken zurück, übergab später seinem Ältesten, den er kurz nach 1910, somit vorzeitig, großjährig erklären ließ, Majorat und Stadtpalais, und lebte, als Dankwart, Rollo (Rolf) und Eberhard glücklich in England waren, ganz allein mit dem kleinen Ekkehard, einem hübschen, gutartigen Buben, der kerngesund war und spielend lernte. Ansonst schien Childerich II. von allem und jedem genug zu haben; doch sollte dieser Schein sich – allerdings viel später – als trügerisch erweisen. Nachdem sein Ekkehard kurz nach dem ersten Weltkriege mit etwa fünfzehn Jahren in ein teures Schweizer Erziehungs-Institut abgegangen war, blieb Childerich II. allein und, wie es eben schien, zunächst gleichsam verpuppt. Ekkehard ist später Fahnenjunker und dann Offizier im kleinen deutschen Heere geworden. Von seinem ältesten Bruder und auch von denen in England hat er sich fern gehalten.

So lebte denn Childerich III., ein junger Witwer, mit seinen beiden Töchterchen allein im mächtigen Palaste. Dessen ausgedehnter Garten grünte unter alten Bäumen von der Rückfront des Hauses an, das sich gegen den Park zu mit Altan und Loggien aufschloß. Hier, in einem kleinen Saal, empfing Childerich III. die Cellé.

Zwei Augenpaare hingen einander entgegen, denn auch dasjenige Clara's zeigte sozusagen ein Übergewicht nach außen, zudem eine ungewöhnlich starke Wölbung, von jener Art etwa, wie sie den Augen des berühmten Königs von Schweden, Gustav Adolf, geeignet hatte; und, bemerkenswert genug, es befand sich jener heroische und unglückliche Fürst tatsächlich unter den Vorfahren der gräflichen Familie. Das sonstige Antlitz Clara's war sparsam bedacht, was der geringen Größe ihres Hauptes durchaus entsprach. Über diesem aber erhob sich noch eine dicke, mächtige Haarkrone, turmartig oder topfartig schräg nach rückwärts aufgebaut, wie bei einer Pharaonin. Dabei überragte sie an sich schon Childerich III. um mindestens fünf Zoll, so daß der Freiherr klein vor ihr stand. Das Gesicht der Cellé nun erschien fast auf ein Minimum reduziert, dessen einzelne Bestandteile jedoch feist und fest waren: glatte Apfelbäckchen, die hervorstanden, rundes Kinn, und eine Kehle – Childerich konnte sie von unten gut sehen – von der gespannten Fülle und der Zartheit eines Froschbauches. Aber sonst war dies ganze Gesichtchen gleichsam im Begriffe, wieder in den Kopf zurückzuschrumpfen. Die Stumpfnase winzig, mit sehr sichtbaren Nasenlöchern, also fast schon eine kleine Stülpnase. Im ganzen: ein junges, hübsches Totenköpflein. Mit breitem Munde und mächtigen, schneeweißen Zähnen.

Zwei Augenpaare hingen einander entgegen; und bei dem ihren war's wohl noch mehr und recht eigentlich der Fall, denn sie sah ja von oben hinab, während Childerichs III. Blick ihr von unten entgegenquoll. Es ist hier, wie's denn in solchen Sachen zu gehen pflegt, wahrscheinlich schon in den ersten Sekunden alles Entscheidende geschehen: ja, man darf annehmen, daß in ihnen auch Childerichs III. eigentlicher Lebensplan seinen Ursprung hatte.

Er empfing das schwere, lange und breite Frankenschwert, denn ein solches enthielt das Paket auf ihren Armen, und trug es nun in der gleichen Weise auf den seinen. Aus der tiefgrünen Höhlung des Parks hörte man von einer hellen Frauenstimme einige Worte in englischer Sprache rufen, sodann Trappelschrittchen auf dem Kies und das Lachen eines Kindes: es war das ältere von Childerichs III. beiden Töchterchen, die er von der geborenen Knötelbrech hatte, und das englische Kinderfräulein kam eben mit der Kleinen unten vorbei. Aber dann blieb es auch schon still. Es wurde immer stiller. Die Summen der Stille und des Schweigens schwollen sprunghaft an. Und die beiden hier, aus den Gitterkäfigen zweier uralter Geschlechter einander mit den Augen entgegen quellend, hatten immerhin noch genug geerbt, daß sie dieses jetzt bis zu enormer Tiefe sich eröffnende Schweigen glotzend ertrugen, ohne jeden vergeblichen Versuch, die aufgerissene Schlucht mit dem Streusande der Conversation zu erfüllen, der dem Sichtbarwerden des wahren Gegenüberstehens zweier Menschen sonst meistens ein Ende macht. Ja, sie blieben stehen, an Ort und Stelle, wo sie waren, Childerich bot der Cellé keineswegs sogleich einen Platz an: das hätte zur Conversation geführt. Man konnte ihrer entraten. Und so ertrugen sie die Stille ganz leicht, weit leichter, als es dem Childerich jetzt wurde, die mächtige Waffe aus der Zeit der fränkischen Heerkönige auf seinen lächerlichen und kraftlosen Ärmchen zu tragen.

Ja, sie hatte ihm, und gerade ihm dies uralte Zeichen seines Stammes gebracht. Eine Legende knüpfte sich daran, die sich erhalten hatte, mochte sie auch, unter einem genaueren Gesichtswinkel, wenig Wahrscheinlichkeit für sich haben. Dies Schwert sollte jenem Krieger gehört haben, der, ein steifnackiger Vertreter altgermanischer Gemeinfreiheit, dem noch heidnischen Könige Chlodwig I. zu Soissons verwehrt hatte, ein kostbares Kirchengefäß aus der zusammengebrachten Kriegsbeute vor der Teilung herauszunehmen, um es einer Bischofskirche zurückzustellen, deren Haupt ihn darum gebeten hatte. Der grimme Chlodwig bemeisterte sich, trotz solcher Kühnheit des gemeinen Mannes, die allerdings nur das geltende Kriegsrecht vertrat. Jedoch hatten alle anderen Männer der Ausnahme unterwürfig zugestimmt. Nächsten Frühjahrs, am Märzfelde bei der Waffenmusterung, fand der König den Zustand der Ausrüstung gerade jenes selben Mannes zu tadeln: »Weder deine Lanze, noch dein Schwert, noch dein Schlachtbeil sind tauglich!« So fuhr er ihn an und warf ihm das letztere – la francisque heißt es französisch – vor die Füße. Der Mann bückte sich eben, um es wieder aufzuheben. Der König zückte indem sein eigenes· Beil und schlug ihm den Schädel ein. »Denk' an Soissons!« rief er dabei.

Jenem Krieger also, der zugleich als Ahnherr des Bartenbruch'schen Hauses gedacht wurde, sollte das Schwert gehört haben, welches die Cellé jetzt auf ihren Armen hereingetragen hatte. Es war in verhältnismäßig noch sehr gutem Zustande und sicherlich unter den Stücken von dieser Art eines der am besten erhaltenen. Eine Hiebwaffe, mit dem Griff etwa neunzig Centimeter lang. Der Knauf zeigte keine Parierstange, das heißt, Knauf und Parierstange waren dasselbe, es gab hier also noch keineswegs jenen Kreuzgriff, wie er an den Schwertern der nachfolgenden karolingischen Epoche, und dann das ganze Mittelalter hindurch, gesehen werden kann, und wie ihn etwa das Schwert Karls des Großen im Pariser Louvre zeigt; dieses letztere hat auch einen spitzen ›Ort‹ (das alte Wort für die Spitze der Waffe). Bei jenem Bartenbruch'schen Schwerte, als reiner Hiebwaffe, war der ›Ort‹ rund. Die Klinge mochte oben beim Knauf eine Breite von etwa sechs Centimetern haben und verjüngte sich gleichförmig. Es war ein Waffentypus etwa von der Art, wie wir ihn im Fürstenschwerte von Flonheim wiedererkennen können, das noch aus der Völkerwanderungszeit stammt. Es wird im Museum zu Worms aufbewahrt.

Angesichts der Beschaffenheit des Stückes ist es recht unwahrscheinlich, daß ein gemeiner fränkischer Krieger diese Waffe geführt habe (und einige Mitglieder des freiherrlichen Hauses vertraten denn auch aus diesem Grunde die Ansicht, daß die Herkunft der Familie eine weit höhere gewesen sei*).
Vielmehr ist am Gürtel eines solchen Mannes eher der ›Sax‹ anzunehmen, eine Hieb- und Stichwaffe von etwa zweiundsechzig Centimetern Länge und bis fünf Centimeter Breite, einseitig geschliffen und mit dicker Parierseite – während das eigentliche Schwert ja zweischneidig war – und mit einem

---

* Auch wir sind solcher Meinung; und nicht nur wegen des Schwertes; wir halten die Abstammung vom merowingischen Königshause bei den Bartenbruchischen für gewiß; allein schon in Ansehung der Aufführung dieser Familie. Die Merowinger des 20. Jahrhunderts stammen alle von Childerich XXXIV. ab (den wir noch kennen lernen werden). Er hat mehr Kinder gezeugt als der Praesident von Venezuela, Juan Gomez (siehe Seite 42). Die Merowinger haben in den auf ihre Depossedierung (752) folgenden 250 Jahren – also bis etwa um das Jahr 1000 – in zahlreichen Seiten-Ästen der Familie eine geradezu unheimliche Fruchtbarkeit entwickelt und eine Überfülle auch männlicher Descendenten hervorgebracht, von denen die meisten Childerich hießen. Die alte Zählung geht bis Childerich XXXIV. Sein Name kehrt dann erst im 19. Jahrhunderte bei den Bartenbruchs wieder, dem einzigen nicht bürgerlich bastardierten Zweige der Merowinger, welche eben damals und deshalb mit einer neuen Zählung begannen. Im Grunde hielten sie sich ja für ein königliches, mindestens aber für ein fürstliches Haus; und intern das Epitheton ›Hochgeboren‹ zu führen, erschien ihnen daher geradezu als ein Akt der Bescheidenheit.

etwa zwölf Centimeter langen Messergriff. Der Schliff geht um die Spitze herum und auf der Parierseite noch einige Centimeter hinauf.

Nun, es war also kein ›Sax‹, sondern ein Frankenschwert.

Um die mit solchen waffen-geschichtlichen Abschweifungen verlorene Zeit wieder einzubringen, erfolgt jetzt ein Sprung über ein halbes Jahr: und nach Ablauf desselben finden wir Childerich III. längst mit Clara verheiratet, die also zum zweiten Mal eine Freifrau von Bartenbruch geworden war und gleich unter einem die Gattin ihres Enkels.

Den Merowinger jedoch ergriff ein dunkler Paroxysmus, welcher über seine ohnehin schon etwas stürmische Auffassung vom Eheleben noch hinausging. Daß er als Mann seiner Großmutter zugleich sein eigener Großvater geworden war, rührte bisher ungeahnte Möglichkeiten in ihm auf. Der Knebelbart, welchen er, seinen Großvater nicht nur ehelich, sondern auch bärtlich beerbend, nunmehr sich wachsen ließ, war nur das erste sichtbare Zeichen neu eröffneter Ausblicke und eines gewaltig sich erhebenden Selbstbewußtseins, welches nun wie ein hochgeschwungenes Brückenjoch über die erniedrigenden Erinnerungen der Jugend hinweg zu führen versprach.

Er dampfte und schwitzte von Kraft in einer ganz neuen, aufgetümmelten und sozusagen berserkerhaften Weise. Die Cellé gebar ihm Kind auf Kind, als erstes den Sohn, den Stammhalter, Childerich IV., den man späterhin allgemein Schnippedilderich zu nennen pflegte: er kam als eine Art Riesenbaby von weit über vier Kilogramm zur Welt, zeigte bereits im zarten Alter eine eiserne Gesundheit, wuchs zu unheimlicher Größe und Breite, hatte starres, rotblondes Haar, focht mit zwölf Jahren wie ein alter Haudegen, saß auch schon zu Pferd wie ein Ulanenrittmeister, prügelte zudem bald jedermann, ohne Ansehung der Person, sprach ausgezeichnet Englisch, während er es im Französischen nie zu einer menschenwürdigen Aussprache brachte. Als ihm Childerich III. einmal das Frankenschwert zeigte – Schnippedilderich hatte eben das vierzehnte Lebensjahr erreicht – wirbelte er die Waffe in der rechten Faust ein paarmal herum, tat einen oder den anderen Ausfall, befand das Ding als viel zu leicht und bezeichnete es schließlich als einen alten Zahnstocher. Man sollte glauben, daß der Vater über solchen starken Sproß sich herzlich freute; gewiß war das der Fall. Aber das gewaltige Wachstum und die prangende Kraft und Gesundheit des Burschen streiften doch schon an ein unheimliches Maß. Man mußte sich wirklich fragen, woher dieses Mannsbild denn eigentlich komme, aus was für einer Zeit, von welchem urtümlichen Volke, und ob ein derartiges Wesen unseren heutigen Verhältnissen im Leiblichen und Seelischen nicht gänzlich unangemessen sei. Dieses tief und erschreckt bedenkend, befühlte der kleine, um jene Zeit schon vielfach bärtige Vater im Badezimmer erstaunt seine schwächlichen Lenden, zwischen denen ein geringer und schlapper Bauch vorhing. Ja, solch eine uralte Familie ist wie ein Schlammvulkan, und plötzlich kommt irgend etwas Unterstes zu oberst, prähistorische Hölzer oder riesige Knochen; solche eigneten Childerich IV. wirklich. Er war ein knochiger Bursche. Als ganzer ein rechter Knochen. Mit sechzehn hieb er beim Training seinem Boxlehrer den Unterkiefer aus den Gelenken, und das ohne die allergeringste böse Absicht. Jedoch, wesentlich gutartig war Childerich IV. keineswegs, nicht einmal gutmütig. Im Vater begann schon einiger Argwohn zu keimen.

Dem Sohne folgten zwei Töchter, zart und lieblich, ja von insektenhafter Durchsichtigkeit, Petronia und Wulfhilde. Es hat einige Jahre gegeben, während welcher diese Mädchen zusammen noch lange nicht so viel wogen wie der Bruder allein. Dieser beachtete sie in keiner Weise. Hätte er sie prügeln wollen, niemand wäre imstande gewesen, ihn daran zu hindern, sein Vater am allerwenigsten.

Die Cellé gab nach fünf Jahren auf: diesmal siegte die Bartenbruch'sche Seite. Der finstere Paroxysmus Childerichs III. hatte erheblich zugenommen und jene Rasereien, welche schon die geborene Knötelbrech hatte kennengelernt, waren die Regel geworden. Im fünften Jahr führte man die Cellé bereits im Wägelchen. Das Gesicht war fast ganz nach innen zurückgeschrumpft. Jedoch lächelte das Totenköpflein glücklich. Noch vor dem Ende des fünften Jahres ihrer zweiten Ehe erlosch sie. Schnippedilderich stampfte bereits auf festen Säulenbeinchen durch sein Kinderzimmer, warf der englischen Gouvernante seiner älteren Stiefschwester eine gefüllte Wasserflasche nach und prangte von Kraft und Gesundheit.

Noch kein halbes Jahr war die Cellé hinüber, da wurde des Pavians Sohn, Childerichs III. verwitweter Vater (Cynocephalus tristis), schellig. Er begann, wie er sich ausdrückte,

»endlich Hasenbraten zu essen«; so nannte er den Gegenstand seiner Liebe. Der Mann war hoch in den Sechzig. Die jüngeren Söhne hieben ihm wiederholt den Buckel voll (man eilte dazu aus England herbei!), sogar Gerhild und Richenza beteiligten sich an den Prügeleien. Aber ebensowenig wie im Falle des Großvaters verfiel auch hier jemand auf das einfachste und sicherste Verfahren: nämlich Childerich II. psychiatrisch ad hoc vorbehandeln und auf diesem Wege internieren zu lassen. Das ganze Rezept, welches man anwandte, bestand im Hauen. Diese Menschen waren vielleicht zu ländlich. Und Childerich III., dem ja, infolge seiner schrecklichen Jugend, die Arglist nicht fehlte, hielt sich zurück und durchbrach nun seinerseits heimlich da und dort den fast lückenlosen Boykott der Familie dem Vater gegenüber. Schon leiteten ihn dunkle Pläne. Auch diesmal ward alsbald männiglich enterbt und auf den Pflichtteil gesetzt, der ›Braten‹ ward Universalerbin. Dieser Fall lag nun sehr im argen. Denn sie war eine wirklich schöne Person, dreiundzwanzig Jahre alt und weit wohlhabender noch, als es die Cellé gewesen. Als man, etwa ein Jahr nach seiner Hochzeit mit dem ›Hasenbraten‹, die Reste Childerichs II. bereits bestattet hatte, nahm Childerich III. sogleich eine lebhafte Verbindung mit seiner Stiefmutter auf, um so eher, als von seinen jüngeren Brüdern einige jetzt nicht übel Lust zeigten, ein gleiches zu tun. Aber sie kamen nun freilich weit schwerer als Childerich an die Frau Mama heran, welche sie vor nicht langem noch boykottiert hatten, während ihr von dem ältesten Bruder stets allerlei Ehren und Freundlichkeiten erwiesen worden waren.

Es ist nicht von der Hand zu weisen, wenn man in dieser ganzen Sache die erste eigentlich planmäßige Aktion Childerichs III. erblickt, welche denn auch damit endete, daß er die hinterbliebene zweite Gemahlin des Vaters zur Frau bekam und dadurch, als Gatte seiner Stiefmutter, sein eigener Vater wurde, und obendrein noch der seiner Brüder, die das bald zu spüren bekommen sollten. Die Cumulation familiärer Würden auf ein und dasselbe Haupt, die Totalisierung der Familie gewissermaßen, nahm hier den recht eigentlich bewußten Anfang. Denn im Falle der Cellé, welcher Childerich III. zu seinem eigenen Großvater gemacht hatte, war ja alles ganz unversehens gekommen, war ja gleichsam nur dem schon fliegenden Pfeil hintnach noch die Spitze aufgesetzt worden, was allerdings auch ein sehr beachtliches Kunststück darstellt. Hier jedoch, als Childerich III. Anstalten traf, sich zum Knebelbarte des Großvaters die ›Favoris‹, den kurzen Backenbart, des Vaters wachsen zu lassen, war dies wie das Setzen des Punktes hinter einen bedachtsam hingeschriebenen Satz.

Was nun den ›Hasenbraten‹ selbst angeht, der solche Bereicherung der Bart-Tracht ermöglicht hatte, so ist zu sagen, daß er ein schmackhafter war; und der merowingische Appetit steigerte sich denn auch bald in's Unwahrscheinliche. Sie stammte aus Kairo und war, streng genommen, fürstlicher Abkunft, eigentlich eine Prinzessin; ein Zusammenstoß von reinstem Porzellanweiß der Haut mit tiefster Ebenholzschwärze des Haars, beides herrlich gefaßt in die Schale einer unbegreiflichen Sanftmut und einer bis in's Rätselhafte reichenden Passivität und Absichtslosigkeit. Alles an ihr war rund, und auch ihre Seele schien aus lauter in sich selbst zurücklaufenden Rundungen zu bestehen, denen nirgends eine Richtung, eine Zielstrebigkeit, ein Wollen abzugewinnen war. Dennoch, einen Punkt hielt sie mit einer Zähigkeit fest, der etwas Machtvolles, ja Gebieterisches eignete: sie wollte in Franken leben, sie liebte diese für sie ganz fremde Landschaft mit einer gleichsam entschlossenen Innigkeit, als hätte sie darin ein bisher unbekanntes Teil der eigenen Person entdeckt; und besonders die Gegend von Selb, schon nah an der Oberpfalz, war es, die sie immer wieder sehen wollte, das Geöffnete der von Waldstreifen durchdrungenen Ackerhügel, die sanftsteigenden Wege, die Mischung von Laub- und Nadelgehölz. Hierher machte Childerich III. mit seiner jungen Gemahlin (er sah neben ihr erbärmlich aus) oft Fahrten im Automobil, und schließlich baute er für sie ein comfortables Landhaus an einem von ihr besonders geliebten Punkte. Alles das zwiespältigen Herzens. Denn sie hätte ganz im Süden leben sollen. Aber in ihrem prunkvollen Elternhause zu Kairo, im Norden der Stadt, schon am Beginn des Gartenlandes, war sie kaum im Jänner oder Februar ein paar Wochen festzuhalten, obgleich Childerich III. gerne dort bei seinen Schwiegereltern weilte: und diese selbst wußten nur allzugut, daß ihrem Kinde in jedem rauheren Klima Gefahr drohte. Die Tochter – sie war das einzige Kind – hätte alt werden können, trotz ihrer schwachen Lungen, wenn sie im Süden verblieben wäre, und Childerich III. war schon entschlossen, sich zu Kairo in standesgemäßer Weise ansässig zu machen, sehr zur Freude der Schwiegereltern (und, wahrlich, manches hätte dann einen anderen Verlauf genommen!). Aber seine Frau drängte immerzu nach Franken. Was für sie leiblich ein Gift, war zugleich seelisch für sie eine Nahrung: und sie verfiel daheim, blühte jedoch, wenn auch mitunter verkühlt und hustend, in Franken auf. Während einer Deutschlandreise hatte sie den verwitweten Childerich II. kennen gelernt, und es ist wohl möglich, daß sie mehr das Land als den alten Mann geheiratet hatte. Damit aber war ihr kurzfristiges Schicksal entschieden, und sie ging vom Vater auf den Sohn über. Wer weiß, was dabei für uralte Vorstellungen in der jungen Frau und vielleicht sogar in deren Eltern wirksam waren. Es lag hier jedenfalls einer jener Fälle von zweiter Heimat vor, wo irgendwo in der Außenwelt entdeckt wird, was innerlich schon in den Kinderträumen gespiegelt stand: und das mag dann wirklich unwiderstehlich sein. Die sehr alte Familie der Ägypterin läßt sogar die etwas kühne Vermutung zu, sie habe vielleicht irgend einen kreuzritternden fränkischen Herrn, dahinten in der Ferne der Zeiten, zum Vorfahren gehabt, und es sei von ihr dessen alte Heimat wie ein längst Gesehenes gleich bei ihrem ersten Aufenthalte in Deutschland erblickt worden. Nachdem sie vier Jahre als Gemahlin Childerichs III. gelebt, starb sie auf der für sie unweit Selb in Franken erbauten Villa und hinterließ zwei Töchter, Anneliese und Geraldine, von denen die erste die Schönheit der Mutter voll geerbt hatte, jedoch ganz ohne deren richtungslose und eigensinnige Sanftmut: als sie erwachsen war, ein Wesen von Milch und Ebenholz, jedoch von der Schärfe und Wachsamkeit eines Falken. Die zweite, Geraldine, ein gleichfalls sehr hübsches Kind, zeigte später höchst seltsamer Weise im Erblühen bald jene insektenhafte Zartheit und Durchsichtigkeit, wie sie Petronia und Wulfhilde, den Töchtern der Cellé und Schwestern Schnippedilderichs eigentümlich war. Doch paßte dazu wenig ihre scharfe und grelle Stimme, die wie das Feilen einer überdimensionierten Cikade klang. – Vom Tode der Ägypterin an begannen Childerichs III. jüngere Brüder Dankwart, Rollo (Rolf) und Eberhard den Majoratsherrn nur mehr ›Blaubart‹ zu nennen, mit Unrecht und aus Mißgunst, denn sie hatten ihm die schöne und reiche dritte Frau geneidet. Jene Brüder waren alle Offiziere geworden – bis auf den jüngsten, Ekkehard, alle im Ausland, nämlich im königlich britischen Heere

– lebten durchwegs in toller Verschwendung und gingen mit Sicherheit einer Abhängigkeit von dem immer reicher werdenden Childerich III. entgegen.

Inzwischen war, wie schon erzählt worden ist, der Kulmbacher Amtsrichter Bein verstorben, die noch immer außerordentlich schöne Frau Barbara – Tochter des Bierbrauers Paust und der geborenen von Knötelbrech – mit mehreren Kindern hinterlassend, samt ihrem wohlerhaltenen Paust'schen Erbteil. Hier begann denn die eigentlich beispielhafteste Aktion Childerichs III., bei welcher dieser nicht nur eine schöne Frau und deren immerhin beachtliches Erbe, sondern auch zwei neue familiäre Chargen und damit zwei sozusagen planmäßig neu hinzukommende Bärte auf einen Schlag gewann. Denn, da es sich ja bei Barbara Bein um seine eigene Stieftochter handelte, so stand gänzlich außer Zweifel, daß ihm gelungen war, sein eigener Schwiegervater und zugleich sein eigener Schwiegersohn zu werden, und das heißt, einen weiteren gewaltigen Schritt in der Richtung der familiären Totalisierung und des Ein-Mann-Prinzips (etwa: la famille – c'est moi!) zu tun. Unverzüglich arrogierte er denn die Bärte der übernommenen Chargen. Die mächtige Schiffer-Krause (Kehl-Bart), welche der Bierbrauer Paust Zeit seines Lebens getragen, fand am Halse Raum genug zu ihrer Ausbreitung und schloß auch gut an des Vaters ›Favoris‹ oder Backenbärte an. Childerichs III. kleines und schlaffes Gesichtchen sah nun aus einer Art breitem Pelzkragen heraus und gewann dadurch beinahe Wucht, wozu jetzt auch die Quelläugigkeit gut paßte. Um aber die gewonnenen Chargen oder familiären Würden deutlich und voneinander abgesetzt kund zu tun, ließ er die Bärte in keiner Weise ineinander wuchern, sondern trennte Favoris und Krause durch eine Art sorgfältig ausrasierten Kanal, in diesem Falle sozusagen das Niemandsland zwischen den Hoheitsgebieten des Vaters und des Schwiegervaters. Schwieriger war es jedoch, des Großvaters Knebelbart mit des Amtsrichters gewaltigem Schnauzer überein zu bringen, wegen des mangelnden Raumes auf der Oberlippe: so ließ denn Childerich diesen Schnauzer in der Mitte buschig überhängen und schloß die Knebel links und rechts an, auch hier die Hoheitsgebiete zwischen Großvater und Schwiegersohn durch sorgfältig ausrasierte Kanälchen trennend. Nun hatte aber der Amtsrichter außer dem Schnauzer noch eine sehr starke, sogenannte ›Fliege‹ am Kinn getragen, durch ihre Größe eigentlich schon eine Art Bocksbart; auf diese Weise blieb auch Childerichs III. Kinn jetzt nicht mehr nackt, wenn es auch den verhältnismäßig am schwächsten besetzten Teil seines Gesichts darstellte, ja, sogar noch eine beschränkte Möglichkeit für weitere Dispositionen bot. All' diese Anlagen gediehen üppig, dicht und noch immer blauschwarz. Der Barbier, welcher des öfteren morgens in's Haus kam, hatte mit ihnen jedesmal eine gute Stunde Arbeit. Trotzdem war eine gewisse Unübersichtlichkeit in dem so vielfach bärtigen Antlitze Childerichs III. bei aller Pflege kaum auszugleichen und zu vermeiden, und das ist es gewesen, was später die Portiersfrau Soflitsch jedesmal in einer fein quälenden Weise unruhig machen sollte, wenn sie mit dem freundlichen Herrn von Bartenbruch im Aufzug zur Ordination des Professors Horn empor zu steigen Gelegenheit fand.

Was den Namen eines ›Blauharts‹ anging, den die böswilligen Brüder dem Majoratsherrn und Familien-Chef angeheftet hatten, so war diese Charakterisierung zunächst nur in ihrer direkten Bedeutung berechtigt, durch die blauschwarze Färbung von Childerichs III. Bartgrund und Bart; jedoch erhielt sie später immerhin einen Schein ihrer eigentlichen Bedeutung durch den Verlauf und das Ende von Childerichs Ehe mit Barbara Bein. Es war Childerichs längste Ehe. Sie dauerte sieben Jahre. Die schöne Frau gebar ihrem Gatten drei Mädchen: Widhalma, Karla und Sonka, gesunde Kinder, die dann später zu einem durchaus bürgerlichen Hübsch-Sein erwuchsen, abseits aller Monstrosität und allem Besonderen, wie es etwa die insektenhaft glasartigen Wesen Petronia und Wulfhilde an sich hatten, die Töchter der Cellé, denen dann seltsamerweise Geraldine, der Ägypterin jüngere Tochter, wenigstens hinsichtlich des Gesamt-Habitus, irgendwie nachgeriet. Hier aber, bei den Kindern Barbara's aus ihrer zweiten Ehe, schien sich eine gesunde und banale Schicht über die Schächte merowingischer Abgründigkeiten gelegt und sie verschlossen zu haben, so daß ihnen weder Paviane noch Ungeheuer aus der Völkerwanderungszeit entsteigen konnten. Childerich freute sich der drei Mädchen (so weit das bei deren psychischer Artung, die später hervorkam, möglich war), freute sich aber zugleich, keinen Sohn dieser Art zu haben. Für einen solchen schienen ihm freilich die Cellé'schen Vorfahren weit angemessener. Unter den Kindern Barbara's aus ihrer zweiten Ehe bildete Sonka in gewissem Sinne eine

Merkwürdigkeit, insoferne, als es oft, wenn auch nur durch Augenblicke, so erscheinen mochte, als sähe sie irgendwie dem ersten Gatten ihrer Mutter, also dem Amtsrichter Bein ähnlich. Doch war's schwer zu fassen und nicht in Einzelzügen feststellbar. Es schien nur manchmal so.

Als die drei Mädchen schon geboren waren, wurde Childerich III., der ja jetzt sechsundvierzig Jahre zählte, Hochtourist. Fortwährend zog es ihn nach Oberbayern. Barbara hielt mit. Sie wollte nicht unjung erscheinen und nicht zu dick werden. Childerich marschierte rasch bergan. Der Wind raufte im Barte. Childerich stieg immer rasch. Die schöne Barbara war etwas üppig. Oft war sie stark im Schweiße. Man ahnt bereits alles, und man ahnt richtig. Auch sie ging, dem Gemahle auf schwierigen Wegen folgend, doch schließlich den Weg ihres ersten Mannes (dessen Schnauzbart jetzt ihr zweiter trug), das heißt, sie stand von einer Lungenentzündung nicht mehr auf.

5 Der Paust'sche Sack – Die Subkontisten*

An dem Punkte, wo wir jetzt mit dem Familien-Oberhaupte Childerich halten, finden wir diesen zum Überschauen des bisher von ihm Geleisteten geneigt. Auch uns ist solche Atempause nach dem Ableben seiner vierten Gemahlin willkommen. Denn die in verhältnismäßig kurzer Zeit, nämlich von 1915 bis 1939, also in nur vierundzwanzig Jahren, entstandenen genealogischen Verfilzungen überschreiten beinahe schon die Möglichkeiten einer klaren Evidenz.

Das klingt, als habe er zahllose Kinder gezeugt. Dabei waren nur zehn eigene vorhanden. Man braucht nicht bis zu den Fürsten alter Zeiten zurück zu gehen, um weit ausgebreiteteren Zeugungs-Leistungen zu begegnen. So etwa hat – dies war in der Zeitung zu lesen – der im Jahre 1936 verstorbene Präsident von Venezuela, Juan Gomez, 126 Personen als seine leiblichen Nachkommen anerkannt. Daneben verschwindet Childerich III. völlig. Aber seine Größe, sein Splendor lagen nicht in der Quantität, sondern im Streben

---

* Siehe hiezu auch Stammtafel der Merowinger im 19. und 20. Jahrhundert am Ende des Buches.

nach der familiären Totalität, das alle seine gesetzlich-geschlechtlichen Aktionen durchdrang, mindestens von seiner zweiten Ehe an, jener mit der Gräfin Cellé, die ihn zu seinem eigenen Großvater gemacht hat. Und doch hat gerade die erste eheliche Verbindung, die er im fünfundzwanzigsten Jahre einging, mit der um zwanzig Jahre älteren Witwe des Kulmbacher Bierbrauers Christian Paust, die merkwürdigsten genealogischen Folgen gehabt. Childerich III. pflegte diese unter dem Ausdrucke ›der Paust'sche Sack‹ zusammenzufassen.

Zieht man nur die zehn eigenen Kinder Childerichs III. in Betracht, dann sieht's fast einfach aus. Zwei Töchter aus der ersten Ehe, mit der Witwe Paust, der geborenen von Knötelbrech; beide entschwinden uns bereits, mit erklecklichen Mitgiften versehen, um 1937 in's Ausland, als Frauen französischer Adeliger, genauer: einer der beiden Männer war in der französischen Schweiz daheim, und als die Deutschen nach Frankreich einrückten, zog sein Schwager rechtzeitig ebenfalls dorthin, und die beiden Schwestern waren wieder vereint und blieben auch später beisammen. Für uns sind sie mit ihrer Ausheiratung bedeutungslos geworden. Danach folgen die Kinder der Gräfin Cellé, der 1922 geborene Stammhalter Schnippedilderich, eigentlich Childerich (IV.) Freiherr von Bartenbruch, voran, und die Mädchen Petronia und Wulfhilde, beide von insektenhafter Zartheit. Weiterhin die Töchter der Ägypterin, die scharfe Schönheit der 1928 geborenen Anneliese, und Geraldine, welche in so befremdlicher Weise den zarten Habitus der Cellé-Töchter trug. Endlich die drei Kinder der vierten, der bürgerlichen Gemahlin – Widhalma, Karla und Sonka, die erstere sehr früh und vornehm verehelicht, die jüngeren um 1950 noch halbwüchsig und im Pensionate. Aber diese vierte Gemahlin, Witwe nach jenem bergsteigenden Kulmbacher Amtsrichter Bein, war ja Childerichs III. Stieftochter. Und damit befinden wir uns schon mitten in der Komplikation und im Paust'schen Sacke.

Denn der Bierbrauer Christian Paust hatte ja mit der geborenen von Knötelbrech vier Kinder gehabt, die nun, als die Witwe den Freiherrn heiratete, also im Jahre 1915, sämtlich dessen Stiefkinder wurden. Deren ältestes, die schöne, große Barbara, ward alsbald ausgeheiratet – es fielen die Hochzeiten von Mutter und Tochter in's gleiche Jahr, so wie einst, 1890, Childerichs III. Geburt mit der ersten Verehelichung seiner späteren Frau! – und so bekam die Barbara ihren Amtsrichter, dessen Schnauzbart Childerich dereinst als ihr zweiter Mann wie eine Trophäe zusammen mit der vierten Gemahlin heimführen sollte. Von Barbara's drei Brüdern war, als ihre Mutter noch einmal heiratete, nur der älteste schon eigentlich erwachsen, ein riesenhafter, stark-knochiger Mann mit dem schwarzen Roßhaar der geborenen von Knötelbrech, den man im Familienkreise Hagen von Tronje nannte. Er sah auch wirklich so aus. Alle Paust'schen Söhne haben sich dem väterlichen Bierbrauerberufe zugewandt und nacheinander die bayerische Brauerei-Hochschule von Weihenstephan bei Freising ordnungsgemäß absolviert. Auch die jüngeren wurden kräftige Männer, wie's ihr Vater gewesen. Doch Hagen überragte sie.

Der zweite Schub von Stiefvaterschaften Childerichs III. erfolgte durch seine Verbindung mit Barbara im Jahre 1932. Diese hatte in ihrer Ehe mit dem Amtsrichter drei Söhne geboren, deren ältester sich 1934 dem Studium der Medizin zuwandte und eine auswärtige Universität bezog. Er ist späterhin ein namhafter Arzt geworden, erst zu Kulmbach und dann in der Universitäts-Stadt, wo Childerich wohnte. Seine jüngeren Brüder haben jedoch wieder den Beruf des Großvaters und der Oheime ergriffen, sie sind Bierbrauer geworden, auch diese, ebenso wie der spätere Herr Dr. med. Bein, Bursche von kräftiger Statur.

Mit dem zweiten Schub von Stiefvaterschaften aber erreichte die familiäre Komplikation ihren Höhepunkt und der Paust'sche Sack seine größeste Ausweitung.

Es ist dieser Ausdruck von Childerich III. beim Stammbaumklettern und Stammtafelzeichnen erfunden worden, das er, wie manche seiner Standesgenossen, mit Vorliebe betrieb, allerdings, gemäß seinem Streben nach familiärer Totalität, mehr im descendentischen Sinne, wobei er, um das Gefühl von seiner Omnipotenz zu steigern, auch die Stiefkinder durchaus einbezog. Deren waren im ganzen sieben vorhanden. Tatsächlich zeigte die Familientafel – wenn man sich die Ehen, Kinder und Stiefkinder Childerichs III. graphisch dargestellt denkt – gleich links und am Anfang eine wilde Ausbuchtung. Für eben diese erfand er den schon mehrfach genannten Ausdruck. Es gehörten aber zum Sacke genau genommen auch seine beiden eigenen Töchter, welche er von der Bierbrauerswitwe hatte (und die jetzt in der Schweiz und in Frankreich lebten), so daß jener Paust'sche Sack nunmehr neun Personen enthielt, darunter Childerichs Gemahlin Barbara: woraus sich dann freilich ergeben mußte, daß er nicht nur sein eigener Schwiegervater und sein eigener Schwiegersohn geworden war, sondern auch der Schwager seiner Stiefkinder (ersten Schubes) und der Onkel (zweiten Grades) seiner Enkel, als welche Barbara's Nachkommen doch wohl angesehen werden mußten, denn er war ja der Mann von ihrer aller Großmutter, der Bierbrauerswitwe, gewesen. Widhalma, Karla und Sonka zum Beispiel, Barbara's Kinder aus ihrer zweiten Ehe, nämlich der mit Childerich III., mußten in ihm Großvater, Vater und Onkel in einer Person erblicken: letzteres deshalb, weil er ja der Schwager von Barbara's Geschwistern war, also ihrer Oheime. (Daß Barbara durch die Verehelichung mit dem Stiefvater ihre eigene Mutter geworden, ging nur beiläufig mit drein und sie hat, sehr zum Unterschiede von ihrem Gemahle – neben welchem solches auch nicht rätlich gewesen wäre! – auf die Erwerbung derartiger familiärer Chargen wohl kaum besonderen Wert gelegt.) Man sieht, wie wir schon oben sagten, daß die in vierundzwanzig Jahren entstandenen Verfilzungen beinahe die Möglichkeiten einer klaren Evidenz übersteigen.

Im ganzen läßt sich sagen, daß bei Childerich III. die totalitäre Tendenz gegenüber den finanziellen Beweggründen seiner Eheschließungen immer mehr überwog. Das Paust'sche Erbe der Barbara Bein kam doch – mochte es gleich sehr ansehnlich sein – im Vergleiche zum Cellé'schen Vermögen oder der ägyptischen Mitgift kaum in Frage; aber es brachte diese vierte Ehe zwei familiäre Chargen (er wurde sein eigener Schwiegervater und Schwiegersohn) und drei Bärte (Kehlbart, Schnauzer und Gaißbart). Bei der Planung von Childerichs III. fünfter Ehe aber spielten, wie wir noch sehen werden, finanzielle Motive überhaupt nicht mehr mit. Im Gegenteile: die Absicht oder Aussicht, sein eigener Schwager zu werden, forderte sogar Bereitschaft zu finanziellen Opfern.

Hier, an dem Punkte, wo wir jetzt halten, begann eine neue Periode im Leben Childerichs III., nämlich die der Adoptionen: nicht etwa, daß er selbst irgendwen adoptierte; aber zu den ihm noch fehlenden familiären Chargen zu gelangen, nämlich sein eigener Schwager, ja Oheim und Neffe zu werden, konnte er nur auf dem Wege der Adoption hoffen; und so spielte denn dieses Mittel in seinen Planungen einer noch weitergehenden familiären Totalisierung, Zentralisierung und Omnipotenz eine vordringliche Rolle. Nur so blieb das Ein-Mann-Princip realisierbar. Nur so war auch eine Vermehrung und weitere Differenzierung der Bart-Trachten zu erhoffen, wenngleich ja eigentlich Childerichs III. pelzumkraustes Antlitz nicht mehr viel Raum dazu bot, höchstens am Kinne unter des Amtsrichters großer ›Fliege‹, die schon fast wie ein Gaißbart aussah. Immerhin, man hätte sie vermindern können, um darunter noch einen von ihr durch distinkt rasierten Kanal getrennten kleinen Spitzbart anzusetzen. Jedoch befanden sich unter den in Childerichs III. Adoptions-Plänen angezielten Personen bereits auch bartlose Individuen. Die Charge galt ihm demnach jetzt schon mehr als die Trophäe.

Der zweite Weltkrieg hatte bemerkenswerter Weise die Familie ebensowenig wie der erste an Menschen oder an Gut in erheblicher Weise gemindert; nur der jüngste Bruder Childerichs III. – der selbst nie Soldat gewesen – war 1941 gefallen. Dankwart, Rollo (Rolf) und Eberhard überlebten. Sie hatten, als Offiziere von bereits höherem Rang, auch im zweiten Weltkriege auf englischer Seite gedient und damit waren allerdings der freiherrlichen Familie im sogenannten Tausendjährigen Reiche gewisse Peinlichkeiten erwachsen – vom Sohne ganz zu schweigen, den seine Oheime gelegentlich eines Besuches noch vor dem Kriege einfach drüben behielten. Im ganzen kostete das sehr viel Geld, den Baron nämlich in Deutschland, durch notwendig werdende große Spenden nach allen Seiten und an die verschiedensten Stellen und Verbände. Dann aber, nach 1945 – Childerich III., längst zum vierten Male Witwer, stand in der Mitte seiner Fünfziger – mußte der Familienchef gegen ein gewisses Übergewicht ankämpfen, welches die allgemeine Lage den königlich britischen Offizieren vorübergehend in der Familie zu verleihen schien. Jedoch, sie hatten ihr Erbteil so gut wie ganz durchgebracht. Childerichs III. immer mehr angeschwollenes Vermögen aber blühte schon seit über einem Jahrzehnt still beiseite in der Schweiz und in Brasilien, wenigstens zum überwiegenden Teile. Und besonders in Südamerika wuchsen dabei die Werte ganz bedeutend. Der Realbesitz – das Majorat Bartenbruch und noch etliche Nebengüter – blieb zudem freilich ungeschmälert, nur am Hausbesitze, da oder dort, gab es Kriegs-Schäden. Das schöne

Palais mit dem Park aber, in der Universitäts-Stadt, blieb wohlerhalten. Von nicht geringer Bedeutung war es auch, daß die großen Spielzeug-Industrien, welche Childerich III. auf dem Wege über die Gräfin Cellé von seinem Großvater, dem knebelbärtigen Pavian, geerbt hatte, ohne Schäden davon und noch in die westliche Bundesrepublik zu liegen kamen, so daß keine Enteignung erfolgte.

Inzwischen war bei alledem doch männiglich geerbt worden, sowohl im Sacke, als auch außerhalb desselben. Genauer: es hätte geerbt und zur freien Verfügung übergeben werden sollen. Daß Childerich III. die Erbteile der Minderjährigen verwaltete, mochte noch angehen. Jedoch er enthielt auch den Großjährigen die ihren vor.

Wer ihn kennt – und ein wenig kennen wir ihn doch schon, wenn auch keineswegs ganz, denn da wird er uns noch was anschaun lassen! – der weiß, daß der Freiherr nicht am Gelde hing, wohl aber jeder geringsten Minderung seiner Macht und zentralistischen Omnipotenz unbedingt widerstrebte. Sämtliche unter seiner Verwaltung befindlichen und auf Subkonten liegenden Erbteile zusammengenommen waren so gut wie nichts im Vergleich zu seinem gewaltigen Eigenvermögen. Aber ihm war an der Trillung und Niederhaltung vor allem seiner Stiefsöhne (beider Schübe) gelegen. So wollte er denn was in der Hand behalten. Und so ließ er die Abwicklung der Verlassenschaften bis in's Endlose hinausziehen, eine Sache, auf die sich sein Rechtsanwalt, der bewegliche junge Doctor Gneistl, ausgezeichnet verstand. Vorausempfänge wurden keinesfalls gewährt; und die Auswerfung auch nur eines Teiles der Erträgnisse ward durch endlose Quisquilien und Vexationen verzögert, so daß kaum irgendwer jemals auch nur zu einem Fruchtgenuß gelangte.

Solche Fälle kommen vor, nicht selten sogar. Durch Vielbeschäftigtheit, Trägheit oder Rücksichten irgendwelcher Art auf der einen, durch Machtgier und zähe Entschlossenheit auf der anderen Seite wird es immer wieder ermöglicht, daß rechtmäßiges Erbe viele Jahre vorenthalten werden kann, besonders von Seiten eines mit juristischen Kniffen Vertrauten oder darin gut Beratenen. Und dies letztere war er ja, Childerich III., durch den Doctor Gneistl nämlich. Hinzu kam, daß niemand von jenen ›Subkontisten‹ – so nannte man sie bald, ja, sie selbst nannten sich so! – durch irgendwelche Not zum Handeln getrieben wurde. Sie alle, in- und außerhalb des Sackes, also die Söhne und Enkel des Bierbrauers Paust sowohl wie etwa die Töchter der Gräfin Cellé und der Ägypterin, befanden sich ja nicht nur in geordneten Verhältnissen, sondern in sehr guter Lage: Childerich III. ließ es den Töchtern an nichts fehlen, dessen sie standesgemäß bedurften. Aber selbst etwas haben, eben das sollten sie nicht! Immerhin verschwanden Petronia und Wulfhilde, die jüngeren Schwestern Schnippedilderichs, gut bemitgiftet bald nach Mitte der Vierzigerjahre aus dem Gesichtskreis. Diese Damen (oder ihre Gatten) haben sich nie intensiv um das ihnen von ihrer Mutter, der Gräfin Cellé, testamentarisch und rechtsgültig Vermachte gekümmert, ebenso wenig wie die in der Schweiz lebenden Töchter der Knötelbrech um ihr mütterliches Erbe. Anders freilich verhielt sich dann die scharfe Schönheit, die 1928 geborene Anneliese, ältere Tochter der Ägypterin.

Noch fragt man, trotz der schon angeführten Hemmnisse, warum von denen im Sacke, den Paust'schen also, nicht mit Rechtsmitteln vorgegangen ward. Sie hätten sich ja einen guten Advocaten nehmen können, der den Kniffen des flinken Doctors Gneistl wäre gewachsen gewesen. Damit kommen wir nun auf den Umstand, welchem wir die entscheidende Verhinderung aller entschlosseneren und wirksamen Aktionen zuschreiben: im Grunde unterblieb alles und jedes nur aus Rücksicht gegen die hochadelige Verwandtschaft, auf welche doch die Bürgerlichen männiglich gar sehr sich was zugute taten und die sie bei jeder Gelegenheit erwähnten. So wollte man denn nicht als zerstritten gelten. Merkwürdig genug, wie sie da vor einer Art von Autorität sich zu beugen schienen! Es war schon die rechte, wenigstens nach der Meinung Childerichs III., von seinem fragwürdigen Standpunkte eben. So wachte er denn darüber, daß solche Autorität eine Minderung nie erfuhr, und glotzte jedermann von den Paust'schen, der ihm in die Nähe kam, aus vorquellenden Augen gläsern an, insbesondere die Stiefsöhne ersten Schubes, mit Hagen von Tronje an der Spitze. Diese hatten nie im Bartenbruch'schen Palais gelebt. Zur Zeit von Childerichs Eheschließung mit der Witwe Paust, der geborenen von Knötelbrech, also 1915, stand der älteste von ihnen, eben jener Hagen, mit 22 Jahren längst beim Militär, statt vor der Vollendung seiner Studien, und auch die jüngeren hat es noch erwischt. Nach Kriegsende nahm der Baron die Burschen nicht in's Haus. Vielleicht bangte er um seine Autorität jenen gegenüber, selbst noch keine dreißig Jahre alt. Sie wohnten nun zum gleichen Zwecke wie Hagen in Freising, nämlich um ihr Studium zu vollenden. Dort gewährte ihnen der Stiefvater reichlich Station, und die jungen Herren waren's zunächst zufrieden. Immer aber blieb dem Oberhaupte noch die Möglichkeit, sie zu trillen, etwa durch Herabsetzung des Wechsels oder Entzüge außerordentlicher Zuwendungen, wenn sie ein oder das andere Mal vor seiner Omnipotenz nicht die gebührliche Ehrfurcht zeigten. Zuletzt traten sie in die väterliche Brauerei, in bezug auf welche Childerich III. keine Obmacht zustand, sondern dem Compagnon des verstorbenen Paust.

Die vom zweiten Schube aber hatte ja Barbara Bein zum Teil noch als Knaben in die Ehe gebracht, sie wuchsen also in des Freiherrn Hause heran. Doch drängelte er sie so bald wie möglich hinaus (und ließ sich's wieder was kosten), als ersten den Ältesten, der bei seiner Mutter zweiter Eheschließung sechzehn Jahre hatte und mit achtzehn eine Universität bezog, um Medizin zu studieren, wie wir schon hörten. Der Wunsch des Stiefvaters vereinigte sich mit jenem des Jünglings, der nicht hier am Orte, sondern anderswo das Studium durchlaufen wollte. Und so ward ihn Childerich los; und die anderen beiden auch, und so bald wie möglich. Sie zogen später ebenfalls nach Freising, erst der ältere, zwei Jahre danach der jüngere, und erlernten, wie einst ihre jetzt in Kulmbach wohnenden Oheime, die Brauerei. Der jüngste war noch auf der Hochschule zu Weihenstephan, als seine Mutter von einer Lungenentzündung nicht mehr aufstand. Im Grunde haben alle drei dem Stiefvater Schuld am frühen Ableben ihrer Mutter gegeben. Sie sind nie in des Freiherrn Haus zurückgekehrt.

Immerhin hatten sie von 1932 an im Palais Bartenbruch gelebt (und auch am Lande auf dem Majorat), wo es noch den damals kaum elfjährigen Childerich IV., dereinst Schnippedilderich, gab, der sie alle prügelte, auch den ältesten, den späteren Arzt, obwohl der doch um sechs Jahre mehr hatte. Indessen geschah solches Dreschen der Bürgerlichen nicht etwa als ein Ausdruck stehender Feindschaft oder einer Art von Kriegszustand zwischen den jungen Leuten, sondern nur gelegentlich, sozusagen im Vorübergehen, und immer mit Geringschätzung. Oft war Schnippe auch sehr freundlich zu ihnen, besonders zu den kleineren Burschen, die erst zwölf und vierzehn Jahre hatten. Childerich III. billigte durchaus diese Art des Umgangs seines Stammhalters mit den Stiefsöhnen zweiten Schubes.

Damals gab's außerdem genug Töchter im Hause, auch abgesehen von der kleinen Widhalma und denjenigen zwei Barbara's, die da noch kommen sollten. Die ältesten Mädchen, Kinder Childerichs von der Knötelbrech, erblühten schon; Petronia und Wulfhilde, Schnippedilderichs jüngere Schwestern, freilich noch nicht; und der Ägypterin Kinder waren klein, die Anneliese ebenholzschwarzen Haares (immer sah sie gern zu, wenn Schnippe wen verdrosch!) und Geraldine, später dann insektenzart wie die Töchter der Gräfin.

Immer sah sie gern zu, wenn Schnippe wen verdrosch, die Anneliese, aber einmal, als er eben des Amtsrichters ältesten Sohn in der Arbeit hatte – es geschah im Park hinter dem Stadthause – der sich stets tapfer und verzweifelt zur Wehr setzte (aber was vermochte er gegen das Monstrum?!), da schoss die damals kaum fünfjährige ›schwarze Ägypterin‹ (so nannte man sie) über den Rasen heran und verbiss sich mit ihren weißen Zähnchen in Schnippe's bloße Wade über dem kurzen Socken. Und wirklich bändigte ihn der Schmerz, er ließ ab, und jetzt tat auch die Kleine ihre Zähnchen auseinander. Das Blut lief herab. Das Verhalten des Monstrums aber war überaus bezeichnend. Er grinste belustigt, hob die Wildkatze auf den Arm und sagte: »Wirst mir auch jetzt was zum Verbinden bringen?« Aber das tat bereits der von Schnippe verprügelte junge Bein, erschrocken darüber, wie das Blut von der Wade floß und den weißen Socken rot färbte. Nun kam er mit Gaze und Watte gelaufen, und dahinter, flatternd vor Schrecken, die englische Gouvernante der Mädchen. Schnippe ließ wohl an sich herumbändeln, schenkte aber der Sache nicht die geringste Beachtung. Irgendwer von den Kindern bemerkte vier Tage später mit Geschrei und äußerstem Erstaunen, daß man an Schnippe's Wade auch nicht die leiseste Spur von dem tiefen Bisse mehr sah. Dieser war glatt geheilt. Den Verband hatte der junge Freiherr weggeworfen.

Sogleich nach der Eheschließung Barbara's, mit eben noch schicklichem Abstande, war 1932 schon das erste Mädchen zur Welt gekommen, Widhalma. Immerhin wurde es dann, als die Burschen glücklich draußen waren, ruhiger. Schnippedilderich hatte niemand mehr zum Prügeln. Es folgten die Kleinsten, Karla und Sonka. Die Töchter der geborenen von Knötelbrech wurden zwei Jahre vor Barbara's 1939 erfolgtem Ableben ausgeheiratet. Nach Mitte der Vierzigerjahre ging's an Petronia und Wulfhilde. 1947 war's Anneliese, und nur ein Jahr später schon die Widhalma, Barbara's ältestes Kind aus ihrer zweiten Ehe. Keine von Childerichs III. Töchtern hat so jung geheiratet wie diese – sie hatte noch nicht das siebzehnte Jahr erreicht! – keine auch eine so gewaltig gute Heirat getan. Ihr Mann, in mittleren Jahren, war Südamerikaner, jedoch aus einer Familie von spanischen Granden stammend, und geradezu blödsinnig reich. Er behandelte Widhalma, die ein banaler Fratz und obendrein ein Mistvieh war, in celebrativer Weise wie eine kleine Gottheit, und nach wenigen Wochen bereits wurde das Mädchen vollends unerträglich. Childerich III., der mit dieser Eheschließung ganz einverstanden sich zeigte – zudem mochte er den Schwiegersohn, in welchem sein Instinkt sofort den echten Grandseigneur erkannte – war glücklich, daß die unverschämte Widhalma bald in Buenos Aires sein sollte und bemitgiftete sie vortrefflich. Hier war ein Abhängigkeitsverhältnis nicht aufrecht zu erhalten, und der Baron wird nur froh gewesen sein, dieses ihm gegenüber immer frecher werdende Frauenzimmer, welches bereits seine Autorität zu untergraben sich anschickte, je eher je lieber draußen zu haben.

Fast um dieselbe Zeit ging die insektenzarte Geraldine, die damals noch keine neunzehn Jahre hatte, als Sekretärin eines amerikanischen Öl-Magnaten nach Cuba, was sie knapp vor ihrer Abreise mit feilender Cikadenstimme dem Vater eröffnete. Childerich III. behielt ihr ägyptisches Erbteil ein und soll ihr zum Abschied ein paar Ohrfeigen gegeben haben. Von dieser hörte man lange nichts mehr. Dafür erfüllten jetzt die Halbwüchsigen, nämlich Karla und Sonka, die jüngeren Töchter Barbara's, das Haus mit entsetzlichem und widerwärtigem Lärme, und ein Schnippedilderich, der sie gewiß geprügelt hätte, war längst nicht mehr da. Die beiden sehr hübschen Mädchen zeigten eine abstoßende und wahrhaft abscheuliche Wildheit, mißhandelten Mensch und Tier, zerschlugen und zerstörten, was ihnen unter die Finger kam, und peinigten eine Gouvernante nach der anderen aus dem Hause. Ihnen gegenüber war selbst Childerich III. wie verschüchtert vor Ratlosigkeit, und vielleicht von tieferem Entsetzen noch ergriffen als über seinen riesenhaften Sohn. Als die Biester schließlich gegen ihn selbst gewalttätig vorgingen, gab er sie aus dem Hause; sie kamen – getrennt – in teure Pensionate, welche in kürzester Zeit in ein Tollhaus zu verwandeln auch jeder für sich allein im weitgehendsten Maße gelang, so daß sie stets abwechselnd überall wieder hinausflogen. Karla, die ältere, schloß sich mit der Directrice eines ihrer Institute, einer kleinen fünfzigjährigen Dame, in deren Wohnung ein, schlug die Frau dumm und taub, riß ihr die Kleider vom Leibe und sperrte sie splitternackt auf einen kleinen Balkon gegen die Gasse hinaus. Dann verließ sie das Appartement, schloss sorglich alles ab und warf die Schlüssel in den Hofbrunnen. Die Feuerwehr mußte ausrücken, um die nackend auf dem Balkon Zeternde zu bergen, welche man sogleich in's Irrenhaus brachte und auch dort behielt.

Die Mädchen grinsten immer und sahen eigentlich aus wie hübsche Hyänen oder Chimären. Ihre Mundwinkel waren stets daran, weit zurückzuweichen. Beiden eignete ein wirklicher und wirksamer Chic, und in allen ihren Sachen – einschließlich der Schulaufgaben! – waren sie pünktlich, sauber und ordentlich; sie schrieben eine schöne und elegante Perlschrift, und verbreiteten hellen, blonden Schweißgeruch. Ihre Fürchterlichkeit ist erst kurz vor 1950 recht erkannt worden, von einem Grafen Landes-Landen, der sie auch bei seiner größten Aktion richtig eingesetzt hat. Indessen kamen sie im allgemeinen Tumult ganz zuletzt nicht zum Zuge, vermehrten jenen vielmehr noch durch ihre aufreizende Anwesenheit; ja, gerade sie war es, welche damals zu den schwersten Ausschreitungen geführt hat.

Die wichtigste Heirat war die Anneliesens. Ihr Erwählter war jener Dr. med. Bein, den sie einst als Fünfjährige wütend gegen Schnippedilderich verteidigt hatte.

Sie zählte neunzehn Jahre, als es an dem war, ihr Verlobter einunddreißig, als Arzt schon in guter Position. Wir nannten Anneliese früher einmal ›den Falken‹, wegen der Schärfe und

Wachsamkeit ihres Gesichtsausdruckes. Eine Person aus Milch und Ebenholz, ein rechtes Schneewittchen, aber ein solches, das seine sieben Zwerge eingefangen, mit Stricken zusammengekoppelt und zu einem Zirkus-Unternehmer getrieben hätte, um sie, nach hartem Handel, bestens für die Monstrositäten-Schau zu verkaufen. War ihre schöne Mutter ein Pflanzen-Geschöpf gewesen, ohne Eigenbeweglichkeit und Willen – wenn man von ihrer zähen Liebe zum fränkischen Lande absieht – so hatte die nicht minder schöne Tochter gleichsam einen durchgegangenen Motor in sich, der sie drauflos propellerte, immer der Nase nach dorthin, wo diese ein vorhandenes Geld roch. Unter den Subkontisten – denn auch ihr wurde das Antreten ihres bedeutenden mütterlichen Erbes hinausgezögert, jetzt freilich noch mit dem Vorwande ihrer Minderjährigkeit – war sie zweifellos die aktivste Persönlichkeit. Ihren Gatten hat sie dann auch dazu gemacht, ihn aus allen, und auch aus den letzten Hemmungen gelöst. Der Anneliese – Tochter Childerichs III. und einer Prinzessin! – imponierte die adlige Verwandtschaft in gar keiner Weise.

Sie war, genau genommen, der einzige aktive Subkontist außerhalb des Sackes und wurde durch den Hebel ihrer Heirat gewissermaßen zum archimedischen Punkt des Paust'-schen Sacks, der nun eine Stütze außerhalb seiner selbst besaß, von der aus sein Trägheitsmoment überwunden werden konnte. Was sich sonst subkontistisch außerhalb des Sacks noch befand, war gegenstandslos. Die Töchter der geborenen von Knötelbrech kümmerten sich von der Schweiz aus um nichts, Petronia und Wulfhilde waren reich bemitgiftet worden, Geraldine und die gräßliche Widhalma verschwunden. Jedoch hat Anneliese – und dies wurde später von nicht geringer Bedeutung – sich gewissermaßen Ersatz dafür geschaffen, daß sie außerhalb des Sackes allein gelassen worden war. Sie empfand die entscheidenden Affinitäten tief und deutlich, und sie folgte ihnen auch. Hierher gehört es, daß sie gerne von ihrer um sechs Jahre älteren Cousine Agnes, der Tochter von Childerichs III. Schwester Gerhild, sich in häufigeren Verkehr ziehen ließ, der nach Anneliesens Heirat noch frequenter wurde: denn der Gatte jener Agnes, Herr Doctor Stein, befand sich als älterer Kollege an der gleichen Universitäts-Klinik wie Anneliesens Mann. So also ward diese damals von Agnes (die wir erst kennen lernen sollen) an sich gezogen. Die beiden Ärztefrauen absolvierten übrigens gemeinsam einen Kurs für Operations-Schwestern und Ordinations-Gehilfinnen, um in der Privatpraxis ihren Männern zur Hand zu sein, wenn eine Hilfskraft fehlte. Als weniger wichtig, wenn auch in die gleiche Richtung deutend, mag es erscheinen, daß Anneliese stets mit Karla und Sonka freundschaftliche Verbindung hielt. Als diese das Palais Bartenbruch noch mit ihrem widerlichen Lärme erfüllten, war es schon so gewesen, und nie hatten sich die Teufeleien der Jüngsten gegen Anneliese und auch nicht gegen deren jüngere insektenzarte Schwester Geraldine gerichtet (übrigens auch späterhin nicht gegen den Majordomus Pépin, den beide Schwesternpaare gern mochten, Geraldine mit der feilenden Stimme erfreute sich sogar seiner besonderen Gunst). Es besteht Grund zu der Annahme, daß einige Niederträchtigkeiten der beiden Chimären von den älteren Mädchen angestiftet worden sind. Denn als diese einmal für nötig fanden, ihre Glacéhandschuhe mit Benzin selbst zu putzen, ließen sie die Flüssigkeit dann durch Karla und Sonka in's WC schütten, mit dem Beifügen, das Betätigen der Spülung zu unterlassen. Schon waren sie auch von den Chimären gut verstanden, denn diese wußten wohl, daß gerade jenes bezeichnete unter den mehreren Örtchen des großen Hauses mit Vorliebe von dem württembergischen Haushofmeister Heber besucht wurde, der ein starker Raucher war. Als dieser sein Streichholz hinter sich geworfen hatte, im nächsten Augenblicke seiner Pfeife verlustig ging und, gefolgt von einem wilden Flammenbausch in mangelhafter Bekleidung hervor fuhr, standen alle vier Mädchen gemeinsam hinter der zum Spalt geöffneten Tür eines Zimmers und hörten mit Genuß sein mörderisches Fluchen.

Childerich III. hatte sich der Verlobung Anneliesens sofort widersetzt. Mitgift null! Das ägyptische Erbe würde einbehalten! Ihm ahnte hier nichts Gutes. Sogleich erblickte er richtig in Anneliese ein subkontisches Bindeglied zwischen dem Sacke und seinem eigentlichen Hause, hielt jene auch für durchaus fähig – so weit sah er voraus! – Verbündete zu werben. Brüllenden Tones erklärte er seiner Tochter, daß er Heiraten zwischen Geschwistern keineswegs dulden werde, im Rausche seiner descendentischen Omnipotenz die Stiefsöhne mit einbeziehend und völlig vergessend, daß zwischen Anneliese und ihrem Bräutigam nicht die allermindeste Blutsverwandtschaft bestand. Anneliese entwich. Die Heirat ward vollzogen. Frau Agnes Stein half in allem, wohl wissend, welch einer reichen Erbin sie die Hand bot. Nun saß die Klammer fest, zwischen den Subkontisten im Sacke und der Subkontistin draußen. Denn ihnen beiden wurde vorenthalten, dem Gatten (das Erbteil nach seinem Vater, dem Amtsrichter, und nach seiner Mutter Barbara) und der Gattin (das ägyptische Erbe).

Die Heirat wirkte im Sacke revolutionierend. Freilich war dort der Grimm wiederholt schon geschwollen, und durch die Jahre. Wann immer dem Doctor Gneistl nichts besseres grad zur Hand gewesen und eingefallen war, hatte er stets die Petenten und Monierenden einfach hingehalten, bis sie wieder von der Sache durch andere herantretende Geschäfte abkamen; oder er verlangte immer neue Erklärungen, Dokumente und Unterlagen – während des Tausendjährigen Reiches kamen hier zu seinem Vorteil noch die sogenannten ›Arier-Nachweise‹ hinzu, an deren dokumentarischer Belegung er dann unweigerlich was auszusetzen fand – oder (und das wirkte verblüffend!) er fuhr plötzlich mit einer gepfefferten Spesen-Nota auf, die den Betroffenen derart in Wut brachte, daß in zwei Fällen sich für Doctor Gneistl Gelegenheit bot, Ehrenbeleidigungsklagen einzubringen, wodurch neuerlich die Verbindung mit ihm abriß, Zeit gewonnen wurde und die Sachen zum Stehen kamen. Das plötzliche Loslassen von Spesen-Noten (manche waren wirklich unverschämt, und jedes Telephongespräch wurde als ›Consultation‹ hoch berechnet) erwies sich, unter allen Quisquilien und Vexationen, als besonders wirksam; so daß am Ende einige und einzelne der vexierten Personen des Paust'schen Sackes bereits einsam auf einem Bein in ihrem Zimmer herumsprangen, oder sich solchergestalt immer schneller um sich selbst drehten, gestreckt und mehr und mehr gegen die Zimmerdecke gezogen, gleichsam hochgezwirbelt von der Wut. Schon befanden sich drei von ihnen am 1., 10. und 20. jedes Monates in Special-Behandlung bei Professor Horn, der immerhin genug orientiert war – die Patienten besorgten das selbst in erregter Weise, bis dann die Nasenzange gesetzt wurde – um ein Zusammentreffen dieser vexierten Personen in seiner Praxis mit dem Freiherrn von Bartenbruch hintanzuhalten, indem er ihre Vorsprache mit genügendem Abstand von jener des Barons ansetzte.

Sechs Mann im Sacke, und in den verschiedensten Lebens-

altern! War doch der roßhaarig-schwarze Tinterich Hagen
von Tronje (ein dummer Mann, übrigens) gegen Ende der
Vierzigerjahre schon hoch in den Fünfzig, aber noch immer
voll Kraft, ein starkknochig Tier! Und noch immer Sub-
kontiste. Seine Brüder waren um Fünfzig und gegen die
Fünfzig zu. Dann gab's zwischen dem ersten und dem zweiten Schube naturgemäß eine Lücke, denn der Dr. med. Bein
hatte zur kritischen Zeit seiner Heirat nur einunddreißig
Jahre und seine Brüder standen gegen Ende und Mitte der
Zwanzig. Eine starke Mannschaft, im ganzen. Jetzt, wo sie
häufiger ergrimmten, rumpelte es oft ganz gehörig im Sacke.
Denn stets wurden sie von denen Weibern gehächelt und ge-
hetzt. Doch bewahrte Anneliese durchaus Besonnenheit.
Sie tat nichts Voreiliges. Zunächst erfolgte keinerlei Aktion.
Sie genossen ihre Flitterwochen, verreisten, richteten sich
dann in einer Villa über der Stadt ein, denn so förderlich
stand es schon mit dem Doctor, der im übrigen ein beinharter
Bursche war, was der Anneliese wohl gefallen mochte. So
ging die Zeit hin, und die Wellen, welche diese Heirat geschlagen hatte, verebbten. Den Doctor Gneistl nahm man
zunächst nicht in die Zange, mochte auch sein gequetschter
Name dazu auffordern. Kurz, allen miteinander fehlte auch
der Kopf (Hagen, der älteste von ihnen, hatte eigentlich keinen), ein Kopf, der den Paust'schen Sack entbunden und
erschlossen hätte, so daß die Insitzenden wie eine Protuberanz
hervorgequollen und über Childerich III. hereingebrochen
wären. So blieb's zunächst beim Grimme.

6 Der Majordomus – Die Skandale

Um diese Zeit war schon lange bei Childerich III., draußen
in Bartenbruch wie auch in der Stadt, ein Individuum aufgetaucht, das man wohl dem Namen nach in der Familie gekannt hatte, als einen Seitenverwandten aus Südfrankreich,
kaum aber persönlich: Graf Pippin von Landes-Landen,
welcher Name auf das alte Aquitanien hinweist. Herr Pippin
wurde französisch benannt, also Pépin; in dieser Form haftet
dem Namen (für deutsche Ohren) sehr zu Unrecht irgendetwas Lächerliches an, und vielleicht blieb man eben darum

gerne dabei, obwohl der Träger selbst während der ersten Zeit seiner Anwesenheit in Franken wiederholt versuchte, sich Pippin zu nennen; jedoch drang er damit nie ganz durch. Auch wir werden ihn daher wechselweis Pépin oder Pippin nennen. Den genannten Herrn also nahm Childerich III. in's Haus, obwohl jener es garnicht nötig hatte, sich von irgendwem in's Haus nehmen zu lassen: er war ein reicher Junggeselle. Sein Vater, Karl, war ein Childerich III. in mancher Hinsicht verwandtes Individuum gewesen: auch so ein omnipotenter Bart, jedoch ein einheitlich geschlossener Vollbart, nicht, wie der komplizierte Bart Childerichs III., schubweise entstanden, und aus verschiedenen Bärten als complexes Gebilde zusammengesetzt. Die Söhne jenes einheitlichen Bartes nannte man nach ihrem Vater allgemein die Karolinger.

Pépin sprach gebrochen deutsch. Wenn er musternd durchs Haus ging, war seine Oberlippe mit dem kleinen, schwarzen Bärtchen leicht geschürzt und ließ die vom Cigarettenrauche gelben Schneidezähne sehen. Der kleine Mann war von so vollkommener Undurchsichtigkeit, daß diese quälend wirken konnte: man stellte sich angesichts einer so beschaffenen Person zwangsläufig geradezu fundamentale und eigentlich beinahe unzulässige Fragen, die im ganzen darauf hinausliefen, wie denn dieser Bursche es sich in seiner eigenen Haut eigentlich eingerichtet habe, insbesonders aber, wie er denn in dieser Haut stecke und wie er sich trage, wenn er allein sei? Der etwa fünfzigjährige Herr Pépin war von elegantem, zartem Wuchs; die tiefbraune Haut, die feuchten, großgeschlitzten Augen, die weiche Baß-Stimme – sonor, als käme sie aus dem untersten Bauch, ein sozusagen scrotaler Baß – das alles vermochte mitunter in einer Weise zusammenzuspielen, die Unbehagen erzeugen, ja sogar eine lebhafte Empfindung von Unappetitlichkeit hervorrufen konnte. Pépin le Bref – Pippin der Kurze – hatte, bei aller Zurückhaltung und Undurchsichtigkeit, eine Art von organischer Wärme, die ihm, zusammen mit viel schwarzem Haar, an den Handgelenken aus den Ärmeln und Manchetten hervorzukommen schien.

Offenbar war es doch die zunehmende Unübersichtlichkeit der stark angeschwollenen Familie, was den Merowinger veranlaßte, einen Majordomus an sich zu ziehen: und dies einmal in's Auge gefaßt, mußte denn auch alsbald klar werden, daß in der näheren Verwandtschaft eine geeignete Person sich nicht finden ließ. Die Brüder blieben außer Betracht. Barbara's bürgerliche Geschwister ebenso. Am besten war überhaupt jemand geeignet, der von den verschiedentlichen, im fränkischen Zweige der Familie herrschenden Verhältnissen und Wechselbeziehungen in keiner Weise noch ergriffen und nicht darin einbezogen war: ein Unbeteiligter, ein Außenstehender. Zudem: Herr Pépin hatte in Frankreich Fabriken mit Erfolg geleitet, in welchen ganz ähnliche Artikel erzeugt wurden wie in Childerichs III. Spielzeugwerken.

Vielleicht, so konnte man glauben, hatten auch die in der weitverzweigten Familie immer neu ausbrechenden Prügeleien und Skandale den nun allmählich alternden Childerich III. dahin gebracht, sich eine Assistenz zu schaffen. Niemand ahnte damals, daß der wahre Hintergrund für das Auftauchen eines Majordomus eben in jener bei Childerich III. neu beginnenden Periode der Adoptionen zu suchen war: derartiges in die Wege zu leiten war die eigentliche und geheime Hauptaufgabe Pépins; wenigstens stellte der Merowinger sich die Sache so vor.

Skandale hatte es in der Familie immer gegeben. Richenza von Bartenbruch, Childerichs III. 1888 geborene, und demnach um zwei Jahre ältere Schwester, war 1912, also im vierundzwanzigsten Lebensjahre, die Gattin eines italienischen Conte namens d'Alfredi geworden (Childerich III. stand damals im zweiundzwanzigsten Jahr und war unverehelicht – noch lebte ja der Bierbrauer Paust, dessen Kehlbart er dereinst tragen sollte). Jener Graf d'Alfredi, übrigens ein spinnenbeiniger und krötenbäuchiger Geselle, wurde von der sehr schönen Richenza, die in jeder Hinsicht prächtig gediehen war, den Busen einer Walküre und die Stimme eines Feldwebels hatte (fast konnte sie entfernt mit Schnippedilderich verglichen werden, der ihr dereinst obendrein ähnlich sehen sollte!) – jener Graf d'Alfredi also wurde von seiner ihm körperlich weit überlegenen Frau durchaus nach Bartenbruch'schem Brauch behandelt, und das heißt, häufig geprügelt, mehrmals in der Woche geohrfeigt, überdies aber gar nicht selten geradezu getreten. Solches geschah ihm auch in einem sehr unpassenden Augenblicke zu Rimini, als er nämlich eben in seinen Schwimmanzug steigen wollte. Das Ehepaar befand sich in einer auf Rädern stehenden Umkleide-Capanna, vor deren Türe ein Treppchen angebracht war, um auf den Strand hinunter zu gelangen. Richenza hatte ebenfalls ihr Badekleid noch nicht an, und also überhaupt nichts. Unglücklicherweise ersah sich der Graf gerade die Gelegenheit des Umkleidens für eine seiner eifersüchtigen Quengeleien und Sticheleien, wofür ihm oft die dümmsten Anlässe und albernsten Quisquilien genügten. Er war in seine Gattin meistens rasend verschossen; Richenza's blonde Schönheit erzeugte jedoch diesen Zustand keineswegs nur bei ihm, sondern, und besonders in Italien, bei vielen Mannsbildern. Sie freute sich dessen, schonte den Grafen nicht, und wenn er aufmuckte, schritt sie zur Gewalt-Anwendung. So auch diesmal. Alfredi erhielt von Richenza's bloßem Fuße einen so überaus kräftigen Tritt in sein unbedecktes Hinterteil (er hatte ihr eben den Rücken gekehrt), daß er wie aus der Kanone geschossen gegen die Tür und samt dieser aus der Capanna hinaus und die Treppen hinab flog, denn die alte zermorschte Tür hatte nachgegeben und war aus den Haspen gerissen: auf ihr lag jetzt der Conte draußen splitternackend mitten am Badestrand auf dem Bauche, zum erheblichen Erstaunen aller, die da vorüber wandelten: noch viel mehr aber erstaunten sie über Richenza, die jetzt, da ihr der Anblick des am Bauche liegenden d'Alfredi unmäßigen Spaß bereitete, ihres eigenen völlig unbekleideten Zustandes vergessend, mit in die Hüften gestemmten Armen und in ihrer ganzen Pracht in der Türöffnung der Capanna stand und laut schallend lachte.

Man kann sich leicht vorstellen, welchen Skandal es in Rimini damals gegeben hat, denn jedermann wußte ja, wer die zwei Leute waren. Des Abends jedoch, im Appartement, das sie innehatten, ohrfeigte Richenza den Alfredi obendrein noch durch alle Zimmer und richtete ihn dermaßen zu, daß sein hageres Antlitz kürbisgleich anschwoll, und er sich einige Tage hindurch überhaupt nicht blicken lassen konnte. Es sah aus, als sei der Graf in einen Bienenschwarm geraten. Sie reisten ab. Einige Zeit später, schon Ende Oktober, wurde Alfredi zu Bozen, wo sich ein Teil der Familie Stelldichein gegeben hatte, von seinen Schwägern Dankwart und Rollo (Rolf) auf den Ritten gelockt, dort, unweit der bekannten Erdpyramiden bei Lengmoos, in der ordinärsten Weise verprügelt, sodann wiederholt gezwungen, große Schlucke aus einer Cognac-Flasche zu tun: alsbald brachten sie den vom Prügeln halb Blöden heim und erzählten überall herum, er habe sich während des Ausfluges bis zur Sinnlosigkeit betrunken. Alles war auf Anstiften Richenza's geschehen. Childerich III., als er's erfahren, ergrimmte schwer gegen seine Schwester und schwor sich zu, irgendwann einmal noch seinen Unmut an ihr zu kühlen.

Eine Quelle von Skandalen ganz anderer und geradezu absurder Art bildete Childerichs III. zweite Schwester Gerhild. Sie hat sehr spät geheiratet, nämlich eben als ihr Bruder Childerich in seine zweite Ehe trat, in jene mit der Gräfin Cellé, also 1921: Gerhild stand damals nahe an den Dreißig, sie war ein Jahr jünger als Childerich, gänzlich anders wie Richenza, sehr fraulich, von dunklem Haar, weißhäutig und rundlich und auf eine besondere Art reizvoll. Ihr Mann war ein harmloses Individuum, gleichen Alters wie Gerhild, ein frischer, hübscher und gutartiger Mensch, bayerischer Freiherr aus großem Hause, vortrefflicher Schütze und Waidmann; Jagd und Fischerei waren seine Sache mehr als das Reiten, und was mit der Hetzjagd zusammenhing, verabscheute er überhaupt, obwohl er's als junger Herr freilich auch hatte üben müssen, in England sogar. Dieser bayerische Jäger, in seinen Kreisen stets ›Fonse‹ benannt – so lautet der Name Alfons auf bayerisch, und er ist im Lande häufig, weil unter den wittelsbach'schen Herren der oder jener so geheißen – unser guter Fonse also liebte Gerhild von ganzem Herzen auf das zärtlichste. Man sah für dies Paar die glücklichste Ehe voraus, umsomehr, als die Bartenbruchische alle Neigungen ihres künftigen Gemahls teilte, gut zu Fuß war, sogar auf der Gamspirsch kletterte, von Wild und Wechsel was verstand, vom Forellenwasser und von den tiefen Stellen, wo der Hecht steht. Um so erstaunter war der Münchener Rechtsanwalt Dr. Preindl – übrigens als Mann von feinstem Geist bei allen Literaten wohlbekannt, eine jener tragenden Säulen des Münchener sozusagen internen Lebens, welches diese Stadt stets liebenswert machte – um so erstaunter also war der vortreffliche Dr. Preindl, als Gerhild, acht Tage nach der Rückkehr des Paares von der Hochzeitsreise, bei ihm erschien und glatterdings die Scheidung von ihrem Gatten begehrte.

Was denn vorgefallen sei, fragte der Doctor, ehrlich erschrocken.

Ihr Mann sei ein Wüstling, teilte Gerhild mit, heftig empört.

Worin sich das denn zeige, entgegnete Doctor Preindl, einigermaßen ungläubig.

Sie schien vor Zorn und Empörung geradezu nach Luft zu schnappen. »In der dritten Nacht schon«, stieß sie hervor, voll Wut, aber bei befremdlichem Fehlen jeder eigentlich fraulichen Verschämtheit, »in der dritten Nacht schon hat er versucht, mir im Bette das Hemd von den Schultern zu streifen.«

»Und?« fragte der Doctor.

»Und?! – was heißt das: ›und?!‹ Genügt das nicht?!«

»Nein, Baronin. Das ist kein Scheidungsgrund.«

Hierauf begann sie zu toben und äußerte sehr seltsame Anschauungsweisen. Den Doctor Preindl aber ritt Der und Jener, und weil ihm das Frauenzimmer eine Roßkur nötig zu haben schien, wagte er's zu äußern:

»Mir scheint das ein Fall nicht für einen Juristen, sondern für einen Psychiater zu sein.«

»Ha!« schrie sie, und, was dem Doctor wohl vollends unerwartet kam, in wilder Begeisterung: »Ein Psychiater! Wunderbar, großartig, herrlich! Her mit einem Psychiater! Aber woher nimmt man in der Eile einen Psychiater?!«

»Was heißt – ›Eile‹?!« sagte Doctor Preindl leicht gereizt; und nun war er vollends entschlossen, dieser widerlichen Närrin, vor der ihm jetzt grauste, da mochte sie hübsch sein wie immer, einen Denkzettel zu besorgen. »Das ist ein besonderer Fall, der Ihre. Er will wohl erwogen sein.«

»Nicht wahr?!« schrie sie triumphierend. »Ein Fall! Ein besonderer Fall rohester männlicher Ausschweifung. Ein durchaus einzigartiger Fall.«

»Ich will es nicht hoffen,« erwiderte Doctor Preindl eiskalt. »Jedenfalls müssen Sie besondere Maßnahmen treffen, das heißt, Sie müssen eine wissenschaftliche Kapazität allerersten Ranges aufsuchen. Meines Erachtens kommt da nur ein noch junger, aber höchst bedeutender Gelehrter in Frage, welcher sich derzeit als Dozent an der Universität in Wien befindet. Er heißt Doctor Horn. Sie müssen nach Wien.«

Zwei Tage später reiste sie ab. Da sie mit Fonse, dem Wüstling, nicht die geringste äußerliche Differenz gehabt hatte (ihre Prüderien nahm er als reizvolle Geniertheit, die sich wohl noch würde lockern), so trieb der gute Baron Jagd oder Fischfang auf dem Lande weiter und freute sich auf die Rückkehr seiner Frau aus München, wohin sie einer angeblich dringenden Besorgung wegen ganz plötzlich hatte fahren müssen.

Das Unglück wollte es bei alledem, daß Gerhild zu Wien ein erhebliches und ihr zugängliches Vermögen besaß, und zwar von ihrer Großmutter her, der ersten Frau des knebelbärtigen Pavians, deren besonderer Liebling sie gewesen. Sie konnte sich also hier festsetzen, und sie tat es. Der Doctor Preindl hat vielleicht gewußt, daß ihr die Mittel zu einem Wiener Aufenthalte nicht fehlten, und diese Erwägung mag bei ihm als einem, trotz allen Ärgers, doch wohlwollenden Freunde, mitgespielt haben. Freilich hatte er sich nichts davon träumen lassen, welche Weiterungen Gerhilds Wiener Kuraufenthalt noch haben sollte.

Sie setzte sich also zu Wien fest, wohnte im ›Hotel Meissl & Schadn‹ am Mehlmarkt, der heute ›Neuer Markt‹ heißt, und konsultierte den Universitätsdozenten Dr. Horn, welcher dereinst in Franken ein berühmter Professor werden sollte.

Es war die Zeit, als er seine uns schon bekannten Methoden eben auszubilden und im einzelnen auszuprägen begann. Gerhild ist eines seiner ersten und versuchsweisen Pauk-Objekte geworden, bemerkenswerter Weise jedoch sein erstes und auch sein letztes weibliches. Die Dummheit der Männer schien ihm weiterhin viel eher geeignet, jenen finsteren Paroxysmus zu begünstigen, dessen er für seine Zwecke bedurfte und den er, wie wir gehört haben, später auch mit außermedizinischen Mitteln beheizte. Solcher hätte es bei Gerhild garnicht bedurft. Sie dampfte von aufgetümmelter sittlicher Entrüstung und einer Art berserkerhafter Frauen-Ehre. Aber, so absurd ihr Gebaren war, sah Horn bei ihr doch den Punkt voraus, von dem an die Gefahr bestand, daß sie seine – bei allen wissenschaftlichen Anstalten, die da getroffen wurden und bei aller Methodik und Statistik – doch primitive Paukerei durchschauen würde. Sie brauchte dazu garnichts anderes, als etwas weniger besoffen zu sein von der eigenen Tugend. Und – der Dozent dachte richtig; es sollte Gerhild aus solchen Räuschen auf's kräftigste erweckt werden. Allerdings war zu jenem Zeitpunkte – ein schöner Beleg für Horns feines, also garnicht verhorntes Ahnungsvermögen! – die Behandlung abgeschlossen, die Nota bereits kassiert.

Die Behandlungsmethoden Horns waren schon damals im großen und ganzen so weit gediehen, wie wir sie bereits kennen. Gerhild kam in den ersten drei bis vier Ordinationen nie unter zehn Figuren. Im Gegensatz zu den männlichen Patienten, die immer in stummem Paroxysmus dahinstampften, war sie lärmend, stieß Beschimpfungen aus, und insbesondere beim Figurenwerfen erreichten ihre Entrüstung und ihre berserkerhaft aufgetümmelte Frauen-Ehre grandiose Höhepunkte. Jedesmal, wenn sie was zu Boden schmetterte, schimpfte sie auch: »Schamlosigkeit!« – »Gemeinheit!« – »Wüstling!« – »Dirnenheld!« – »Roheit!« – so ging's dahin. Die Application, welche Horn erteilte, mußte, angesichts des enorm hohen Fußwinkels, schon recht ausgiebig dosiert werden: durchwegs Hämmer von Holz mit Leder auf den Schlagflächen. Es mochte wohl angehen, Gerhilds dunkler Schopf war dick. Horn fand ihren Tritt mit den kleinen, sehr vornehmen Füßchen zu leicht für eine genügende rhythmische Wirkung; außerdem hinderten die hohen Stöckel ihrer Schuhe und gingen kaputt; so ließ er sie denn in der Ordination Ski-Stiefel mit entsprechend dicken Socken anlegen; und weil Gerhild während des Wutmarsches erheblich schwitzte, so entkleidete sie sich vorher und stampfte in Dessous aber mit schweren Schuhen dahin. Es war eigentlich ein toller Anblick: eine paroxystisch moralisierende, junge, hübsche Mänade. Dem Dozenten aber kam das garnicht zu Bewußtsein. Er war ganz in seine Applicationen, seine Fußwinkel und in die Figuren-Statistik vertieft. Die Nasenzange setzte damals eine ältere, grauhaarige Ordinations-Gehilfin. Schwester Helga ist erst viel später in Horn'sche Dienste getreten. Doch war bereits damals der Krönungsmarsch aus Meyerbeers Oper ›Der Prophet‹ in Übung, wenn auch nur von einem gewöhnlichen Grammophon gespielt, das eine zweite und jüngere Schwester bediente.

Inzwischen hatte sich doch zu München der Doctor Preindl, erschreckt von der Art, wie Gerhild Hals über Kopf seinem Rat gefolgt war, ihren Mann vom Lande herein und in die Kanzlei kommen lassen. Der Baron langweilte ihn immer auf's gräßlichste, weil jener ein vollkommener Illiterat war, was der Doctor, der sich seinerseits nicht für's Forellenwasser interessierte, schlecht vertrug. Gerhilds Mann, ein ranker Bursche, der sich allerdings auch im Straßenanzug immer so bewegte, als trüge er seine ›Kurze‹, wie man in Oberbayern die Lederhose nennt, dieser treffliche und altadlige bayerische Jäger war zunächst vollends niedergeschmettert und schwor hoch und teuer, daß er sich keiner Unzartheit und keines Mangels an Schonung seiner geliebten Frau gegenüber bewußt sei, was der Doctor Preindl einem so grundgutmütigen Menschen gerne glaubte. Es gelang ihm, den Freiherrn von einer Reise nach Wien abzuhalten und ihm auch plausibel zu machen, daß der radikale Wechsel der Umgebung allein vielleicht schon genügen werde, bei Gerhild das Gleichgewicht wieder herzustellen. Fast gleichzeitig mit des Barons Besuch in München kam von seiner Frau ein durchaus vernünftiger und liebenswürdiger Brief aus Wien. Sie habe hier alles, was sie brauche. Zudem bestünden noch weitere Ansprüche von ihrer Seite, was das Vermögen betreffe, es würden ihre Teile davon jetzt erst, ›eingeantwortet‹ werden, wie es in der österreichischen Rechts-Sprache heiße; die Sache sei dringend gewesen, wie sie jetzt zu Wien erst richtig sehe; und sie danke dem Doctor Preindl für seinen Rat und auch für seine Empfehlung an einen jungen Wiener Kollegen, der ihr in charmanter Weise an die Hand gehe. Irgendein Streitfall oder Prozeß liege jedoch bei alledem keineswegs vor. Ganz nebenbei erwähnte Gerhild noch den eigentlichen Zweck ihrer Reise: der Wiener Aufenthalt gebe ihr Gelegenheit, einen vortrefflichen Arzt, den Dozenten Doctor Horn, zu konsultieren, wegen eines schon früher gekannten Nervenübels am Kopfe (hätte wohl heißen müssen: im Kopfe), das zu München plötzlich und quälend aufgetreten sei, was sie sehr erschreckt und zu dem Entschluß gebracht habe, sofort zu reisen; denn wenn man dergleichen auf die lange Bank schiebe, geschähe es dann nie. Damit entschuldigte sie sich ausdrücklich bei ihrem Gemahl und bemerkte noch, daß die Kur einige Monate dauern werde. Die veränderte Umgebung täte ihr zudem sehr wohl.

Das Ganze war denn doch etwas seltsam. Aber die Sache mit den noch nicht ›eingeantworteten‹ Teilen des großmütterlichen Erbes hatte der Doctor Preindl dem Baron gegenüber schon früher einmal erwähnt gehabt. Der Brief war lieb und gut. So ließ sich denn ein nicht übermäßig temperamentvoller Gatte beruhigen, dachte auf gut bayerisch ›es bedeut' nix‹ und blieb bei seinen Forellen, Böcken und Kitzen.

Derweil schwirrte Gerhild zu Wien umher – denn zweimal wöchentlich nur war sie bei Doctor Horn in Behandlung – sah sich auch einiges an, wenn auch nicht das Wesentliche. Den Sommerpalast des Prinzen Eugen von Savoyen, das sogenannte ›Belvedere‹, hat sie nie aus der Nähe gesehen, die große Oper nie betreten und ebensowenig etwa die Liechtenstein'sche Galerie. Auch die schöne Umgebung der Stadt blieb ihr fast unbekannt. Dagegen besichtigte sie eingehend das städtische Uhrenmuseum am Schulhof, welches auch die höchst merkwürdige Sammlung der Dichterin Marie von Ebner-Eschenbach enthält, die eine geborene Gräfin Dubsky gewesen war.

Von den gesellschaftlichen Anschlüssen, die sich Gerhild hier in reichem Maße boten – ihre Großmutter war eine österreichische Adelige gewesen – machte sie nur wenigen und zurückhaltenden Gebrauch. Wenn sie nicht gerade irgendwohin zu etwas Unwesentlichem schwirrte (Katzenausstellung, Eröffnung der neuen Teestube in einem großen Kaufhaus, Presse-Empfang des Direktors einer neuen Filmgesellschaft), dann gab sie sich einer weit gelasseneren und würdevolleren Beschäftigung hin, die eigentlich ihre hauptsächliche war.

Sie stolzierte.

Sie ging wie unter einer ›Hundsgugel‹ – so nennt man den zum spätmittelalterlichen schweren Reiterharnisch gehörigen Helm mit schnauzenförmig spitzem Visier, das ganz geschlossen ist und nur einen schmalen Sehschlitz hat. Wie durch einen solchen lugte Gerhild mit schärfster Aufmerksamkeit nach jedem männlichen Blick. Traf sie einer und fing sie ihn, dann erreichte sie sogleich einen ihrer grandiosen Höhepunkte der aufgetümmelten Frauen-Ehre: ein Blitz äußerster Verachtung versehrte den Partner – er war's ja eben doch! – mit Gedankenschnelle; und dann sah sie weg und war jedesmal nach einer solchen Aktion wirklich befriedigt.

Nun treiben ja viele Frauen dieses Spiel des Lauerns auf Entrüstungs-Gelegenheiten fortgesetzt auf der Straße, ja, man hat den Eindruck, daß manche nur zu diesem Zwecke herumgehen. Aber Gerhild war in einem schon ganz seltenen Maße gesammelt bei dieser Sache, wenn sie, täglich zur selben Stunde, etwa um halb zwölf, über den Kärntner-Ring stolzierte. Die Groß-Städter ihrerseits sind jedoch abgebrühte Fallotten, und im Nu hatten einige elegante Wiener Früchtchen den ganzen Zauber heraus, gaben unserer Gerhild reichlich Gelegenheit, Blitze zu schießen, und brachten es in wenigen Tagen dahin, sie zu einer Art Figur zu stempeln, welche auf dem mittäglichen Bummel nicht fehlen durfte, weil man sich mit ihr immer denselben Spaß machen konnte, und weil sie prompt reagierte: man ließ sie sozusagen funktionieren wie einen lächerlichen Apparat, einen Jux-Artikel.

Als sie es endlich merkte – aber es dauerte sehr lang bis dahin – verschwand sie vom Bummel. Dies war schon um die Zeit, als ihre Behandlung bei Doctor Horn zu Ende ging. Sie verschwand damals auch gänzlich aus den ihr zustehenden Gesellschaftskreisen.

Der Sommer war noch nicht weit vorgeschritten, es herrschte noch nicht jene gräßliche Wiener Hitze, über die sich selbst Leute aus Ägypten schon beklagt haben: eine riesige Tuchent von Glut kriecht dann aus der ungarischen Tiefebene über die Stadt, setzt sich in den Gassen fest, und so wird es auch bei Nacht nicht mehr kühl. Doch jetzt war der Sommer süß und leicht, nur eine Art ganz vollbrachter Frühling, eine Zeit zwischen den Jahreszeiten.

Und kurz nach der Mitte des Juni, also bald zwei und einen halben Monat nach ihrer Abreise von München, mußte Gerhild feststellen, daß sie seit neuestem gesegneten Leibes war, wie man zu sagen pflegt.

Sie nahm es zur Kenntnis – was sich bei ihr nicht so ohneweiteres von selbst versteht! – und handelte klug, indem sie sogleich heim zu ihrem Manne fuhr. Das Kind kam dann wohl etwas früh, nämlich schon im Februar des folgenden Jahres 1922. Es war ausgezeichnet entwickelt, ein Mädchen, und sah der Mutter ähnlich, wenigstens in der Kindheit. Später sollten an diesem hübschen Geschöpf einige recht befremdliche, um nicht zu sagen, ordinäre Züge auftreten; und Agnes – auf diesen sanften Namen hörte Gerhilds Tochter – hat ihre physiognomische Besonderheit durch die Praxis bestätigt. Man nannte sie zu jener Zeit schon ›die Stubenmädchen-Schönheit‹. Und dunkel blieb, wie so etwas in die freiherrliche Familie hatte hineinkommen können.

Auch für Richenza blieb es dunkel, der Gerhild sich anvertraute, allerdings in einer gewissermaßen hochtrabenden Form und mit derartigen Umschweifen, daß die Gräfin d'Alfredi schließlich grob wurde. Immer war da von einem ›Dache‹ die Rede, wo irgend etwas passiert sein mußte, was, kann man sich ja leicht denken. »In diesem nicht ganz meiner Herkunft angemessenem Kreise«, sagte Gerhild. Nun, es wird schon nicht geradezu ›im Kreise‹ geschehen sein, oder etwa doch? Jenes Dach war eine Art Dachgarten oder Terrasse gewesen – vielleicht zu einem Maler-Atelier gehörig?

Gerhild hatte von den Leuten dort nicht einen einzigen Namen behalten (nur ein Kind), auch wußte sie nicht, in welcher Gegend der Stadt sie sich da eigentlich befunden habe. Der Vater war also ungewiß. Aber besser einen Vater auf dem Dache und einen bayerischen Baron in der Hand.

Richenza hat später, als Agnes – die übrigens fast gleichaltrig war mit ihrem Vetter Schnippedilderich – aufwuchs und auffiel, alles schamlos herumerzählt; und Schnippedilderich hielt es ebenso, aus Sympathie zu seiner Tante. So sind denn einmal die Sachen auch bis zu Gerhilds Mann gekommen, dem der Augenschein, als Agnes heranwuchs, vielleicht das Gehör in dieser Richtung geschärft und gespannt hatte. Schnippedilderich, damals schon sechzehnjährig, als er bei dem Freiherrn zur Jagd war, brachte einmal im Walde ganz beiläufig und in der rohesten Form die Vorgeschichte seiner Cousine zur Sprache, und als der Baron ihm solches scharf verwies, verprügelte er den sehr kräftigen Mann ohne weiteres und sozusagen kurzer Hand. Man hielt in der Familie Bartenbruch offenbar das Prügeln für eine Art Beweismittel oder Argument.

Schnippedilderich begann fürchterlich zu werden. Die Riesenhaftigkeit seines durchaus ebenmäßigen, ja geradezu untadeligen Körpers, das starre, rötliche Blondhaar über der niedrigen Stirn – es sah manchmal wie Gold-Draht aus – das Blitzen der cyan-blauen Augen: das alles erschreckte den bärtigen Vater; aber es gefiel den Frauen. Sechzehn Jahre alt, hatte Schnippedilderich schon eine Reihe von Liebesverhältnissen absolviert und zwar ausschließlich mit Damen seines Standes; für die Hübschheit untergeordneter Frauenspersonen schien er ganz und gar blind zu sein. Gefiel ihm eine Frau, dann grinste er zunächst breit, zeigte sodann mit dem Finger auf sie, und schnippte gleich danach mit demselben Zeigefinger in der Richtung der von ihm Begehrten (davon kam sein Beiname). Ergab sich Gelegenheit zu einem Gespräch unter vier Augen, so pflegte Schnippedilderich dieses nicht selten mit einer Wendung einzuleiten, welche er ›die rohe Frage‹ nannte, und die man sich ja so ungefähr vorstellen kann. Wurde er abgewiesen, so grinste er neuerlich, drehte den Rücken und ging, ohne sich weiter im geringsten um die betreffende Person zu scheren. Erhielt er von einer Frau Ohrfeigen – was angesichts seiner Methode mitunter freilich geschah – so nahm er diese anscheinend gutmütig oder gleichgültig hin, grinste und ging. Er hat jedoch einmal geäußert, daß er ›per saldo‹ immer positiv abschneide. Und wirklich, es war beinahe so. Er bekam, als er dann ganz erwachsen war, fast jede. Es hieß, daß eine Frau, auf die hin er einmal geschnippt habe, ihm in irgendeiner Weise verfallen sei. Väter, Gatten, Brüder, die ihm bei seinen Unternehmungen hinderlich waren, prügelte er ohneweiteres, und zwar auf's erbärmlichste; es wurden allein schon aus diesem Grunde, also aus reiner familiärer Besorgnis, derartige Personen von den Frauen rechtzeitig und klug aus dem Wege geschafft. Die Klugheit überließ er bei alledem überhaupt seiner Dame, erwies sich dabei auch als durchaus leicht lenkbar. Ging's trotzdem schief, dann nahm er allerdings seine Zuflucht sogleich zum Hauen, sei's mit der Faust, oder späterhin wenn das unumgänglich wurde, in der geordneten Form des Zweikampfs mit der Klinge, wobei er unweigerlich aus seinem Partner ein blutiges Beefsteak machte. Für seine frühesten Abenteuer hatte Schnippe mit Vorteil ein kleines Bartenbruch'sches Haus benützt, das an einer Lehne außerhalb der Stadt und über diese erhaben in weiten Gärten lag, mit fernblickenden Fenstern. Es war sehr lange nicht mehr bewohnt worden und befand sich nicht im besten Zustande. Das störte Schnippe wenig. Hier hatte er sein Liebesnest, in welches er mit der jeweiligen Seinen, von rückwärts über eine Terrasse zu ebener Erde einsteigend, leicht gelangen konnte.

Die Besorgnis des Vaters wuchs; aus ihr erhob sich mit der Zeit eine Spitze giftigsten Argwohns. Er hielt für gut, das Ungeheuer einmal zu dämpfen, nach Bartenbruch'schem Begriff und Brauch, versteht sich. Diesen konnte er nun freilich selbst unmöglich üben, jämmerlicher und schlapp-bäuchiger Geselle, der er war, nichts anderes habend als Bärtigkeit und Zeugungskraft. Zu Kulmbach herrschte durch einige Wochen des Jahres 1937, im Sommer, Besorgnis und Unruhe, weil Raubüberfälle in der Umgebung der Stadt vorgekommen waren, von einer Bande verübt, welche die Gegend solchermaßen unsicher machte. Den Betroffenen wurden nicht nur Geld, Uhren und Wertsachen fortgenommen, vielmehr erfolgten jedesmal noch schwere Mißhandlungen. Hier gedachte Childerich III. im Trüben zu fischen. Als Schnippedilderich mit seiner Tante Richenza – welche ihm stets in allen Stücken die Stange hielt – zu Kulmbach in einem der Bartenbruch'schen Häuser für einige Ferientage wohnte (und man sagte auch, daß dort nicht nur gewohnt wurde), da ersah der Merowinger den Zeitpunkt der Dämpfung für gekommen, dang vier enorm starke Kerle und ließ Richenza und Schnippedilderich auflauern: sie unternahmen gern Spaziergänge in die bergigen und hügeligen Gegenden, nahe der Stadt, in's sogenannte ›Gründla‹ und bis auf den Rücken der Tennacher Höhe. Childerichs III. Grimm gegen Richenza wegen Anstiftung der Verprügelung Alfredi's (den längst die Erde deckte) auf dem Ritten bei Bozen durch Dankwart und Rollo (Rolf) im Jahre 1913, war nie versiegt und obendrein neuerlich belebt worden durch die Art, wie sie bei jedem beliebigen Anlasse des Schnippedilderich Partei nahm. So befahl er denn, gleich beide bis an die Grenze des Menschenmöglichen zu prügeln, sie ihrer sämtlichen Sachen und auch der Kleider zu berauben und das Paar dann lächerlich laufen zu lassen. Die vier Burschen sprangen die Gräfin und den jungen Freiherrn auf einem breiten Waldwege an, von beiden Seiten aus dem Dickicht brechend. Schnippedilderich, über den Zwischenfall erfreut, hieb ihrer zwei gleich nieder, und wollte sich eben, während jene Blut und Zähne spuckend auf dem Wege saßen, über den dritten hermachen; den hatte aber Richenza inzwischen schon so schwer getroffen, daß der kräftige Mann ohnmächtig halb im Gebüsche, halb auf dem Wege lag; eben trat ihm Richenza mit dem Absatz ihres Schuhes in's Gesicht. So ergriff denn Schnippedilderich den vierten, der zu flüchten versuchte, am Kragen, und trug ihn, um seiner Tante Spaß zu bereiten, etwa hundert Schritte vor sich her bis zu einem Weiher, der hier links des Weges sich in den Wald erstreckte; dort tunkte er ihn sechs- bis achtmal ein, hielt ihn wohl auch ein wenig unter Wasser, ohrfeigte ihn sattsam und beförderte ihn sodann mit einem derart ausgiebigen Tritt in's Gebüsch, daß der Stromer wie ein Projektil darin verschwand. Richenza klatschte jubelnd in die Hände (man denke, daß dieses schreckliche und noch immer sehr schöne Frauenzimmer damals, also 1937, bereits neunundvierzig Jahre zählte!). Sie sagte, man müsse derartiges öfter veranstalten.

Childerich III. ergrimmte auf's furchtbarste, als ihm die Kunde von dem mißglückten Überfalle kam (zudem kostete diese Niederlage ein erkleckliches Geld). Am liebsten hätte er die vier Kerle, obendrein, daß sie ihre Zähne verloren hatten, noch auspeitschen lassen, wär's nur möglich gewesen. So indessen hieß es zahlen.

Damals schon begann Childerichs III. Blick mitunter fürchterlich zu werden, wenn er ganz allein im Saale saß, wo vor bald siebzehn Jahren die Cellé eingetreten war, das Schwert auf den Armen. Weit rückwärts im Garten spielten jetzt die Kinder der Ägypterin und auch schon das älteste der drei Mädchen von seiner vierten Gemahlin Barbara. Er saß da aufgetümmelt und gewissermaßen bärtig gebauscht, an diesem Tage im Frühherbst: die Augen traten hervor, quollen, jetzt hingen sie schon beinahe wie weißliche Säckchen über. Es war einer jener Blicke, mit denen er später so oft zu Professor Horn hinaufstapfen sollte; es war einer jener Blicke, die, wenn Bachmeyer sich im Treppenhause, nach dem leichten Anstreifen an Childerich III. und der höflichen Entschuldigung deshalb, etwa umgewandt haben würde, sein Mark vor Entsetzen hätten gefrieren lassen.

Ja, er schoß sie jetzt oftmals, diese Blicke, auch ohne jeden äußeren Anlaß.

So durchbohrte er sich einst selbst im Spiegel des Morgens, als der bartpflegende Friseur gegangen war und er dessen Werk einer nochmaligen Musterung unterzog, insbesondere was die klare Herausarbeitung der bärtlichen Einzel-Individuen anlangte.

Ein furchtbarer Blick traf ihn, so daß er zunächst erstarrte.

Sodann staunte Childerich.

Und endlich erhob sich in ihm, unschuldig, und wie aus Kindermund kommend, die Frage:

»Warum?«

Es war sozusagen einer seiner letzten hellen Augenblicke. Schnippedilderich sorgte jetzt dafür, daß sie nicht wiederkehrten, daß vielmehr der finstere Paroxysmus schwoll.

Zu Bartenbruch auf dem Gute hetzte das Ungeheuer die Pferde ab. Als er einst mit einem irländischen Wallachen, der ihm zu Statur und Gewicht passen mochte – Schnippedilderich wog 217 Pfund, ohne ein Gran überflüssiges Fett zu haben – und den er deshalb bevorzugte, nach taglangem, scharfem Reiten über Land gegen Abend auf den Hofgesprengt kam, da schwoll dem Vater der Grimm in furchtbarer Weise, als er das kostbare Tier dunkel im Schweiße sah und die Flocken an der Trense wie Schnee. »Elender Bube!« schrie er. »Was schindest du meine Gäule?! Ist das eines

Herren Art zu reiten?! Soll dies Tier den Dampf kriegen?!«
Schnippeldilderich, der aus dem Sattel gesprungen war, blickte mit gerunzelter Stirn auf seinen Vater herab. Aus dem scharfen Blau seiner Augen brach eine Stichflamme. Das dicke Haar über der Stirn stand wie starres Gold. Ein Reitknecht hatte das Pferd hinweggeführt, um es eilends im Stalle gründlich mit Stroh abzureiben. Vater und Sohn waren allein. In Childerich III. war die Wut mächtiger geworden als Scheu und Argwohn, die er stets angesichts des Ungeheuers empfand; er war dicht an Schnippedilderich herangetreten und so standen sie zwar nicht Brust gegen Brust, wohl aber Antlitz gegen Magen, denn weiter reichte der Merowinger an dem Sproß seiner Lenden nicht hinauf: sein bärtiges Gesicht war nach oben gewandt, die Augen quollen, ja sie schienen sich an weißlichen Stielen, wie bei einer Schnecke, emporstrecken zu wollen. Aber es zeigte sich jetzt, daß auch im Menschen der Völkerwanderungszeit die Ehrfurcht irgendwo ihren Sitz hatte, vielleicht sogar nahe bei jenem Standesbewußtsein, das Schnippedilderich hinderte, untergeordnete Frauenzimmer zu beachten; hier gab es, wie nun offenbar ward, eine Fähigkeit zur Selbstbemeisterung, bei diesem sonst jedermann ohne Ansehung der Person prügelnden Koloß. Er kniff die Augen zusammen, dann öffnete er sie wieder; und schon erschien auch ein erstes leises Grinsen auf seinen Zügen. Sodann nahm er, wenn auch mit eisernem Griffe, so doch zugleich mit zarter Sorgfalt, den wütenden Vater am Genicke und stellte ihn, wobei er ihn gut einen Meter über den Boden emporhob, auf Armeslänge von sich weg, ja, sich vorbeugend, noch weiter, und außerhalb der Reichweite des eigenen Arms überhaupt. So wollte er anscheinend den Vater sichern und zugleich wieder sich selbst. Er stellte Childerich III. sachte ab, richtete sich auf und sagte – die Stichflamme in seinen Augen war erloschen – indem er ruhig auf den völlig Verdutzten herabsah:

»Wie sprichst du mit deinem Oheim?!«

Dies war zu viel.

»Was soll's?!« brüllte der Merowinger auf.

»Ich bin der Sohn deiner Großmutter«, sagte Schnippedilderich in aller Ruhe, »demnach, wenn schon nicht dein Vater, so doch wohl mindestens dein Oheim. Du hast dich also eines respektvollen Tones mir gegenüber zu befleißigen.«

Childerich III. erstarrte. Es war ein Schock. Es war, als

wäre er im vollen Laufe gegen eine Mauer gerannt. Er entgegnete nichts. Er wandte sich ganz langsam um und ging in seltsam stapfender Weise davon, wobei er die Knie hoch hob und die Fußspitzen auffallend weit nach außen drehte. Schnippedilderich blickte ihm verwundert nach.

Hier war das Loch in seinem System, das wurde Childerich III. alsbald klar (nichts Menschliches ist vollkommen). Hier zeigte sich die Kehrseite der zum Teile schon verwirklichten familiären Totalität.

Es galt, das Ungeheuer los zu werden, dies schien ohneweiteres klar. Mehrmals schon war Schnippedilderich bei seinen Oheimen in England gewesen, die ihn sehr gerne mochten und immer wieder hinüberzogen. Man konnte ihn alsbald wieder dorthin reisen lassen, obwohl das jetzt, im Tausendjährigen Reiche, schon mit gewissen Schwierigkeiten verbunden war, wegen der sich nähernden Arbeits-Dienstpflicht (und weiterhin des Militärs) sowie aus Gründen der Opportunität überhaupt.

Immerhin, Schnippedilderich durfte reisen.

Und er kehrte nicht mehr nach Deutschland zurück.

Für den Vater hatte das, den Behörden gegenüber, eine nicht eben angenehme Lage zur Folge. Aber am Ende geschah ihm doch nichts. Es kostete jedoch, wie wir schon sagten, viel Geld.

Die Oheime, Dankwart und Rollo (Rolf), hatten drüben die Sachen irgendwie zurechtgezogen; man sprach sogar von einer Adoption. Vier Jahre später stand Schnippedilderich – der sich stets zufriedenstellend und korrekt gehalten hatte! – als Freiwilliger bei den englischen Truppen in Indochina, focht mit Auszeichnung gegen die Japaner und erreichte den Offiziersgrad.

Erst nahe am Herbst von 1950 erschien Schnippedilderich wieder in der Heimat. An den Reisen Dankwarts und Rollo's (Rolfs), welche diese beiden, in den unmittelbar auf den Krieg folgenden Jahren, nach Deutschland unternahmen, beteiligte er sich nicht, und war also auch nicht mit von der Partie, als jene damals ihr Übergewicht bei Childerich III. ein wenig geltend zu machen versuchten, was jedoch mißlang. Er erschien, wie gesagt, erst im Spätsommer des Jahres 1950: ungeheuerlich, wie eh und je, unverändert. Bis dahin hatte er, von seiner Garnison im Osten, sich immer nur nach England beurlauben lassen.

Es wird uns also das Ungeheuer zur angegebenen Zeit wieder begegnen. Er kam nur für kurz, für einige Wochen. Sein Auftreten bei dieser Gelegenheit war allerdings ein sattsames. Von Deutschland kehrte er unmittelbar in seine östliche Garnison zurück, nahm bald an einer notwendig gewordenen Expedition teil, ward erheblich verwundet, blieb liegen, und wurde von herumstreifenden Eingeborenen zwar nicht getötet, wohl aber entmannt; das geschah am 16. Oktober 1950.

Es wird von Vorteil sein, wenn wir dieses Datum im Auge behalten.

Schnippedilderich, den wir in diesem Zusammenhange jetzt schon besser Childerich IV. nennen, ist damals noch rechtzeitig aufgefunden und gerettet worden. Er genas bald, blieb im Offiziersberufe und hat es später bis zum Colonel oder Obersten gebracht. Sodann lebte er als Pensionist meist in England auf dem Lande oder in Deutschland auf dem Majorat, reitend, fischend, jagend. Für die merowingische Genealogie allerdings war er gänzlich bedeutungslos geworden.

Über Childerichs IV. Leben im Osten sind wir verhältnismäßig gut berichtet durch einen älteren Herrn, Mr. Aldershot, eine Erscheinung von jener Art, die Johannes Victor Jensen ›lange faltige Pfeifen-Engländer‹ genannt hat. Er war Schiffskapitän und führte einen jener riesigen, langsamen aber rentablen Fracht-Dampfer, die auch ›Tramps‹ heißen. Sie bewegen sich auf allen Meeren fort, wie Fliegen, die gemächlich um einen großen Globus krabbeln. Jener erwähnte ältere Gentleman ist mit Childerich IV. mehrmals beisammengewesen, da oder dort in irgendeiner Bar fernöstlicher Häfen. Für seine eigentliche Liebhaberei, nämlich das Lesen von Büchern (auch der dicksten), fand Mr. Aldershot bei dem riesenhaften jüngeren Offizier allerdings wenig Verständnis. Aber er hat den Burschen gern mögen, und Childerich IV. hat sich ihm, wenn sie einander wieder einmal begegneten, stets treuherzig anvertraut, ist auch mit des Captains Gig über das schlammige Wasser des breiten Menam hinaus zu Mr. Aldershot's Schiff gefahren und dort sein Gast gewesen. Dies geschah zu Bangkok, wo sie einander zweimal getroffen haben. Als Mr. Aldershot aber auf seinem Urlaub einmal eine Deutschlandreise machte und in Bartenbruch sowohl wie in der Stadt als Childerichs IV. Gast weilte, lagen die hier erzählten Begebenheiten allerdings schon um Jahre zurück.

Es ist nun sicher ganz laienhaft, zu vermeinen, daß ein Schiffskapitän, etwa bei ruhigem Wetter, blauer See und gleichmäßiger weißer Bugwelle, rein garnichts auf seinem Schiffe zu tun habe. So wird das, aus vielerlei Gründen, kaum sein. Aber zum Lesen kommt er doch. Mr. Aldershot las auch französisch und deutsch, übrigens sogar siamesisch oder thailändisch, wie man heute sagen würde.

Und auch des Herrn Doctors Döblinger zum Teil sogar dickleibige Romane. Über den Geschmack läßt sich nicht streiten und wir enthalten uns hier jedes Urteils über den des ehrenwerten Mr. Aldershot. Als er jedoch zufällig in der Universitäts-Stadt erfahren hatte, daß sein Autor immer noch hier wohne, benützte er die Gelegenheit, ihn persönlich kennen zu lernen, schrieb drei Zeilen, empfing Döblingers telephonischen Anruf im freiherrlichen Palais und hat ihm sodann einen Besuch gemacht.

So saßen sie denn in Döblingers Zimmern, wo noch immer schäbige Büchergestelle neben toll gewordenen Barock-Prunk-Schränken hockten, tranken Whisky mit Soda, und Mr. Aldershot's ausgestreckte, lange Beine reichten weit in den Raum (aber im Vergleich zu Childerich IV. wirkte er kaum mittelgroß). Wenn zwei so still in der Stille beisammensitzen: sie ruhen von den Flügen ihres Lebens aus, ob sie's nun denken oder nicht. Jene des Captains waren weit genug gewesen, nämlich nicht nur ein Mal, sondern viele Male um den Erdball herum. Und der Doctor Döblinger für sein Teil war ja auch weit gegangen, das kann man wohl sagen, oder er hatte es weit genug getrieben, wenn man so will. Daß sie aber jetzt und hier solche Ruhe und Stille genossen, obwohl über ihnen der Professor Doctor Horn noch immer seine Praxis hatte; daß man nur selten einmal dort oben einen Schritt zu hören vermeinte, sonst aber nichts zu vernehmen war: dies, im Zusammenhalt mit dem Datum von Mr. Aldershot's Besuch bei Herrn Doctor Döblinger – es war der 10. Mai des Jahres 1954 – zeigt uns doch, daß sich zu diesem Zeitpunkte bei Professor Horn so ziemlich alles fundamental geändert haben mußte. Und vielleicht schon lange.

Es fällt in die letzte Zeit vor Schnippes endgültigem Abgang nach England ein kleines Ereignis, das die weitgehendsten Folgen noch haben sollte; nämlich der Zusammenstoß des Ungetüms mit seiner fast gleichaltrigen Cousine Agnes, der ›Stubenmädchen-Schönheit‹, Tochter von Childerichs III. Schwester Gerhild.

Schon in seinen frühesten Jahren zeigte der von stämmigen Säulen-Beinchen getragene Kinds-Koloß heftige Abneigung gegen das reizende, kleine Mädchen. Aber wenn in der Regel solche Gefühle bei kleinen oder erwachsenen Menschen auf Gegenseitigkeit beruhen, so fehlte sie hier bei der goldblonden Agnes ganz. Sie hatte für Schnippedilderich offenkundige Zuneigung, lief ihm lächelnd entgegen, wo immer sie seiner ansichtig wurde, ja, man kann sagen, daß sie sich um den rotblonden Burschen geradezu bewarb, der eben damals die ersten Zeichen einer bedenklichen Wildheit zeigte (man denke an die Wasserkaraffe, welche der englischen Gouvernante seiner älteren Stiefschwester nachgeflogen war).

Einmal lief ihm die kleine Agnes, welche im übrigen selten genug nach Bartenbruch kam, über die breite Terrasse vor dem Schloß entgegen, wo Schnippedilderich (wir nennen den Kleinen jetzt schon so, obwohl ihm ja dieser Beiname erst später zuteil geworden ist!) neben einer der mächtigen Steinkugeln stand, die den Treppenaufgang flankierten. Die Haltung des Bürschleins verhieß nichts Gutes. Er stand fest auf seinen gespreizten Beinen, hielt die Hände hinter dem Rücken, den Kopf wie zum Stoße gesenkt. Seine Unterlippe war vorgeschoben. Als die Kleine heran war und ihn schon umarmen und küssen wollte, sah er mit einem Ruck auf und spuckte ihr mitten in's Gesicht.

Weinend lief sie davon.

Aber es war dann nicht aus ihr herauszukriegen, was eigentlich vorgefallen sei. Nur daß es eben mit Schnippe zusammenhing, erfuhr man, denn so viel brabbelte sie – ganz untröstlich! – und immer noch schluchzend.

Man nahm das Bürschlein freilich in's Gebet.

Was er denn seiner Cousine getan habe?

»Nichts habe ich dem Scheusal getan!« sagte Schnippedilderich.

»Wieso denn ›Scheusal‹?! Das süße Kind!«

»Sie ist eine ordinäre Person«, entgegnete der kleine

Koloß mit befremdlicher Deutlichkeit, und man hatte nun Mühe, das Lachen zu verbeißen und eine strenge und strafende Miene zu bewahren.

Später, als Agnes ein Backfisch wurde – und bereits ›die Stubenmädchen-Schönheit‹ hieß – ist dieser Ausspruch des kleinen Schnippe oft citiert worden.

Zur Zeit, da jene solchergestalt erblühte und Schnippedilderich auch schon bald sechzehn Jahre alt war, pflegte er dann und wann während einiger Ferientage bei seiner Tante Richenza (der verwitweten Gräfin d'Alfredi) zu Kulmbach in einem der Bartenbruch'schen Häuser zu wohnen, und daß dort nicht nur gewohnt wurde, ist uns auch bereits bekannt. 1937 verprügelten die beiden Kolosse, wie erinnerlich, jene von Childerich III. gedungenen und gegen sie ausgesandten Briganten. Das Verhältnis der Kumpane wurde durch solche gemeinsam bestandene Fährlichkeit nur noch vertrauter, und es versteht sich fast am Rande, daß die Gräfin – welche ja auch sonst alles über die Abkunft der Nichte Agnes schamlos herumerzählte – sich ihrem Liebhaber Schnippe gegenüber ebenfalls in dieser Richtung ausführlich ergangen hat. In der Abneigung gegen die ›Stubenmädchen-Schönheit‹ war das Paar freilich einig. Es ist übrigens für möglich zu halten, daß die Gräfin – welche, wo immer ihr die Agnes einmal begegnete diese geringschätzig und miserabel, ja, schlechter wie einen Dienstboten zu behandeln pflegte – dem Mädchen gelegentlich eine aufklärende Giftspritze bezüglich ihrer Abkunft versetzt hat, trotz aller inständigen Bitten Gerhilds, dies durchaus zu unterlassen. Jene Bitten zeigen ja recht deutlich, was die Baronin von ihrer gewaltigen Schwester hielt und erwartete.

Darnach, bei solchem Stande der Sachen, kann es uns nicht verwundern, daß Schnippedilderich (damals hieß er mit Recht schon so!) seine Cousine im folgenden Jahre mehr als deutlich belümmelte, als sie wieder einmal zu Bartenbruch erschien. Es war ihre letzte Anwesenheit dort. Nicht etwa, daß sie nur aus Gekränktheit nunmehr fern blieb. Ihre Neigung zu Schnippedilderich schien fast unbesieglich; einer Gekränktheit konnte diese Neigung nicht erliegen; wohl aber in glühenden Haß umschlagen, wie es dann später auch geschah. Der Grund, warum Agnes nicht mehr in das Haus Bartenbruch kam, war ein sozusagen handfesterer; denn drei Wochen nach ihrem letzten Besuch verprügelte Schnippedilderich im Wald Gerhilds Gemahl, den bayerischen Baron, wie wir schon erfahren haben, und daraufhin verbot dieser seiner Agnes jeden weiteren Verkehr mit den Bartenbruch'-schen Verwandten. Jene Verprügelung, und die Sichtbarmachung des Loches in Childerichs III. familien-totalitärem System durch Schnippe, haben dann dessen Maß voll gemacht, so daß der Vater seine Rückkehr aus England ernstlich garnicht mehr wünschen konnte. Zwischen Childerich III. und seinen Brüdern dort drüben ist zur kritischen Zeit übrigens eine abgekartete und fingierte Correspondenz von äußerster Erbostheit geführt worden, worin der Freiherr im schärfsten Tone die Rückkehr seines Sohnes forderte, damit dieser ›seinen Arbeits- und späteren Wehrdienst ableisten könne!‹ (!), worauf die Brüder aus England gröblich antworteten. Die Vorlage solchen Briefwechsels durch den wegen der Vaterlandslosigkeit seines Sohnes völlig gebrochenen Familien-Chef bei den Behörden eines Tausendjährigen Reichs, erwies sich dann für den Freiherrn als überaus vorteilhafte Rechtfertigung, um so nötiger, als ja sein jüngster Bruder Ekkehard in Deutschland die Offizierslaufbahn gewählt hatte; er war, wie wir schon wissen, das einzige Glied des Hauses Bartenbruch, das der zweite Weltkrieg verschlungen hat, ein Mann, der es stets vorzog, sich abseits seiner skandalösen Familie zu halten.

Zurück zu Agnes und ihrem letzten Besuch auf dem Schlosse. Wieder war's auf der Terrasse, wo man vor dem zweiten Frühstück noch herumstand oder in Korbsesseln saß, wie Childerich III. und seine vierte Gemahlin Barbara, deren Kinder damals noch klein waren. Agnes stand bei ihrer Mutter. Richenza's gewaltige Erscheinung drängte alles an den Rand, ließ es unter sich. Es waren auch Petronia und Wulfhilde auf der Terrasse anwesend, die Töchter der Gräfin Cellé, Schnippedilderichs Schwestern, welche Agnes im Alter am nächsten standen; aber sie gesellten sich nicht ihrer Cousine, sondern drückten sich insektenzart, langbeinig und großäugig hinter den Erwachsenen verlegen herum. Schnippe trat auf, Wänzrödln, des Freiherrn Hofzwerg, am Arme tragend, was er immer gerne tat. Das Erscheinen Schnippes schuf neue Maßverhältnisse. Richenza schrumpfte. Schnippedilderich stellte den Zwerg vor den Damen auf den Boden und sagte: »Mach deinen Diener!« Wänzrödl begann mit seinen Kratzfüßen und Knixen, Childerich III. lächelte bärbeißig*. Nach Barbara, Gerhild und Richenza kamen die Töchter der Gräfin an die Reihe. Wänzrödl verbeugte sich fast bis zum Boden. Als es zuletzt an Agnes gehen sollte, hob Schnippe den Zwerg am Krägelchen empor, stellte ihn beiseite und sagte: »Hier brauchst du nicht dienen. Lauf!« Und Wänzrödl happelte davon. Richenza grinste unverhohlen übers ganze Gesicht. Gerhild riß die Augen auf. Sie glaubte nicht recht gesehen zu haben.

Doch erschien in diesem Augenblicke der übellaunige Butler in der mächtigen, verglasten Flügeltür des Speisesaales, meldete das Frühstück und verschwand, worauf ein Lakai sich neben die offene Tür stellte. Langsam strudelte man zu Tische. Schnippedilderich trat vor seinen Schwestern Petronia und Wulfhilde zurück und sagte, nachdem er ihnen den Vortritt gegeben, kurz und barsch zu dem Bedienten, in den Saal zeigend: »Geh!« Der Mann huschte hinein. Schnippedilderich betrat langsam den Speisesaal, wandte sich nach Agnes um und befahl ihr beiläufig:

»Mach' die Tür zu.«

Denn man heizte noch an diesem Frühlingstage. Agnes tat, wie ihr befohlen, und dies war das Ärgste, aber sie erkannte es erst, als sie den Türflügel bereits geschlossen hatte und hinter Schnippedilderichs mächtigem Rücken auf die lange, glänzende Schwinge der Tafel zuschritt, jetzt weiß im Gesicht vor Wut. Es war nahe daran, daß sie im Grimme vom Nabelsausen wäre gepackt worden: solch ein gräßlicher Knödel grauer Wut drehte sich ihr im Leib.

---

* Das ›Deutsche Wörterbuch‹ der Brüder Grimm sagt dazu:
brummig, auffahrend (I., 1125); der Bärenbeißer ist ein Hund zur Bärenhatz (I., 1127). Der Baron aber biß den Bart, nicht den Bären, wozu er auch viel zu klein geraten war. Wer in einem sanft schnurrenden und gewissermaßen wohlwollenden leichten Grimme den Bart figürlich beisst, könnte ebenfalls bärbeißig genannt werden; bei hohem Ergrimmen allerdings wird der Bart schon wirklich gebissen und beinahe gefressen, wozu sich überhängende Schnauzer, aber auch Knebel, sonderlich eignen: wir werden das bei dem Freiherrn erleben, anläßlich seiner Händel mit den hessischen Vettern. Herr Professor Dr. A. Schlagdenhauffen, de l'Université de Strasbourg, hatte ebendort, am Mittwoch dem 26. März des Jahres 1958, die Güte, mich darauf hinzuweisen, dass bei Johannes Fischart († an der Wende 1590/91) im Gargantua (Geschichtklitterung) das Wort ›knebelbartfressig‹ durchaus im hier gemeinten Sinne vorkommt: Was? solt ich bey mannlichen Leuten nicht angenemer werden, wann ich ein solchen knebelbartfreßigen namen hette der von gethön vnd hall den Leuten außzusprechen ein Lust gibt, als Eysenbart, Kerle, Hörenbrand, Hartdegen, Schartdegen ... Hier wird denn auch Schlaginhauffen erwähnt. – Beste Ausgabe neuerer Zeit die synoptische von A. Alsleben (Neudrucke deutscher Literaturwerke 65–71, Halle 1891), welche auf den vom Autor selbst besorgten ersten drei Ausgaben, insbesondere auf der letzter Hand (1590) beruht. Bald nach Beginn des 10. Kapitels unsere Stelle pag. 162.

7 Die Bauschung – Die Orgel des Grimmes

Um die Zeit als Schnippedilderich das Loch im familientotalitären System seines Vaters sichtbar gemacht hatte (weshalb er dann abgeschoben werden mußte), erlitt Childerich III. eine neue Art von Wutanfällen, die ganz kurz zu sein pflegten und die Dauer von einer halben Minute kaum überschritten, aber von äußerster Schärfe waren, so daß er bei ihrem, sonderlich am Morgen nicht seltenen Auftreten, buchstäblich zu allem und jedem fähig wurde. Einmal biß er dem Lakaien, welcher den Tee einschenkte, mit plötzlichem Zuschnappen die Nasenspitze ab. Der Mann, dessen Physiognomie durch das Fehlen des äußersten Nasenspitzchens weder mehr noch weniger dumm und frech wurde, als sie bisher gewesen, kassierte doch für die ›Verstümmelung und Verschandelung‹ ein ganz erkleckliches Stück Geld ein, so daß etliche von den anderen Kerlen bereits auf ihre Ohren oder auf allenfalls entbehrliche Glieder ihrer Finger (die ohnehin länger als bei anständigen Leuten waren) zu spekulieren begannen, und etwa mit dem Honig am Frühstückstisch allerlei Kunststückchen aufführten, indem sie Klebestellen am Tischtuch erzeugten, und dergleichen mehr. Wer zahlt, der beißt. Oder eigentlich umgekehrt. Aber es wurde eine Enttäuschung, denn es geschah nichts weiter. Childerichs III. scharfe Kurz-Wutanfälle hörten wieder auf.

Diese vorübergehenden aber ungewöhnlich heftigen cholerischen Protuberanzen, das schließlich erfolgende Abgehen Schnippes nach England im Jahre 1938 und das Ende von Childerichs III. vierter Ehe ein Jahr danach, markieren uns den Eintritt in die Periode adoptiven Planens, welche doch zehn Jahre später erst, unter der Leitung des Majordomus Pépin, konkrete Resultate zeitigen sollte. Damals erreichte auch eine ganz allgemeine Entwicklung bei dem Freiherrn ihren Höhepunkt, deren Anfänge jedoch viel weiter zurücklagen und welche wir als ›Die Bauschung‹ bezeichnen wollen.

Childerich III. fand hierin seine Form; und das ist viel.

Wir sahen ihn schon 1937 dergestalt im Saale sitzen, und ungefähr um die gleiche Zeit hatte er sich im Spiegel selbst mit dem Blicke durchbohrt. Aber die Anfänge der Bauschung sind doch schon in jenem familien-zentralistischen Paroxysmus zu erblicken, in welchen er gleich nach seiner Verheiratung mit der Gräfin Cellé, also schon 1921, verfiel.

Sein Grimm gewann Form, das war's, und aus dem Schmelztiegel der Wut ward in deren Feuern die Würde gewonnen. Allmählich gestalteten sich in diesem Sinne sein ganzer Haushalt und sein internes Leben völlig neu. Daß er schließlich einen Majordomus berief, kann als Abschluß dieses Processes angesehen werden.

Zunächst aber ging's an seinen Friseur, dessen Laden in einer Gasse lag, die hinter der Parkmauer parallel zur Rückfront des Palais' dahinlief. Ihn, den Friseur, traf in seiner altmodischen und schäbigen Barbierstube als ersten der Wetterstrahl eines neuartigen und souveränen Ergrimmens, das vor nichts mehr zurückscheute und eben darum obsiegen konnte und die Umwelt überwand. Hier und jetzt erfolgte die Antwort auf eine gepeinigte Jugend; und hatte man jener Knüppel oder Stecken in den Weg geworfen, so waren daraus jetzt Stämme geworden, mächtige Stämme eines in seine rückwärtige Finsternis sich erstreckenden Waldes der Wut, sonor rauschend, feierlich hingebreitet und hoch gekuppelt. Man könnte auch sagen, Childerichs Grimm habe jetzt erst seinen rechten Faltenwurf gefunden. Dieser aber war schon keine bloße Antwort auf die Huntzungen in der Jugend mehr; dieser kam von weiterher; er war die Form, in welcher sich einst der Vorfahren furchtbare Auftritte abgespielt hatten, dahinten in der Ferne der Zeiten. Quollen Childerichs III. Augen vor in gräßlichem Exophthalmus, lief der kleine, bartfreie Teil seines Gesichtes – ein Gesichtchen im Gesichte – rot an: dann schien's bereits eine tiefere Zentralglut als jene Wutandränge der Knabenzeit, die Childerichs III. Brüder auch mit noch so viel Dreschen nicht hatten glatt und platt schlagen und ersticken können, wie sich nunmehr zeigte.

Der Friseur ward an einem Montage telephonisch berufen, doch niemand meldete sich dort im Geschäft (diese montägliche Ohnverschämtheit ist bei denen Barbieren in Deutschland der Brauch, und auch in anderen Ländern, etwa in Österreich, wird's geduldet). Als dies dem Freiherrn gemeldet war, winkte er würdig, und Heber – wir nannten ihn früher den Haushofmeister, und er war gewiß ein wichtiger Mann, aber doch nur eigentlich der Profoß im Hause, Zuchtmeister über das zahlreiche Lakaienvolk – der Baron also winkte dem Heber und dieser ging mit sechs Leuten ab, einen wappengezierten Briefumschlag in der Tasche tragend, während seine Burschen kurze Knüttel im Hosensack führten. Am geschlossenen Roll-Laden vorbei, drangen sie in den Hausflur und drei Mann traten die Tür ein, die von rückwärts in's Lokal führte; das hörte der Barbier in seiner darüber gelegenen Wohnung; alsbald kam er herabgelaufen, in den Laden, wo man inzwischen eingedrungen war (sie warfen kurzerhand die Sessel in die Spiegel und schlugen das Übrige mit Knütteln zusammen). Die Frau des Friseurs aber war schneller als ihr Mann, sie lief ihm voraus, und so kam's, daß man zunächst sie mit einem Paar Ohrfeigen als Relief an die Wand klebte. Danach aber wandte sich Heber mit Ernst an den Meister und reichte den Brief.

Der Barbier, welchen es zunächst schon einmal günstig stimmte, daß man sein Weib durch die saftigen Maulschellen zum Schweigen gebracht hatte, erbrach das Schreiben (während sie drinnen den Rest der Einrichtung zusammenschlugen) und fand darin einen Befehls-Zettel des folgenden Wortlauts: ›Die Barbierstube ist zeitgemäß zu erneuern. Mittel anbei. Childerich III.‹, daneben einen Scheck auf 30.000 DM. Es war der Meister kein Dummer. Sofort erfaßte er die Lage, und auch von seiner Frau muß man sagen, daß ihr neuerliches Zetern, nach Einsicht in die Sachen, wie abgeschnitten verstummte. »Wollen Sie«, sagte er gemessen dem Profoßen, »Seiner Gnaden entbieten, daß ich in wenigen Minuten zur Bartpflege mich beim Portier des Palais' melden werde«. Heber rückte mit den Seinen ab. Am nächsten Morgen blieb der Roll-Laden des Barbiers herunten und es erschien dort eine Tafel:

> *Wegen Renovierung*
> *bleibt das Geschäft für vier Wochen*
> *geschlossen*

Nun, von einer Renovierung kann man hier nicht eigentlich sprechen. Es erfolgte eine Neu-Einrichtung und Erweiterung des ganzen Betriebes. Denn der Friseur übersiedelte aus seiner Wohnung in eine andere; das über der Barbierstube und der Werkstatt des Haarkünstlers gelegene Stockwerk ward in's Geschäft einbezogen, und zwar als Damen-Frisier-Salon. Mit Spiegeln, Marmor, Glas und Nickel wurde nicht gespart bei der im ganzen recht geschmackvollen, ja, elegant zu nennenden Ausstattung, die vor allem in den zahlreichen Apparaturen für die Damenabteilung bestand: riesige blanke und blitzende Helme und Kronen für schwarze und blonde Köpfe. Diese bedrohlichen Sachen sind notwendig geworden, seitdem Frauen und Mädchen kein langes Haar mehr tragen, welches ja auch höchst unpraktisch und umständlich war.

Während der Meister diese Arbeiten, Installationen und Einrichtungen überwachte – auch der Herren-Salon im unteren Stockwerke kam auf die Höhe der Zeit – und während er zugleich eine comfortable Privatwohnung sich schuf, galt es für ihn, die für den erweiterten Betrieb erforderlichen Fachkräfte an sich zu ziehen und sorgfältig auszuwählen, was damals jedoch leichter gewesen sein dürfte als heute. Dafür waren freilich Apparaturen und Material schwieriger zu beschaffen.

Wie immer es gewesen sein mag – die Sache stand unter einem guten Stern; und sie sollte unter einen noch besseren kommen. Vielleicht hat es in jenem Teil der Stadt wirklich an einem brauchbaren Frisier-Salon gefehlt; denn eine Woche nach der Wieder-Eröffnung wogte und schnatterte es im oberen Stockwerk und saß immerfort blond oder braun oder schwarz unter den metallenen Hauben. Friseusen und Lehrmädchen schwirrten. Doch sah man auf den Behandlungsstühlen nicht nur jene weiblichen Halbstarken sitzen, die heute überall sind. Man sah Damen. Der fränkische Adel, weilte er zu vorübergehendem Aufenthalte hier in der Stadt, begann in's Haus zu kommen. In der Barbierstube unten begrüßten einander die Herren. Man wird hier eine bärbeißig*-wohlwollende Erwähnung des Ladens annehmen dürfen, die Childerich III. vielleicht da und dort in seinen Kreisen jetzt zu tun pflegte. Er selbst ging seit 1932 – in diesem Jahr war er ja durch die Heirat mit Barbara Bein bärtlich komplett geworden – als ein rechtes Reklame- und Paradestück des Barbiers umher, der damit seine Fähigkeit unter Beweis stellte, auch sehr komplexe Aufgaben der Bartpflege bewältigen zu können. Im ganzen: der Name des Salons gewann einen

* Siehe Fußnote Seite 78.

Klang und, mochte jener Name so vulgär sein, wie nur immer: er verrostete ein wenig an seiner Oberfläche und erhielt so etwas wie eine mondäne Patina. Man kann dergleichen an den Namen gewisser böhmischer Schneider und Schuster zu Wien beobachten.

Die Höhe der Prosperität aber ward von dem Barbier erreicht auf dem Umweg über eine zweite Katastrophe, deren Art der Herbeiführung im Geschäftsleben unserer Zeit als typisch gelten kann.

Des Montags – an welchem Tage das Geschäft ja geschlossen gehalten wurde – pflegten um acht Uhr, nachdem von sechs bis acht mehrere instabile Organe (Bedienerinnen, Zugeherinnen) die Grundreinigung vorgenommen hatten, zwei Lehrmädchen zu erscheinen, welche dann die Ordnung wieder gänzlich herstellten und das gewerbsmäßig Erforderliche säuberten und griffbereit legten, die Apparaturen kontrollierten, kurz, in beiden Stockwerken alles für den zu erwartenden Kunden-Andrang des nächsten Tages bereit machten. Wenigstens stellte sich der Meister das so vor; und wenn er, wie fast immer, dabei sich zugegen befand, geschah's wohl auch. Jedoch gab es Absenzen, die nicht zu vermeiden waren. Damals im Tausendjährigen Reiche und erst recht nach dessen Hingang, zeigten die Ämter eine unheimliche Virulenz, die seitdem doch etwas nachgelassen hat, so daß viele dieser Institutionen wieder zu jenem ruhigen Selbstzweck-Dasein zurückgekehrt sind, welches sie in besseren Zeiten einst geführt haben, ohne sich und der Öffentlichkeit fortgesetzt ihre Notwendigkeit und Erforderlichkeit erweisen zu wollen, an die doch niemals jemand glaubte. Gegen 1950 zu aber war es noch nicht ganz so weit. Das feine Zilken der Behörden drang bis in den Schlaf der Menschen, die in unaufhörlicher Abwehrbereitschaft leben, durch Vorsprachen auf Ämtern viele Stunden wartend opfern mußten, um amtswegigen Eingriffen und Schädigungen zuvor zu kommen. So auch der Barbier – gegen selbständig Erwerbende ging's ja am schlimmsten los – und freilich benützte er den Montagmorgen für sotane Unumgänglichkeiten – welche Zeit stand ihm sonst zur Verfügung? – wenn sie herantraten (für den Rest seines Lebens hat er dann Widerwillen gegen jeden Montagmorgen empfunden). Den Mädchen, bevor der Meister hinweg ging, ward jedesmal eingeschärft, falls ein telephonischer Anruf aus dem Palais Bartenbruch komme, dies auf's allerhöflichste entgegen zu nehmen, mit dem Beifügen, der Meister werde sich sofort nach Rückkehr beim Portier zur Bartpflege melden. Andern Kunden, die etwa anklingeln sollten, sei, ebenfalls höflich, zu bedeuten, das Geschäft wäre heute geschlossen, doch werde man morgen ganz zur Verfügung stehen und über die Ehre eines Besuches sich freuen. Was konnte er nun noch mehr tun und wie vermochte er besser vorzusorgen, wenn er eines Montags nun einmal auf ein Amt zu gehen genötigt war? Und doch blieb der Meister in steter Bangnis, wenn er dann in solch einer Tintenburg stundenlang vor einer geschlossenen Türe warten durfte, bis man ihn rief. Schlimm war's, daß seine Gattin für den Kontakt und Verkehr mit den Kunden überhaupt nicht in Betracht kam, ihres Keifens und groben Zeterns wegen, so daß er sie ganz auf die Hauswirtschaft beschränken mußte. Ja, ihm schien's ein Glück, daß sie nun nicht mehr über dem Lokale wohnten, so daß die Gattin mit den Dingen des Geschäftes überhaupt nicht mehr in Berührung kam.

Die Lehrmädchen, war der Meister gegangen, beschäftigten sich auf ihre Weise. Sie probierten sämtliche Lippenstifte und Sorten von Nagel-Lack aus (denn Handpflege wurde hier auch gegeben), frisierten einander einmal so und einmal wieder so, telephonierten viel, und wenn jemand anrief, schnappten sie ihn kurz ab: »Heute, Montag, geschlossen!«

Müde kam der Meister vom Amte. Die beiden weiblichen Halbstarken fand er in voller und eifriger Tätigkeit, denn sie hatten ihn vom Fenster rechtzeitig erblickt. Als er aber nun seinerseits durch dieses vom ersten Stockwerk hinaus schaute, sah er Hebern mit sechs Mann um die Ecke der Parkmauer biegen und längs dieser herankommen.

Leicht war's zu erraten, was hier passiert sein mochte, aber mit den Lehrmädchen gab sich der Barbier jetzt garnicht ab. Er beurlaubte sie rasch für heute, sie ließen sich's nicht zweimal sagen und verschwanden. Der Meister lief hinab, sperrte die Türe zum unteren Frisiersalon auf und ließ sie angelweit offen stehen. Schon schwenkte das Kommando in den Hausflur. Mit Ernst wandte sich Heber an den Meister und überreichte den wappengezierten Brief. Die sechs Mann aber drangen in die unteren Räume, warfen die Sessel in die Spiegel und besorgten das Übrige mit Hilfe ihrer Knüttel. Sogleich danach rückte Heber mit den Seinen ab.

Am nächsten Morgen blieb der Rollbalken des Geschäftes herabgelassen und es erschien dort ein Plakat:

> *Herrensalon*
> *wegen Erweiterung und Renovierungsarbeiten*
> *geschlossen*
> *Aufgang zum Damen-Frisiersalon*
> *durch den Hausflur*

Alsbald ward geräumt, gehämmert und geklopft. Was die Professionisten sich angesichts der neuerlichen Devastierungen dachten, ist freilich dunkel geblieben (man hatte sogar die Waschbecken zertrümmert). Wahrscheinlich war's ihnen völlig gleichgültig. Entscheidend blieb für den Meister die Erkenntnis, daß seine große Chance jetzt erst eingetroffen war. Der Baron hatte offenbar eine Devastierung beider Stockwerke angeordnet. Heber und die sechs Mann aber waren nach Erledigung der unteren Räume abgerückt. Es belief sich der übergebene Barscheck auf den doppelten Betrag wie beim ersten Male. Der Damen-Salon war jedoch von dem erschienenen Devastierungs-Kommando garnicht betreten worden. Einen Befehlszettel hatte der Briefumschlag diesmal nicht enthalten.

Das für den Barbier so lucrative Ergrimmen des Freiherrn löste alsbald die lebhafteste Tätigkeit aus, und dies zeigt uns an, daß der Meister die Sternstunde seines Geschäfts erkannte und zu nutzen wußte. Im unteren Stockwerk ward die Werkstatt (jeder Friseur bedarf einer solchen für Perücken und viele andere haarkünstlerische Arbeiten) aus dem hinter dem Laden befindlichen Raum, der zum Glück noch größer war als der Laden selbst, weiter zurückverlegt, in ein Magazin, das leer stand und welches daher hinzugemietet werden konnte. Auch den Laden schob man nach hinten und er ward – mit noch nie gesehener Pracht – in der ehemaligen Werkstatt installiert. In dieser brach man sogar, mit Genehmigung des Hausherrn und der Baubehörde (letzteres war nur durch nervenzerrüttende Amtsgänge erreichbar, aber wir wüßten nicht, daß der Friseur ein Patient des Professors Horn geworden wäre) ein größeres Fenster. Das Gassenlokal jedoch ward nun als Empfangsraum eingerichtet, aus welchem man, wie schon bisher, über eine interne Wendeltreppe in den Damen-Frisiersalon hinaufgelangen konnte. Doch während früher die Damen immer auch ein paar Schritte hatten durch jenen Raum tun müssen, wo man die Mannsbilder balbierte, war nun der Empfang für Damen und Herren getrennt. Beide Geschlechter traten in nur ihnen vorbehaltene kleine Salons, durch Glastüren mit eleganter Goldschrift. Diesen war, wenn man von der Gasse eintrat, ein ebenso comfortabler gemeinsamer Raum vorgelagert. Man konnt' es beim Warten haben und halten wie man wollte, wenn überhaupt es ein Warten gab, denn das Personal war reichlich vorhanden und die Zahl der Stühle nicht nur in der Herrenabteilung zuletzt noch vermehrt worden, sondern auch oben hatte man deren weitere zwei installiert.

Das Barbiers-Ingenium aber kam am allerdeutlichsten durch die völlige Neugestaltung der Gassenfront des Ladens zur Erscheinung.

Jene Front wurde vor allem bis zum Haustore verbreitert, und dies war natürlich das Kostspieligste dabei. Zwischen den beiden Auslagen mit den frisierten Damenköpfen aber gab es nunmehr eine dritte kleinere, die zunächst leer blieb, ein ›Sonderfenster‹.

Der Ausdruck, welchen wir da gebrauchen, stammt aus der Praxis des Buchhandels – durch ein ›Sonderfenster‹ werden die Werke eines bestimmten Autors, Verlages oder Fachgebietes hervorgehoben – aber wir wüßten für unseren Zweck hier kein treffenderes Wort. Das Sonderfenster wurde durch den Elektriker mit einer indirekten Beleuchtung versehen, die es leicht rötlich erhellte, und vom Dekorateur mit weinrotem Samte ausgeschlagen. Es blieb zunächst leer.

Jede Begabung ist auch eine solche zur Begegnung; und unter Umständen zu einer Begegnung, die weit vorstößt und bis zur Mitte fremder Daseins-Kontinente. Der Barbier vermocht's. Vielleicht war er nur in der Sternstunde seines Geschäftes so begabt. Aber auf solche Stunden kommt's ja schließlich an.

In dieser Weise wollen wir sein Zusammentreffen sehen mit einem der bedeutendsten Maler unserer Gegenwart, der damals ein zweiundzwanzigjähriger, armer und unbekannter Bursche war und die Kunstakademie (welche ihm wenig geboten) erst vor kurzer Zeit hinter sich gebracht hatte. Von irgendwem war ihm, gegen geringes Entgelt, zwei Bildnisse zu malen aufgetragen worden, und so befand er sich denn, für die Zeit dieser Arbeit, bei höchst bescheidener freier Station in einem winzigen Garten-Kabinette wohnend, hier in der Universitäts-Stadt.

Aber man kann nicht immer nur malen. Wenn er nicht las, spazieren ging oder von seinem Zimmerchen aus stets neu die Baumkronen zu zeichnen versuchte – worin er sich damals geradezu verbiss – dann saß er gern im rückwärtigen Raum eines Bäckerladens beim Wein (die Bäcker pflegen in jener Gegend auch auszuschenken), und eben das tat nicht selten unser Barbier, der so, in tischnachbarlichen Gesprächen, Thomas Wiesenbrinks Namen, Profession und den Grund seiner Anwesenheit hier in der Stadt erfuhr. Bei allererster Erwähnung der näheren Umstände des bescheidenen und ruhigen jungen Mannes schon sagte dem sogleich hellwach und scharfhörig werdenden Barbiere sein Ingenium, daß er in diesem hübschen Jünglinge die richtige Person gefunden habe, um die geheimen Pläne bezüglich des Sonderfensters zu verwirklichen.

So fragte er ihn denn, ob er auch modellieren könne?

»Ja, was denn?« fragte Thomas seinerseits.

»Einen Menschen, das heißt, dessen Kopf, und lebensgroß.«

Gelernt habe er's, sagte der junge Künstler, aber schließlich sei er kein Bildhauer.

Von Hauen keine Rede, meinte der Meister. Das Porträt müsse in Wachs ausgeführt werden und in natürlichen Farben. Der Darzustellende sei ein überaus bärtiger Mann. Den Bart, oder eigentlich die Bärte, sowie das Haupthaar, würde er selbst am Bildnisse anbringen.

»Toll«, sagte Thomas und bedachte sich. Hier schien ihm irgendein Spaß zu winken. In die Pause hinein ließ der Meister sein Angebot fallen: ein schönes Stück Geld.

»Und wird mir der Darzustellende sitzen?« fragte der Maler.

»Gewiß nicht«, antwortete der Barbier. »Hier gilt's ein Meisterstück. Sie können ihn wohl da oder dort sehen, die Gelegenheiten will ich Ihnen zeigen. Das muß nun leider genügen. Es handelt sich aber um eine überaus markante Persönlichkeit. Sie den Kopf, ich die Bärte, wie schon gesagt.«

Thomas sah Childerich dreimal. Beim Einsteigen in einen vor dem Palais wartenden Jagdwagen, welcher den Freiherrn nach Bartenbruch bringen sollte (und noch zweimal ganz aus der Nähe in der Stadt). Vom Rücksitze des Wagens aus rollte der Blick des Barons über Thomas hinweg die Gasse entlang. Jener fraß Childerich mit den Augen und nahm ihm das Maß, und in seinem kleinen Gartenkämmerchen (das er niemals vergessen sollte, denn es war zur Wiege seiner zweiten Geburt geworden) schuf er aus sachgemäß beschafftem Materiale das Bildnis des bartlosen Childerich, den er doch bärtig nur gesehen; aber ihm war gegeben, durch diese tiefen Wälder bis in des Freiherrn Vergangenheit zu dringen, wo sich jene wieder lichteten und dieses selbe Antlitz nun sichtbar wurde und doch ähnlich blieb, wenngleich glatt.

Dieser Akt war geheimnisvoll. Durch ihn hat sich, ganz im Grunde, Thomas Wiesenbrink damals schon und erstmals von einer abbildenden Kunst gelöst und damit auch von der Porträtmalerei gemeinhin, so sehr dieser Künstler zu ihr befähigt gewesen wäre. Aber auch unter seinen späteren, von der Darstellung eines Gegenstandes bereits freien Werken (die wir ja vornehmlich kennen), hat immer jener eine Impuls seiner Jugend weitergelebt, der ihn einst befähigt hatte, ein Objekt ganz und gar und durch und durch zu penetrieren. Dies war ihm in jenem Gartenkabinette geschenkt worden, und deshalb nannten wir den von grünem Blätterschatten erfüllten Raum die Wiege seiner zweiten Geburt.

Hier empfing der Barbier das erhellende, ja entblößende Werk (er hatte Childerich III. unbärtig noch nicht gekannt!) und beim Anblicke dieses glatten, laschen, schlappen und backentaschigen Antlitzes, dem sogar ein blauer Bartschatten angetönt war (aber das Haupthaar fehlte ja gleichfalls noch!), erkannte der Meister in Sekundenbruchteilen das Wesen dessen, was nunmehr sein eigenes Werk werden mußte: die tiefen Bartwälder der Zeit hier drüber wachsen zu lassen, mit dem Gewölk der Bauschung diese Glätte zu überziehen, damit sie für immer versunken bleibe. Hatte Wiesenbrink sich von der Gegenwart in die Vergangenheit bewegt, durch Wälder wandernd, bis diese sich lichteten: so war's jetzt an ihm, von solcher Lichtung aus wieder in die gewachsene Finsternis der Zeit zu dringen.

Sie verpackten das kahle Haupt des Freiherrn mit größter Sorgfalt und sachgemäß. Der Barbier nahm einen Wagen, und so bracht' er es heim in die Werkstatt und schloß sich damit ein. Von Samstag am Abend bis zum Montagnachmittag hingebungsvoll arbeitend – Montags ward er zwischendurch in's Palais gerufen und erfrischte sich am Originale – schuf er ein Werk, das Thomas Wiesenbrinks gewissermaßen abstrahierende Wachsplastik zu unheimlichem Leben erweckte. Er, der Meister, aber verbartete während der Stunden seiner Arbeit zuinnerst und fühlte sich wie haarig durchwachsen. Zuletzt schuf er Childerichs dichtes Hauptgelock. Montags um vier kam der Dekorateur, um die Büste im Sonderfenster auf ihr weinrot drapiertes Postament zu setzen und das Sonderfenster luft- und staubdicht zu verschließen. Mit Einbruch der Dämmerung wurde die Beleuchtung eingeschaltet.

Von da an also blickte Childerich III. leicht bärbeißig*, mit einem gewissen Exophthalmus und abends in rosigem Schein über die Gasse hinter der Parkmauer des Palais'. Am dritten oder vierten Tage danach fuhr der Freiherr vorbei, ließ halten, und betrachtete vom Wagen das Werk. Das Anhalten des Automobiles vor dem Laden war von dem hellhörigen Meister bemerkt worden, und schon stand er mit tiefer Verbeugung in der Türe. Childerich III. lächelte, nickte wohlwollend und winkte sogar leicht mit der behandschuhten Hand. Damit war's gewährt und genehmigt. Dem Freiherrn gefiel recht wohl die Art der Verehrung, welche ein submisses Subjekt ihm zollte, und weniger bewußt dürfte ihm dabei gewesen sein, daß hier seine Person ein Werbemittel war und der Reklame für des Meisters Bartkunst dienstbar gemacht wurde. In der Tat zog die so prächtig gelungene Büste des Bartenbruch'schen Familien-Chefs den Adel vom Lande noch mehr in den Laden. Denn das sprach sich herum, und das mußte man freilich gesehen haben. Übrigens ließ der Baron den Meister huldvollst wissen, daß er zwar, wie bisher, an allen Tagen der Woche seines Winks gewärtig zu sein habe: doch werde ihm der Montag nunmehr gnädigst erlassen.

* Siehe Fußnote Seite 78.

Begabung ist immer auch eine solche zur Begegnung, sagten wir. Ob es allerdings, ganz im allgemeinen, für Begabung sprechen kann, wenn man (ausgerechnet!) dem Herrn Doctor Döblinger begegnet, erscheint als fragwürdig. Bei Thomas Wiesenbrink aber mag es doch aus Begabung gekommen und geschehen sein. Zumindest dies spricht dafür, daß sein letztes Werk eigentlich abbildender Kunst mit dieser Begegnung dann im Zusammenhange stand.

Beide befanden sich ja jetzt bei gebesserten Verhältnissen (die des Doctors hatten sich noch weit mehr gebessert, als wir bisher schon erfahren konnten) und also in einer etwas erweiterten Bewegungsfreiheit. Döblinger trieb sich herum; und was soll man von ihm auch anderes erwarten; vorläufig blieb's ja noch harmlos. Aber im Grunde suchte er bereits Opfer (auf die Familie Kronzucker ging's allerdings viel später erst los). Auch Wiesenbrink bummelte, nach Durchschreitung der Bartwälder. Jetzt ruhte er gleichsam auf einer erreichten Lichtung und hatte aufgehört, Baumkronen zu zeichnen. Er war glücklich und fühlte sich in eine Strömung gedreht, die ihn bereits tragen wollte. Vor dem beleuchteten Sonderfenster in der Gasse stehend, wurde er von Döblinger angesprochen: »Es ist Ihr Werk, wie?«

»Woher wissen Sie das?« fragte Thomas.

»Ich erkenn's am Exophthalmus«, erwiderte der Doctor. »Er eignet Ihnen gleichfalls, wenn auch nur wie eine Andeutung. Fressende Augen. Dieser Bartkerl da – ein Baron Bartenbruch, das werden Sie ja wohl wissen – ist, so wenig er Ihnen ähnlich sehen mag, doch eine Selbst-Darstellung des Künstlers. Sie sind Bildhauer von Profession, wie?«

»Von Hauen keine Rede«, entgegnete Wiesenbrink zu seinem eigenen Staunen und fühlt' es deutlich, wie die neue Lage ihn fortwährend unterwanderte, bisher unbekannte Räume höhlend. »Dies ist ein Wachsbildnis. Auch bin ich kein Bildhauer, sondern Maler.«

Auf solche Weise wurden sie miteinander bekannt, und Wiesenbrink ist in den Tagen bis zur Vollendung seiner beiden Porträt-Aufträge mehrmals zu Doctor Döblinger hinauf gekommen.

Sie tranken Tee und Whisky, der Doctor perorierte. Aber Wiesenbrink hat ihm niemals zugehört. Fressende Augen. Hatte er Childerich von Bärten entblößt: diesem da zog er gleich eine Haut nach der anderen ab. Bei seinem zweiten

Besuche erschien Thomas schon mit einem Zeichenblock. Das nächste Mal ließ er den Doctor Döblinger sein Blatt sehen und bemerkte:

»So haben Sie, Herr Doctor, mit sechzehn Jahren ausgeschaut.«

Unzweideutig und überzeugend, es war Döblinger, aber als junger Lümmel. Gerne hätte der Doctor – einigermaßen betroffen – das Blatt erworben. Aber Wiesenbrink gab's nicht her, sondern hatte es – und noch ein zweites dieser Art – in seiner Mappe, als er abreiste.

War auf die beschriebene Weise Childerichs III. Friseur zum Ansatzpunkte einer schon recht bemerklichen Bauschung externer Art geworden, so wurde diese von internen Vorgängen gleichen Charakters weit übertroffen, obwohl der materielle Aufwand dabei als vergleichsweise ganz geringfügig erscheint. Bei externen Bauschungs-Aktionen wurde gegebenen Falles jedermann mit Geld erschlagen, wie etwa der Friseur. Bei internen Bauschungen aber lag doch der Nerv wesentlich im Decorum.

Den Ansatzpunkt zu einer der bemerkenswertesten Aufplusterungen Childerichs III., die sich noch dazu als dauernde Einrichtung festsetzte, bildete erstaunlicherweise der Professor Dr. Horn. Wie die meisten Ärzte erkundigte auch er sich nach dem Stuhlgange der Patienten; und besonders den in seinen Spezial-Ordinationen am 1., 10. und 20. jedes Monates erscheinenden Personen legte er an's Herz, auf diesen Punkt wohl zu achten. Er empfahl milde Laxative, besonders aber die Applizierung von Klystieren, und hatte dabei eine nur ihm eigene väterlich-sanfte Art des Gemurmels, wenn er in seinem weißen Ärztemantel gletschermassig den Patienten überwölbte und leicht schnaufend etwas über die »Hintanhaltung affektiver Zustände durch gründliche Entleerung« sagte, wobei man zunächst immer nur das Wort ›Entleerung‹ aus dem Geschnauf, Gepiepe und Bartgebrumm heraus hören konnte, weiterhin aber auch ›Einlauf‹ oder ›Klystier‹. Auf seine Spezial-Patienten wirkten solche häufige Empfehlungen außerordentlich nachdrücklich, so daß ein allgemeines Klystieren als Prophylaxis gegen die Wut um sich griff. Fast alle Hornisten klystierten. Insbesondere Bachmeyer war damit stets vorne dran (und mit dem besten Erfolge, wie wir noch sehen werden). Auch Childerich III. nahm's in sein Programm und Zeremoniell auf, allerdings wohl vornehmlich deshalb, weil sich hier für ihn die Möglichkeit zu einer geradezu ungeheuerlichen Aufplusterung bot.

Die Klystier wurde einmal wöchentlich durchgeführt, in Beisein des Leibarztes Dr. Tubinger, eines ganz jungen Internisten, der eben seine Praxis begonnen hatte, aber Childerichs III. volles Vertrauen und besondere Gunst genoß; ferner des Profoßen, dreier Knechte (die hierfür jedesmal pro Mann ein Klystiergeld von 20 DM erhielten) und des Hofzwerges (54 cm) Wänzrödl. Die Musik war auf dem Gange postiert, vier Bläser der Hauskapelle, die aber erst bei beginnendem Einlaufe und auf ein gegebenes Zeichen hin die Bartenbruch'sche Jagdfanfare bliesen.

Damit nun sind wir wiederum an den Zwerg gekommen und also, wenn schon nicht an eine Hauptperson, so doch an eine wichtige Hofcharge.

Zugleich betreten wir ein wenig gesichertes Gebiet. Haben uns bisher einigermaßen genaue chronologische und descendentisch-genealogische Angaben geleitet, so ist zu sagen, daß von Wänzrödl nicht einmal sein Alter mit Sicherheit bekannt wurde, und von seiner Herkunft nur, daß er der Sohn eines herabgekommenen Seitenverwandten war, welchen man in der Familie als Pelimbert den Indiskutablen in undeutlicher Erinnerung hatte. Ob Childerich III. dieses Individuum noch persönlich gesehen hat, ist ungewiß. Soviel aber weiß man über Pelimbert*, daß er zu jenen gehörte – solche gibt es ja – die eines Tages ›alles und jedes bis zum äußersten Überdrusse satt haben‹ (so drückt Fedor Mihailowitsch Dostojewskij diesen Zustand aus), und von da an nur mehr eine negative Aufführung zeigen. Pelimbert soll auf irgendeinem verlotterten Seiten- oder Nebengute gelebt haben, in einem halbzerfallenen Schlößchen, unter Bezug einer mittleren Leibrente vom jeweiligen Inhaber des Bartenbruch'-

---

* Hauptquelle ist Pelimb. ind. (= Pelimberti indiscutabilis chronicon quae supersunt fragmenta, ed. Dr. Caëtanus Döblinger, Lipsiae ap. J. B. Partwisch MDCCCCXXXI). Größtenteils nicht zeitgenössisch, sondern aus späteren Einschüben bestehend. Der mittlere Teil ›De maltractionibus a Waenzroedelo sua in iuventute passis‹ dürfte zudem eine Fälschung des Dr. Döblinger sein. Nur hier die Geschichte, wie Wänzrödl von dem bezechten Pelimbert für eine Ohrenfledermaus gehalten wurde, worauf jener, mit einem Teppichklopfer fuchtelnd, das vermeintliche Tier durch's Fenster scheuchen wollte, seinen Sohn erst erkennend, als dieser vom Fensterbrette in den Garten hinab hüpfte, statt zu fliegen.

schen Majorates. Pelimbert kümmerte sich um garnichts, das heißt, er lehnte überhaupt alles und jedes ab. »Dann und wann wird er vielleicht auf die Jagd gegangen sein und einen Hasen nachhause gebracht haben, das war wohl alles« – so äußerte sich eine bayerische Dame über ihn, die wir noch in anderem Zusammenhange citieren werden müssen. Er soff natürlich. War er schwer angetrunken, dann pflegte er zwischen drei und vier Uhr morgens, auf einem Schemel sitzend, in brüllendem Tone Kirchenlieder zu singen. Ein ausführlicheres Bild ergibt sich leider auch aus der früher citierten Haupt- oder Leitquelle nicht.

Wänzrödls Alter also ist uns nicht bekannt. Es bestanden darüber die entgegengesetztesten Vermutungen. Es hat eine gewisse Frau Eygener ihn für einen so uralten Mann gehalten, daß sein Vater Pelimbert im achtzehnten Jahrhunderte hätte herangewachsen sein müssen. Andere vermeinten, er habe nur neun oder zehn Jahre. Diese extremen Annahmen werden widerlegt durch Erfahrungen, welche ältere Mägde im Haushalte Childerichs III. mit dem Kleinen machten, so daß sie in den Schlafkammern Wänzrödeln sich gegenseitig zureichten und ihn gerne in Empfang nahmen.

Es wird sich wohl so verhalten haben, daß Childerich III. oder vielleicht schon sein Vater nach Hinscheiden jenes indiskutablen Pelimbert das schutzlose Geschöpfchen in's Haus genommen hatten, wo es sich dann, insbesonders unter Childerich III., in die Rolle eines Hofzwerges hineingefunden haben dürfte. Bemerkenswert ist, daß Wänzrödl ein hervorragender Trompetenbläser war, wozu sein Vater ihn hatte ausbilden lassen, teils wohl, um etwas für sein Fortkommen zu tun. Doch heißt es, daß er auch in seinen letzten Jahren dem Spiel des Sohnes gerne gelauscht habe, besonders in angetrunkenem Zustand, weshalb Wänzrödl von ihm zum Zwecke solcher Darbietungen oftmals soll aus seinem Bettchen genommen worden sein.*

Als Hofzwerg wuchs ihm eine Funktion zu: die des Sonderpaukers. Childerich III. nahm mit vorschreitendem Alter die Gepflogenheit an, hohen Grimm seinen Knechten alsbald bekannt zu machen, dadurch nämlich, daß Wänzrödl, nach auf der Trompete geblasenem Stoß mit Cadenz, zwei kleine Kesselpauken rührte, die ihm stets zur Hand waren. Mit

* Pelimb. ind. XV. 32 hat: inebriatus eum tubicinem die noctuque bucinare iussit.

ihnen lief er durch die breiten Gänge, im Stadtpalais oder auf dem Majorate, und überall ward sein dumpfer Wirbel gehört, auf welchen hin sich alle Livrierten und Mägde unter den Augen des grollenden Herrn zu versammeln hatten: meist zu einer jener umfassenden Generalprügeleien, deren wir eine miterleben werden, und wo oft des Dreschens kein Ende abzusehen war.

Indessen, Wänzrödl kann als solitäre Erscheinung nicht angesprochen werden. Er war nur ein Typus – wenn auch individuell ausgezeichnet durch hingebende Liebe und Treue zu seinem Herrn – nämlich der des merowingischen Zwerges, obgleich ja dieser hier nicht rein merowingischer Abkunft war und wahrscheinlich überhaupt nur ein Bastard, von einem Frauenzimmer niederen Standes geboren. Doch gab es im hessischen (und verarmten) Zweig des Hauses ein richtiges Exemplar solcher Art, den Freiherrn Clemens von Bartenbruch, der zwar als erwachsener Mann etwas größer als Wänzrödl war, immerhin aber auch nur 65 cm erreichte. Er kann als durchaus hochadeliges Gegenstück zu einem merowingischen Riesen wie Schnippedilderich gelten.

Solche Gestalten traten auf, als die Familie stark degenerierte, und das war ja schon in alten Zeiten weitgehend der Fall. Nachdem die Merowinger 752 durch ihren letzten Hausmeier vom Throne gestoßen und treulos verraten worden waren, so daß der König im Kloster verschwinden mußte, blieb doch die Familie in mancherlei Seiten-Ästen erhalten, die man nicht ausrotten konnte, und insbesondere im fernsten Südwesten, an den Pyrenäen schon, haben sie sich fast so lange gehalten wie das karolingische Haus, das ja in Frankreich auf dem Throne bis um das Jahr 1000 ausdauerte. Unter diesen späten Merowingern direkter Descendenz ist es insbesondere Childerich XXXIV., der den Typus des merowingischen Zwerges bereits voll repräsentiert, auch hinsichtlich der meist ungewöhnlichen Gaben des Geistes oder Gemütes, welche bei diesen gewissermaßen überreifen Geschöpfen zu allen Zeiten angetroffen werden können. Die bereits zweimal angezogene Chronik Pelimberts erwähnt jenen seltsamen Sproß mit einigen Einzelheiten. Childerich XXXIV., zubenannt der Eckenbeter oder die Klosterfrau, war als erwachsener Mann nur zwei Fuß hoch, was etwa 60 cm entspricht, galt als der weiseste Mensch seiner Zeit, und soll überdies eine erstaunliche Manneskraft besessen haben.* Der Bart reichte ihm bis auf die Füße. Sein Beiname ›der Eckenbeter‹ (der Beiname ›die Klosterfrau‹ ist glatterdings unverständlich) kam daher, daß er den größten Teil des Tages über murmelnd mit dem Gesicht zur Wand in einer Ecke stand, dergestalt auch die Rechtsgutachten und Ratschläge erteilend, die man häufig von ihm erbat und durch zwei dicht hinter ihn getretene Geheim- und Geschwindschreiber aufnehmen ließ.** Es soll auch Kaiser Otto der Große, dem die Coordinierung seiner Rom- und Ostpolitik einige Schwierigkeiten bereitet hat, durch eine Gesandtschaft den Rat Childerichs XXXIV. eingeholt haben.

Soweit von Riesen und Zwergen. Bei der Zeremonie des Klystierens war Wänzrödl stets anwesend, welchem dabei sogar die Verrichtung der wesentlichen Handgriffe oblag. Dem auf einem Ruhebette hingestreckten Freiherrn meldete der Profoß die Bereitschaft der Dienste, die dann in der folgenden streng geregelten Reihenfolge einzogen: voran der Arzt, der sogleich seitwärts trat (sein Honorar betrug für jedes Mal 150 DM, was dem jungen Herrn freilich viel zu bedeuten hatte); sodann, unter Vorantritt des Profoßen, drei Livrierte, welche die Geräte und Gefäße feierlich erhoben trugen; es folgten mehrere ältere Mägde mit warmem Wasser und Handtüchern; hinter ihnen wurde, wenn man genau hinsah, Wänzrödl sichtbar. Im Augenblicke des Einlaufes geschah, wie schon erwähnt wurde, das harmonische Blasen auf dem Gange. Während diesem verbeugten sich gleichzeitig die Lakaien und Mägde tief, im Chore sprechend: »Wohl bekomm's dem gnädigen Herrn!« War alles getan und vorbei, so behändigte Heber den Leuten das Klystiergeld und sagte halblaut: »Raus, Kerle.« Sie nahmen das Gerät und trugen es hoch über ihren Köpfen in gemessen-feierlichem Schritte wieder hinaus.

Das Klystieren erstreckte sich übrigens auch auf die gelegentlichen und seltenen Jagdgäste draußen in Bartenbruch. Das war Childerichs III. ganzer Verkehr mit dem umsitzen-

---

* l. c. III. 12: qui quamvis minimo corpore tamen vires viriles enormem usque ad modum possessisse dictus est.
** l. c. III. 14: Childericus in angulo murmurans iurisconsulta maxima sagacitate effari solebat.

den Adel; aber man kam gerne, wenn man geladen war, und verhielt sich tolerant, denn es gab da immer was zu sehen. Kaum waren die Gäste im Hause, so liefen schon auf allen Gängen des Schlosses Kammerfrauen (für die Damen) und Lakaien (für die Herren) mit den Klystier-Geräten und es zog alsbald der Duft von schwachem Kamillentee, welchen man für die Einläufe verwendete und in großen, weißen Kannen herbeitrug, durch die breiten, überwölbten Korridore vor den Schlafzimmern. Jedermann wurde eine Klystier angeboten, empfohlen, und vielleicht sogar ein wenig aufgedrängt. Freilich hat mancher lächelnd abgewinkt, den eilfertigen Livrierten zwei Mark geschenkt, und für's weitere gedankt und solchermaßen sich die Sache vom Halse geschafft; dann aber im Herrenzimmer, auf die fast nie ausbleibende Frage Childerichs, doch affirmativ geantwortet. »Nun, lieber Graf, gute Klystier gehabt?« »Danke, danke, ausgezeichnet.« Die Lakaien kassierten bei alledem erhebliche Trinkgelder, teils als Klysteure, teils, und das wird wohl die Mehrzahl der Fälle gewesen sein, gewissermaßen als Ablöse der Klystier. Denn geradezu genötigt wurde freilich niemand. Und daß auf Bartenbruch Jagdgäste zwangsweise klystiert worden seien, ist glatter Unsinn, den einige junge Herren aus Lausbüberei in Umlauf gesetzt haben.

Beim Klystieren von Gästen wurde nicht geblasen. Diese musikalische Untermalung fiel uns auf. Wir sagten früher einmal, Childerich III. habe sich für die Künste und Wissenschaften nie über jenes Maß hinaus erwärmt, welches der obligatorische Bildungsgang seines Standes als Minimum vorschrieb. Nun gab es da die Musik-Kapelle. Sie war fünfundzwanzig Mann stark, stellte nicht nur die uns schon bekannten vier Bläser am Gange, sondern war stets bereit, auf den Alarmruf ›Musik heraus!‹ mit kurzem Getümmel einen breiten Korridor an der Hauptfront des Palais zu besetzen – wobei die Musiker in einer einzigen langen Reihe an den Fenstern standen, was dem Musikmeister die Leitung etwas erschwerte – und sogleich den Coburger Marsch zu blasen, der des Barons Lieblings- und Leibstück war. Mit Kunst hat das nun wenig zu tun. Aber Childerich pflegte dann und wann einmal bedeutendere Augenblicke seines Lebens dergestalt zu akzentuieren; und dies stellte immerhin auch eine Art von

Aufplusterung vor. Die Kapelle nun hatte freilich ihren eigenen Dirigenten; aber dieser spielte hier im Palais Bartenbruch nur irgendein Instrument – immer wieder ein anderes, jedesmal in Vertretung für einen Musiker, der gerade auf Ausgang und Urlaub war – während die Leitung der Bartenbruch'sche Musikmeister übernahm, ein großer dicker Holländer namens Praemius van der Pawken, hervorragend in seinem Fache (und ein Virtuose der Posaune). Die Musiker waren Bayern, eine sogenannte Dachauer Bauernkapelle, die ursprünglich in einem Biergarten gespielt hatte: jeder von ihnen in jeder Hinsicht, nicht nur musikantisch, ein ganzer Kerl. Die Besetzung war stark genug, um jeweils zwei oder drei Bläsern Urlaub zu gewähren. Die übrigen aber mußten stets auf ihrem Posten und bereit sein, so war der Kontrakt mit dem Baron. Der Bartenbruch'sche Musikmeister und der eigentliche Dirigent der Kapelle vertraten sich wechselseitig, wenn einer von ihnen ausging. Die Musiker wohnten im Palais – oder auch auf dem Majorat, wenn's Childerich III. befahl – und wurden aus der freiherrlichen Küche bestens und ebenso aus dem Keller reichlich verpflegt. Ihre Bezahlung war hoch. Später gestattete ihnen der Baron obendrein noch, an drei Tagen im Monate auswärts zu spielen.

Es hat im Leben Childerichs III. Aufplusterungen gegeben, die ein geradezu triumphales Maß erreichten, und das ganz abseits des Klystierens oder etwa der Bartpflege. So ist ihm eine der bemerkenswertesten Evolutionen in dieser Richtung mit Hilfe seiner Musik-Kapelle geglückt. Ferner hat er kurz vor 1950 in völlig abrupter und dem Wesen der Sache fremder Weise, nur infolge eines kaum verständlichen plötzlichen Ergrimmens, in das Kunstleben jener Jahre eingegriffen (wo er doch wahrhaftig nichts zu suchen hatte!), wie wir noch sehen werden.

Mit der Kapelle rückte er aus. Die Musiker trugen, wie immer, oberbayerische Nationaltracht. Es waren ihrer über zwanzig, von Praemius van der Pawken als Tambourmajor angeführt. Man marschierte zunächst an der Front des Palais' entlang, schwenkte zweimal um die Ecken der Parkmauer und kam so in die lange Straße, wo der Laden des Barbiers war und Childerichs III. Wachs- und Bartbüste aus dem Sonderfenster schaute ... Der Coburger Marsch ward von der großen Trommel eingeschlagen, die man mit einem Fahrgestell mobil gemacht hatte. Es läßt sich leicht denken, daß der Meister unter die Türe trat. Als er Childerich in einem Abstande von etwa acht Schritten hinter der Musik einhermarschieren sah, verbeugte er sich tief. Es folgten zwanzig Livrierte mit dem Troß, einem Leiterwagen, gezogen von zwei schweren Pferden. Dieses Gespann hatte Childerich vom Gute hereinbefohlen. Auf dem Leiterwagen befanden sich zwei Bierfässer mit allem erforderlichen Gerät, ferner ein Kellerbursch, hauptsächlich aber der Koch Wambsgans in gletscherweißer beträchtlicher Masse (sie ließ jene des Professors Horn weit hinter sich!) mit Tiegeln und Töpfchen voll Würstchen und Senf und Körben von Brot und Gebäck. Wänzrödeln bemerkte man kaum.

Heber, ohne dazu irgendeinen Auftrag zu haben, hatte sich doch wegen der überraschend von dem Freiherrn befohlenen Platzmusik mit den örtlichen Polizeibehörden in Verbindung gesetzt, war aber auf keinerlei Schwierigkeiten gestoßen. So bezog denn die Kapelle in der Mitte einer weiten Betonfläche Posto und ihr gegenüber ward ein mitgeführter Fauteuil für den Freiherrn aufgestellt. Die Bierfässer bockte man auf und schlug sie an, und für Wambsgans wurde ein richtiger Würstelstand errichtet. Bald merkte es jeder, daß hier Freibier floß, mit Würstchen noch dazu.

Das Konzert begann mit einer Phantasie über Auber's Oper ›Die Stumme von Portici‹. Da man aber weiterhin zu Tanzmusik überging und der glatte Platz hier durchaus geeignet war, so wagte sich bald das eine und das andere Paar auf die Fläche, und an diesem Tanzvergnügen beteiligten sich ehrbare Bürgersleute. Noch mehr, und insbesondere die Jüngeren, wurden in den Tanz gezogen, als die bayerischen Musikanten mit unwiderstehlichem Schwung Rumbas, Swings und allerlei anderes dieser Art losließen.

Es war ein schöner Feierabend im Frühjahr.

Allenthalben um den Platz trat man an die Fenster.

Von Childerich, wäre er nicht gesessen, müßte man sagen, daß er diesem ganzen Auftritte ob-schwebte. Drei Lakaien standen linker und rechter Hand neben seinem Thronsessel und jedermann hielt Distanz. In unbegreiflicher aber zwingender Weise wirkte dieser kleine bärtige Herr im Stuhle wie der Vater aller Anwesenden, Vater des Volkes.

Den Höhepunkt bildete ein Trompetensolo Wänzrödl's,

von der Kapelle begleitet, wobei der Hofzwerg ein paar Schritte vor den Musikern auf einem Schemel stand. Dies machte eine ungeheure Attraktion. Der dichtgedrängte Halbkreis der Zuhörer hielt den Atem an während des meisterhaften Schmetterns.

Pünktlich nach zwei Stunden rückte man mit dem Coburger Marsch ab und ein, wie man gekommen war, und wiederum verharrte der Barbier während Childerichs Vorbeizug in tiefer Verbeugung.

Solcherlei mittelalterliche Volksbelustigungen wiederholten sich indessen kaum drei oder viermal.* Es war Childerichs goldenes Zeitalter. Es fiel in die späten Vierzigerjahre, als der Freiherr seine Töchter glücklich losgeworden war, und man die gräßlichen Chimären Karla und Sonka wieder einmal in irgendeinem Pensionate dingfest hatte. Doch schon war der Majordomus im Hause und eingewöhnt und immer mehr wandte sich Childerich III. seinen adoptiven Plänen zu und brütete über ihnen, über seinem Werke, wie er's genannt hat: der späten und endlichen Vollendung familiärer Totalität durch Erwerbung der noch fehlenden Chargen, nämlich eines Schwagers, Oheims und Neffen seiner selbst.

Er war im Grunde ein unruhiger Geist und immer voll zorniger Bestrebung.

Um so lieber gedenken wir noch einmal Pelimberts, dem man einen so häßlichen Beinamen gegeben, und der nun längst nicht mehr lebte. Wenn er am Rande der zerfallenden Terrasse auf seinem fast ebenso zerfallenden Sofa gesessen war, das er hatte hier heraustragen lassen, dann gab es bei ihm Augenblicke der wirklichen Souveränität und also auch des Glücks. Er hatte sich angewöhnt, jedermann, der mit ihm blutsverwandt war und ihn besuchen kam, hinauszuwerfen und niemals einen Brief zu beantworten. So trat mit der Zeit völlige Ruhe ein. Er genoß sie und blickte das weite und breite Tal entlang, wo in der Ferne Vierzehnheiligen und das bastionartige Stift Banz einander gegenüber lagen. Manchmal – es hing vom Winde ab – konnte er von dort die be-

---

* Vom zweiten Male an war Heber bereits imstande, ihr Kommen voraus zu sehen, da Childerichs Wesen schon mehrere Tage vor einem Ausmarsche mit Musik besondere Gravität anzunehmen pflegte.

rühmte Orgel hören, wenn man ihr Spiel etwa jemand vorführte. Aber fast ganz sicher konnte er davor sein, daß die in Auflösung befindliche schmiede-eiserne Tür in der Parkmauer unter ihm am flachen Hange würde ihr Quietschen hören lassen, durch einen Besucher in Bewegung gesetzt. Knecht und Köchin gingen rückwärts ein und aus, an der Bergseite.

Pelimbert langte die Flasche herbei (dazu langte es noch allezeit), goß ein und ließ den Wein durch die Kehle rinnen, während er gleichzeitig seinem eben vorbeihappelnden Sohne einen nicht böse gemeinten mittleren Fußtritt versetzen wollte. Aber er verfehlte den Zwerg und lehnte sich auf dem Sofa zurück.

Über ihm stand der Himmel in einem Blau von indiskutabler Reinheit und Leere.

Er wußte hinter der Terrasse und der offenstehenden, verglasten Flügeltüre sein Schreibzimmer mit dem großen Sekretär, der nur drei Beine hatte; das vierte war ein Notbein, aus Ziegeln aufgemauert. Neben dem Schreibtisch hing sein altes Jagdgewehr an der Wand, das er nur selten in Verwendung nahm (um einen Hasen zu schießen, wie jene bayerische Dame gemeint hat). Es war sich Pelimbert bis in den untersten Wurzelgrund seines Denkens – den er in seiner Einsamkeit nicht selten erreichte – darüber im Klaren, daß die Art, wie jene Zeit, die nun heraufkam, das Leben betrieb, hierin bis zu einem Grade der Lächerlichkeit gelangt war, auf welchen ein Mensch, dem das blinde Schicksal nun einmal das zur Notdurft Erforderliche zugeworfen hatte, nur damit antworten durfte, daß er sich jeder wie immer gearteten Tätigkeit enthielt, um nicht durch sie eine bereits unwürdige und abstoßende Lächerlichkeit noch zu vermehren. Denn in ihr würde nunmehr, und für eine lange Zukunft, alles und jedes enden müssen: die Ernsthaften und die Arbeitsamen, die Strebsamen und gar die Erfolgreichen und Arrivierten mit allem ihrem Kram. So galt es denn, rechtzeitig jedermann hinauszuwerfen, in gelassener Haltung auf dem Sofa oder vor der leeren Schreibtischplatte zu verweilen, neben jenes oder auf diese die Flasche zu stellen, um so zu verharren, gewissermaßen in Mission Null, die einem Menschen heute allein dadurch schon diskret aufgetragen ist, wenn er zu essen bekommt, ohne zu strampeln. So dachte Pelimbert, und hielt sich (wie uns scheint übrigens mit einigem Rechte) keineswegs für einen Nihilisten, sondern eher für einen Bewahrer, der allein damit, daß er der alles zerfressenden Lächerlichkeit seinen Beitrag verweigerte, durchaus genug geleistet zu haben vermeinte.

Wir sehen Childerich von einem Stabe umgeben. Außer dem Majordomus und sozusagen Stabs-Chef waren es Heber*, der Profoß, Praemius van der Pawken, der Musikmeister, Wambsgans, der Koch, und schließlich der Hofzwerg. Ein wichtiges Glied dieses Stabes kam später noch hinzu. Was den Butler betrifft, der wohl eine durchaus unentbehrliche Person darstellte, so ist zu sagen, daß dieser Mann uns entgleitet. Ein glatter, ja eleganter und undurchsichtiger Mensch, der erst einige Jahre nach Ende des zweiten Weltkrieges aufgetaucht war. Stets hielt er sich von den übrigen Mitgliedern des Stabes und von allen Händeln im Hause fern, ärgerte sich über das Saufen der Lakaien, welches ihnen erlaubt war – er mußte die Flaschen aushändigen – und auch die Musiker gossen ihm etwas zu viel hinter die Binde. Für sie alle miteinander war ja herzlich wenig zu tun, von den dreißig Livrierten hatte jeder nur in Abständen von drei oder vier Tagen einmal Dienst, und die Alarmfälle der Musik blieben selten. Der Butler ging meist verschlossen und übellaunig durch's Haus. Es ist für den Mann bezeichnend, daß er kaum jemals ein geistiges Getränk zu sich nahm, auch nicht rauchte. Childerich III. soll ihn einmal (doch ist diese Geschichte höchstwahrscheinlich erlogen!) in den Hintern getreten haben, was aber den Butler nicht veranlaßte, seine hochbezahlte Stellung zu kündigen. Meister war er in der Repräsentation, sah auch wirklich gut aus und dirigierte bei solchen Anlässen das Personal unmerklich und eisern. Oscar Wilde hätte wahrscheinlich von ihm gesagt, er sei der einzige gentleman im Hause.

Dessen administrative Fundamente blieben anonym. Es ist höchst bezeichnend für den Freiherrn, daß er zwar eine

---

* Seine Vorfahren sollen sogenannte Hebknechte am Hofe des berüchtigten Herzogs Ulrich von Württemberg (1487–1550) gewesen sein, einer der ärgsten Grobiane dieser auch sonst nicht manierlichen Zeit, der seinen Stallmeister, einen Vetter Ulrichs von Hutten, mit eigener Hand erschlagen hat. Aufgabe der Hebknechte war es, den Herren nach Tische von der Tafel aufzuhelfen. Zur Durchführung fürstlicher Beilager hatte man auch Brautknechte, doch standen diese, wegen ihrer häufigen Übergriffe, in schlechtem Ruf. Siehe auch Brüder Grimm, ›Deutsches Wörterbuch‹ V., 1382; brautknecht hier in weniger anzüglicher, immerhin auch nicht ganz unverfänglicher Bedeutung.

fragwürdige Livrée um sich duldete, aber seit vielen Jahren einen untadelig ehrenhaften Güterdirektor besaß, dem überall ganz ebenso geartete Verwalter unterstanden, die ihr Personal zu wählen wußten. In der Vermögensverwaltung war's der uns schon bekannte Doctor Gneistl, der mit seiner Vigilanz stets zur Stelle und als dem Freiherrn unbedingt ergeben sich erwies.

Die Lakaien faulenzten. Alle Arbeit taten die Mägde, deren ein ganzer Schwarm vorhanden war, ältere und jüngere. Diese letzteren wurden obendrein von den livrierten Lumpen bei der Arbeit behindert und unausgesetzt belästigt. Besonders wenn die Mädeln, in einer Reihe zu dritt stehend, die geschwungene marmorne Freitreppe im Stadtpalais wuschen, pirschten sich die befrackten Kerle heran, wurden über- oder untergriffig. Hörte Heber gellendes Geschrei und rohes Gelächter im Treppenhause: alsbald war er mit mörderischem Fluchen heran (»Ihr Herrgottssakramenter, wellet ihr wohl die arm' Madle in Ruh' lasse'« – so begann's, das Weitere aber ist nicht wiederzugeben), und alsbald tanzte sein dicker kurzer Rohrstock, das Amtsabzeichen, auf den Buckeln der Burschen, und der Staub wölkte aus den wenig gebürsteten Jacken, was Hebern neuerlichen Anlaß zu hartem Tadel gab. Man lief auseinander und lachte. Solche Intermezzi nahm man in's ansonst müßiggängerische und üppige Leben gern hinein.

Im ganzen waren sie eine Prügelgarde. Es ist der Brauch, untergeordnete Individua, die der so nötigen Submission und Oboedienz ermangeln, von denen Lakaien maulschellieren zu lassen, in unserem Zeitalter sehr in's Abnehmen gekommen, vorzüglich deshalb, weil hiezu taugliche Bediente heute nicht leicht mehr zu finden sind. Childerichs Kerle aber taugten – wenn auch zu nichts anderem (übrigens verweichlichten sie dann mit der Zeit sehr durch das Wohlleben). War jeder von ihnen selbst ein Prügelerntefeld, so wußt' er die Schläge auch weiterzugeben, und mancher, der einer Bartenbruch'schen Livrée zwischen die Fäuste geraten war, merkte sich's durch Jahr und Tag und weit über die blauen Flecken hinaus. Zudem waren sie auch Meister in blitzartigen Hinauswürfen (womit sich der betreßte Torwart und breitbärtige Hinaus-Schmeißer nicht immer abgab, sondern er rief mitunter die Knechte durch Druck auf einen Alarmtaster aus dem Dienertrakte herbei) und so mancher, wenn des Freiherrn Gemüt in den Grimm umschlug, ist nahezu waagrecht aus dem Portal über die stille Gasse geflogen. Doch zu dreschen pflegten sie nur, wen ihnen ihr Herr als Ziel und Objekt wies. Aus eigenem haben sie, soviel bekannt, niemanden geprügelt, es sei denn wechselweis einander. Wenn ihnen aber jemand von Childerich III. bezeichnet worden war, kannte das Dreschen oder das Zerdreschen von Sachen keine Grenzen, und obendrein wurde, beim Hinauswurf wie beim Prügeln, noch jedermann mit Geld geradezu erschlagen, wie wir's bei dem Barbiere und seiner maulschellierten Frau schon gesehen haben.

So ging's dahin, so war's der Hausbrauch. War der Baron ein Wüterich? Doch wohl. Aber wir sagten, er habe auch goldene Zeiten gehabt, bis ihn der neuerliche Paroxysmus familiärer Totalität wieder ergriff, in der adoptiven Periode seines Lebens. Nicht immer war er nur Wüterich, sondern auch zärtlicher Zuneigung fähig. Wäre so etwas in unserem zivilisierten Zeitalter möglich: er hätte gern einzelne Individuen mit weich gepolsterten Blatt-Zangen aus ihrem Baue ziehen lassen, um ihnen beim Zappeln ein wenig zuzuschauen und sie zu streicheln. Auch in des Merowingers Brust ein Herze schlägt! Ohne eigentliche Beziehung zu den Wissenschaften, verlieh er doch einem jungen Studenten der romanischen Linguistik ein nobles Stipendium auf einige Jahre, um in mittelalterlichem Latein den später berühmt gewordenen Traktat ›De vexatione personarum nimiam ob amoenitatem earum‹ (›Über die Peinigung von Personen wegen deren allzugroßer Niedlichkeit‹) verfassen zu lassen. Es entstand in der Folge eine ganze Reihe solcher Abhandlungen unter dem Gesamt-Titel ›De vexationibus libri quindecim‹ (›Fünfzehn Bücher von den Peinigungen‹), deren Höhepunkt entschieden der Traktat ›De ululatu‹ (›Vom Gebrüll‹) darstellt.

In der ersten Zeit des Majordomates ließen Childerichs III. beispiellose Wutanfälle überhaupt nach, weil er vermeinte, nun in Pépin eine Stütze zu haben bei der Anzielung und Durchführung adoptiven Planens. So wurden seine Bestrebungen zunächst ruhiger und weniger zornig. Pippins traniger Kälte war jedes Ergrimmen über Childerichs Quisquilien fremd. Er war der Wut nicht fähig, wohl aber zäher Hinterlist – und hierin, möchte man sagen, von einer geradezu höllischen Geduld! – und er zog die Schleimfäden solcher Hinterlist lange hinaus, und erst spät zum abscheulichen Gespinste zusammen. Sehr wohl erkannt' er dabei seinen Vorteil und die Partei, mit welcher er sich zu verbinden hatte: noch weit deutlicher als jene Anneliese Bein vermochte er die für ihn entscheidenden Affinitäten aufzufassen. Und als, infolge seines wohlüberlegten Hinausziehens der adoptiven Angelegenheiten, der Merowinger die geheime Bremsung der Sachen spürte, neuerlich Funken sprühte und im Grimme schwoll, da war für Pépin, seinem Ermessen nach, eigentlich schon alles gewonnen.

Es ist um diese Zeit gewesen, daß Childerichs Grimm seinen vollendetsten Faltenwurf erreichte. Schon bedurfte er dazu keines Zweiten mehr, ja kaum der Anlässe überhaupt. Der Grimm war in's stabile Gleichgewicht getreten und sozusagen monologisch geworden. Allein im weiten Gartensaale stehend, dessen vier hohe Fenster in ihren weißlackierten Rahmen wie von außen beschüttet erschienen vom Grün des Parks, so daß ein Licht wie unter Wasser herrschte in diesem kühlen Raume, gelangte die Wut zum Ausdruck in gesetzter, ja, in metrischer Rede:

»O grenzenloser Grimm, der mich erfaßt!
Am liebsten riss' ich jemand etwas aus,
doch weiß ich noch nicht was und auch nicht wem.
Gewalt-Tat ist mir immer angenehm,
nur ohne Richtung übt sich solches schwerlich –
und ein Objekt, es wird mir unentbehrlich!«

Wie's denn geht und gehen muß in derartigen, zum Glücke nicht eben häufigen Fällen: Wänzrödl, der vermeinte, gerufen worden zu sein (obwohl kein Händeklatschen zu hören gewesen, das sonst den Ruf ›Wänzrööödl!‹ begleitete, meist aber allein ertönte), steckte vorsichtig den Kopf durch einen Türspalt. Unter markerschütterndem Gebrüll und entsetzlichen Drohungen stürzte sich der Freiherr gegen ihn, und der getreue Zwerg entfloh weinend – wurde indessen bald durch den Majordomen zu seinem Herrn befohlen, der einen vielfach gesicherten Wandschrank in des Saales Hintergrund geöffnet hatte. Hier standen in Reihen mit Gold prall gefüllte Lederbeutel. Nachdem Childerich III. dem Pépin befohlen hatte, Wänzrödeln einen Beutel zuzuwerfen – »Ein putzig Kerlchen doch, hier, gib ihm diesen Beutel!« – ward des Hofzwerges kleiner Kopf von dem Freiherrn gestreichelt. Pippin lächelte ölig. Daß Wänzrödl, bei solchem Hausbrauch, auf dem besten Wege war, ein wohlhabend Männlein zu werden, versteht sich am Rande.

Jahr und Tag bald blickte Childerichs III. Antlitz in die Gasse an der Parkmauer, abends in rosigem Schein – fast wie eine Devotionalie aussehend – als es zu jenem abrupten und dem Wesen der Sache gänzlich fremden Eingriffe des Freiherrn in das Kunstleben seiner Zeit kam, dessen wir schon Erwähnung getan haben.

Im Katalog einer großen Ausstellung von Gemälden und Plastiken in der Düsseldorfer Kunsthalle fand sich auch das folgende Werk angezeigt:

Thomas Wiesenbrink / Zechende Halbstarke
Oel / 2.50 × 1.80 / DM 20.000.–

Wie man ersieht, ein Gemälde von sehr beträchtlichem Format. Man hatte denn auch die rückwärtige Schmalwand eines Raumes neben dem großen Saale allein dafür reserviert.

Das Bild war außerordentlich, ein starkes Werk: die Kritik bescheinigte es einhellig und mit Respekt dem jungen Künstler. Daß dieses Gemälde einen Skandal hervorrufen könnte, darauf verfiel jedoch niemand.

Fünf Tage nach Eröffnung der Ausstellung wurde es durch einen etwa vierzig Centimeter langen Schnitt, der offenbar mit einem sehr scharfen, großen Messer geführt war, an der linken unteren Ecke des Bildraumes beschädigt, doch merkwürdigerweise nur im Ambiente, so daß die eigentliche figurale Darstellung sich als nicht verletzt erwies (das Werk konnte auch vom Meister alsbald wiederhergestellt werden und neuerlich seinen Platz in der Ausstellung einnehmen). Die Führung des Schnittes ließ vermuten, daß der Täter in Eile und aus Angst vor Überraschung – vielleicht waren Schritte aus dem großen Saale gegen den Eingang des Nebenraumes herangekommen – keine bedeutendere Zerstörung hatte anrichten können.

Doch gab's jetzt Empörung. Und zwar, seltsam genug: nicht wegen des Vandalismus, sondern gegen das Bild; als hätte der Schnitt die Augen der Betrachter geöffnet. Jene Empörung aber kam von zwei völlig verschiedenen, ja entgegengesetzten Seiten: einmal nämlich waren es die großbürgerlichen Finanz- und Industriekreise, welche sich nun plötzlich entrüsteten, also doch vorwiegend Personen reiferen Alters; zum zweiten aber die ganz Jungen, die ›junge Generation‹, ›Twens‹ und ›Teenagers‹, oder wie sie sich sonst nannten, kurz, die Halbstarken der Stadt. Unter ihnen war wohl auch der Täter zu suchen.

Seltene Einmütigkeit höchst verschiedener Kreise! Dadurch erst wird die Sache diskussionswürdig; und wir müssen uns wohl das Bild näher ansehen. Nun kann man freilich ein Bild wesentlich nicht beschreiben; sonst genügte ein Zettel statt des Gemäldes im Rahmen. Und hier war es gerade das Wesentliche, nämlich die Ausdruckskraft des Künstlers, was auf einmal den Skandal hervorrief. Die Kritik beeilte sich übrigens, der entstandenen Situation nachzukommen, und rechtfertigte sich in kluger Weise dadurch, daß sie – in kleinen Notizen, die hintnach erschienen – ihre eigene Kompetenz ausdrücklich auf das ›rein Künstlerische‹ einschränkte: hierin habe sie ihrem Urteil auch jetzt nichts anzufügen. Die Bösartigkeit des Bildes aber sei ein ›außerkünstlerisches Faktum‹, das zu bemerken und festzustellen durchaus dem Publikum überlassen worden sei.

Bösartigkeit! Unser guter Thomas, der brave Bursch! Zu genau hingeschaut hat er halt, weil er eben ein Maler war. Exophthalmus. Fressende Augen. Der grausliche Doctor Döblinger hat da schon recht gesehen.

Angedeutet war, als Ambiente und Hintergrund, eine Localität, die etwa der Speisesaal eines eleganteren Restaurants hätte sein können (Weiß, Gold). Ganz im Vordergrunde der Tisch mit den Jungen (sehr bunt, die Farben rein aufgesetzt), acht Figuren: zum Teil Portraits von Schwachsinnigen, zwei oder drei sahen auch bedenklich aus. Über allen der Schleier leichter Angetrunkenheit. Die Mädchen mit jenen Knopfaugen, die man kennt: gleichsam nur auf's Antlitz genäht, ohne in dieses hineinzuführen, aus solcher Nähe erschreckend, kleine Äffchengesichter. Für einen der Bedenklichen war offensichtlich das bei Doctor Döblinger gewonnene Skizzenmaterial verwendet worden; jener verjüngt, doch auf den ersten Blick kenntlich. Eine illustrierte Zeitung hat einmal von ihm ein Bild gebracht, mit einer Treppenanlage im Hintergrunde (die in einem seiner Bücher vorkommt), davor er steht, aufgeberstelt und ausgefressen, recht ordinär. In dieser Richtung etwa bewegte sich Wiesenbrinks Auffassung. Weil die Geschichte von dem Attentat auf das Bild mehrmals durch alle Zeitungen ging, ist der Doctor Döblinger dann eilends angereist; er hatte sich im Ausstellungskatalog, wo das Gemälde hinten reproduziert war, sogleich erkannt und soll nach Betrachten des Originals hochbefriedigt gewesen sein. Sodann stieg er mit vielen Flaschen in das kleine Atelier hinauf, welches Wiesenbrink damals zu Düsseldorf ergattert hatte.

Im Mittelgrund des Bildes war die sozusagen andere Partei versammelt; die war nun wirklich recht grauslich; und vielleicht haben diese Leute das Bild zu Anfang garnicht so genau angesehen, sondern erst nach jenem sensationellen Fall von Vandalismus. Anders wäre, wohl möglich, ihre Entrüstung schon früher laut geworden.

Man sah hier mehrere Damen und Herren, die gerade gekommen zu sein schienen oder das Restaurant eben verlassen wollten: jedenfalls trugen sie noch ihre Überkleider, und die Herren schwarze Homburgs in der Hand. Andere hatten sich von ihren Tischen erhoben. Auch einen beschwichtigenden Ober gab es da. Von den Gesichtern hallte gleichsam der Lärm wider, welchen die jungen Menschen machten, und alle Blicke waren ihnen zugewandt.

Diese Blicke kamen von Leuten, die sich durchaus als Herren der Situation fühlten und ein nicht dazu Gehörendes abwiesen. Jedoch, wie geschah dies! Auf keinem einzigen der Antlitze ein Lächeln. Sie sahen drein, als wären sie Zeugen eines schweren Sakrilegs, einer Kirchenschändung. Lärm in der Magenkirche.

Die Figuren der kompakten Gruppe im Mittelgrunde des Bildes waren auch in der Farbe vom Vordergrunde ganz abgesetzt: bei ihnen gab es nur Grau und Braun, und ein paar schwarze Flecke, wie etwa die Homburg-Hüte, oder den Frack des Kellners. Erst wenn man das Bild genauer betrachtete, wurde man plötzlich dessen inne, daß zwei Personen Tierköpfe hatten, wie die ägyptischen Götter: Bartgeier und Bulldogge.

Aber auch die anderen waren (bis auf den Doctor Döblinger) keine Bildnisse bestimmter Leute, nicht einmal als entfernteste Andeutung: in dieser Hinsicht konnte niemand Anstoß nehmen. Gleichwohl, wenn man die Menschen, welche im Mittelgrunde dargestellt waren, länger ansah – und das taten jetzt viele, denn in der auf das Attentat folgenden Zeit gab es, sobald das Bild wieder hing, meist eine kleine Ansammlung vor demselben – so mochte ein Gerücht, welches sich verbreitet hatte, vielleicht nicht mehr als ganz abseitig und unwahrscheinlich erscheinen: es sei, so hieß es nämlich, der Täter zwar ein Halbstarker, aber mit Auftrag und Belohnung von wo ganz anders her.

Nun gut, aber bevor noch die Sensation abflauen konnte, erhielt sie neuen Auftrieb. Ein ausländischer Käufer für das Bild sollte aufgetaucht sein; doch sei jenem der Preis allzuhoch; immerhin, er verhandle mit dem Künstler. Diese Meldung brachten die Zeitungen, eine davon mit der Schlagzeile: ›Halbstarke nach Amerika.‹

Jetzt erlitt Childerich III. wieder einmal einen furchtbaren Wutanfall beim Frühstück, jedoch keinen kurzen, sondern einen anhaltenden; es war eine langhinstürzende Woge des Grimms, weiß beschäumt, weiß wie des Freiherrn stets weiße und seltsam cholerisch wirkende Krawatte: ein weißer Schlips. Spezialmode für Choleriker.

Er konnte es überhaupt schwer aushalten, wenn irgendeine ihm völlig nebensächlich erscheinende Angelegenheit in den Tagesblättern mit Nachrichten darüber mehrmals wiederkehrte. Und die Sache mit Wiesenbrink hatte längst die engeren Bezirke des Kultur-Teiles der Zeitung (welchen Childerich nie ansah) verlassen, und war da und dort schon unter die Aktualitäten geraten.

Der Baron brüllte kurz. Der Zwerg lief. Der Majordomus kam. Childerich schrieb einen Scheck über 25.000 DM aus, verlangte aber die sofortige Übergabe des Bildes. Es durfte nicht mehr bis zur Schließung der Ausstellung dort verbleiben. Pépin ward nach Düsseldorf entsandt und dem Automobil ein geschlossener, großer Anhänger beigegeben (man benützte diesen sonst als Transportmittel zwischen dem Gute und der Stadt), um darin das verpackte Gemälde zu verstauen.

Dem Majordomus ist es damals, infolge der gebotenen hohen Überzahlung, leicht gelungen, sich sowohl mit der Kunsthallen-Direktion (die ja nun ihre Gebühren erhalten mußte), als auch mit Herrn Wiesenbrink zu einigen; und zwei Tage später hatte man das Werk im Haus. Es fand seinen Platz an der Rückwand eines mittelgroßen Salons, der hinterm Speisesaal gelegen war. Hier gipste man zwei schwere Haken ein und entfernte allen anderen Wandschmuck.

Das Werk kam zur Wirkung. In den ersten Tagen saß der Freiherr oft lange davor und betrachtete es. Einmal, als eben der Majordomus eintrat, zeigte Childerich mit ausgestrecktem Arm auf eine Stelle des Gemäldes und rief in brüllendem Tone: »Dieser ist der ordinärste!« Pépin ließ das gleichgültig. Er lächelte ölig und sah kaum hin. Es war das Antlitz des Doctors Döblinger, auf welches des Freiherrn Finger wies.

Der Eingriff war abrupt, absurd, und blieb doch in seiner Wirkung keineswegs nur ein äußerlicher. Denn er war ja mit einer Art Genauigkeit höchsten Ranges gerade am wendenden Punkte erfolgt, eben als Thomas Wiesenbrink dahin gelangte, sich von einer Gegenstände darstellenden Malerei abzuwenden (wenigstens für die nächsten sechs oder sieben Jahre), und also vor einer langen Reihe von Versuchen stand, für die nun, durch den so günstigen Verkauf der ›Zechenden Halbstarken‹, genug Raum zumindest einmal materiell gegeben und gesichert war. Sieht man auf den Effekt – und auf diesen kommt es ja wohl an! – so hat der Freiherr von Bartenbruch eine Meisterleistung der Kunstförderung und des Mäcenatentums vollbracht, mag er auch durchaus nur aus urplötzlichem Ergrimmen gehandelt haben: denn es war ihm geglückt, nicht nur dem rechten Mann, sondern diesem auch im entscheidenden Zeitpunkte nachdrücklich zu helfen. Eine derartige Tat ist keiner einzigen unserer kunstfördernden und solche Förderung direkt anstrebenden Institutionen und Instanzen jemals gelungen, mitsamt allen Kommissionen und Preisgerichten nicht, sei's den öffentlichen oder jenen privater Stiftungen oder Vereinigungen. Hier aber hatte der blinde Wetterstrahl des Grimmes am rechten Punkt präzise eingeschlagen, weshalb unsere Berechtigung, jenen Strahl für blind zu halten, letzten Endes fragwürdig wird. Sind wir nicht dessen belehrt, jeden an seinen Früchten zu erkennen? Nur Tatsachen sprechen unwiderleglich. Facta loquuntur. Und wenn wir, mit A. P. Gütersloh, den Künstler als einen Fall des Zustandekommens von Adel ansehen, so hatte – rein tatsächlich genommen – hier alter Adel dem jungen Adel geholfen. Freilich ohne Intention; aber was sind schon Intentionen?! Wir bewirken ja doch nie das von uns Gemeinte.

Es gehört hierher (kusch! es gehört natürlich nicht hierher, aber wir können es uns nicht verkneifen!), daß Wiesenbrink eine Reise durch ganz Italien unternahm. Er gelangte bis Agrigent und an die Südküste von Sizilien, nach San Leone, den Lido von Girgenti, und nahm dort in einer Pension neben der Pfarrkirche Wohnung. Mit ihm reiste eine junge Dame. Thomas war unseres Wissens nie verheiratet, aber man nannte das schlanke Fräulein eben Frau Wiesenbrink. Sie fiel durch einen eigentümlichen Umstand auf, durch die knöcheltiefen Überschwemmungen nämlich, welche sie im Badezimmer verursachte. Hierüber entstand unter den anderen Gästen dummes Geschwätz, und es gab mehr als seltsame Theorien hinsichtlich dessen, auf welche Art denn Frau Wiesenbrink jenen Teich wohl erzeugen mochte.

Genug davon. Es gehört wirklich nicht hierher. Thomas trieb sich viel allein herum; am liebsten südlich der Stadt, in jener Gegend, welche man dort die ›archäologische Zone‹ nennt, und wo auf den Hügeln die griechischen Tempel stehen; der am besten erhaltene befindet sich nahe der Straße; Wiesenbrink zog die zerfallenen oder zerstörten vor. So wenig ihn die Denkmale des Barock und der Renaissance auf dieser Reise durch Italien berührt hatten: hier plötzlich, neben noch ragendem, gelbem Stein oder schon gestürzten Säulen, die in ihre mächtigen Trommeln zerfallen lagen, fühlte er die Nachbarschaft von Größe, als stünde sie unsichtbar links neben ihm, nämlich auf der Seite des Herzens, das sie anhalten wollte. Das Meer lag starr in seinem Violettblau, und die Stille war vollkommen. Malerisch sagte ihm das alles nichts, es sprach ihn auf solche Weise keineswegs an. Aber es war, als öffne sich in ihm ein noch nicht gekannter tieferer Grund der Ruhe und biete ihm bisher unberührte Vorräte der Gelassenheit; unter diesen mochte wohl auch die Malerei sein.

Plötzlich dachte er an den Herrn von Bartenbruch. Er hatte ihm, nach Zustandekommen des Verkaufes, geschrieben, ihm gedankt und angefragt, ob er einmal seine Aufwartung machen dürfe. Die Antwort war sogleich erfolgt. Thomas trug sie seither in seiner Brieftasche bei sich. Er hatte diese Antwort oft betrachtet. Auch jetzt nahm er sie hervor. Das Billet war mit dem freiherrlichen Wappen geziert, welches im dunkelblauen Felde eine Faust zeigte, die senkrecht einen Knüttel emporhielt. Wiesenbrink ließ sich auf die sonnwarmen Trümmer steinernen Gebälks nieder und las zum so und so vielten Male:

Geehrter Herr,
wenn ich einen Lakaien um Gurken schicke, braucht sich
der Lieferant nicht bei mir zu bedanken, denn es ist
ein Geschäft; und ich würde ihn hinauswerfen lassen,
wollte er mir danach einen Besuch machen.
Das gleiche gilt für Sie.
Bartenbruch

Thomas war nicht eigentlich beleidigt gewesen, als er dies zum ersten Mal gelesen hatte; es war der Brief nur in einen seltsamen Gegensatz getreten zum Bilde des in Düsseldorf erschienenen Abgesandten, jenes Grafen von Landes-Landen, verbindlichen, ja öligen Wesens. Hier aber, im kirchenstillen Heiligtume des Poseidon, ahnte ihm eine andere Art von Größe, die sich immerhin auch konnte sehen lassen: als stiege sie aus dem groben Zettel in seiner Hand. Lag in solcher Barschheit nicht mehr Anerkennung der Leistung, als bei manchem Mäcen, der sich im Grunde doch als Wohltäter und Almosengeber fühlt?

Eben um diese Zeit, als Wiesenbrink in Sizilien war, tauchte in der Umgebung Childerichs III. ein Individuum namens Ignaz Burschik auf, das bald zu des Barons Hofstaat gehörte und darin sogar eine hervorragende Rolle gespielt hat. Es war dieser Burschik ein Kerl, den mit schweren und langen Knütteln zu erschlagen geradezu ein Verdienst dargestellt hätte, nicht nur seines Namens wegen, sondern auch in Ansehung der rohen und ohnverschämten Physiognomie. Doch war der Lümmel – welcher sich bei Childerich ansehnliches Geld erwarb – ein hervorragender Fachmann der Mechanik und der Konstruktion von Orgelwerken. Niemand anderer als Burschik ist es gewesen, der für Childerich III. die ›Orgel des Grimmes‹ entwarf und mit Hilfe einiger Gesellen und Arbeiter in einem einsamen großen Gartenhause tief im Bartenbruch'schen Park erbaute, dort, wo dieser schon in den hochstämmigen Forst überging und die Laubbäume den finsteren Fichten wichen.

An sich war's fast ein Wunderwerk zu nennen, denn man konnte Ungeheures mit Griffen auf den Tasten und an den Registern entfesseln. Der Antrieb geschah durch elektrischen Strom, der auch die mit dem Orgelwerk in Verbindung stehenden Lichteffekte speiste. Die verschiedenen Pedale waren derart angeordnet, daß sie selbst bei stark erhöhtem Fußwinkel bequem konnten getreten werden, insbesondere jene, welche größere Geräuschmassen und donnerartige Wirkungen auszulösen hatten.

Diesem Zwecke dienten Türme, die man in einigem Abstand von dem Gebäude erblickte (es war sehr erweitert, ja, eigentlich ganz erneuert worden), prismatisch-massige Betonklötze tief im Forste, verschiedener Größe, im Hintergrunde noch überragt von einer mächtigen, unten vergitterten Eisenkonstruktion. Diese enthielt den bis zu ihrer Höhe durch elektrische Winden emporgezogenen, drei Tonnen schweren Grimmblock, dessen Herabsausen zwischen eisernen Schienen und weithin boden-erschütternder dumpfer Aufschlag durch ein eigenes Register am Spieltische der Orgel ausgelöst werden konnte. Ebenso der ›Bergsturz‹ im einen Betonturm, wo gewaltige Blöcke aus fünfzehn Meter Höhe in einen schweren, eisernen Förderkorb stürzten, der alsbald sie wieder empor und kippend an ihren Ort brachte, um rasch wieder an den seinen zurückzusinken; und ein gleiches vermochte der etwas weniger hohe Turm ›Lawine‹ mit seinen Schottermassen. Die verhältnismäßig harmloseren Entladungen von Blitz und Donner wurden im Hause erzeugt, ihre unsichtbaren Apparaturen befanden sich hinter der Orgel. Diese selbst enthielt, als beste Leistung Ignaz Burschiks, eine Pfeife, die nur auf ein Register ansprach, das ›Höllenregister B‹.

Von den Türmen hat Childerich III. selten Gebrauch gemacht, und der ›Grimmblock‹ fiel höchstens zwei oder drei Mal. Und doch war diese letzte und äußerste Möglichkeit gleichsam die Seele des ganzen Werks, sein Zentrum, auf das es sich reduzieren konnte, im gewaltigen Schlage eines Grund- und Endgrimms.

Schon während des Baues hatte der Baron bei Praemius van der Pawken eifrigen Musikunterricht genommen, ein in der Jugend recht talentvolles Klavierspiel nun auf dieser guten Grundlage rasch wieder aufbauend. Auch in der Orgel ward er von dem Holländer unterwiesen, solange Burschik, der nicht vom Baue wich und während desselben sich nur in Bartenbruch aufhielt, dazu die Zeit fehlte. Zunächst schaffte man ein großes Harmonium an. Weiterhin durfte der Baron an der Orgel einer nahen Kirche proben, die dafür neue, bunte Glasfenster gespendet erhielt. Hiedurch wurden, am Rande bemerkt, treffliche Meister der Glasmalerei für einige Zeit in's Brot gesetzt.

Trat man in den Forst und näherte sich dem Orgelhause, so sah dessen Front schwer und finster her, mit einem hohen Säulenporticus, der einen (falls man das kannte) an die Paläste der einstmaligen Großen des Reichs zu Petersburg erinnern konnte, wie sie da die Newa entlang sich erstreckten, an das Winterpalais des Zaren, des weißen Gossudar, anschließend. Als vergessener Tempel einer unbekannten Gottheit stand's da im Walde. Ein Tempel des Grimms, und alles enthaltend, was zu dessen Rituale gehört. Es bleibt doch immer merkwürdig, daß ganz wie einst durch die Unverschämtheit Schnippedilderichs das Loch im Systeme der Familien-Totalität aufgezeigt worden war, hier dereinst ein solches in den systematisch und zum Organon gewordenen Grimm recht eigentlich geschlagen werden sollte: und durch niemand anderen als den Doctor Döblinger.

8 Ein furchtbarer Verdacht Professor Horns – Horn verfällt der Geldgier

Horn war im wesentlichen, seiner geistigen Veranlagung nach, Statistiker. Die Statistik als Methode kann, infolge einer dabei immer bestehenden Gefahr der Haarspaltung, sehr leicht zur Geisteskrankheit führen, ja manche behaupten, sie sei überhaupt schon das Symptom einer solchen. Diese wird sich dann vornehmlich darin zeigen, daß jemand nicht mehr das Notwendige und das Überflüssige auseinanderzuhalten vermag (im großen kann man das innerhalb jedes totalen Staates beobachten). Bei Horn traten aber solche Erscheinungen nicht auf. Seine Statistik war kein Zwang. Sie blieb eine vernünftige Veranstaltung zur Erfassung des jeweiligen Status der Paukanden.

Aus diesem ging nun einmal zweifellos hervor, daß Individuen, welche Amtsgänge zum Regierungsdirector Dr. Schajo getan hatten, seit neuestem nicht nur, wie bisher schon immer, keinen erhöhten Figurenverbrauch und keine Steigerung des Fußwinkels zeigten, sondern daß bei ihnen beides offensichtlich und rapid absank. Es wurde unmöglich, solches für eine Zufälligkeit zu halten. Die Sprache der Statistik war hier wirklich eindeutig und belegte den Sachverhalt in fünfzehn Fällen: von diesen, die eben vornehmlich mit Dr. Schajo zu tun hatten, erhob sich keiner mehr über zwei Figuren und 90 bis 95 Grad, auch genügten ganz leichte Applikationen, etwa mit kleinen Trommelschlögeln, um einen menschlichen Normalzustand wieder herzustellen. Und am Ende verlangten von den fünfzehn nicht weniger als neun ihre Nota, bezahlten dieselbe, dankten brieflich und ausführlich bei dieser Gelegenheit für die erfolgreiche Hilfe und Heilung, und blieben nunmehr der Horn'schen Praxis fern.

Dies bedeutete freilich Alarm für den Professor. Eine hier längst am Kopfe stehende ärztliche Kunst vertrug solche Fülle der Heilerfolge nicht.

Die unentwegt donnernden Wutmärsche Childerichs III. vermochten Horn nicht zu beruhigen. Allzugut wußte er von den hier durchaus außeramtlichen Quellen des Grimms. Aber die Hauptmasse der Patienten lieferten ihm doch die Ämter; und das unaufhörliche feine Herumzilken der Behörden an den Menschen bildete die wesentliche Quelle seiner Prosperität. Wenn solche Wirkungen, wie sie Dr. Schajo an statistisch nachweisbar in hohem Grade behördenempfindlichen Individuen hervorbrachte, um sich griffen und etwa von anderen Ämtern noch auszugehen begannen, dann war Horn nahezu ruiniert.

Der zuletzt anvisierte Fall trat denn auch bald ein. Jedoch, wie die Statistik unwiderleglich erwies, durchwegs nur bei Personen, welche vorher schon mit Dr. Schajo in Berührung gekommen waren. Bei ihnen zeigte sich in einzelnen Fällen – und gerade bei solchen, die bisher in hohem Grade amtsempfindlich gewesen waren – eine rasch vorschreitende generelle Behörden-Unempfindlichkeit, das heißt, es fielen sowohl ihr Fußwinkel wie der Figurenverbrauch auch nach dem Besuche anderer Amts-Stellen steil ab. Es liegt auf der Hand, daß Professor Horn sogleich die neue Krankheit – eine solche war es ja vom Gesichtspunkte einer auf den Kopf gestellten Heilkunde – mit den bewährten außermedizinischen Methoden ad hoc zu bekämpfen suchte; und so trat denn wieder sein Telephon vor den Amtsgängen der in Frage kommenden Patienten in lebhafte, ja heftige Tätigkeit; aber bei der zuletzt beschriebenen Gruppe ohne irgendeinen merklichen und anhaltenden Erfolg. Auch von solchen Ämtern, die auf Horns außermedizinische Methoden derart eingespielt waren, daß er nur selten, ja, mit größter Zurückhaltung und Vorsicht ad hoc telephonierte, um nicht etwa die Internierungsgrenze zu überschreiten und den Fall klinisch zu machen – auch von solchen Stellen, welche ihm früher die Patienten bebend vor Wut und in unbeschreiblichem Zustande in's Haus geliefert hatten, kamen nun die Leute mit einem geradezu indiskutablen Fußwinkel daher und einem Figurenverbrauch, dessen Wert niemals mehr über 1–2 lag. Und solche waren es dann, die ihre Nota verlangten, bezahlten, lange Dankesbriefe schrieben und ausblieben. Die neue Krankheit griff um sich. Horn benannte sie für seinen praktischen Gebrauch als ›Anaesthesia officinalis‹; und er bedauerte es bereits, in der ›Medizinischen Wochenschrift‹ darüber nichts publizieren zu können, was freilich aus naheliegenden Gründen untunlich war.

So absurd dies nun immer dem Professor Horn als Arzt erscheinen mochte: es ließ sich einfach nicht mehr von der Hand weisen, daß von diesem Dr. Schajo Heilwirkungen ausgingen, welche die ursprünglich von Horn angestrebten, und in vielen Fällen ja auch erreichten, weit übertrafen.

So galt es denn vor allem, an den Mann heranzukommen, ihn aus der Nähe zu sehen, ihn gesprächsweise abzutasten, ihn zu beobachten und vielleicht auch beobachten zu lassen. Jedenfalls waren aus den monatelangen unwiderleglichen Aussagen der Statistik endlich praktische Folgerungen zu ziehen.

Es erwies sich solches als keineswegs einfach. Wohl hatte der Professor einen zu dieser Zeit schon längst eingespielten Umgang mit Beamtenkreisen in seinem schönen, gastlichen Hause. Aber die in Frage stehende Persönlichkeit zeigte hier ein hohes, ja bedeutungsvolles Maß von Zurückhaltung.

Nicht etwa, daß Dr. Schajo bei Horns Geselligkeiten nie erschienen wäre. Jedoch gehörte dieser lange und dürre Mann zu jenen Leuten, die ein freundliches und zugleich hintergründiges Lächeln bis zu einem Glacis der Unnahbarkeit verdichten und gleichsam rund um sich ausbreiten. Die Umgebung lächelt dann am Ende auch; vielleicht sogar mit innerem Widerstreben, jedoch schließlich wie unter hypnotischem Zwang. Auch Horn lächelte. Er hatte ja schon in seiner Eigenschaft als Gastgeber zu lächeln, mochte ihm auch garnicht danach zu Mute sein. Der Aufmarsch seiner Front von leicht schnaufenden, pastosen Väterlichkeiten unterlag dem Regierungsdirector Dr. Schajo gegenüber schweren Hemmungen. Er konnte sich gleichsam nicht über ihn beugen, er vermochte ihn nicht zu überwölben; und das lag keineswegs nur an Schajo's überaus lang geratener Figur. Die Kraft des Psychiaters im Umgange liegt bekanntlich darin, daß er jeden mindestens für so verrückt hält, wie er selbst ist. Das versagte hier. Die Fundamente erzitterten, mochte der Professor das auch vor sich selbst verbergen wollen oder versuchen, es zu bagatellisieren.

»Nun, verehrter Herr Professor, was macht die Wissenschaft, was macht die Praxis?« sagte Dr. Schajo bei der Begrüßung. Das war ja geradezu schamlos; er ging in medias res; aber nur um über die Mitte der Sachen seinen eigenen langen Schatten zu werfen, welcher sie jeder Sicht entzog. Dieses verblüffende Verhalten grenzte an Harmlosigkeit; und Horns großes Antlitz sah durch einige Augenblicke nicht viel intelligenter aus als ein Brotlaib. »Sorgen«, erwiderte er, gleichfalls in außerordentlicher Offenheit. Einen Schritt weiter, und man hätte diese Sorgen erörtert! Aber hier begann eben der Kernschatten. »Kann ich mir denken«, sagte Dr. Schajo. »Auch für den Laien ist es einsichtig, daß auf Ihrem Spezialgebiete der Arzt am Leben des Patienten weit mehr teilnimmt, als dies sonst der Fall zu sein pflegt. Ihr Amt reicht hier bis in die Einzelheiten eines solchen Lebens.« »Ja«, sagte Horn, »insbesondere diejenigen Kranken, welche ambulatorisch behandelt werden, unterliegen doch fortlaufend in ihrem privaten und beruflichen Dasein unkontrollierbaren Einflüssen.« Sein Gesicht sah nach diesen Worten aus wie das eines eiligen Hotelgastes, der in ein falsches Zimmer geraten ist: geradezu aufgeprellt. Die Absicht lenkte hier nicht mehr die Worte; sie saß zu dicht hinter diesen und drängte sie voran, wie ein Schiff die Galionsfigur am Bugspriet. Das Brotlaibartige in Horns Physiognomie verstärkte sich wieder. »Dann wäre also doch die Internierung vom ärztlichen Standpunkte auch bei leichteren Fällen wünschenswert?« fragte Schajo. »Sie ist untunlich, sie ist untunlich!« erwiderte Horn zweimal mit Eifer. »Zudem bietet das frei bewegliche Leben unter Umständen auch vorteilhafte Faktoren, je nachdem, wie man's nimmt – «

Mit dem Letzten streifte er ja schon wieder die Grenze

einer geradezu tollen Aufrichtigkeit, in welche er durch Sorge und Ungeduld verfiel. Man sieht hier, daß ihm, außerhalb seines Fachgebietes, ein besonderes Maß von Verständigkeit nicht eigentlich eignete.

Genug, auf diese Weise war keineswegs weiterzukommen, das sah der Professor klar. Jedoch glaubte er allen Ernstes nicht klar und recht zu sehen, als er einige Tage nach jenem oben wiedergegebenen Gespräch, vom Aufzuge aus und gerade zum Paukboden emporschwebend, im zweiten Stockwerk den Regierungsdirector Dr. Schajo erblickte, der da über den Treppenabsatz schritt und vor der Wohnungstüre des pensionierten Oberlehrers Zilek stehen blieb.

Während dieser Augenblicke begann in Horn einer jener produktiven Mechanismen zu spielen, wie sie bei den Männern der Wissenschaft mitunter in Gang geraten und denen die sogenannte Menschheit ihre Fortschritte verdankt. Es wird, wenn solche Mechanismen sich bewegen, meist etwas ganz anderes bewirkt als das eigentlich Gemeinte, und etwa auf der Suche nach der Goldmacherkunst das Meißner Porzellan erfunden. Aber auch die verheerenden Folgen der Wissenschaftlichkeit werden auf diese höchst indirekte Weise schließlich hervorgebracht; und zuerst hat alles recht edel und theoretisch ausgesehen. Das Letztere war ja nun bei Horn nicht eben der Fall: denn seine Überlegungen gingen von der Tatsache aus, daß es acht Uhr morgens war, demnach das Erscheinen Schajo's bei dem Oberlehrer schwerlich als zufälliger Bekanntenbesuch und geselliger Umgang gewertet werden konnte; die Tageszeit war eine zweckhafte. Das wurde dem Professor noch im Lift klar. Es galt vor allem, an Zilek heran zu kommen (so weit war Horn beim Aufsperren der Türe seiner Ordinationsräume), ihm Vorteile zu bieten (dies, als er den Hut im weiten Vorraum an einen Kleiderhaken hängte). Welcher Art sollten nun diese Vorteile sein? Freilich Geld. Aber unter welcher Begründung? Etwa so, wie bei dem Doctor Döblinger? Bis zu Zilek drang doch der Lärm der Wutmärsche nicht voll hinab? Und hier gerade traf der entscheidende Gedanke ein: dieser Lärm mußte eben verstärkt werden.

So ward das Konzept dessen geboren, was man später eine Horn'sche Reihe genannt hat.

Der Professor nahm alsbald am Schreibtische Platz. Noch war es morgendlich still hier, die Aufwärterin noch nicht gekommen, und Schwester Helga hatte nie vor zehn Uhr zu erscheinen.

Horn zog ein Blatt und einen Stift an sich.

Sein Blick fiel durch's Fenster weit hinaus hier von der Höhe, aus der hellen Glanz-Stille dieses Ordinations-Raumes, mit den weißlackierten Tischchen, der mahagoniglänzenden Apparatur des großen Plattenspielers, daraus am 1., 10. und 20. jedes Monats Giacomo Meyerbeers ›Krönungsmarsch‹ zu dröhnen pflegte. Man sah vom Schreibtische aus über viele Dächer – schiefrige, wie Fischhaut glänzende, und runzlige mit Ziegeln – zu fernem Kirchengetürm hinüber. Aus den Höfen wölkten da und dort schon grüne, volle Baumwipfel. Alle diese Dächer waren sehr fremd, in hohem Grade fremd: Horn lag es nicht so ganz fern, in solcher Weise zu fühlen und zu denken. Seine Wissenschaft hatte ihn nicht nur mit anderen Narren, sondern auch mit sich selbst in einer nicht unbedenklichen Weise bekannt gemacht. Und besteht nicht alle Geisteskrankheit letzten Endes darin, daß einer mit sich selbst zu intim umgeht? Solchermaßen versunken blickte Horn aus seinem brotlaibförmigen und rundbärtigen Antlitze durch die goldenen Brillen nach außen in die Ferne, nach innen in den dunklen Bottich des eigenen Selbst: daraus nun ein dreigliedriges rhythmisiertes Wutelement (streng genommen eigentlich ein Wut-Molekül) als fundamentale Einheit tauchte: die Krankenschwester und Führerin der Nasenzange (es mußte nicht Helga sein), der gepaukte Patient oder Paukand (es mußte nicht gerade Childerich III. sein), der Pauker oder Paukant (es mußte nicht gerade er selbst, Professor Horn, sein). Solcher gleichartiger Elemente aber ließen sich beliebig viele aneinander reihen (schon zeichnete Horn sie auf dem Blatte Papier, das vor ihm lag); ja, es schien die Länge eines derartigen Aggregates eigentlich nur begrenzt durch das Ausmaß der zur Verfügung stehenden Räume.

Wie ein Geier stieß in diesem Augenblicke die Geldgier auf den Professor herab, die eben auch in der Wissenschaft ihre bedeutsame Rolle spielt. Es war recht gut möglich, hier in diesen Ordinationsräumen zehn Patienten und mehr gleichzeitig zu behandeln, wobei man, zehn Elemente angenommen (er gebrauchte diesen Ausdruck jetzt eher in einem galvanischen als im chemischen Sinne), allerdings dreißig Personen in Marsch setzte. Die Fülle des dabei nötigen Personals machte Horn geringe Sorgen. Lehrkanzel und Klinik, von werdenden und praktizierenden jungen Ärzten und Ärztinnen stets umschwirrt, boten reichlich Gelegenheit, geeignete Kräfte zu wählen, und die hohe Auszeichnung, zur Privatordination des Professors herangezogen zu werden, mußte zweifellos den denkbar größten Anreiz für die Schüler bilden. Horn beschloß jedoch, auf Grund schon vorlängst gemachter Erfahrungen, die Nasenzangen nur von Damen bedienen zu lassen, sozusagen aus Zartheit. Man muß zudem, selbst vom Standpunkte eines psychiatrischen Laien, einräumen, daß, allein auf Grund ganz allgemeiner Erwägungen, diese Absicht des Professors eine durchaus vernünftige war und der Grundanlage weiblichen Wesens voll entsprach, welche ja bekanntlich schon an und für sich darin besteht, die Männer an der Nase herumzuführen. So sollten denn die Studentinnen Zangenführerinnen sein, und der Professor beschloß klüglich, solche von höchst vorteilhaftem Äußeren heranzuziehen (deren es genug gab), so daß beim Setzen der Zange ein captivierendes Moment mitwirken würde. Zu allem übrigen konnte er ja, wenigstens für die ersten paar Reihen-Ordinationen und bis zur Einspielung des ganzen umfänglichen Apparates, seinen bewährten Oberarzt, Herrn Doctor Willibald Pauker, bitten, die Oberleitung zu übernehmen und zusammen mit Schwester Helga auch die Führung des Elementes No. 1, als welches er sich etwa Bachmeyern dachte (keineswegs jedoch Childerich III.: dieser sollte, seiner Gefährlichkeit wegen, in Einzelbehandlung verbleiben).

Kein Zweifel bestand darüber, daß die Behandlung in Reihe eine höchst willkommene Verstärkung der rhythmischen Wirkungen des Wutmarsches mit sich bringen mußte, durch den gewaltigen Auftritt von zehn Elementen im gleichen Takte. Allerdings erforderte das eine stärkere, das Stampfen des Marsches übertönende Musik; hier wurde der Lautsprecher ungenügend. An das Figurenzimmer schloß noch ein weiterer großer Raum an; wenn man dort eine Bläserkapelle postierte und die Flügeltüren offen ließ, durch einen leichten Vorhang für die Sicht abgeblendet, dann mußte der gewaltige Schall vor allem jenen Saal beherrschen, in dessen Mitte der Figurentisch stand: und das war von Wichtigkeit. Denn beim Umzug der Reihe um den Tisch konnte es leicht geschehen, daß mehrere Patienten gleichzeitig Figuren warfen; ein Zurücktreten der Musik hinter den schmetternden Lärm aber mußte notwendig die Gefahr einer De-Rhythmisierung mit sich bringen; damit wurde die Reihe kaum mehr beherrschbar, und man konnte dann möglicherweise zur Anwendung äußerster Mittel gezwungen werden, nämlich zum Zug an den Nasenzangen, was in Horns bisheriger Praxis fast niemals erforderlich gewesen war.

Mit alledem erschien nun freilich eine Steigerung des Lärms bis in's schlechthin Ungeheuerliche als gegeben. Es würde notwendig sein, die Hausmeistersleute stärker mit Trinkgeldern zu berieseln, die Bezüge des Doctors Döblinger zu erhöhen, und nicht zuletzt auch den unter diesem wohnenden Oberlehrer in den Kreis der Bezieher von Bezügen mit einzubeziehen: denn daß die Erschütterungen eines zehngliedrigen Wutmarsches, zusammen mit dem gewaltigen Pauken und Blasen auch in der unter Doctor Döblinger gelegenen Wohnung sich sehr fühlbar machen mußten, das lag auf der Hand.

Damit war Horn bei Zilek angelangt, und also auch wieder bei dem Regierungsdirector Dr. Schajo, von dessen unheimlichem Erscheinen, auf dem Treppenabsatze und vor der Wohnung des Oberlehrers, seine Überlegungen ja ursprünglich ausgegangen waren: und ganz nebenbei hatten diese Überlegungen den besten Vorwand zur Einbeziehung (man könnte sagen: zur Eingemeindung) Zileks geliefert, während der Gedankenflug des Professors in wirklich neue, und von alledem vollends unabhängige Gebiete vorgestürmt war. Man sieht hier, wie der Genius echter Wissenschaftlichkeit seinen Initial-Schwung aus kleinsten Anlässen nimmt; und während er ernstlich meint, Einzelheiten zu bearbeiten, überfliegt er sie weit und geht in's Große und Allgemeine; auf diese Weise wird dann der Fortschritt der Menschheit leider ganz unvermeidlich.

Die Aufwärterin war inzwischen mit Horns sehr reichlichem Frühstück erschienen, das er stets hier in seiner Privat-Ordination einzunehmen pflegte, daheim nach dem Aufstehen sich mit einer geschwinden Tasse schwarzen Kaffees begnügend. Horns eigentliches Frühstück aber war ein gewaltiger Akt, fast möchte man sagen, eine Art lärmender Auftritt, mit verschiedenen Stadien der Nahrungs-Aufnahme, dem Schlappen des Haferbreis, dem Schluppen der sehr flüssig servierten Eier, dem zügigen und profunden Schlürfen des dunklen Tees, dem pastosen Aufstreichen von Butter und Marmelade, dem kräftigen Einhieb eines gesunden Gebisses in solchermaßen vorbereitete Brote. Bei alledem gab er eine derartige Fülle der Schnauf- und Pieplaute von sich, daß diese rundum aus ihm zu quellen schienen, wie die Blumen aus einer Vase. Der Blick aus dem brotlaibartigen Antlitz und durch die goldenen Brillen blieb dabei meist in die eröffnete Fernsicht gerichtet. Zeitweis allerdings hantierte er auf dem geräumigen Frühstückstablette wie auf einem Schaltbrett, zog heran, schob zurück, griff nach mehr, schöpfte aus, stellte ab. Es war eben im ganzen eine sehr beträchtliche Aktion, was sich da vollzog.

Der Professor frühstückte heute besonders energisch. In ihm hatte sich die Absicht bereits durchgesetzt, jetzt sogleich bei dem Doctor Döblinger, insbesondere aber bei dem Oberlehrer Zilek vorzusprechen: unverzüglich. Er schob sein reichlich beschicktes Portefeuille unter dramatischem Schnaufen in die Brusttasche des weißen Ärztemantels – dies sozusagen amtliche Kleid schien ihm geeigneter, um Eindruck zu machen – und stieg hinab.

9 Hulesch & Quenzel

Zileks eigentlicher Lebenshintergrund blieb durch die Rolle eines bescheidentlichen pensionierten Oberlehrers vollends verborgen; und die wahrhaft fürchterlichen Auswirkungen der Zilek'schen Haupt-Tätigkeit verknüpften sich keineswegs mit seinem Namen. Sie blieben anonym.

Er war Agent, und zwar geheimer Agent, der Firma Hulesch & Quenzel.

Dieses weitverzweigte Institut, welches seine Zentrale in London hatte und hat – eingetragen unter Hulesch & Quenzel Ltd – ist zwar kaufmännisch organisiert, jedoch wesentlich eine metaphysische Instanz, wie das zum Beispiel auch bei der Post der Fall ist. Während jedoch diese mit Würde in's Weite und doch meist in's Große wirkt – schon ihr uniformiertes Erscheinen verleiht jedem Postauftritte dramatische

Klarheit der Konturen! – zeigt sich bei Hulesch & Quenzel das Prinzip einer Teilung des Lebens-Ganzen in immer kleinere Teile und Teilchen von Teilen; so daß der Kurvenreichtum unseres Daseins, das ja bekanntlich keine einzige wirklich und im strengsten Sinne gerade Strecke aufweist, verschwindet, und damit auch der Schwung, der uns sonst durch solche Kurven trägt: es zeigt sich vielmehr, daß etwa auch eine Kreislinie nur aus zahllosen allerkleinsten Geraden besteht. In diese zerfällt jede Situation sofort, wenn die Firma Hulesch & Quenzel in's Spiel tritt. Daß solches auf Detail-Peinigung hinauslaufen muß, versteht sich von selbst. Der gelehrte und berühmte Professor Vischer, welcher die Sache in seinem epochalen Werke ›Auch Einer‹ (1878) untersucht hat, vermeinte damals, eine allgemeine Qualität des Lebens überhaupt entdeckt zu haben; er mußte daher folgerichtig jedes einzelne Leben und schließlich die ganze Weltgeschichte ihrem Wesen nach für eine Summierung zahlloser Detail-Peinigungen halten, kurz für das Werk von zehntausend Teufeln kleinsten Formats. Das tun wir natürlich auch. Jedoch vermeinen wir heute damit nicht mehr eine universale Lebens-Qualität in der Hand zu halten und etwa schon das Prinzip des Lebens selbst; hierin ist die Forschung über Vischer längst hinaus gelangt. Vielmehr wissen wir jetzt, daß es sich bei alledem um eine Veranstaltung handelt, also um etwas, das mit Künstlichkeit in das Leben erst hineingetragen wird: dies insbesondere, seit die Comptoirs von Hulesch & Quenzel in London selbst entdeckt und deren Einrichtungen – die sich auch in sämtlichen weltweit verbreiteten Filialen der Firma wiederfinden – genauer beschrieben worden sind.

Dem Institute steht der Groß-Quenzel vor, und man hat nie gehört, daß diese Person etwa gewechselt habe: soweit sie erblickt worden ist, muß es sich um ein sehr ausgedehntes, stets lächelndes Mondgesicht handeln, einen Kopf, der fast an eine Blase oder einen Ballon erinnert: er befindet sich meist in leicht wiegender Bewegung. Groß-Quenzel bereist auch die Filialen, und er soll sehr weit von London entfernt vorlängst gesehen worden sein, unter anderem in der Hulesch-Gasse zu Wien, welche, ein letzter Ausläufer der Stadt, sanft ansteigend zu lieblichster Aussicht über die Rebenhügel und Berge führt: dort, auf einem Balkone, aber nicht an dessen Brüstung, sondern zurückgetreten hinter einer

Glastüre stehend, soll der Gewaltige erblickt worden sein. Das Hulesch, nach welchem die Gasse heißt, ist wesentlich sächlicher Natur, und gewissermaßen nur supponiert, eine mythologische oder heraldische Existenz, vergleichbar etwa einem Pterodaktylus, jedoch mit überaus häutigen, lappigen und schlappigen Fledermausflügeln, ein wesentlich nächtliches Wesen. Gesehen worden ist es nie.

Es wird nicht mit Unrecht vermutet, daß die Sache auf dem Dache, welche Gerhild von Bartenbruch in Wien erlebt hat (in jenem nicht ganz ihrer Herkunft angemessenen Kreise), von Hulesch & Quenzel in die Wege geleitet worden sei. Wohl möglich, daß an der Aktion sogar das Hulesch selbst beteiligt war. In diesem Falle wäre Agnes, die Tochter des bayerischen Freiherrn, der ihretwegen von Schnippedilderich im Walde verprügelt worden ist, gewissermaßen dämonischer Herkunft.

Das Zentralbüro in London erfüllt ein ganzes, beträchtlich großes Gebäude, in welchem die einzelnen Abteilungen getrennt untergebracht sind. Es scheint der Schriftsteller Vincent Brun für seinen Roman ›Spirits of Night‹* von dort gewisse Anregungen empfangen zu haben, vielleicht hat er einmal das Haus sogar wirklich betreten. Eine der wichtigsten Abteilungen ist die für das ›Öffentliche Leben‹ (public life), der unter anderem jene entsetzlichen Hustenanfälle verdankt werden, welche eine längere Rede im Unterhause förmlich entzwei zu brechen vermögen. Ein gleiches gilt für das plötzliche Aufbrennen von Hühneraugen, die im Lackschuh wie eine Petarde losgehen, so daß der Kopf vom Schmerze dröhnt. Beides weist auf Professor Vischer und seine ›Klassen der Teufel‹ hin; dieser Gelehrte hat ja besonders Katarrhe und Hühneraugen als biographische Knotenpunkte hervorgehoben. Die Hühneraugenabteilung bei Hulesch & Quenzel beschäftigt einen ganzen Stab von Orthopäden und Dermatologen und reicht mit ihren Organen fast in die gesamte europäische und amerikanische fabriksmäßige Schuh-Erzeugung und Wirkwarenindustrie; insbesondere erfaßt aber sind sämtliche Schuster-Innungen. ›Das Maßnehmen ist ein altes Vorurteil, das noch keinen Schneidermeister verhindert hat, jedes neue Gewand zu verpfuschen‹, sagt der Weltweise Johann Nestroy. Ein gleiches gilt von der Schusterei. Die

---

* Deutsche Ausgabe unter dem Titel ›Perlen und schwarze Tränen‹ im Wolfgang Krüger Verlag, Hamburg, 1948. Übertragen von Hans Flesch.

Arbeit der in Rede stehenden Abteilung aber wurde erst kürzlich, wenige Jahre nach dem zweiten Weltkriege, bedeutend erleichtert, da es den Fachärzten gelang, eine Art kristallisches Pulver darzustellen, welches, eingestreut, auch bei passendem Schuhwerk und Strumpfwerk, die Hühneraugen in kürzester Zeit erzeugt. Das erste Versuchs-Objekt war ein orientalischer Diplomat, der sein Beglaubigungs-Schreiben zu überreichen hatte. Er vermochte es noch, sich bis zum Ende der Audienz aufrecht zu halten, mußte jedoch dann aus dem Buckingham-Palast und zu seinem Wagen getragen werden.

Gewisse Analogien in der Anlage der Abteilungen zu Professor Vischers oben erwähnten ›Klassen‹ ließen die Meinung aufkommen, dieser Gelehrte habe bei der Gründung von Hulesch & Quenzel (1867) persönlich mitgewirkt; ja, man geht so weit, zu behaupten, ihm sei durch lange Zeit die Leitung der Abteilung ›Möbel und kleine Gebrauchsgegenstände‹ übertragen gewesen. Doch ist alles das Unsinn, wenngleich es der Zeit nach zur Not stimmen könnte. Vischer war seit 1866 Professor am Polytechnikum zu Stuttgart und hat nie längere Zeit in England gelebt. Obendrein widerspricht seine theoretische Grundansicht, die wir andeutungsweise erwähnten, solchen Legenden ganz und gar. Denn der Geschichtsverlauf wäre ja nach Vischers Meinung schon zur Zeit der Pfahlbaudörfer vom Prinzipe der Detailpeinigung ganz ausschließlich bestimmt gewesen, wie überhaupt auch jedes Leben eines einzelnen Menschen. ›Hulesch & Quenzel‹ aber ist, wie wir heute wissen, ein neuzeitliches Institut artificieller Vexationen, durchaus ›l'art pour l'art‹, und es sind dessen Auswirkungen keineswegs als eine fundamentale Qualität des Lebens schlechthin anzusehen. Man könnte etwa ebensogut den berühmten österreichischen Schriftsteller Karl Kraus hintennach einer Teilhaberschaft bei Hulesch & Quenzel bezichtigen: denn heute noch führt die zweite Hauptabteilung dort einen Titel, der indirekt von Karl Kraus stammt, nämlich ›Störung ernster Männer bei der Erfüllung schwerer Berufspflicht‹.

Im Hause geht es still und freundlich zu. Bei jedem vollen Stundenschlage ertönt in allen Räumen ein feines Glockenspiel mit seltsam obstinater Melodie:

Überall sieht man das merkwürdigerweise kreisförmige Wappen der Firma angebracht, nicht nur auf den Briefbogen, sondern auch am Mobiliar, und sogar auf den Tellern, Gläsern und Bestecken der überaus bequem und geschmackvoll eingerichteten Kantine mit Bar. Im Hausflure aber kann es riesenhaft erblickt werden, in buntem Glasmosaik ausgeführt und von rückwärts durchleuchtet. Das Wappen zeigt den Kopf des lächelnden Groß-Quenzel in dekorativer Manier, über welchem die Schwingen des Hulesch sich ausbreiten. Am unteren Rande liest man den Wappenspruch in englischer Sprache:

TAKE IT EASY!
(Nimm's leicht!)

Hierin drückt sich die eigentliche erzieherische Tendenz des Institutes aus. In der Eingangshalle aber findet sich, etwas unterhalb des großen, bunten Wappens, noch ein zweiter Spruch, in erhabenen Buchstaben von Marmor:

POST RABIEM RISUS
(Nach Grimm Grinsen)

Man sieht, hier wird die hohe Würde der ganzen Sache sichtbar.

Zilek gehörte ursprünglich der ›Dritten Abteilung‹ an, was beinah etwas unheimlich klingt, weil es an die alte zaristi-

---

* Satz (im Auftrage von H. & Qu. Ltd) von Ada Troschl-Kozlik in Wien. Zwei Oktaven höher zu spielen.

sche Geheimpolizei erinnert, die berühmte ›Ochrana‹. Jedoch ist deren Schrecken abgeblaßt; denn was man seither die Menschen von staats- und amtswegen hat anschaun lassen, macht die ›Ochrana‹ zur putzigen Miniatur. Die ›Dritte Abteilung‹ war eben jene für Möbel und kleine Gebrauchsgegenstände, deren Leitung man einst dem alten Vischer hat unterschieben wollen.

Sie hatte nicht die höchste Würde, diese Abteilung; sie war hierin mit ›public life‹ oder ›distractions‹ (Störung ernster Männer) nicht zu vergleichen; aber ihr eignete die größte Ausdehnung und Vielfalt des Arbeitsgebietes, und sie hatte fünfmal so viel Angestellte – Konstrukteure, Technologen, Laboranten, Industrievertreter und Agenten – als die beiden anderen Sektionen zusammengenommen. Ihre Tätigkeit umfaßte viele, ja, fast alle Gebiete unseres täglichen, beruflichen und gesellschaftlichen Lebens. Das zeigt allein schon ein einziger Ausschnitt aus dem Artikel-Katalog, von dem auch Zilek ein Exemplar besaß, und dessen Ergänzungen und Verbesserungen (Deckblätter zum Einarbeiten) er laufend aus London erhielt:

No. 10729. **Schrecksessel.** Besonders bei Teegästen wirksam. Ursache nicht ohne weiteres einsichtig. Plötzliche Verkürzung eines Beines, das sich wieder ergänzt hat, wenn man nachsieht. Verschütten des Tees so gut wie gewährleistet.

No. 10730. **Untertassen, pneumatisch.** Haften einige Sekunden an der Teetasse.

No. 10731. **Verschluß-Schrauben von Flaschen, Zahncrèmetuben etc. etc.** aus hochelastischem Materiale, bei Herunterfallen springend. Teufelstänze am Steinboden des Badezimmers, Verrollen in entfernteste Ecken.*

No. 10732. **Nähnadeln ohne Öhre** (0,5 %ige Beimischung).

No. 10733. **Pein-Flaschen** (zahlreiche Ausführungen). Sichere und ganz allmähliche Verpestung von Bücher-Kästen, Wäsche-Schränken, ganzen Zimmern. In verschiedenen Farben, je nach Verwendungszweck. Schwer auffindbar. Nur 2 mm dick, können überall rasch eingelegt oder eingeschoben werden. Jeder Geruch, je nach persönlichen Antipathien, lieferbar. Elegant und unauffällig, Form wie Zigarettenetui. Durch Drehen des Verschlusses mit geöffneter Düse gebrauchsfertig.

No. 10734. **Schneidende Kragenknöpfe.** Meist normal funktionierend. Jedoch von Zeit zu Zeit Hervorschnappen einer winzigen

* Heute welteinheitlich von H. & Qu. – Von 10735 machte vor dem zweiten Weltkriege nur das Hotel Viktoria an der Frauenmauer zu Nürnberg eine Ausnahme.

Klinge. Erzeugt stark blutende Schnitte, Befleckung von Hemd und Kragen gewährleistet. Eintritt der Störfunktion besonders bei gesteigerter Eile.

No. 10735. **Wasserhähne,** vorstehend, immer in der Mitte des Beckens, um Vorbeugen beim Waschen zu verhindern, (siehe Fußnote Seite 126).

No. 10736. **Künstlicher Taschengrus.** In Miniaturpackungen. Mit dauernder Schmutzwirkung auf Fingerspitzen und Nägel. Ganz unauffällig, winziges Quantum genügt. Aus den Taschen der Anzüge kaum mehr herauszubringen. Wutanfälle mindestens mittlerer Stärke gewährleistet.

Die letzte Hervorhebung zeigt uns, daß Professor Horn, ohne es zu ahnen, hier wahrscheinlich bereits mitprofitierte, was wohl einen gewissen Ausgleich gegen die sich verbreitende Amts-Unempfindlichkeit bedeuten konnte.

10 Das fragwürdige Kapitel

Um diese Zeit griff auch die Mikroscriptur um sich und insbesondere Bachmeyern pflegte man damit immer mehr und bis zum Äußersten zu ärgern, woran sich sowohl seine Bekannten, wie einige Geschäftsfreunde beteiligten. Denn von beiden erhielt er jetzt briefliche Mitteilungen nicht mehr maschingeschrieben, sondern mit sauberer, aber geradezu winziger Handschrift. Wir messen der Mikroscriptur keine besondere Bedeutung bei. Für uns ist sie nur ein chronologischer Fixpunkt, nämlich dafür, daß der Doctor Döblinger wieder einmal ›zu einer normalen Lebensweise zurückkehrte‹, wobei er jedesmal gemeinlästig wurde, was sich später neuerlich im Falle der Familie Kronzucker erweisen sollte. Ob die Mikroscriptur wirklich von dem Doctor Döblinger – ihm wohnte eine gewisse werbende Kraft inne – ausgegangen und verbreitet worden ist, bleibe dahingestellt.* Jedenfalls bezeichnet ihr Auftreten das erste Virulent-Werden einer Gesinnung, die später bedauerlicherweise bei zahlrei-

---

* Gesichert ist dies nur in Bezug auf die Buntschrift, die er nachweislich in zahlreichen Schmockogrammen verbreitet hat. Für solche hat späterhin der bekannte Kritiker und Übersetzer russischer Literatur Xaver Graf von Schaffgotsch den Ausdruck Poikilographie eingeführt.

chen Personen in der Universitäts-Stadt, ja sogar bei Damen beobachtet werden konnte, und insbesondere der Familie Kronzucker gegenüber auf's verwerflichste in die Tat umgesetzt worden ist. Es haben gewisse Mikroscribenten übrigens ihre Handschrift gegen Ende eines Briefes immer noch kleiner werden lassen, so daß Bachmeyer zum Lesen bereits einer Lupe benötigt war, unter welcher sich freilich zeigte, daß hier zuletzt nichts mehr stand, als die ordinärsten Beschimpfungen.

Zur Lärm-Miete kam bei dem Doctor Döblinger bald auch das Wirksam-Werden von neuen Verträgen, woraus ihm Summen flossen, die jenen Horn'schen Segen hätten entbehrlich erscheinen lassen können. Aber es kann keiner genug haben. Das ist's ja. Die Übel ziehen sich erst zäh und tranig hin, das Gute kommt doch oft rasch heran. Frechheit, Gier und Übermut sind seine Folgen, während man vordem, im Höllenrachen des Dalles und gekniffen von zehntausend Teufeln (auch solchen von H. & Qu. Ltd), entschlossen war, mit wenigem auszulangen und hauszuhalten, wenn man's nur hätte. Solche, auch von dem Doctor Döblinger einst gehegte gute Vorsätze waren restlos vergessen. Was aber zu übler Zeit er von dem und jenem sich hatte gefallen lassen müssen, das gedachte er jetzt heimzuzahlen, nicht eben dem und jenem, sondern schlechthin allen, oder eigentlich beliebigen Personen, und in einer Art von miniatürem physiognomischen Weltgerichte.

Noch keiner, der des Unsinns Höhe erreichte, hat sie als solche erkannt, und auch die Gipfel der Frechheit bleiben für ihre Erst-Ersteiger meist in Nebel gehüllt. Nur so kann zur Not noch verstanden werden, was, klares Wetter vorausgesetzt, jenseits des Begreiflichen aufragte. Daß jemand sich, und mit einiger Kraft der Überzeugung, das Recht zubilligt, ein Urteil erfließen zu lassen, wer da ein Widerling sei – es mag noch angehen. Wird aber aus der Be-urteilung eine Verurteilung, sei's zu was immer, kommt aus dem Urteil so etwas wie eine Sanktion: dann wird derjenige lächerlich, welcher das Urteil fällt, die Sanktion verhängt, ohne sie durchführen zu können. Und so führt er sie denn durch – um nicht lächerlich zu werden. Das sah auf der Straße bei dem Doctor Döblinger – der bereits Listen anlegte! – folgendermaßen aus (bei Annäherung etwa eines älteren Fräuleins):

17. Weiblich. Hat sich was geputzt und stinkt nach Benzin. Ist zu treten wegen Stumpfheit der Geruchs-Empfindung und Schmieröl-Gesinnung.

Man merkt: er sah auf's Fundament eines Charakters. Aber, wie schon gesagt, bei diesem konnte es hier nicht bleiben. Die Flucht vor der eigenen Lächerlichkeit mußte zu einer Praxis führen, die wir am liebsten als ›arbiträres Verprügeln‹ oder ›arbiträres Dreschen‹ bezeichnen möchten.

Der technische Teil dieser Sache war alles eher als einfach; denn man wollte ja keine Folgen zu tragen haben und mit den öffentlichen Gewalten nicht in Konflikt kommen; so weit ging die Begeisterung des Doctors Döblinger für ›physiognomische Gerechtigkeit‹ (derart ward's bereits von ihm benannt!) nicht. Man mußte also Methoden finden und einüben, die den Vollzug physiognomischer Urteile durch blitzartige aber harmlose Betäubung mit kurzer Faust schnell und gefahrlos ermöglichten.

Hiezu dienten die ›Plomben‹ oder das ›Plombieren‹ – wie sie es zu bezeichnen pflegten: denn bald waren ihrer mehrere. Leuten wie Döblinger fehlt es an gar vielem; nie aber an Saufbrüdern und Spießgesellen. Und Sachen, wie die in Rede stehenden, werden selten von einem einzigen verlotterten Individuum, sondern meist von mehreren ausgeheckt, in rasch sich übersteigernden Gesprächen.

Dabei formulierten sie auch; und hier wird die Sache haarig. Es waren schon solche Kerle beisammen (in der Wohnung des Doctors Döblinger), die obendrein noch formulierten. Einer von ihnen hat späterhin, als sie schon ›plombten‹ (auch so ward's genannt), ein arbiträres Plombier-Journal geführt, welchem er den Titel ›Spaziergänge eines Menschenfreundes‹ gab. Es war uns zugänglich. Wir geben eine Probe:

15. September 1949, Donnerstag
Heute durch die Weinberge, zwischen den Rieden auf schmalen Wegen, links und rechts die Drahtgitter, der Sonnenglast am Pfade wie dicke Kissen gestapelt. Eingeschlossen von Weingärten und doch beim Umwenden weitester Ausblick. – Es gibt Leute, die wie krumme Nägel im Fleische des Lebens stecken; sie gehören mit der Beißzange ausgerissen. Aber, weil niemand sie auszureißen vermag, bleiben sie in unserem armen gequälten Leben wie steckengebliebene Bienenstachel, statt zertreten zu

werden. Hier würde selbst stundenlanges Prügeln den Sachverhalt nicht auszugleichen vermögen. Ja, führte man sogar einen Aion dauernden Dreschens herbei: er vermöchte schwerlich die eingealteten physiognomischen Widerwärtigkeiten auszuwiegen. Man sehe sich nur ein Porträt Dante Alighieri's an! Von kleineren Größen zu schweigen. – Die Weinberge beim spitz zulaufenden Waldstück verlassen, dieses gequert, dann durch den Vorort heim. – 2 Mann plombiert.

19. September, Montag
– Heute nur im Walde, aber tief hinein, die vorspringende Zunge weit zurücklassend. – Den Wenigsten kann ein Licht aufgesteckt werden. Das heißt, es bedeutet bereits einen Wert, wenn einer einen so consolidierten Hohlraum darbietet, daß sich darin was befestigen läßt. Man sage nichts gegen die hohlen Köpfe. Wenn man's erlebt hat, welch ein Gips die vollen ausfüllt, lernt man einen rechten Hohlkopf aufrichtig schätzen. – 1 Plb.

21. September, Mittwoch
– Wieder im Walde, jedoch am Rande geblieben: Auflösung des Waldes, Gebüsche, sonnwarmer Boden, Räume zwischen den Gebüschen und letzten Stämmen wie kleine Zimmer, von da Blick durch ein Gesträuch-Fenster auf die eidechsengrün gespritzten Weingärten. An einer Stelle blinkt das Drahtgitter blank in der Sonne. – Nicht etwa denkensgemäß zu leben kann angestrebt werden: hier wird allemal der fatale und lächerliche Spalt zwischen Theorie und Praxis klaffen, aus dem dann die Zorneswolken des Puritanismus und Doktrinarismus sich erheben, Mückenschwärme von Pedanterie entlassend. Sondern lebensgemäß zu denken ist unsere Sache: und das erste macht sich von selbst. – 3 Mann plombiert (im Verlaufe des Heimwegs), aus Freude über den zu Ende gebrachten Gedankengang.

Denker und Drescher. Eine feine Kombination! Sie waren alle mehr-weniger so. Aber das ›Plombieren‹ wollte erst gelernt sein, und es dauerte lange genug, bis sie hierin die erforderliche Sicherheit besaßen. Die ›Plombe‹ kann als eine Art Jagdhieb bezeichnet werden, wie der des Old Shatterhand, nur wesentlich harmloser; sie erscheint als der ›Glatzenwatschen‹ verwandt (Watschen = Ohrfeige, Backpfeife, alapa; wir verwenden den Ausdruck Watschen deshalb, weil er in einem außerordentlichen Preisliede auf Childerich III. vorkommt, das einen gewissen Herrn Eygener zum Verfasser hat). Eine ›Glatzenwatschen‹ ist eine hochgezielte weiche Watschen, tunlichst mit nasser Hand (Saug-Watschen). Sie wird (ohne Angabe von Gründen) solchen alten Männern appliziert, die, bei weißem Haarkranz und Bart, noch starke Vitalität, Temperament in ihrer Meinungsäußerung und persönliches Profil zeigen. Zur ›Plombe‹ hingegen verwendet man einen feuchten Boxhandschuh, der bei hohler Hand die Kopf-Kalotte deckt. Dies genügt fast immer zur Erzeugung augenblicklicher Benommenheit und zum Vollhauen des Buckels während derselben. Hüte sind kein Hindernis, im Gegenteile. Sie können im Augenblicke der Application mit der linken Hand nach vorn und über's Gesicht geklappt werden. Ist die ›Plombe‹ zu stark, dann erfolgt der sogenannte ›Plauz‹, das heißt der Plombierte fällt nach vorn um. In diesem Falle muß sich der Plomber rasch entfernen.

Das Letztere passierte den physiognomischen Weltenrichtern des Doctors Döblinger mehrmals, und sogar dreimal bei ein und derselben Person, einem höheren Bankbeamten. Zugegeben, er war ein herausfordernder Widerling und sah jedermann stets dumm-beleidigt an. Beim zweiten und auch beim dritten Male schoben sie ihm einen vorbereiteten Briefumschlag in den Rock, der einen Zettel in Blockschrift enthielt sowie einen Hundertmarkschein. Auf dem Zettel stand:

Es ist nur wegen Ihres Gesichts
und tut uns ansonst aufrichtig leid.

Daß dieser Mann sich nie an die Polizei gewandt hat, ist auffallend. Vielleicht war er wirklich geniert. Schon dies würde in eine Richtung deuten, die später offenbar wurde.

Und allein deshalb erzählen wir diese Begebenheiten. Sie wären sonst, als Tatbestand, kaum des Berichtens wert, an sich ja nichts anderes als rohe und dumme Lausbübereien, Halbstarken angemessen, aber nicht erwachsenen Menschen.

Auch bei anderen erwählten Objekten geriet die Plombe zu stark, und der Plauz war von einer Ohnmacht begleitet. Dabei geschah es, daß einer dann ausgeraubt wurde. Die Kriminalpolizei, von anderen und eigentlich falschen Voraussetzungen her doch richtig schließend, packte zu, und bei einer Haus-Suchung im Quartier des Verhafteten, der ein schon lange verdächtiges Subjekt war, kamen Portefeuille, Geldbörse und Uhr des Niedergeschlagenen zum Vorschein. Hiedurch entstand eine Art tiefer Schatten über dem wahren Sachverhalt; und innerhalb jenes Schattens endete dann bald die Tätigkeit von Döblingers Bande, ohne daß sie entdeckt worden wäre, ganz von selbst, und auf eine recht eigentümliche Weise.

Denker und Drescher. Es waren schon solche Kerle beisammen. Sie formulierten, und sogar lateinisch:

Vult quisque vultum suum.

Dazu gab es eine deutsche Version:

Wie Du schaust, so willst Du schauen,
und wir dürfen Dich drum hauen.

Haarig – so nannten wir's. Ist's. Denn hier führt ein Gang hinab, weit weg von den Blödeleien Döblingers und seiner (ersten) Bande, und eigentlich in jeden von uns hinein, auch in den vernünftigsten Menschen. Viele leiden (freilich ohne zu dreschen) unter der physiognomischen Minderwertigkeit der Zeit und dem Anblicke eines leider sehr großen Teiles der jungen und alten Zeitgenossen; und vielleicht ist dies wirklich nicht immer so arg gewesen. Es gibt hier Revolten in uns; und wir wollen in solchen Zuständen nicht hinnehmen, daß es eben sein müsse, wie es ist (woran kein Zweifel besteht). Tief in uns wohnt, als ob das eine unausrottbare Wahrheit wäre, ein Vermeinen, daß jeder für sein Aussehen voll verantwortlich sei, daß eben dieses, ja nur dieses ganz allein, durchaus von ihm hervorgebracht werde: wie er aussieht, wie er aus sich heraus sieht, aus-blickt, uns anblickt. Vult quisque vultum suum. Nicht immer sind wir imstande, solchen Ausblick als Anblick gelassen zu ertragen, am schwersten bei Menschen, die wir zum ersten Male, also ganz klar und rein sehen. Denn an die Ordinäritäten in seiner nächsten Umgebung (es kann nicht fehlen!) gewöhnt sich jeder, es verschleiert sie zudem die Bewegung und macht sie erträglicher, die vertraute Handbewegung oder die Worte, welche geradezu wie ein Vorhang über anwesende Gemeinheit fallen können, indem sie schallend deren Gegenteil aussagen. Nicht so auf der Straße etwa. Manches Gesicht fährt uns wie eine Faust in den Magen.

Ob sie's wissen?

Sie wissen's.

Ob sie's wollen?

Sie wollen's.

Sie wissen's, das wurde offenbar, und allein deshalb schreiben wir dieses fragwürdige Kapitel. Wahrscheinlich hat es auch jener höhere Bankbeamte gewußt, und dies war der eigentliche Grund, warum er nicht zur Polizei gegangen ist. Sie wissen's, aber sie beharren freilich dabei auf sich selbst, und stehen fest über der Pfahlwurzel von unvorstellbarer Tiefe, auf welcher jedes faktische Phänomen ruht und gegen welches unsere Revolten nur anwehen wie ein schwankender, ja, seiner selbst unsicherer Wind. Meinung gegen Meinung, wohlan, darüber läßt sich reden; aber Meinung gegen Tatsachen: hier beginnt der Unsinn. Denn wir sollen ja unsererseits erkennen, was mit den Tatsachen und Phänomenen eigentlich gemeint sei. Fakten kann man nicht wegprügeln. Schon der bloße Versuch dazu zeigt Schwäche an, die sich nur hinter Brachialitäten versteckt, nicht beiläufig-großzügigen oder merowingischen, sondern heftig-hektisch tendenziösen. Gegen Sachverhalte gibt's keine Argumente, sondern nur Maßnahmen. Hinter diesem an sich richtigen Satze etwa verbarg sich die Wehleidigkeit der arbiträren Plombierer. Denn sie wollten ja die – leider vorhandenen – schrecklichen und widrigen physiognomischen Sachverhalte des Zeitalters gar nicht auffassen, sondern nur sie aus dem Blickfelde räumen.

Dies gelang sogar vorübergehend, und damit sind wir beim Kern der Sache. Denn drei Wochen, nachdem Döblingers erste Bande* in Tätigkeit getreten war, begann es ihr bereits an Objekten zu fehlen. Man sah gewisse Arten von Menschen viel seltener, ja, zum Teil garnicht mehr, und wenn sie jetzt noch auftauchten, dann gingen sie auf der Straße gesenkten Antlitzes rasch dahin, nicht mehr promenierend (se promener heißt wörtlich übersetzt: sich selbst vorführen), nicht mehr sich breit und ausführlich aussagend. Besonders zwei Figuren waren verschwunden, auf welche des Doctors Döblinger absurde physiognomische Welten-

---

* Die Aktionen der späteren und zweiten Bande – welcher auch Damen angehörten! – richteten sich in der Hauptsache gegen die Familie Kronzucker.

richter jetzt geradezu Jagd machten, aber ganz vergebens. Beide waren in hohen Stellungen und beide hießen merkwürdigerweise Hans mit dem Vornamen, obwohl doch sonst vorwiegend wohlbeschaffene und anständige Leute Hans zu heißen pflegen. Jene also, die man früher fast alltäglich stolzieren gesehen hatte, schienen vom Erdboden verschluckt, wie man zu sagen pflegt. Sie arbiträr zu plombieren erwies sich als unmöglich. Hier liegt doch zweifellos ein Akt von Selbsterkenntnis physiognomischer Art vor, wobei sie freilich auf sich selbst und ihrer Pfahlwurzel beharrten, immerhin aber sich agnoszierten und salvierten. Begreiflich. Wir machten aus unserer Ablehnung des Treibens der Döblingerschen kein Hehl. Aber angesichts jener Gestalten – sie waren beide öffentlich tätig, und zwar als Chefredacteure, Programm-Directoren oder irgendetwas von dieser Art – konnte man einen wenigstens entfernt verstehenden Zugang gewinnen zu der widerlichen halbstarken Plombiererei und Narretei. Denn auch wenn man einen solchen Hans nüchtern, unvoreingenommen und wirklich objektiv betrachtete, konnte sich einem das Taschenmesser von selbst im Sacke öffnen.

Das entstehende Vacuum verführte die Bande zu noch dümmeren Unternehmungen. Sie standen mit der Nase des Herrn Doctor Döblinger in Zusammenhang, deren Geruchsempfindlichkeit wir schon kennen gelernt haben anläßlich der Annäherung eines älteren Fräuleins, das sich was geputzt hatte. Es gab kräftigere Annäherungen solcher Art, unter ihnen die Bauern, die in kleinen Gruppen den trefflichen Schafkäse, welchen man in der Umgebung zu bereiten verstand, wöchentlich in die Stadt und auf den Markt brachten. Vielleicht büßten sie für das Fräulein, das man nicht getreten hatte; auch mochte der in Eimern oder Kübeln getragene Schmierkäse sich gerade in einem besonderen Zustande von Reife befinden. Der Gestank war unbeschreiblich. Doch gibt es ja nichts Doppeldeutigeres als das menschliche Genußleben, das auf allen seinen Ebenen oder Stockwerken am besten versinnbildlicht werden könnte durch die Figur eines Menschen, der köstlichen Käse speist und sich dabei die Nase zuhält. Den Döblingerschen war aber jetzt nicht nach Käse-Essen zu Mut. Der entsetzliche Gestank ließ ein physiognomisches Urteil blitzschnell gefällt sein – um so eher als Döblinger sich diesmal persönlich bei der Bande befand –

und schon stürzte man sich in Überzahl auf die wenigen Bauern, arbiträr dreschend (und zwar allen den Buckel voll), ohne vorher überhaupt noch wen zu plombieren. Die Attacke fand weit draußen vor der Stadt unterhalb der hohen Terrasse eines Weinkellers statt, der nur am Samstage und Sonntag jeweils seine Gäste sah. Sonst lag die Gegend einsam. Die Döblingerschen hatten die Bauersleute umzingelt und stürmten jetzt von allen Seiten mit dem Rufe »Das Recht findet seinen Knecht!« heran. Diese hier wirklich verkehrt und übel angebrachte Devise beweist uns, wie sehr sie von ihrer ›physiognomischen Gerechtigkeit‹ überzeugt waren – nicht nur einer solchen gegen Menschen, sondern auch gegen Gerüche, am allermeisten aber gegen Menschen, die sich durch Gerüche offenbar nicht gestört fühlten – und nicht nur überzeugt, sondern in den ganzen arbiträren Blödsinn bereits vollends eingesponnen. Alles ging blitzschnell, die Bauern ergriffen die Flucht, ohne irgend was in bezug auf den Grund dieser Prügel-Lawine auch nur zu ahnen – von da an aber erschienen sie nur mehr zu zehn oder zwölfen in der Stadt – und die arbiträren physiognomischen Weltenrichter waren vom Erdboden verschluckt: so rasch verschwanden sie.

Nach dieser turbulenten Aktion trat eine kurze Saturiertheit ein. Döblinger für sein Teil hatte um diese Zeit schon zwei bis drei Mann persönlich und arbiträr plombiert, sehr zum Unterschiede von seiner Rolle bei der zweiten Bandenbildung, wo er nur inspirierend wirkte, um schließlich die Katastrophe in Richtung Familie Kronzucker buchstäblich in's Rollen zu bringen.

Acht Tage nach der Sache mit den Käsbauern aber wurde der hier residierende Oberfinanzpräsident auf einem Spaziergange von zwei Bandenangehörigen arbiträr plombiert, hart am Plauze, und erhielt eine Jacke voll Haue.

Die sofort aufgenommene Untersuchung beschäftigte sich begreiflicherweise mit jenen, die Grund zur Unzufriedenheit mit einer Entscheidung des Oberpräsidiums hatten, und unter diesen besonders mit solchen, denen ein Rache- und Roheitsakt oder dessen Anstiftung zuzutrauen war. Auch hier geriet wieder die Wahrheit in einen tiefen Kernschatten.

Der Doctor Döblinger schäumte zuerst vor Wut, dann resignierte er, und zwar in einer aufreizenden, hochmütigweltschmerzlichen Weise, recht als einer, der in seinen ›sublimsten Absichten‹ (so wörtlich!) von platten Burschen mißverstanden worden sei. Den Versicherungen seiner Spießgesellen, sie hätten keineswegs gewußt, wen sie da droschen, und sie seien rein arbiträr vorgegangen, schenkte er zuerst überhaupt keinen Glauben und behauptete weiterhin, ihr ›physiognomischer Takt‹ habe eben gänzlich versagt. Nur so sei es zu erklären, daß sie eine ›auf höchster Ebene angelegte Aktion‹ (sic!) – an der teilzunehmen sie, wie sich jetzt zeige, garnicht würdig gewesen seien – in die äußerste Trivialität, Direktheit und Zweckhaftigkeit herabgezogen hätten. Womit er das Ganze fallen ließ. Jene aber, als sie erbost aus seiner Wohnung hinweg gingen, sagten ihm, er möge oder vielmehr er könne . . . . nun, was werden sie ihm schon gesagt haben! Bemerkenswert bleibt hier nur mehr, daß nicht weniger als vier Mitglieder der Bande an der späteren Aktion gegen die Familie Kronzucker teilgenommen haben, unter ihnen just jene zwei, die den Finanzoberpräsidenten hart am Plauze plombiert hatten.

11 Die Beutelstecher

Für Horn galt es zunächst, nochmals mit dem Doctor Döblinger zu sprechen.

Der Dichter war im Begriffe, feist zu werden. Man kann sagen, daß hier einmal die Psychiatrie an den Richtigen gekommen ist.

Er schritt dem Professor, welchem diesmal eine Aufwärterin geöffnet hatte, breitschultrig und aufgetümmelt entgegen, den Füllfederhalter noch in der Hand, angetan mit einem ganz neuen pompösen Sport-Anzuge. Fast schien es schwer für Horn, Döblingern eigentlich väterlich und gletscherweiß zu überwölben. Aber schließlich saß man doch, der Professor zog die Cigarrentasche hervor, und entließ beim Anzünden allsogleich ein ganzes Bouquet von Piep- und Schnauflauten nach allen Seiten.

Das Übrige und Meritorische kann man sich unschwer denken. Obendrein benahm sich der Doctor Döblinger leichtfertig: gleich ging er auf alles ein und fühlte sich überaus gekräftigt bei der Vorstellung von weiterer Erhöhung des Einkommens. In seiner Aufgetümmeltheit versuchte er jetzt beinahe schon seinerseits den Professor zu überwölben und gab sogar vereinzelte kleine unartikulierte Laute von sich, natürlich solche der Zustimmung. All das kam aus Ahnungslosigkeit. Noch hatte er nie einen Pauktag mitgemacht, sondern sich allezeit herumgetrieben; anders hätten ihn die Erschütterungen, wie solche schon ein einzelnes Horn'sches Element hervorzubringen pflegte, doch stutzig werden lassen: und da nun vom kommenden Monate an noch mehr bezahlt werden sollte, wäre wohl die Schlußfolgerung nahegelegen, daß hier Fürchterliches sich vorbereite. Was aber des Herrn Doctor Döblinger gelehrten Fleiß betraf, kraft dessen er das historische Institut als Ausweichstelle zu benutzen gedachte, nämlich am 1., 10. und 20. jeden Monats, so ist schließlich zu sagen, daß er ja bisher noch kein einziges Mal dort gewesen war, in den stillen, kühlen Räumen zwischen den Büchermauern, welche die Wände hinter ihrer von so viel Wissen geschwollenen Front verschwinden ließen. Alles in allem: er war ahnungslos und zufrieden. Beides sollte ein Dichter nie sein. Er war unbesorgt aus Unwissenheit. »Wenn ein Leiden unbekannt ist«, sagt die geistreiche Marcelle Sauvageot in ihrem Büchlein ›Kommentar‹, »hat man mehr Kraft, ihm zu widerstehen, weil man seine Macht noch nicht kennt ... Aber wenn man es kennt, möchte man sehr um ein Erbarmen flehen...« Nun, Döblinger kannte nichts, und Horn war einer von denen, die überhaupt nichts kennen, ein Fachwissenschaftler eben, und in keiner Weise aufzuhalten.

Nun zu Zilek.

Als dieser die Tür zum Spalt öffnete, konnte er von dem Professor nur einen geringen Ausschnitt erblicken, selbst indessen von Horn schon zur Gänze erblickt werden; aber die gletscherweißen Massen draußen erkennend, riß der Oberlehrer den Türflügel weit auf und trat mit tiefer Verbeugung devot zur Seite.

Ebenso wie Döblinger weit entfernt davon war, zu begreifen, was sich da buchstäblich über seinem Haupte zusammenzog, ebenso war, in bezug auf Zilek, der Professor vollends unwissend: das sollte ein Gelehrter nie sein. Er piepste verschiedentlich unter der Türe und entschuldigte sich ausführlich wegen seines Eintrittes mit der brennenden

Cigarre in der Hand – »nun ja, die Pflichten, die Eile, die Zerstreutheit!« – er sagte dabei auch einmal »Herr College« zu Zilek, was auf jeden Fall als sinnlos erscheinen muß, denn Zilek war kein Psychiater, sondern bei ganz gesundem, ja recht gutem Verstande. So kam man denn unter mancherlei Complimenten in's Wohnzimmer. Der Oberlehrer sah beim Complimentieren so aus, wie ein schmales Taschenmesser, das man zusammenklappt. Es ist bezeichnend, daß Horn hier in der unteren Wohnung ebensowenig wie oben bei Doctor Döblinger die gewissermaßen unpassende antik-barocke Pracht vereinzelter Möbelstücke bemerkte, neben welchen unmittelbar wieder schamlose Schäbigkeit hockte. Bei manchem Fachgelehrten sind drei Viertel seines Auffassungsvermögens und Verstandes wissenschaftlich erschlagen, und mit dem vierten Viertel wird's dann meistens auch nicht weit her sein. Dies zeigte sich jetzt darin, daß der Professor, seiner ursprünglichen Absicht – nämlich Doctor Schajo zu erkunden – zunächst ganz vergessend, gleich mit seinem Angebot einer Lärm-Miete in's Haus fiel: mit einer offenen Tür also, durch welche Zilek alsbald bedeutenden Vorteil witterte. Horn trug seine Sache etwa so vor, wie er's beim ersten Mal dem Doctor Döblinger gegenüber gemacht hatte. Nur sprach er nicht von ›literarischer Arbeit‹; jedoch sonst ganz im gleichen Stile, brotlaibartig-loyal, väterlich, überwölbend, wohlwollend, piepsend, schnaufend, rauchend.

Zilek zeigte Zurückhaltung.

Horn erhöhte innerlich das noch nicht ziffernmäßig ausgesprochene Angebot um einhundert Mark.

Zileks Zurückhaltung erfloß jedoch keineswegs nur aus kaufmännischer Taktik. Es war einfach so, daß er sich nicht auskannte: weder mit Horn, noch mit Schajo, und auch mit Schwester Helga nicht so recht. Diese vermeinte er zwar schon vorlängst als Agentin von Hulesch & Quenzel erkannt zu haben – einfach durch Affinität, aus der Physiognomie; auch hatte er sich mehrmals mit ihr auf der Treppe unterhalten, und einmal war sie im Vorbeigehen bei ihm eingetreten und hatte ihm, im Vorzimmer stehend, sogar Horns Paukerei (freilich noch die mit nur einem Element) kurz skizziert: ohne allerdings zu erwähnen, daß Doctor Döblinger Lärmmiete beziehe. Dennoch war Zilek kurz danach zu Doctor Döblinger spionieren gegangen, wie wir schon wissen: ein Beweis für sein Kombinationsvermögen und seine Vigilanz.

Jedoch, so gewiß Zilek die Schwester Helga für eine Agentin der Firma hielt: er hatte ihr bisher doch nicht das Erkennungszeichen gegeben; und auch sie hatte es nicht getan. Hierin waren alle Mitarbeiter von Hulesch & Quenzel zur größten Zurückhaltung verpflichtet; und oft arbeiteten Agenten lange Zeit nebeneinander her, ohne sich gegenseitig mit Sicherheit zu agnoszieren. Dagegen hatte Doctor Schajo – dessen Zugehörigkeit zur Firma Herr Zilek nur als zweifelhafte Möglichkeit annahm – heute um acht Uhr morgens das Erkennungszeichen überreicht.

Es war ein Exemplar von Professor Vischers früher genanntem epochalem Werk: jeder Agent von Hulesch & Quenzel erhält es von der Firma in mehreren Stücken, und zwar eine Ausgabe in der Sprache des Landes, in welchem er lebt und wirkt. Die Überreichung bildet das Zeichen. Jedoch unterscheidet sich das überreichte Buch in nichts von den im Buchhandel erhältlichen Exemplaren, wo es ja überall zu haben ist, als längst in die Weltliteratur eingegangen. Damit aber läßt die Weisheit der Firma immer noch ein Endchen fehlen bis zur völligen Gewißheit für denjenigen, welchem das Zeichen gegeben wird: denn der Geber könnte ja auch nur ein literarischer Liebhaber sein, der ein von ihm hochgeschätztes Werk zur Lektüre empfiehlt. Und so bleibt die letzte Entscheidung, die dann zur offenen Aussprache führen kann, doch der Intelligenz des betreffenden Funktionärs überlassen.

Das Abpauken von Wut und Grimm, wie es Horn betrieb, widersprach freilich in krasser Weise den im höheren Sinne ironischen Tendenzen von Hulesch & Quenzel. Jedoch auch Schajo schien ihnen zu widersprechen. Gewisse Andeutungen, die er – in ganz anderen Zusammenhängen – gelegentlich gemacht hatte, ließen vermuten, daß auch ihm richtig erschien, quälenden Ärger durch eine Art Blitzableiter zu beseitigen und so gleichsam zum Kurzschluß mit dem Gesamt des Erdenlebens zu bringen; ja, es hatte sich beinahe so angehört, als befinde sich der Regierungsdirector da in genauerer Kenntnis und auf einem ganz anderen und noch dazu festen Standpunkte. Das sprach gegen seine Firmen-Zugehörigkeit. Aber freilich, das Glacis hintergründigen Lächelns um Doctor Schajo blieb unpassierbar und Zilek machte zunächst auch keinerlei derartigen Versuch.

Er hatte den Regierungsdirector einst im Caféhause gesprächsweise kennen gelernt, und ein entwickeltes Organ für quenzlöse Affinitäten, wie es Zilek eben eignete, mußte da freilich sich rühren und eine Anzeige tun. Jedoch später war er, wie schon angedeutet, daran wieder irre geworden. Im Gespräch über Bücher empfahl Doctor Schajo Vischers epochales Werk. Zilek zuckte mit keiner Wimper und bemerkte nur, daß er dieses Buch nicht kenne. »Ich bring's Ihnen morgen«, hatte Schajo gesagt. (Eine solche Ankündigung war vor dem Geben des Erkennungszeichens keineswegs üblich.) »Sind Sie um acht noch daheim? Mein Weg zum Amte führt bei Ihnen vorbei.« »Sehr erfreut, sehr erfreut«, hatte Zilek eilig erwidert, »zu liebenswürdig, zu liebenswürdig, Herr Regierungsdirector, meinen ergebensten Dank im voraus.« Und am nächsten Tage war er wirklich gekommen, hatte Zilek sogleich zur Gänze erblickt, als dieser zunächst nur den Türspalt öffnete: dann allerdings riß Zilek die Türe weit auf und verbeugte sich in der Art eines zusammenklappenden Taschenmessers.

Bei alledem – leider! – war aber, genau besehen, nichts Auffallendes – daß nämlich Doctor Schajo ihm ein Buch in die Wohnung brachte; denn sie kannten einander nun bald ein Jahr oder länger, und obendrein: Zilek hatte dem Doctor Schajo schon mehrmals Bücher geliehen, und sie ihm sogar beflissen hinaus in seine Wohnung im Villenviertel gebracht (dabei, wie Leute vom Schlage Zileks es eben überall und immer tun, auch ohne einen Zweck im Auge zu haben, ganz automatisch das Haus, die Lage der Wohnung, die Zimmer und ihre Einrichtung genau in's Auge fassend).

Er bedauerte dies alles jetzt beinahe, in einem gewissen Sinne. Hätte er nicht solchermaßen, nämlich durch das Bringen von Büchern, den Doctor Schajo zu einer freundlichen Gegenleistung veranlaßt, dann wäre die Überreichung des Vischer'schen Fundamentalwerks um acht Uhr morgens ein aufschlußreicher und fast eindeutiger Akt geworden.

Nun platzte Horn mit seinem durch Zileks Zurückhaltung noch um einhundert Mark erhöhten, und also schon enormen Angebot heraus.

Zilek nahm an. Horn zahlte. Dann sagte der Professor im Plauderton:

»Ich glaube, wir haben einen gemeinsamen Bekannten, Herr Oberlehrer...«

Er fiel also, Horn, obwohl schon herinnen, gleich noch einmal mit der Tür in's Haus. Er war doch ein dummer Hund, der Professor; bierehrlich, zahlungswillig, Brotlaib-Antlitz im Barte, schnaufender Bonhommist, Vater-Typus. Von der Wissenschaft erfüllt, hatte er unverzüglich in's Werk setzen müssen, was ihm vor kurzer Zeit erst eingefallen war: und das hatte dann einhundert Mark mehr gekostet. Überschlafen kam bei Horn gar nicht in Betracht. Nur gleich los, nur gleich wohlwollend überwölben! Dieser Mensch hatte vom gegenwärtigen wirklichen Stande der Sachen keine Ahnung. Und doch war er selbst eben vorhin noch vom Sachverhalt drohend überwölbt gewesen, wie von einem gewaltigen Überhang: die größte Gefahr und die größte Chance hatten über ihm und seinem unwissenden Haupte geschwebt.

Denn einerseits forderte ja der Paukbetrieb das Eingreifen von Hulesch & Quenzel geradezu heraus; und die Ordination mußte hochempfindlich sein für alle fein zilkenden Aktionen der Firma; obendrein war wohl – vorausgesetzt, daß die quenzlös aussehende Schwester Helga dem Institute wirklich angehörte – längst ein ausführlicher Bericht nach London abgegangen, zugleich mit dem Ersuchen um Weisungen. Hier konnten Katastrophen unvorstellbaren Ausmaßes eintreten.

Andererseits aber gab es keine Macht auf Erden, welche den Ausfall an Patienten, der durch die geheimnisvoll um sich greifende Behörden-Unempfindlichkeit (Anaesthesia officinalis) immer noch zunahm, in einem solchen Maße zu ersetzen imstande gewesen wäre, wie die Firma Hulesch & Quenzel: hier konnten die allerschwersten Wutanfälle ununterbrochen erzeugt und geerntet werden wie Zwetschgen im Herbst. Und dabei wurde man noch von den Beamten unabhängig.

Wir räumen ein, daß Horn, zum Unterschiede von Zilek, alles das unmöglich wissen konnte. Aber seine Überstürzung der ganzen Angelegenheit blieb doch an und für sich töricht. Dabei ging's ihm wie's angeblich und sprichwörtlich den dümmsten Bauern gehen soll, von denen es heißt, sie hätten die größten Kartoffeln. Dem Professor gelang also die Eingemeindung Zileks auf's beste; und zu dieser war es, das muß zugegeben werden, doch schon höchste Zeit.

Denn der Firma – wie wir Hulesch & Quenzel nun einmal kurz nennen wollen – diente man ohne festes Entgelt aus idealischen Gründen, ja, aus dem wahren Mittelpunkt der Seele: die Firma existierte für die ihr Angehörenden als Ausdruck von deren eigentlicher und innerster Lebensgesinnung. Gegen wen sich die jeweiligen Aktionen richteten, blieb im Grunde gleichgültig. Die Objekte waren vertauschbar (in diesem Sinne war's eben wirklich l'art pour l'art). Nur bei ›public life‹ und ›distractions‹ gab es mitunter von der Zentrale festgelegte Aktions-Richtungen. Allerdings blieb denkbar, daß man in London auf Grund von Schwester Helga's Informationen den Professor Horn für einen ›ernsten Mann‹, und die Pyschiatrie überhaupt nicht für ein Geschäft, sondern für eine ›schwere Berufspflicht‹ hielt.

Immerhin, die sogenannten Idealisten sind meist leichter bestechlich als materiell Gebundene, welche doch den gebotenen Vorteil ernsthaft abwägen gegen jenen, den sie bereits genießen. Der Professor aber hatte mehr Glück als Verstand. Zilek war für's erste und vorläufig eingemeindet.

Sogleich erhellte seine Vigilanz den neuen Aufgabenkreis.

Zilek hatte sozusagen Ordnung auf der Werkbank, wo seine Profit-Instrumente gereiht lagen.

»Ich glaube, wir haben einen gemeinsamen Bekannten, Herr Oberlehrer«, schnaufte also der Professor, »den Herrn Regierungsdirector Doctor Schajo.«

Sogleich wich Zilek zurück und besann sich nicht sofort auf den Regierungsdirector.

»Doctor Schajo ..., ja, das ist aber kein Patient von Ihnen, Herr Professor ...?«

»Nein, nein – sozusagen im Gegenteile«, bemerkte Horn in dummer Weise.

»Wieso – im Gegenteile, Herr Professor?«

»Ja, sehen Sie, werter Herr Oberlehrer, dieser Mann besitzt von Natur aus Fähigkeiten und Wirkungen, die für einen Arzt, besonders meines (hm) Faches, von unschätzbarem Werte wären, ja, die eigentlich oft mit (hm) wissenschaftlichen Mitteln (piep!) kaum ersetzbar sind ... Ich möchte sagen: calmierende Wirkungen. Es sind vorwiegend Nervöse (hm), die ich hier in meiner Privatordination (piep!) behandle, Menschen, die unter schwerem Ärger leiden (hmm, schwwmm, hm), unter Empfindlichkeit diesbezüglich ... Nun also, unser verehrter Herr Regierungsdirector Doctor

Schajo hat die Gabe, sich auf derlei Personen in der vorteilhaftesten Weise auszuwirken, ich meine therapeutisch vorteilhaft, ja sogar auch schon diagnostisch, wenn Sie wollen; denn bevor der Patient sich nicht einigermaßen beruhigt hat, kommt man ja an so einen Fall gar nicht heran . . . . .«

Wir haben hier das akustische Gesamtbild bei den ersten Sätzen, die Horn sprach, vollständig wiedergegeben; jedoch er piepte und schnaufte auch bei den übrigen.

Zilek war ein klarer Kopf. Klar wie ein kaum eine halbe Hand tiefes Bächlein, auf dessen Grunde man jeden Kiesel sehen kann.

Zilek war ein klarer Kopf und hielt Ordnung auf der Werkbank des Profites.

Es gehört zu einem solchen Kopfe, daß er den Punkt, wo der Profit sitzt, immer als ersten in der Außenwelt wahrnimmt.

Und es gehört zu Zileks persönlichem Schicksal, ja, es ist geradezu ein Ausdruck von dessen Bahnelementen, daß er sich jetzt erst ganz genau und im Einzelnen an jene Äußerung Doctor Schajo's erinnerte, die dieser beiläufig getan: daß ihm nämlich richtig erscheine, quälenden Ärger durch eine Art Blitzableiter zu beseitigen, und so weiter – ein Äußerung, der Zilek damals (im Café) ja nur insoferne Beachtung geschenkt hatte, als sie gegen eine Zugehörigkeit zur Firma sprechen mochte; jetzt aber schienen ihm die Andeutungen des Regierungsdirectors hintennach doch ganz offenbar nicht nur auf eine genauere Kenntnis solcher Sachen, sondern sogar auf das Vorhandensein irgend einer darauf bezüglichen Methode hinzuweisen!?

Und schon schnappte bei Zilek die richtige Weiche ein. Noch wußte er nichts. Aber er würde alles, auf diesem Geleise sich fortbewegend, erfahren. Daran zweifelte der Oberlehrer gar nicht mehr. Für Seelenkundige sei hier angemerkt, daß er im Augenblicke an Doctor Schajo's Wohnhaus draußen im Villenviertel dachte, an den Zugang, an die Lage der Zimmer im Verhältnis zur Straße und zum Garten, was alles er sich ganz genau gemerkt hatte: und eben das befriedigte ihn jetzt sehr.

Sie waren in irgendeiner Weise Konkurrenten, der Professor und der Regierungsdirector: so weit hielt Zilek bereits. Das war seine Grund-Auffassung. Und er nahm jetzt schon seine Stellung ganz klar: einmal eingemeindet, ergriff er die Partei Horns, und beschloß, sich gegen Doctor Schajo gebrauchen zu lassen (bei einer bloßen Lärm-Miete konnte es dann allerdings nicht bleiben!)

»Sie meinen also, verehrter Herr Professor«, sagte er, »daß ein Mann wie Doctor Schajo sich zum Arzte, und besonders zum Seelen-Arzte, in hohem Grade geeignet hätte?« (Gleichzeitig dachte Zilek noch bei sich: Das Erkennungszeichen nehme ich einfach als nicht in gehöriger Form gegeben!)

»Zweifellos«, schnaufte Horn, »ganz ohne Zweifel. Er hätte seine Methoden hervorragend ausgebildet.«

»Merkwürdig genug«, meinte Zilek und ließ das Folgende beiläufig fallen, »er hat sogar mir gegenüber einmal bezüglich solcher Methoden eine Andeutung gemacht.«

Ein Brotlaib ist nun einmal ein einfaches und offenehrliches Ding. So auch das Antlitz Horns. Seine Überraschung puffte aus allen Fältchen und sträubte die Barthärchen, ja, sie blies ihm geradezu die Backen auf.

»Ah – was Sie nicht sagen!« platzte er heraus. »Aber, aber – das ist ja hochinteressant! Und Ihre Meinung, Herr Oberlehrer, Ihre Meinung bezüglich der Methoden des Herrn Doctor Schajo?«

»Ich kenne ja diese Methoden gar nicht.«

»Aber – es wäre doch möglich, sich unter Umständen zu informieren; es wäre Ihnen sicher schon möglich gewesen, da Sie den Herrn Regierungsdirector Jahr und Tag kennen!«

»Sicher. Aber ich habe mich nie dafür interessiert, Herr Professor. Ich bin ja kein Gelehrter.«

»Nun wohl, ganz richtig. Jedoch – wenn Sie gegebenenfalls, bei gegebener Gelegenheit, wenn Sie da also sich interessieren könnten ... Ich meine, der Gegenstand als solcher ist doch sicherlich auch für einen sogenannten Laien beachtungswürdig ...«

Wie anderen Menschen das Herz im Leibe hüpft, so rührte sich dem zahlungswilligen Wissenschaftler geradezu die Geldtasche im Rocke. Hier ging es zwar um sozusagen außermedizinische Methoden. Aber auch zu solchen hatte Horn eine Beziehung, wie schon bekannt, ja, fast eine Neigung dafür.

»Unter gewissen Bedingungen, Herr Professor, wäre ich gerne bereit, Ihnen alle Informationen zu verschaffen«, sagte Zilek in blanker, nunmehr abgehäuteter Schamlosigkeit.

»Ja, versteht sich, verehrter Herr Oberlehrer, versteht

sich! Sie müssen nur die Güte haben, mir Ihre diesbezüglichen Bedingungen...«

Man war bald einig. Horn zahlte zunächst einen Vorschuss. Der Rest sollte nach erbrachter Information eingehändigt werden.

Zileks Frau war fett. Sie konnte, hinter einer Türe stehend, zur Gänze nur erblickt werden, wenn man weit öffnete. Frau Zilek war hübsch, Puppenkopf, blond, auch das Fett rosig und sauber, schweinchenmäßig, zart und drall. Der Gesichtsausdruck stupsig und beispiellos unverschämt. Die Frechheit sprang daraus entgegen wie ein Gummiball.

Das Ehepaar lebte im besten Einvernehmen. Sie besprachen gemeinsam alle Angelegenheiten sehr offenherzig. Auch diesmal hielten sie es so. Der Oberlehrer lag auf dem Rücken im Bette.

»Du mußt dich einschleichen«, sagte Frau Zilek. »Sei es, daß Schajo dich einmal mit in's Haus nimmt, oder auch ohne sein Wissen; die Kenntnis der Örtlichkeit hast du ja.«

»Was mögen es für ›Methoden‹ sein?! Das kann man vielleicht ebenso gut im Café aus ihm herausbringen.«

»Hast du's schon versucht?«

»Natürlich nicht. Für mich bestand ja bisher nicht das geringste Interesse.«

»Aber du hast mir doch erzählt, er hätte einmal dergleichen geradezu erwähnt?«

»Nur andeutungsweise.«

»Und du bist garnicht weiter darauf eingegangen? Hast du gar keine Fragen gestellt?«

»Im Gegenteil. Ich sprach gleich von etwas anderem, wenn ich mich recht entsinne.«

»Das ist ein ausgesprochener Glücksfall. Er ist bei dir also auf Interesselosigkeit gestoßen?«

»Sie war sogar echt.«

»Um so besser. Das hat er natürlich gespürt. Es besteht also noch die Möglichkeit, diese Erkundung auf die beste Art zu beginnen. Das Terrain ist nicht verstellt von irgendeinem bereits bestehenden Argwohn bei Schajo. Trotzdem wird es bei diesem Kerl nicht einfach sein.«

»Das kann man wohl sagen.«

»Die Großen, Schlanken, Knotigen mit den tiefliegenden Augen sind immer sehr schwierig, diese Knöteriche. Außerdem sind sie obendrein meistens korrekt. Da ist nichts zu machen –«, sie spielte mit Daumen und Zeigefinger in jener Weise, mit welcher man Geld, Geldeswert und Geldzählen andeutet.

»Ein einwandfreier Beamter«, sagte Zilek.

»Das hat vielleicht der Horn auch schon bemerken müssen«, entgegnete die Gattin. »Der wieselt ja überall bei denen herum. Und eben deshalb ist er zu dir gekommen. Wer zahlt, der mahlt, könnte man hier sagen. Dem Knöterich werden wir's schon besorgen.« Sie schaltete das Licht aus. Ihr Bett krachte, während die beachtlichen Stockwerke ihrer Persönlichkeit sich zum Schlafen herumwandten.

Der Beutelstich ist eine Methode mittels derer man auch schwere Wut-Anfälle zum raschen Abklingen bringen kann; dies ohne bedeutende Kosten oder allzuviel Umstände, und obendrein in diskreter Weise und im eigenen Heim: alles zusammen machte den hohen Wert der Erfindung des Regierungsdirectors Doctor Schajo aus; er selbst bediente sich ihrer übrigens auch im Amte, und konnte es, weil ja ein so hoher Funktionär stets ein Arbeitszimmer für sich hat, dem noch ein kleineres Büro vorgelagert ist, welches die Anmeldungen eventueller Besucher entgegennimmt. Die Vorrichtung zum Beutelstiche ist nicht übermäßig umfänglich – etwa von der Größe einer Büro-Schreibmaschine, nur ein wenig langgestreckter, jedoch ganz wesentlich leichter. Doctor Schajo hielt einen solchen Apparat in einem seiner Aktenschränke unter Verschluss.

Es ist nicht bekannt, ob Regierungsdirector Doctor Schajo vielleicht einzelnen, in besonders bemitleidenswerter Verfassung befindlichen Parteien, welche bei ihm vorsprachen, die Benützung des Apparates gestattet und sie dabei eingewiesen hat. Die ganz offensichtliche Beruhigung und Entspannung gewisser Amtsgänger nach einer Vorsprache bei Doctor Schajo, welche für den Professor Horn einen Gegenstand so schwerer Sorgen bildeten, mögen mit Recht dem wohlwollenden und gelassenen Wesen des hohen Beamten allein zugeschrieben werden, und auch dem Umstande, daß er, eben von solchem Wohlwollen geleitet, manche drängende

Angelegenheit einer vorsprechenden Partei schneller und glimpflicher Erledigung zuführte. Was jedoch feststeht, ist – und dafür wurde späterhin Herr Zilek ein beredter Zeuge – daß Doctor Schajo, aus reiner Menschenfreundlichkeit handelnd und ohne je für sich aus alledem irgendeinen Nutzen zu ziehen, einer Anzahl schwer von der Wut bedrängter Personen Apparate seiner Konstruktion, die er nach genauesten Angaben bauen ließ, zum Selbstkostenpreise verschafft und sie im Gebrauch derselben unterwiesen hat. Er war ein im kleinen und anschaulichen Kreise und in aller Stille wirkender Philanthrop.

Was nun den Beutelstich selbst angeht, so wird er folgendermaßen bewirkt: auf einem festen Gestell, das zwei übereinander angeordnete Regale zeigt – ähnlich wie man's in Laboratorien für Probiergläser oder Eprouvetten hat – sitzen je eine Reihe grauer Lederbeutel, auf's prallste gefüllt mit roten Glasperlen allerkleinsten Kalibers, und durch Leisten fixiert. Jedes Beutels Bauch ist in der Mitte mit einem roten Ring bemalt, der den sogenannten ›Schmerzpunkt‹ umschließt und anzeigt. Aus den Beuteln stehen oben Stänglein mit Täfelchen hervor, die nach Bedarf beschriftet werden können, etwa: ›Außenhandelsstelle des Finanzministeriums‹; ›Rechtsanwalt Dr. N. N.‹; ›Paßamt‹; ›Devisen-Kontroll-Stelle‹; ›Finanzamt‹ – und so weiter, entsprechend den bestehenden Notwendigkeiten. Unterhalb der Regale befindet sich eine breite Rinne, ganz nach Art einer Dachrinne, aus vernickeltem Blech, dicht an's untere Regal anschließend; sie ist leicht geneigt und mündet in ein abnehmbares geschnäbeltes Sammelgefäß.

Der Beutelstecher nimmt ein einfaches Instrument zur Hand, welches, nebenbei bemerkt, an einem kleinen Haken hängend aufbewahrt wird, den man in eine der seitlichen Wände des Apparates zu diesem Zwecke eingeschlagen hat – es sollte auch nie vom Apparate getrennt werden, weil ein Suchen-Müssen unter Umständen sehr schädliche Folgen haben kann. Jenes Instrument besteht aus einer langen, dikken, am einen Ende sehr fein und spitz zugefeilten Stricknadel, deren anderes Ende in einen Holzgriff eingelassen worden ist.

Der Beutelstecher nimmt dem Apparate gegenüber Aufstellung und setzt die Spitze des Instrumentes mit einiger Anlehnung genau auf den ›Schmerzpunkt‹ des jeweils in Frage kommenden Beutels. In solcher Stellung nun regungslos verweilend gilt es, allen Grimm auf's Objekt zu sammeln, bis jener zu einem fast unerträglichen und nahezu erstickenden Maße schwillt: dann erst darf der Einstich erfolgen, welcher erfahrungsgemäß unverzügliche große Erleichterung bringt, die aber eine vollkommene erst beim Zurückziehen des Instrumentes wird, während gleichzeitig aus der gestochenen Öffnung ein dünner Strom roter Glasperlen sich klimpernd in die Rinne von Blech ergießt und in das Sammelgefäß abrollt, so lange, bis der Beutel erschlafft ist. Hat man nun die Öffnung des Einstiches mit Heftpflaster wieder geschlossen, so kann mittels des geschnäbelten Sammelgefäßes der zum Teil entleerte Beutel bequem nachgefüllt und sodann zu weiterer Verwendung wieder ordnungsgemäß bereitgestellt werden.

Die Wirksamkeit der beschriebenen Vorrichtung ist durch Doctor Schajo und seinen Kreis zahllose Male praktisch erprobt worden; auch wird hier niemand behaupten können, daß dieses System besonders kompliziert oder mit erheblichen Kosten verbunden sei: man denke da nur einmal vergleichsweise an die Methoden und schon gar die Honorarnoten des Professors Horn, der für eine einmalige Abpaukung 150 DM berechnete.

Eine Einschränkung allerdings muß gemacht werden: das Verfahren Doctor Schajo's war nicht neu. Es war eigentlich gar keine Erfindung des Regierungsdirectors, sondern nur eine Frucht der kulturhistorischen Gelehrsamkeit jenes hochgebildeten Beamten.

Der Beutelstich ist Jahrtausende alt. Die Wissenschaft kennt ihn: als ›Analogiehandlungszauber‹ und zwar als dessen mimische Form. Man schafft sich ein Bildnis der Person, gegen welche der Schadenszauber sich richtet, und durchbohrt es dort, wo der Betreffende erkranken soll; unter Flüchen und Sprüchen, versteht sich; und wenn ein Mord gewünscht wird: dann an der Stelle des Herzens. Das Bildnis brauchte keineswegs naturgetreu oder ähnlich zu sein; nur mußte es ausdrücklich benannt und gewissermaßen verteufelt getauft werden mit dem Namen desjenigen, dem man schaden oder den man umbringen wollte. Bei entsprechender Concentration des Geistes und saftigen Flüchen genügte es, drei Nägel in einen Baum zu schlagen: einer galt dem Kopf, einer der Brust und einer dem Bauche. In Deutschland hing

man zu den sogenannten finsteren Zeiten des Mittelalters einen beliebigen Rock auf, über welchem man den Namen eines zu Verprügelnden gesprochen hatte, und drosch ihn mit Haslingern: über den Träger des Namens, mochte er gleich fern sein, kam unversehens die ganze Jacke voll Haue.*
Das wär' was für den Doctor Döblinger gewesen, in den Besitz solchen Zaubers zu gelangen: hätt's geklappt, dann wäre die dumme Plombiererei gänzlich überflüssig geworden. Im übrigen erinnert sich der Verfasser aus seiner Kindheit, daß er und sein Lieblings-Schwesterchen, mit dem er zusammen aufwuchs, einen sogenannten Grimmbeutel im Gebrauche hatten. Es war ein mit irgendwelchem Zeug ausgestopfter Sack. Man warf sich gegebenen Falles auf ihn und drosch ihn, nicht ohne – und das erscheint hier als wesentlich – ihm vorher den Namen der Person zu geben, welche den Wutanfall hervorgerufen hatte.

Doch den Kern der Sache, des Beutelstiches also, bildet die Rachepuppe, welche man durchbohrte. Sie war meistens aus Wachs, und das Durchbohren geschah mit glühender Nadel unter concentrierten Verfluchungen. In der antiken Hochcivilisation, wo fast jedermann lesen und schreiben konnte, nahm man's mit der Namensgebung so genau, daß man die zu durchbohrenden Bildnisse beschriftete. Der römische Schriftsteller Apuleius** kennt solche Sachen, ja, man hat ihm vorgeworfen, daß er sie selbst praktiziert habe. Aus dem frühen Mittelalter überliefert unter anderem die Historia Scotorum des Boethius*** im XI. Buche einiges davon: ein

---

* s. Hanns Bächtold-Stäubli/Handwörterbuch des deutschen Aberglaubens, I. 394.

** Metamorphosen, im 3. Buche; auch in De virtutibus herbarum 7 (si quis devotatus defixusque fuerit in suis nuptiis etc.).

*** So, ohne jede weitere Hinzufügung, bei Bächtold-Stäubli l. c. I. 1293. Boethius? Man stutzt. Der Philosph? Anicius Manlius Severinus Boethius, den Theoderich der Große hat hinrichten lassen? Kann nicht sein. Migne, Patrologia Latina 63 hat am Schlusse dieses Bandes einen ganz detaillierten Elenchus über alle Schriften des B. Natürlich, wie auch garnicht erwartet, keinerlei Hist. Scot. Notabel ist Boethius von Dacien, † vermutl. vor 1284 in Italien, mit Simon, Martin und Johannes v. Dacien (was aber in diesem Falle Dänemark bedeutet!) die ›Modistenschule‹ der Dacier bildend. Das war keine Lehranstalt für Damen-Hutmacherei, sondern sie untersuchten die ›Modi‹, im grammatischen und im logischen Sinne (grammatica speculativa, sehr zu empfehlen!!!). Boethius v. D. hat viele Werke verfaßt, auch eines über den Traum, aber keine Hist. Scot. Der von Pfister gezeichnete Artikel bei Bächtold-Stäubli verweist auf: Meyer, Aberglaube 261 (I, 1297, Note 58). Einen Menschen namens Meyer ohne Vornamen zu zitieren, darf als inhuman bezeichnet werden. Der Bandkatalog der Wiener Universitätsbibliothek zum Beispiel hat 91 Großfolio-Seiten (nicht gerechnet die Ergänzungen am gewendeten Blatte!) mit Werken der Meyers. Also er heißt Carl; zitiert aber den Boethius auch ohne jede weitere Beifügung. Immerhin wird ein Pariser Druck von 1575 genannt. Die gute, alte Hofbibliothek in Wien, heute heißt sie Nationalbibliothek: wahrhaftig, sie hatte jenen Druck! Und so stellte sich denn heraus, daß dieses, nach Bächtold-Stäubli, bzw. Pfister, frü-

König ist schwer krank; in einem Schlosse werden eben damals zwei Frauen ertappt, von denen die eine des Königs Bild aus Wachs an einem Bratspieße übers Feuer hält, während die andere Zauberlieder singt. Nach Aushebung der Hexen wird der König gesund.

Von den großen Autoren des XIII. Jahrhunderts wird der Bildzauber durchaus zur Kenntnis genommen, wir lesen davon bei Berthold von Regensburg und Albertus Magnus. Am französischen Königshofe wurde er eifrig geübt und hieß hier envoû(l)tement (vom lateinischen invultare). Der Bischof Guichard von Troyes soll Johanna, Gemahlin König Philipps des Schönen von Frankreich, so haben ermorden lassen. In einem späteren Zeitalter schreibt auch Theophrast von Hohenheim (Paracelsus) darüber. Ja, noch im Jahre 1611 war es in Bayern offenbar nötig, ein Landgebot dagegen zu erlassen. Zu Ende des XVII. Jahrhunderts sollen Georg III. und Georg IV. von Sachsen durch Verbrennen einer Rachepuppe getötet worden sein. Alles in allem: die Fälle sind zahllos. Und die Literatur über den Gegenstand ist ohne Ufer. Wahrscheinlich wußte der Regierungsdirector Doctor Schajo weit mehr darüber als wir.

Aber der Leser möchte eben justament gerne wissen, was gerade wir eigentlich und ernstlich darüber denken, davon glauben. An dem Punkte jedoch, wo wir jetzt mit dem Leser in unserer Erzählung stehen, kann eine direkte Antwort darauf nicht gegeben werden. Und auch unsere spätere wird indirekt sein, wenn wir eine gewisse Scheidung der Geister beschreiben werden, die sich da vollzog. Eines aber schon jetzt und im voraus: wir halten's mit den Beutelstechern.

beste Beispiel aus dem Mittelalter, von einem Schulmann aus Aberdeen an der Ostküste Schottlands stammt, welcher in der ersten Hälfte des 16. Jahrhunderts gelebt hat, dem Magister Hector Boethius Deidonanus Scotus (die Universität dort ward 1494/95 gegründet). Er hat mehrere Vorreden zu seinem Werk geschrieben (Scotorum Historia, nicht umgekehrt!), datiert vom April und Mai 1526, die dann auch unserem ›Pariser Druck‹ – eigentlich nur verlegt in Paris, bei Jacobus du Puys, gedruckt aber in Lausanne – vorangestellt wurden. Nun wird der Magister Hector Boethius seine Geschichte von dem kranken König – Duffus hieß er – wohl aus irgendeiner alten Tradition gehabt haben; aber eine Quellen-Analyse steht hier aus, und als Beleg aus dem frühen Mittelalter kann man das nicht acceptieren. Die in Frage kommende Stelle bei Hector Boethius beginnt folio 221 unten. Bei William Croft Dickinson, A Source Book of Scottish History from the earliest times to 1424, London 1952, findet sich pag. 30 eine Stammtafel der frühen schottischen Könige, aber kein Duffus. – Der Ritt durch die 91 Großfolioseiten erbitterte. Die Werke der Meyers sind vielfältig; wir führen an: Ein Fall von statischem Reflexkrampf / Behandlung der angeborenen Elephantiasis / La Chanson de Bele Aelis par la trouvère Baude de la Quarière / Zur Casuistik des geheilten Pneumothorax / Die Meisterstücke der vorgoethischen Lyrik / Über die Gestalt von Druckflächen fester elastischer Körper / Werden und Wesen des Wiener Hanswursts / Die Dividenden- und Zinsengarantien bei Aktiengesellschaften, u. zhllse. a. m.

12 Das Smokingerl

Um die mit solchen kultur-historischen Abschweifungen verlorene Zeit wieder einzubringen, tun wir einen Schritt mitten hinein in jene Regierungsperiode Childerichs III., welche durch zunehmende Adoptions-Tendenzen und die entsprechenden Machenschaften gekennzeichnet ist.

Diese Machenschaften waren dem Majordomus Pépin übertragen.

Das Verhältnis der beiden zunächst voneinander ganz unabhängigen Männer hatte etwas merkwürdig Statuarisches. Man kann sich hier kaum anders ausdrücken. Sie redeten auch meistens stehend miteinander. Kein Liegen in Klubsesseln verführte zum Geplauder. Sie tranken auch zusammen: ebenfalls stehend. Dabei eine Entfernung von mindestens sieben Schritten zwischen sich lassend. Der durch Klingeln herbei gerufene Lakai – wer halt von den Leuten grad zum Servieren an der Reihe war, selten der Butler selbst – erschien in vorgeschriebener Weise bei der Tür, erhielt seinen Auftrag und erfüllte ihn korrekt: das Tablett mit Whisky, Soda, Gin, oder was eben verlangt worden war, wurde langsam und achtsam auf die Tischchen gesetzt, den beiden Herren die Gläser zur Hand gerückt und gefüllt. Dies kaum getan, aber rannte jeder Lakai mit plötzlicher und äußerster, ganz und gar ungebührlicher Schnelligkeit gestreckten Laufes hinaus. Dies Verhalten der Kerle hatte seinen Grund darin, daß Childerich III. die Gewohnheit angenommen hatte, Bediente, die nicht rasch genug verschwanden, in den Hintern zu treten, und zwar dermaßen kräftig, daß die Burschen bei der Türe hinausflogen. Sie taten's gern. Manche flatterten dabei noch zum Spaß flügelgleich mit den Rockschößen. Denn Bartenbruch'scher Lakai zu sein – es gab ihrer ja einen ganzen Schwarm – war nicht nur eine altersversorgte Lebensstellung, sondern die Gewähr dauernden Nichtstuns bei hoher Bezahlung. Die Mehrzahl heutiger Menschen würde sich unter solchen Voraussetzungen ohneweiteres in den Hintern treten lassen.

Die Gespräche oder Auftritte zwischen Childerich III. und Pépin (Pippin) entbehrten nicht gewisser Formen. So zum Beispiel ließen die beiden einander stets vollends ausreden; auch der Wüterich unterbrach Pépin niemals. Sie schleuderten einander oft lange Perioden entgegen, mitunter getrennt von Pausen vollkommenen Schweigens. Dann nahm jeweils der eine oder der andere wieder das Wort: wir verwenden mit Absicht solchen umständlichen Ausdruck, der zugleich andeutet, daß man vor dem Sprechen mit einer gewissen Besonnenheit zögert: dies selbst im Grimme. Sie blieben statuarisch. Sie nahmen das Wort. Dann ging dieses von ihnen aus, steigerte sich etwa, endete und schloß aber wirklich. Ihre Reden hätte man ohne weiteres in eine Geschichts-Darstellung nach dem Muster der antiken Autoren herein nehmen können, wo die Personen oft der Lage angemessene sehr ausführliche – allerdings von jenen Autoren erfundene – Reden halten. Mag sein, daß man früher in der Tat – das Wort nahm, redete und endete, während der heutige gesellschaftliche Gebrauch die gesprochene Sprache in unzählige Schnitzel, halbe und Viertels-Sätze, Interjektionen und Partikel zerrissen hat, die alle zusammen genommen noch nicht das Vehikel eines einzigen geraden Satzes abgeben können. Mag sein, daß man einst gebundener sprach. Wahrscheinlich auch seltener. Dadurch allein schon deutlicher. Und mit weniger Wiederholungen. Unter diesem Gesichtswinkel angeschaut, enthält vielleicht die dramatische Sprache unserer neuzeitlichen Klassiker viel verdeckten und unbewußten Naturalismus, der für eine noch ältere Zeit wohl möglich ein offener und wirklicher gewesen wäre. Und auch wir werden uns vom Naturalismus garnicht übermäßig weit entfernen, wenn wir einen der Auftritte zwischen Childerich III. und Pippin mit jenen dramatischen Mitteln wiedergeben.

Halle zu Bartenbruch
Childerich III. – Pippin

CHILDERICH
Was soll dies häm'sche* Grinsen? Grimms genung**
Ist aus der Zeiten Tiefe in mir angesammelt.
Du reize ihn nicht freventlich herauf!
Tust du es dennoch, nimmt er seinen Lauf.

---

* häm'sch = hämisch. Auslassung des Vocals wegen des Versmaßes. Der Verfasser war nie Theaterdichter und ist im dramatischen Verse nicht geübt.
** genung = altertümelnde Form für genug.

PIPPIN
Nichts da von Ham!* Ich lächle nur gefällig.
So Braut wie Oheim mache ich dir stellig.

CHILDERICH
Die hessisch Bartenbruch bei hohen Jahren
all' beide, Vater wie der Sohn, sie scheinen mir
den Plänen recht zu taugen, die ich hege.
Sind arme Schlucker und entfernt verwandt.
Du, Majordomus, schaffe sie zur Hand.

PIPPIN *schnell und mit Eifer*
Das tat ich schon. Du hast sie alsbald hier.
Es war nicht leicht. Zuletzt gelang es mir.
Ich war bei ihnen. Bot, wie du befahlst.
Sie kommen her: und hoffen, daß du zahlst.
Des Jüngern, Jochem, Tochter wird gleich mitgebracht.
Gefällt sie dir, ist alles abgemacht.

CHILDERICH
Nicht auf Gefallen kommt es an. Weit Höh'res
liegt mir im Sinn. Zunächst des Mädchens Bruder
werd' ich, von Jochem adoptiert. Sodann
erfolgt die Eh' mit einer Bartenbruch.
Es muß der Clemens drauf mein Vater werden.
Als Bruder meiner Frau werd' ich mein Schwager,
als meines Vaters Bruder flugs mein Ohm,
doch Neffe auch zugleich. So fügt sich alles
ohn' Ansehn der Person. Das Weib sei, wie sie sei.

PIPPIN
Doch fehlt ein trift'ger Grund vor der Behörde.
Wozu dies alles, und wem soll es nützen?
So fragen jene, die auf Ämtern sitzen.

CHILDERICH
Cui prodest? wird sich da wohl mancher fragen.
Doch muß ein Amtsgehirn hier glatt versagen.

PIPPIN *beiseite*
Mag sein. Jedoch, was mich hier deucht,
ist, daß mein eignes Hirn erweicht.

* Ham = Substantiv zu hämisch, heute ungebräuchlich.

CHILDERICH
Was murmelst'?!

PIPPIN
Nun, ich hab' so meine Sorgen.
Die Sache geht wohl kaum von heut auf morgen.

CHILDERICH *ergrimmend*
Sie muß. Mein Grimm wär' ohne alle Grenzen.

PIPPIN *bei jeder Entgegnung den Platz wechselnd*
Gut Ding braucht Weile. Übel Ding erst recht.

CHILDERICH *bei jeder Entgegnung den Platz wechselnd*
Du hüte dich, die Arbeit hier zu schwänzen.

PIPPIN
Mach' ich's zu eilig, mach' ich's eben schlecht.

CHILDERICH
Ich will Vollendung meines Werks. Sofort.

PIPPIN
Dafür zu müh'n mich, gab ich dir mein Wort.

CHILDERICH
Doch sind die Hessischen noch nicht zur Stelle.

PIPPIN
Sie kommen. Sei versichert. Und zwar schnelle.

CHILDERICH
nach einer Pause, mit allmählich wachsendem Fußwinkel
Kein Zögern duld' ich. Einsam ist die Absicht,
einsam erst recht die Tat, die keiner kennt.
Verlassen hab' zu innerst ich schon lange,
was man die Macht, was den Erfolg man nennt.
Nun wohl, ich strebt' nach Weibern, Kindern, Bärten,
doch wie im Rösselsprung und indirekt,
denn was ich wollte, was mein tiefstes Ziel,
ward mir von solchen Werten nur verdeckt.

Nicht Vaterschaft zuletzt ist's; nicht mich fortzusetzen.
Ein Mann von Macht ersetzt die ganze Menge.
Und wollt' ich einstmals mich daran ergetzen,
bracht' Schnippedilderich mich in's Gedränge.
Was ist getan, wenn eine Chronik rollt?
Was ist getan, wenn dann ein später Nachfahr
den Taten von Soissons Verehrung zollt?
Soll Tat-Gerassel immer weiter gehn,
am Orte tretend nur auf sich bestehn,
mit Zeugen, Sterben, mit Familien-Breite?
Gerade dies will ich zu Ende sehn!
Doch auf dem Kurz-Weg nicht. Wohl, er befreite
so manchen, und persönlich. In den Klöstern
als Mönch. Als Meister bei den schönen Künsten.
Doch war's Verrat am Blut und war nicht Herrentum.
Stammt wer aus einer adeligen Hürde,
er muß den Sprung in's Freie anders tun,
und nicht, indem der Sippe er entläuft,
und nicht, indem er ludert, hurt und säuft,
und nicht, indem er heftig sich kasteit,
und nicht, indem ein Werk ihn erst befreit:

mit 168°
– vielmehr durch Zeugung! Treib' ich auf die Spitze
das Eh'bettliegen und das Kinderkriegen,
hab' ich der Kinder schließlich zahllos viele:
man nennt es schwerlich mehr mit Recht Familie.
Es ist die Welt. Die Welt, und ich ihr Vater.

mit 175° bereits stampfend und im brüllenden Ton
In meinem Zeugungs-Grimm versinkt die Sippe,
und ich allein bleib' übrig in der Mitte.
Ein Abgrund öffnet sich. Vorüber ist die Pein.
Es schlingt mein Grund-Grimm die Familie ein.
Ich mußt' die Sachen auf die Spitze treiben,
und niemand wird mehr an der Chronik schreiben.

Pippin, der ihm sehr aufmerksam und mit zunehmendem Staunen gelauscht hat, verharrt schweigend. Childerich klingelt; Lakai erscheint neben der Türe.

CHILDERICH
Bring uns zu trinken, Lump.

LAKAI
Sehr wohl, Eur' Gnaden.
Lakai verschwindet, erscheint bald wieder, bedient beide Herren. Inwährend hört man von draußen Signalhorn und Geräusch eines vorfahrenden Wagens.

CHILDERICH *aufhorchend*
Was soll's?
Tritt den abgehenden Lakaien in den Hintern und schmeißt die Türe zu.

PIPPIN
      Sie sinds! Die Hessischen fürwahr!

CHILDERICH *mit Ernst*
Wohlan.
Lakai tritt wieder auf. Neben der Türe stehend.

LAKAI
      Mein gnäd'ger Herr, die hochgeboren
Freiherrn von Bartenbruch, Herr Clemens und Herr Jochem
sie sind soeben auf den Hof gefahren.
Die Herren wollen Euer Gnaden sehn.
Das gnäd'ge Freifräulein Ulrike ist mit ihnen,
doch zieht Ihr' Gnaden vor, zunächst zu ruhn,
so lang die Herren im Gespräch verweilen.

CHILDERICH
Wohlan, ich lass' die Herren herzlich bitten.
Lakai ab.
Zu Pippin mit Sammlung und nicht ohne Würde
Wer zahlen soll, der neigt zum Grimme.
Drum siehe zu, daß man mich nicht verstimme.
Doch bin ich auch bereit, mein Teil zu leisten,
wenn sich die Bursche nicht zu sehr erdreisten.

    Alsbald betraten die Bursche den Raum; ja, nicht einmal das; nur einer trat eigentlich; es war der Jüngere (78), der sich aber im Gehen leicht auf das vierrädrige Wägelchen stützte, in welchem seines Vaters (99) annoch lebendige Asche von einem Diener gefahren ward.
    Beide Reste, sobald sie in der Halle sich befanden, krächz-

ten unaufhörlich und ganz gleichmäßig genaue Bezifferungen von Geldbeträgen vor sich hin. Vater Clemens: »Hunderttausend D-Mark in vier Raten innerhalb von zwei Jahren«, und Sohn Jochem: »Fünfunddreißigtausend D-Mark sofort und bar.«

Sonst sprach niemand ein Wort. Childerich hatte von dem ersten Betrag kaum die Hälfte geboten. Sein Fußwinkel stieg leicht an, sank aber alsbald wieder ab: so groß war die Entschlossenheit des Merowingers, den gewählten Weg zu beschreiten und sich diesen durch ausbrechenden Grimm nicht selbst zu verlegen, daß die Welle der Wut in ihm verebbte.

Indessen ölte Pippin die Lage durch gewinnendes Lächeln. Allerdings war er gesonnen, das Geschäft zustande zu bringen, schon der Provision wegen, die ihm von den Hessischen für diesen Fall fest zugesagt war. Doch dahinter neigte er wohl eher dazu, alles Weitere durch Quertreibereien zu verhindern: die familiäre Totalität durfte Childerich keinesfalls erreichen. Schon hatte Pippin mit den Gegenkräften in der Verwandtschaft Fühlung. Die Parteien begannen auseinander zu treten (hier wird die Wurzel der späteren Revolte wiederum sichtbar). Bereits konnte man Merowinger und Karolinger gesinnungsmäßig unterscheiden. Der Merowinger gab's blutmäßig wohl etliche noch. Im Kampfe hatte man freilich nur mit Childerich III. zu rechnen. Das Ungetüm Schnippedilderich weilte zu Pippin's Glücke an der afghanischen Grenze. Gespannt war Pippin jetzt auf das Erscheinen Ulrike's. Er hatte sie in Hessen nicht zu Gesicht bekommen. War sie vor ihm verborgen worden? War sie etwa abscheulich?

Als das unaufhörliche Krächzen der Alten endlich aussetzte, nahm Pippin das Wort. Im Wäglein legte man ein kleines Totenhändchen an's Ohr, aber es zeigte sich später, daß die Asche des Clemens von Bartenbruch noch recht hellhörig war. Pippin sagte:

> »Man ist bereit, dir, Jochem, den Betrag
> von D-Mark fünfunddreißigtausend,
> wie es vereinbart, bar zu überreichen,
> mit Bar-Scheck, heißt das. Du erklärst
> dich schriftlich gleich bereit zu adoptieren
> und einverstanden jetzt schon mit der Brautschaft
> Ulrike's auch, als künft'ger Schwiegervater
> des hochgebornen Vetters Childerich.

> Du, Clemens, aber, der jetzt doppelt fordert,
> was wir geboten, wisse nun, daß wir
> auf sechzigtausend Mark hinaufzugehen
> nunmehr bereit sind: und sofort und bar.
> Die Raten mögen fallen. Auch mit dir
> wird unser Anwalt gültigen Vertrag
> alsbald erstellen: daß zu adoptieren
> du jederzeit bereit sei'st nach Inkasso.
> Zwar liegt die Sache hart am Rande dessen,
> was man so ›contra bonos mores‹ nennt,
> doch geht's noch eben durch. Besinnt euch
> nicht zu lang«.

Er hatte sich vor Erhöhung des Angebotes mit Childerich nicht einmal durch einen Blick verständigt. Dieser verharrte schweigend. Ebenso jetzt Jochem. Doch dauerte die Pause nur wenige Augenblicke. Dann krächzte und schnatterte es gleichmäßig und unaufhörlich aus dem Wäglein:

»Siebzigtausend D-Mark bar, siebzigtausend D-Mark bar, siebzigtausend D-Mark bar ...«

Aber trotz seines Gekrächzes hört' es Clemens doch, als Childerich, bei wieder ansteigendem Fußwinkel und den Bart beißend*, halblaut durch die Zähne zischte:

> »Du Schwein und Beutelschneider, altes Gift!
> Dich stopft' ich, wie du bist, in den Kanal!
> Doch bin ich deiner leider sehr benötigt!
> Drum wird es besser sein, wenn ich bezahl'!
> Wie wünscht' ich, daß dich alles Böse trifft
> und führst zur Hölle! Sollst doch solang leben,
> um mir den Vatersegen noch zu geben!
> Ich zahl' zehntausend mehr. Die Klippe sei umschifft!«

»Siebzigtausend D-Mark mit Bar-Scheck«, krächzte es sogleich aus dem Wägelchen, »einverstanden!«

»Einverstanden!« sagte Childerich, und danach in brüllendem Tone (mit 168°) zu Pippin: »Majordomus! Den Anwalt!«

Diesen, der bereits in einem der Halle benachbarten Raume gewartet, ließ man alsbald eintreten. Alle Papiere, die aus-

---
* Siehe Fußnote Seite 78.

getauscht werden mußten, waren von dem jungen und beweglichen Herrn Doctor Gneistl schon vorbereitet worden. Es galt nur, die ausgehandelten Ziffern noch einzusetzen und die Unterschriften zu vollziehen. Doch Childerich III. trat jetzt dazwischen und sagte beiseite zu dem Advocaten, auf das Wägelchen zeigend:

>>Dies alte Aas kratzt ab, der Kerl da erbt sein Geld.
Die Adoption durch Clemens sei vorangestellt.<<

Alsbald krächzte es aus der hellhörigen Asche:

>>Ich adoptier' dich auf der Stell'
und fahre dann mit dir zur Höll'.<<

So ward's denn beschlossen. In den nächsten Tagen schon sollte das Verfahren eingeleitet werden, das auch, wenn man die Adoption durch Clemens vorangehen ließ, besser angehen mochte, wegen des größeren Altersunterschiedes. Auf diese Weise mußte Childerich zunächst der Oheim seiner künftigen Frau werden (die er noch garnicht erblickt hatte! – >>Das Weib sei, wie sie sei!<<) um, nach der Adoption durch Jochem, sich in seinen eigenen Neffen zu verwandeln, zugleich, als Bruder der Gemahlin, in den eigenen Schwager. Die Cumulation familiärer Chargen war bedeutend. An Bärten blieb hier freilich nichts zu erben. Doch dieses Stadium war für Childerich III. überwunden.

Sogleich, nachdem die Sachen abgemacht, klingelte Childerich. Drei Lakaien betraten den Raum, Tischchen wurden gestellt, Gläser zur Hand gerückt, Whisky klukerte aus den Flaschen, Soda zischte. Alle Herren – Childerich, Pippin, Jochem, der Doctor – tranken stehend. Nur die hellhörige Asche blieb im Wägelchen, hielt ihr Glas mit zweien Totenhändchen, leerte es aber auf einen Zug. So dreimal. Childerich sprach dann zu seinen Knechten:

>>Wir sind bereit und hier versammelt,
das gnädige Freifräulein Ulrike
alsbald zu sehen: meld' Er, daß wir warten.<<

Der letzte von den abgehenden Lakaien, welcher sich wohl nicht genug beeilt haben mochte, erhielt von Childerich einen derart furchtbaren Tritt, daß er buchstäblich auf den Gang hinaus stürzte, wobei ihm das leere, schwere Silbertablett, welches er trug, klingend entfiel.

Alles verharrte danach stehend und schweigend. In der ausgedehnten Halle waren von den Dienern mehrere Lichter eingeschaltet worden, sie lag zum Teil erhellt. Der Doctor Gneistl hatte sich mit den unterfertigten Papieren zurückgezogen. Draußen war es noch nicht ganz dunkel geworden. Noch sah man die sanften, bewaldeten und heute noch wie einer anderen Zeit angehörenden tief in sich gekehrten Höhenzüge fränkischer Landschaft, die einst beim ersten Anblicke das Herz der ägyptischen Prinzessin erobert hatten. Gerade in der Mitte des einen der hohen Fenster stand fern eine Felsgruppe. Kein Räuspern und Platzwechseln geschah, niemand rauchte, niemand gebrauchte das Taschentuch.

Zwei Lakaien öffneten an der Schmalseite der Halle, die dort halb im Dunkel lag, die beiden Flügel einer hohen Tür. Sie stellten sich zur Seite. Zwischen ihnen trat alsbald Ulrike von Bartenbruch ein.

Was in ihr vorgegangen sein mag in diesen Augenblicken, welche uralten Türen in der Tiefe der Zeiten dort unten in ihr aufsprangen, halbverschüttete Gänge eröffnend, bleibt unergründlich. Auch hier hat es keinen Sinn herumzuschriftstellern, um ein monströses Faktum zur Not noch mundgerecht zu machen: sie fand, Ulrike, Wohlgefallen an Childerich III., ganz wie einst die Gräfin Cellé auf dem Rennplatze von Auteuil bei Paris. Diese allerdings hatte ihn damals noch ohne die bärtliche Vielfalt erblickt; während er heute ja wie aus einem Muffe heraus schaute. Und doch ward Ulrike sogleich von den zärtlichsten Empfindungen für dieses so haarige Wesen ergriffen. Nenne man's einen widerlichen Sachverhalt, suche man gleich greuliche Verkehrtheit dahinter, die aus uraltem Blute bei ihr stieg: genug, sie liebte ihn vom ersten Augenblicke an.

Keine Zeremonie geschah, keine Vorstellung erfolgte. Childerich ging ihr entgegen, erfüllt das Auge von ihrer weizenblonden Lieblichkeit und Schlichtheit, als sie nun in den Lichtkreis trat. Sie schwiegen beide und standen einander gegenüber. Von diesem Augenblicke an hatte Ulrike an sich keine Fragen mehr zu stellen, was bisher doch schon, und heftig, geschehen war: daß sie solchen Handel zugelassen und erduldet (denn von dem Handel wußte sie wohl!) um ihres Vaters und Großvaters willen und um denen zu helfen; und daß sie am Ende hierher gereiset war. Alles fiel jetzt dahin, alles fiel in einem Punkte zusammen. Ihr Auge ruhte auf dem schon zärtlich geliebten Männlein im Muffe. Ihre Arme waren leicht vor der Brust gekreuzt. Wie sie hier stand, diese bald Vierzigjährige, rundlich und fest, größer als ihr nunmehriger Bräutigam: sie glich einer Ritterin vom Lande aus alter Zeit. Und Childerich III. erkannt' es, überwältigt vom Glücke seiner blinden Wahl.

Furchtbar indessen ergeilte dort hinten im Lichtkreise Pippin, als er das Weib ersah. Tief in seinem haarigen und öligen Bewußtsein schürzte sich alsbald zum Knoten des festen Entschlusses, was in ihm grollte: niemals, so schwor er sich zu, sollte Childerich III. diese Frau als Gattin heimführen und besitzen. Der Karolinger erblaßte (palluit) bei solchen Vorstellungen.

Inwährend nahm Childerich das Wort und sprach:

»O Ulrike, tritt als Herrin
in dies Haus, das dich nur meint.
Sei nun seine neue Sonne,
die mir tiefbeglückend scheint,
bringe mir hierher den Frieden,
finde ihn zugleich für dich!
Was so lang mir ausgeblieben,
letztes Glück ist's ja für mich.«

Nun empfingen sie des Großvaters und Vaters Segen, knieten vor dem Wäglein. Die Asche sprach:

»Oh, daß euch der und jener ...
Segen zuteil werd', und ein Leben lang,
so füg' ich herzlich gerne Hand in Hand.
Sind wir erst hin, so habt ihr's noch bequemer.
Tritt her, mein Jochem. Segne diesen Bund,
leg' deine Hand auf diese Hände.
Die Sachen gehen ja doch bald zu Ende.
Wird man so alt, man kommt halt auf den Hund.«

Der knotige Jochem, dem's vielleicht nicht ganz lieb war, daß die Asche ihn sozusagen gleichstellte, was das Alter betraf, tat, wie ihn sein Vater geheißen. Von Pippin kam kein

Wort. Ganz rückwärts in der Halle, wo sich Wänzrödl, der Hofzwerg, irgendwo verkrochen haben mochte, hörte man diesen jetzt vor Rührung schluchzen.

Man ging zu ruhn. Drei Stunden nach den eben geschilderten Auftritten fand ein Familien-Diner statt, an welchem jedoch auch der Rechtsanwalt Doctor Gneistl teilnahm, der gleich, nachdem er sich beurlaubt, in seinen Wagen gestiegen und zur Stadt gefahren war, um in den Abend-Anzug zu schlüpfen. Auch die Asche ward aus ihrem Wäglein genommen und solchermaßen von einem Lakaien und zwei drallen Mägden bekleidet, die mit dem Kleinen viel Spaß hatten, während sie ihm das mitgebrachte Smokingerl, weißes Hemd, schwarze Masche und entsprechende Strümpfchen und Schühlein anlegten. Dazwischen lief er munter im Zimmer herum und erfrischte sich mit großen Mengen Kölnischen Wassers. Man sah da seine hohe Beweglichkeit und daß er sich wohl nur aus kindischer Bosheit in seinem Wäglein ziehen ließ, welches auch auf Reisen mitgenommen werden mußte. Es war Clemens von Bartenbruch ein sogenannter merowingischer Zwerg (ebenso wie Schnippedilderich ein Riese) und jetzt, im späten Alter, kaum mehr als 60 Centimeter hoch. Die Mägde waren von ihm entzückt und hielten ihn auf ihren Knien, während ihm die Strümpflein angezogen wurden, wobei er sich sogleich einige merkliche Übergriffe erlaubte, die großes Kichern hervorriefen. Auch fühlten sich die Mägde nicht wenig geehrt. Bei Tische – und freilich am oberen Ende der Tafel – saß der ehrwürdige Senior übrigens in einem jener langbeinigen Kindersessel, die es ermöglichen, daß auch ein kleines Geschöpf an einer Tafel essen kann.

Das Diner verlief solenn und normal. Hinter dem Sessel Childerichs durfte diesmal kein Lakai stehen, sondern nur der Hofzwerg Wänzrödl, der solchermaßen vorgeführt ward. Ulrike strich dem kleinen, alt aussehenden Wesen über den Kopf. Vielleicht erkannte ihr Herz die Treue des Geschöpfs zu seinem Herrn. Wänzrödl kniete nieder und küßte den Saum ihres Kleides. Pépin trank stark. Er verschwand hinter einer Wolke von Heiterkeit, für sich wohl Finsteres sinnend, während er die Conversation mit Späßen ölte. Beim Lachen schürzte sich stark seine Lippe über den oberen Schneide-Zähnen. Der Großvater aß in der Stille für zwei. Auch Jochem, der Knöterich, ward allmählich heiter. Um zehn Uhr zog sich das Fräulein von Bartenbruch zurück und ließ die bereits leicht angetrunkenen Männer unter sich. Der Großvater begann um diese Zeit schon leise und fistelnd vor sich hin zu singen.

Indessen hatten weitab, in der Trinkstube des Gesindes, vier Kerle auf ihre Art des gnädigen Herrn Verlobung gefeiert: Heber, der Zuchtmeister und Hausprofoß, Ignaz Burschik, der Orgelbauer, Wambsgans, der Koch, sowie Praemius van der Pawken, der Musikmeister. Man trank scharf, das heißt, nur starkes Bier aus hohen Krügen und Branntwein aus Zinnbechern. Jedweder hatte den Arm um die Hüften einer jungen Magd gelegt, während fünf Spiel-Leute mit eierförmig aufgetriebenen Backen von der kleinen Estrade herabdudelten. Dichter Tabaksqualm erfüllte den Raum.

Gegen elf, als die Spiel-Leute eben pausierten, und es für Minuten einmal still war in der Trinkstube – man sagt von solcher plötzlichen Stille in einer Gesellschaft, es flöge ›ein Engel durch's Zimmer‹, hier aber hatte sie nur die eine Ursache, daß man sich denen Weibern mehr zuwandte – wurden aus den näheren Zimmern im Diener-Flügel seltsame Geräusche bemerklich: Kreischen und Kirren, dazwischen ein ganz befremdliches Krächzen, am Ende aber eine dröhnende Lachsalve von Lakaien, die sich wie es schien, dort in größerer Zahl versammelt hatten.

Sogleich hob sich Heber vom Tische und ergriff den Rohrstock. Die Betrunkenen ließen aber die Spiel-Leute von der Estrade herabkommen, und so zog man hinüber, unter Vorantritt der dudelnden Musikanten, von Heber geführt, der mit senkrecht emporgehaltenem Stock den Takt schlug. Hinter ihm kam der übrige Haufe, Burschik, Wambsgans, Praemius und die vier Weiber.

Im Dienerflügel bot sich seltsamer Anblick, als die dichte Traube der Lakaien beiseite getreten war, die hier eine der Türen zu den Mägdekammern umlagerte. Die Musik brach ab. Heber, Burschik, Wambsgans, Praemius und die Weiber aber brachen in ein schallendes Gelächter aus.

Was man dort erblickte, spottete allerdings jeder Beschreibung. Zwei ältere, dicke Mägde, die eben beim Auskleiden gewesen sein mochten – beide hatten bloße Arme und Schultern – sahen sich von dem ebenso kleinen wie uralten Clemens von Bartenbruch bedrängt, der plötzlich bei der unversperrten Türe hereingelaufen war. Und nun hatten sie ihre liebe Not, aber auch ihren großen Spaß mit ihm. Er war kaum daran zu verhindern, mit dem Kopf im Hemdausschnitt der einen von den beiden gutmütigen Frauenzimmern zu verschwinden, während die andere ihn lachend ein wenig an den Beinchen festhielt.

Heber, nun einmal betrunken, zum anderen aber von der Größe dieses einmaligen Anblickes ergriffen, befahl sogleich der Musik wieder einzusetzen, was alsbald mit Beckenschlag und Trompetenstoß geschah. Dieses aber schien den Kleinen – der vorher die herankommende Musikbande garnicht beachtet hatte – durch seine Plötzlichkeit zu erschrecken: er sprang vom Schoße der Magd, schlüpfte blitzschnell zwischen allen an der Türe stehenden Personen hindurch und floh mit erstaunlicher Geschwindigkeit den Gang entlang gegen den Hauptflügel des Schlosses zu.

Alsbald war man hinter ihm her, da man zunächst befürchtete, er könnte über da und dort eingebaute Stufen fallen. Aber nichts dergleichen geschah. Der Kleine nahm die Stufen im Sprung, und schon entschwand er auch um eine Ecke.

Die Jagd begann, und die Schnellsten kamen voran, vor allem Burschik und etliche der jungen Lakaien und Weiber. Wambsgans freilich war nicht unter diesen Schnellsten. Mühsam und schnaufend schleppte er seinen schweren Speck, vom allgemeinen Gerenne mitgerissen, hinterdrein.

Inzwischen, bevor noch das Lärmen herandrang, war dem Hausherrn und seinen drei schon bezechten Tischgenossen im Speisesaale doch endlich die Abwesenheit des Großvaters aufgefallen, und sie schauten vor allem unter den Tisch, um zu sehen, ob jener vielleicht aus dem Sessel geglitten sei. Aber da war niemand. So stieg man denn hinauf in's Stockwerk und öffnete mit Vorsicht die Tür, vermeinend, der Alte habe sich vielleicht schon zu Bette begeben. Das Schlafzimmer war erhellt, das breite Bett geöffnet und leer, und daneben schlief im Armsessel eine dralle Magd, die der Großvater sich zum Auskleiden und zum Wärmen des Bettes bestellt hatte. Sie war im Warten eingenickt.

Als sie wieder hinab kamen, drang schon das Toben heran. Auf einem der hier sehr breiten Gänge eine Türe öffnend, erblickten sie nur für zwei Sekunden den Großvater, der blitzschnell an ihnen vorbeischoss, und hinter ihm kamen mit lautem Geschrei, ja, mit Johlen, seine zum Teile betrunkenen Verfolger (es hat das Fräulein von Bartenbruch diese Nacht zum großen Teil angstvoll im Schlafrock auf ihrem Bette sitzend verbracht). Der Doctor Gneistl wurde mitgerissen, ein sportlicher Mann, er setzte sich an die Spitze der Galoppade. Childerich und Pépin standen wortlos in der Gangtüre (nur Jochem flüsterte vor sich hin: »Ich hab's kommen sehen, ich kenne ihn«). Das Feld hatte sich in die Länge gezogen. Ganz zuletzt pfauchte Wambsgans wie eine Güterzugsmaschine vorbei. Da aber der breite Gang um das ganze Burgviereck lief, so mußten schließlich, bei so auseindergezogener Jagd, die Ersten auf die Letzten stoßen. Jene Ersten waren der Doctor Gneistl, ein Lakai und zwei Weiber. Ein Schrei des Erstaunens entrang sich ihnen und sie hielten an. Auf dem specknackigen, pfauchenden Wambsgans ritt jetzt wie eine Wäscheklammer Clemens von Bartenbruch, der schneller gewesen war als die Allerersten, und den Koch, welcher in seinem Fett und seiner Anstrengung und Aufregung garnichts davon bemerkte, von rückwärts im Sprunge geentert hatte: dies kurz nachdem sie noch ein zweites Mal an jener Gangtüre vorbei gekommen waren, darin die drei Herren nunmehr gänzlich sprachlos standen. Jedoch wußte Clemens sein halb betäubtes Reittier durch Ziehen an den Ohren und indem er ihm die Haken seiner Füßlein in die Seiten hieb, aus der bisherigen Rennbahn und über die Treppe nach oben und bis vor sein Zimmer zu lenken, wo er im Herabgleiten dem Koch einen Patsch auf den Rücken gab und ihm ein Goldstück in die Hand drückte. Gleich danach ließ er sich von der erwachten Magd entkleiden, mit warmem Wasser waschen, die wenigen Härchen am Schädel kämmen, und ging sodann mit seiner lebenden Wärmflasche zu Bette. Im Hause war der Lärm versiegt. Niemand kam herauf, niemand wagte ihn zu stören. Auf einem eigens mitgebrachten kleinen Kleiderbügel hing das Smokingerl, und die Schühlein standen darunter, auf spezielle Leisten gespannt.

13 Pépin

»Ein Teufel«, sagten alle am nächsten Tage, »ein Teufel!«

Ulrike von Bartenbruch hatte in ihrem Schlafzimmer gezittert – um Childerich III. – und nicht gewagt, die versperrte Türe zu öffnen. Seltsamen Trost bot ihr dabei doch, den getreuen Zwerg bei dem Bräutigam zu wissen.

Wie Childerich III. selbst sich verhielt, ist in hohem Grade bezeichnend. Ein merkwürdig bärbeißiges Lächeln im Muffe begleitete bei ihm die Vorgänge – auch als er zweimal den Großvater sausen sah – und folgte ihnen nach. Merowingischer Lebensgrund wurde in solchem Lächeln sichtbar und ein tiefstes Einverständnis damit.

Pépin jedoch zog von dem Augenblicke an, da er Ulrike erblickt, finstre Gewächse in seinem haarigen Innern. Allein das schon war nicht harmlos. Wir kennen seine universale Vigilanz. Sie war derjenigen Zileks nicht unverwandt. Jedoch, wenn dieser gleichsam von unten vigilierte und seinen Verstand recht lebhaft gebrauchte, so lag's bei Pépin gehöht, auf einer seigneuralen Ebene, und gewährte von da auch die entsprechende Übersicht.

Wollte er Childerich III. entmachten, so war dessen Wutanfälligkeit der Punkt für das Ansetzen des Hebels. Hierin sah Pépin schon recht. Doch gerade in diesem Punkte haperte es merklich, seit Ulrike in Childerichs Leben getreten war, und auch in deren Abwesenheit. Professor Horn ward nicht mehr besucht, auch nicht, wenn Childerich in seinem Stadtpalais weilte: das zeigte ein Verschwundensein der Wutanfälle untrüglich an. Gerade dem aber mußte abgeholfen werden. Darüber war Pépin sich bald im klaren. Man sieht, daß hier die Interessen des Majordomus und die des Psychiaters bereits zu convergieren beginnen. Doch konnte dies nur bis zu einer gewissen Grenze der Fall sein. Wir wollen diese die ›Internierungsgrenze‹ nennen. Horn benötigte den Childerich ja zur ambulatorischen Behandlung in der Privatordination. Denn so war aus ihm am meisten herauszuholen. Die Verbringung Childerichs III. in eine Anstalt mußte für Professor Horn eine schwere Einbuße bedeuten.

Dies alles erwog Pépin. Wie immer, so ruhig konnte es nicht mehr weitergehen. Daß bei Childerich anläßlich der schweren Exzesse des 99-jährigen Clemens von Bartenbruch kein Wutausbruch erfolgt war, wußte jedoch Pépin richtig zu deuten. Ein Hausmeier kennt seine Merowinger.

Freilich, an sich hatte Pépin durchaus kein Interesse daran, daß Childerich den Professor besuchte. Denn obwohl er Horn und seine Wissenschaft schon richtig einschätzte, blieb doch immer die Möglichkeit, zu erwägen, daß jener im Besitze dämpfender Mittel und Mittelchen sich befand, welche Childerichs Zustand unterhalb der Internierungsgrenze hielten: und daß der Professor es nur so und nicht anders wünschen konnte, war dem Majordomus ohne weiteres klar. Vielleicht jedoch, so dachte Pépin, weiß dieser Wissenschaftler einmal ausnahmsweise wirklich was: vielleicht kannte er, wenn schon kein wirkliches Heilmittel, so doch das wahre Gift für seinen Patienten, dasjenige also, was ihm am meisten schaden mußte, was die Wut zu ihrer äußersten Finsternis und den Grimm zur höchsten Schwellung bringen konnte.

Soweit Pépin. Wir wissen nun allerdings, daß der Professor sich gerade in bezug auf seinen einträglichsten Patienten, nämlich den Herrn von Bartenbruch, nicht im Besitze außermedizinischer Methoden ad hoc befand. Doch waren diese fehlenden Mittel von ihm nie eigentlich vermißt worden. Der Baron bot am allerwenigsten Anlaß, die Heilkunde auf den Kopf zu stellen. Die Kette schwerer und schwerster Wutanfälle hatte vordem bei Childerich III. noch nie eine dermaßen lange Unterbrechung erfahren wie die jetzige: sie bereitete dem Professor mindestens so große Sorgen wie dem Majordomus. Wo waren die Zeiten – man erinnert sich ihrer noch vom Anfange unserer fragwürdigen Berichte her – da man den Baron nach seinem Erscheinen in der Ordination erst durch Applizierung mehrerer kräftiger Ohrfeigenpaare überhaupt behandlungsfähig hatte machen müssen, um ihn sodann auf den Trab, soll heißen, auf den Wutmarsch mit rhythmisiertem Grimme zu bringen! Fünf zerschmetterte Figuren und ein initialer Fußwinkel von mindestens 120 Grad waren bei ihm das Gewöhnliche gewesen. Und nun blieb er gänzlich aus.

Es lag für Horn – nach jenem allgemeinen Rückgang seiner Praxis, von welchem wir erzählt haben – hier freilich nahe, an den Regierungsdirector Doctor Schajo zu denken (aber wie kam der zu dem Freiherrn von Bartenbruch?!). Um so dringender mußte er von Zilek Informationen erwünschen. Der aber hatte zwar sein Honorar, oder eigentlich nur einen Vorschuss darauf, bereits einkassiert, vermochte jedoch mit Nachrichten noch nicht aufzuwarten.

So standen die Dinge, als Pépin sich entschloß, dem Professor einen Besuch zu machen. Er hatte ihn, vor nun schon langer Zeit, bei einem Abendessen im Stadt-Palais Bartenbruch kennen gelernt, zu welchem der Gelehrte geladen worden war (sonst verkehrte Horn, wie wir wissen, vornehmlich in höheren Beamtenkreisen). Im Verlaufe jenes Abends war sehr scharf getrunken worden. (Praesente medico nil nocet.) Auf Childerich III. wirkten merkwürdigerweise geistige Getränke nicht excitierend. Er vertrug viel davon, trank übrigens immer mit Verstand, zudem sehr selten. Es war ungefährlich mit ihm zu trinken, obwohl da für's erste das Gegenteil wäre anzunehmen gewesen. Doch war der Baron in hohem Grade alkoholtolerant. Horn hatte das wahrscheinlich gewußt und sich deshalb nach jenem Diner sorglos betrunken, wobei seine paternelle, überwölbende, wohlwollend schnaufende Art die größten Dimensionen annahm, derart, daß geradezu eine Überflutung durch Behagen entstanden war. Pépin bedauerte es hintnach lebhaft, dem Gelehrten bei jenem Herrenabende nicht etwas hinter die Veste geschaut zu haben. Aufgeknöpft war er ja genug gewesen, in jedem Sinne. Aber es fehlte bei dem Majordomus damals noch eine konkrete Richtung des Interesses und damit auch der Forschung.

Jetzt fing's also wieder von vorne an, ganz conventionell und in aller Form. Man kann sich leicht denken, daß der Professor überglücklich war, als Pépin ihn telephonisch um eine Unterredung bat, wegen seines Vetters, des Herrn von Bartenbruch, wie er gleich sagte. Horn überwölbte ihn akustisch am Apparate, vor Besorgnis und Wohlwollen schnaufend; der Eindruck war so gewaltig, als sollten jeden Augenblick Bart und Brillen und die ganze Wissenschaft am anderen Ende des Drahtes aus dem Hörer hervorgekrochen kommen. Nun, es war ja das erste, wenn auch indirekte Lebenszeichen, welches Horn nach langer Zeit von seinem verschollenen einträglichsten Privatpatienten erhielt. Denn die ärztliche Honorar-Nota war längst beglichen worden.

Er bestellte den Grafen von Landes-Landen in seine Ordination, jedoch außerhalb der Sprechstunden und zu einer Zeit, da man sicher sein konnte, ungestört zu bleiben.

Schwester Helga empfing ihn. Sonst war niemand, außer Horn, in den weiten Räumen anwesend. Eine schwere, dicke

Welle von Bonhommie und besorgter Anteilnahme überschlappte den ›verehrten Grafen‹ (so ward unser haariger Finsterling angeredet), als er des Gelehrten Studierzimmer betrat. Dessen erste Frage galt dem Befinden des ›hochverehrten Barons‹ (nun, bei aller Hochverehrung, er hatte diesen recht saftig schon geohrfeigt, wie wir wohl wissen, aber eben ärztlich, dosiert, therapeutisch oder prophylaktisch, keimfrei von jeder persönlichen Invektive, oder wie oder was, würde Johann Nestroy sagen, und: 's ist all's nicht wahr!). Pépin, der ja beim Gehen sehr wenig Auf- und Ab-Bewegung zeigte, sondern wie auf einem Brettchen mit Rädern hereingerollt kam, hielt dieses Fahrgestell in der Mitte des Zimmers an und verbeugte sich zeremoniös. Nach langem, warmem Händeschütteln nahmen die Herren Platz. Schwester Helga servierte Sherry und zog sich zurück. Jedoch, wie wir gleich anmerken wollen, geschah das auf eine Weise, daß sie von nebenan jedem Wort der Unterhaltung folgen konnte, welche zwischen den beiden Herren geführt ward. Für solche Fälle war von ihr längst Vorkehrung getroffen, durch Entfernen der gelochten Deckel eines Austrocknungs-Kanales in der Mauer. Wir werden noch sehen, in welchem höheren, ja höchstem Interesse sie handelte: und keineswegs nur von Neugierde getrieben.

Pépin war inzwischen aus dem Horn'schen Schwalle des Wohlwollens wieder emporgetaucht. Auch gelang dem Arzte nur unvollkommen, ihn zu überwölben, weil eben der Karolinger kein Patient war. Wie fern lag doch jedwede sinnlose Wut der still in sich selbst ölenden Art des Majordomus! Wohl vermocht' er zu hassen, zu ergeilen, zu neiden; aber alles schlug sich bei ihm in haarig hingesträhnte Pläne um, und die finsteren Gewächse seines Innern zog er bei stets wacher äußrer und äußerster Vigilanz.

Daß Horn ein dummer Mensch sei, hatte Pépin schon am Herrenabende im Palais Bartenbruch bei sich gedacht. Jedoch, auch einem dummen Menschen entreißt man nicht leicht ein Geheimnis. Wußte der Professor das Gift ad hoc für Childerich, so mußte ihm eine Brücke gebaut werden, über welche er kommen und es darreichen konnte, ohne daß eine auf den Kopf gestellte Heilkunde sich aufdecken und bekennen mußte. Der Schein ärztlicher Hilfeleistung war zu wahren. Pépin machte das so: er zeigte sich besorgt über die Wutpause, ja, geradezu über diese selbst, und sah in ihr keineswegs ein Anzeichen der Besserung, sondern ein Vorzeichen plötzlichen Ausbruchs von noch nicht dagewesener Schrecklichkeit.

»Als palliatives Mittel hab' ich vordem schon Einläufe empfohlen, Klystieren, wie man zu sagen pflegt, mit einem harmlosen calmierenden Beisatz«, sagte Horn, schnaufte und hantierte dabei mit dem Cigarren-Abschneider. »Etwa Kamillentee oder dergleichen. Regelmäßige und gründliche Entleerungen sind erfahrungsgemäß ein gutes Prophylaktikum gegen affektive Störungen und Beschwerden.«

Idiot! dachte Pippin. Hol dich der und jener, wenn du nichts besseres weißt als deine Klystierspritze! Horn schien ihn ja noch immer nicht zu verstehen!

Mit einem Fachmann muß man eben in seinem Idiom reden, und woher sollte der Graf von Landes-Landen dieses hier kennen? Zudem, für Horn war die Lage von unauflösbarer Gegensätzlichkeit: sein eigener Heilerfolg (so mußte er glauben) hatte ihn des Patienten beraubt, dessen er doch bedurfte. Worauf nun sollte er verzichten? Auf diesen, oder vielleicht doch lieber auf die Wissenschaft? Sie ließ ihn ja im Falle Childerichs im Stiche! Hier fehlten eben die Methoden ad hoc, die Möglichkeiten, affektive Erscheinungen zu regulieren und in ihrer Stärke zu modifizieren, mochten es gleich außermedizinische Methoden sein (wie bei den Amtsgängern und Amtsempfindlichen): ärztliche Methoden waren es im Grunde doch ... Und so fand er endlich hinaus, der Professor, beim richtigen Loch, eben als Pépin ihn für einen kompletten Idioten und Ignoranten zu halten begann.

»Jetzt versteh' ich Sie schon recht, verehrter Graf«, sagte er. »Sie meinen, in der Sprache der Wissenschaft ausgedrückt, die Anwendung einer provokativen Methode. Einmal zum diagnostischen Zwecke, gegebenen Falles dann als Ausgangspunkt für eine neue Behandlung.«

Na also! dachte Pépin. Aber es gab auch gleich wieder eine Enttäuschung. Horn verdüsterte sich plötzlich. Das brotlaibartige Antlitz schien noch größer und schwerer zu werden und der Bart wie kummervoll gekraust. Dann sagte er, und hielt dabei den Blick gesenkt auf seine Hand mit der Cigarre:

»Kennen Sie, verehrter Graf, einen Regierungsdirector Doctor Schajo und verkehrt dieser Herr im Hause des Barons?«

Pippin empfand einen wahrhaft giftigen Ärger über dieses neuerliche Abgleiten des Gelehrten vom erwünschten Thema; und jetzt zum zweiten Male, ebenso wie früher, als der Professor vom Klystieren angefangen hatte, dachte er: Idiot! Er hätte es noch mit viel mehr Überzeugung gedacht, wenn für ihn erkennbar gewesen wäre, welche unverzeihliche Dummheit, im Hinblick auf seine bedrohte Praxis, der Professor hier durch die Erwähnung seines gefährlichsten Konkurrenten beging. Horn sah jetzt selbst verdutzt und erschrocken drein. Er bemerkte wohl den begangenen Fehler. Es war ihm herausgerutscht. Wes das Herz voll ist, des geht der Mund über. Pépin aber, der wußte, daß der Gelehrte nur ein einziges Mal in das freiherrliche Palais war eingeladen worden, machte jetzt seinem Ärger Luft, indem er Horn gleichsam einen leichten Fußtritt versetzte; er sagte:

»Von jenem Herrn hab' ich nie gehört. Im übrigen verkehren im Hause des Barons im allgemeinen nur dessen Standesgenossen. Wollen Sie mir erklären, Herr Professor, was unter provokatorischen Methoden zu verstehen wäre?«

»Hm, schwmm, piep!« sagte der Gelehrte, an der Cigarre ziehend, »ich übe sie mitunter auch in der Ordination, jedoch nur um mich des Ergebnisses einer erfolgten Behandlung zu versichern, zum Beispiel durch Application eines kräftigen Zuges am Barte, bei gewissen Patienten. Aber in häuslicher Weise kann dies wohl kaum angewendet werden.«

Pépin glotzte ihn an. Für ihn bestätigte sich nur, was er schon oft hatte sagen gehört: daß alle Psychiater verrückt seien.

»Sie müssen auf den Fußwinkel achten«, sagte Horn.

»Worauf?!« rief Pépin.

»Auf den Fußwinkel«, wiederholte der Professor, zeigte ihm genau, was das sei, und fuhr fort: »Der Fußwinkel zeigt auch hoch-affektive Vorgänge an, die sich in anderer Weise noch nicht manifestieren. Besondere Beachtung ist andeutungsweise tretenden und stampfenden Bewegungen zu schenken, bei denen sich die Fußsohle noch in keiner Weise von der Standfläche löst. Dies ist bei allen Patienten solcher Art ein sicheres Anzeichen hochgestiegener Wut-Zustände, denen der eigentliche Ausbruch jederzeit folgen kann.«

»Und die provokativen Methoden?!« fragte Pépin mit Spannung.

Der Professor sah ihn verdutzt an. Plötzlich wurde ihm klar, daß er von diesem Manne bestimmt nichts erfahren würde, was für eine außermedizinische Vorbehandlung ad hoc und eine Regulierung der Wut dienlich sein konnte. Aber galt es nicht vor allem, den Patienten wieder in ambulatorische Behandlung zu kriegen? Und konnte nicht der Graf Landes-Landen durch sorgfältige Beobachtung von Childerichs privatem Leben auf den springenden Punkt kommen, wo man den Patienten hochgehen lassen konnte wie eine geladene Mine? Es galt, den Majordomus hiezu anzuleiten.

So fiel denn am Ende doch alles noch in's rechte Gleise. Freilich erkannte Pépin unzweideutig Horns Unwissenheit. Aber er hörte doch dessen Ausführungen genau an, über die bestehende Möglichkeit verschiedentlicher provokativer Versuche, unter stets genauer Beobachtung des Fußwinkels als Gradmesser für die Stärke des jeweiligen affektiven Effekts.

Als der Graf von dem Gelehrten sich verabschiedet hatte, läutete eben das Telephon. So konnte denn der Professor seinen hohen Gast nicht selbst hinaus begleiten. Schwester Helga übernahm dieses Amt. Sie schritten durch mehrere Räume. Im ausgedehnten Vorzimmer blieb die Ordinations-Schwester stehen und sagte zu Pépin:

»Ich besitze, Graf, das Mittel, dessen Sie bedürfen.«

Pépin hielt das Fahrgestell an und sah zu ihr auf. Schwester Helga überragte ihn fast um Hauptslänge. Ihre schmalgeschlitzten Äuglein hinter den Brillengläsern zeigten eigentlich keinen richtigen Blick, sondern nur die dünne und wässrige Substanz einer fast unbegreiflichen, alleräußersten Frechheit, und eine sanfte Befriedigung eben darüber.

Der Graf, im gleichen Augenblick die hohe Gefährlichkeit dieser Person erkennend, traute sich's doch ohne weiteres zu, für seine Zwecke von ihr den rechten Gebrauch zu machen, nicht ahnend freilich, an welche Macht er geraten war, und was eigentlich hinter dieser Schwester Helga stand.

»Ich bitte um Ihre Vorschläge, verehrte Schwester«, sagte er.

Sie trug ihm auf, innerhalb der nächsten Tage zu ermitteln, gegen welche Art von Gerüchen der Freiherr von Bartenbruch eine besonders starke Abneigung hege. Dies getan, möge er sie telephonisch verständigen. Damit reichte sie ihm ein Kärtchen, auf welchem ihre private Nummer stand.

14 Elemente und Sub-Elemente

Horn war schon lange vor Pépins Besuch zur Reihen-Behandlung übergegangen, am 1., 10. und 20. jedes Monates.

Den Childerich jedoch, wäre der vorhanden gewesen, hätte er ja, wie wir schon wissen, zunächst keinem seriellen Aggregate eingefügt, der Gefährlichkeit dieses Patienten wegen.

Horn hatte die Vorteile der Reihen-Behandlung für so groß nicht gehalten, wie sie dann sich erwiesen. Der Zeitgewinn war enorm. Er konnte nun sämtliche Spezial-Patienten in zwei Schichten vornehmen. Die eine lief vormittags ab, die andere nachmittags. Absolut genommen war, trotz des Rückganges, die Praxis immer noch stark frequentiert. Der Professor bestellte etwa zehn Personen gleichzeitig für elf Uhr vormittags und ebensoviele für vier Uhr nachmittags. Die Behandlung jeder Gruppe dauerte eine bis maximal zwei Stunden, den Aufenthalt im Ruheraume und das eventuell vorhergehende kalte Abspritzen mit konzentriertem Wasserstrahle (Hydrotherapie) eingerechnet. Jene ›Schottische Douche‹ hatte übrigens auch eine gewisse provokative Bedeutung. (Wir erinnern hier nebenbei daran, daß Gerhild von Bartenbruch Horns erster und letzter weiblicher Patient geblieben war.) Für die Rhythmisierung des Wutmarsches während der Percussions-Therapie hatte Horn ein Blas-Orchester gewonnen, das mit fünfundzwanzig Mann auf soliden und bequemen Hockern in einem der groß dimensionierten Räume saß, und zwar hinter dem Figurenzimmer, bei offenen Flügeltüren, jedoch durch einen Vorhang unsichtbar gemacht. Es war eine sogenannte ›Dachauer Bauern-Kapelle‹. Das gleiche Musikstück wie eh und je blieb in Übung: der Krönungsmarsch aus der Oper ›Der Prophet‹ von Giacomo Meyerbeer. Die Dachauer spielten dieses Stück mit dem vollen Glanze des Blechs und dem erzenen Klange der Posaunen und Trompeten. Es war eine sehr gute Kapelle.

Erwägt man die große Zeitersparnis, die durch Simultan-Behandlung in der ›Horn'schen Reihe‹ erzielt werden konnte, so wird nebenhin sofort klar, welche äußerst schwere Arbeit der Professor bisher alle zehn Tage auf sich genommen hatte, allein und im Einzelmarsch jeden Fall gesondert seiner Percussions-Therapie unterziehend. Es ist wirklich das ungeheure Maß sozusagen ehrlicher Mühe und Arbeit kaum glaublich, das mitunter bei Humbug und Schwindel geleistet wird. Ja, wir halten solche enormen Energie-Aufwände für eines der Charakteristica unseres Zeitalters, dessen gewaltige Kräfte vielfach auf diese Weise glücklich verpuffen.

Die Ordination war ja bisher schon recht lebhaft gewesen. Man denke an den prophylaktischen Ohrfeigen-Hagel, der mitunter dem Childerich appliciert werden mußte, oder an jene provokativen Bartrisse nach der Percussions-Therapie, wie sie Bachmeyern nicht selten widerfuhren. Aber was sich jetzt, beim geordneten Massen-Auftritt, abspielte, ließ doch alles frühere weit hinter sich. Täglich erschienen, genau eine halbe Stunde vor dem Eintreffen der Patienten, also um halb elf und um halb vier Uhr nachmittags, zwanzig Personen, wovon die Hälfte auffallend hübsche, junge Damen waren, die andere Hälfte kräftige, junge Männer: alle zwanzig Studenten der Medizin. Zu den ersten zwei oder drei Reihen-Behandlungen kam auch noch der Doctor Willibald Pauker, selbst Dozent der Psychiatrie, Horns bewährter Oberarzt an der Klinik. Die Zeit, bis die Patienten klingelten, wurde zu einem kurzen Durchsprechen der heute zu behandelnden Fälle und der bisher bei der seriellen Behandlung gemachten Erfahrungen genutzt.

Jedes Element in der Reihe war dreigliedrig: Zangenführerin, Patient, und hinter ihm der Applicator. Es setzten sich also jedesmal, wenn die Musik mit dem Krönungsmarsch aus Giacomo Meyerbeers Oper ›Der Prophet‹ begann, dreißig Personen in Bewegung, zwanzig davon normalen Ganges und Auftrittes; die zehn Patienten jedoch, zumindest bis der Umgang den Figurentisch hinter sich hatte, mit dem ihrem meist sehr gehöhten Fußwinkel entsprechenden Stampfen. Dieses, zusammen mit dem Schmettern der Bläser und dem Krachen und Splittern zu Boden geschleuderter Figuren, ergab schon einen ganz gewaltigen Lärm. Es hieß da seinen Kopf beisammenhalten, wollte man in diesem Toben die Fußwinkel der Bepaukten immer genau beobachten und, je nachdem, ob jene wuchsen oder schwanden, die Stärke der Application und die verwendeten Instrumente richtig verändern. Bei alledem galt es noch, jede De-Rhythmisierung unbedingt zu vermeiden. Hierin hatten es die jedem Element gleichsam voranschwebenden Zangenführerinnen besonders schwer, da sie ja halb nach rückwärts gewandt sich bewegen mußten. Horn und Schwester Helga eilten ständig hin und her die Reihe entlang, um die Fußwinkel und die Applicationen zu überwachen und den Studenten als Applicatoren – denen ja noch jede Erfahrung hierin fehlte – entsprechende Anweisungen zu erteilen, wie etwa: leichter! stärker! Hämmer! Klöppel! Die Applicatoren trugen sämtlich große weiße Schürzen, aus deren zahlreichen Gürteltaschen die Handgriffe der benötigten Schlagwerkzeuge bereit hervorstanden. Auch beim Wechsel der Application bestand Gefahr der De-Rhythmisierung. Horn hatte für die ersten Reihen-Behandlungen nicht gleich zehn Patienten bestellt, auch durchgehends harmlosere Fälle gewählt. Doctor Pauker, der ursprünglich als Applicator in Element 1 gegangen war, wurde von Professor Horn bald gebeten, ihn lieber beim Überwachen der Gesamtreihe zu unterstützen (Horn fühlte sich dabei anfangs garnicht recht sicher!). So stellte man einen älteren Studenten an Doctor Paukers Platz und ließ die Zangenführung bei diesem Elemente (Bachmeyer) für's erste durch Schwester Helga besorgen, welche ohne jede De-Rhythmisierung meisterlich-tänzerisch dem Zuge voranschwebte.

Der therapeutische Erfolg steigerte sich durch die Behandlung in seriellen Percussions-Elementen bedeutend, ja, in einer Weise, die Horn keineswegs erwartet hatte. Patienten fielen aus, sandten Dankschreiben, bezahlten ohne weiteres ihre hohe Nota, bezeichneten sich als geheilt. Und in Dankesbriefen von Töchtern, Söhnen, Gattinnen, ja, von Untergebenen, Angestellten und Hausdienern wurden solche Heilungen bewundernd bestätigt. Es mag wirklich sein, daß durch die gewaltige Rhythmik der Reihe – das ›Reihen-Pathos‹, sagte Doctor Pauker einmal – Wut und Grimm besser zum Durchkochen kamen und bei donnerndem Auftritt und enormer Transpiration gleichsam ausgeschwitzt wurden. Jedenfalls sah sich Professor Horn, der jetzt wie noch nie möglichst vieler Patienten bedurfte – und nicht nur aus lukrativen, sondern diesmal aus methodischen Gründen – in einem oder dem anderen Falle genötigt, mit gewissen Ämtern, bei welchen einzelne seiner Patienten vorzusprechen hatten, telephonische und schnaufende Rücksprache zu nehmen. Das feine Zilken der Behörden blieb denn auch nicht aus, es erfüllte seinen Zweck, und der Fall ging dem Professor nicht verloren.

Zwei von diesen Personen jedoch, von denen Horn mit Sicherheit wußte, daß sie in jenem Amte erscheinen mußten, welches von dem Doctor Schajo geleitet wurde, waren als Patienten nicht mehr in die Ordination zurückzuholen. Es versagten hier die außermedizinischen Methoden ad hoc.

Wieder fiel der lange Schatten des Regierungsdirectors über Horns methodisch neu befeuerte Wege.

Wo blieb Zilek?

Ja, wo blieb Zilek! Und wo blieb der Doctor Döblinger? Aufgetümmelt, ausgefressen, trefflich schlafend, früh auf, bombastisch frühstückend, weder vormittags, noch nachmittags daheim – aber vielleicht doch in jenem sagenhaften wissenschaftlichen Institute tätig, dem er angeblich als Mitglied angehörte? Ja, Schnecken! Campings? Fußmärsche? Wo trieb der Kerl sich herum, bei sotanen gebesserten Verhältnissen, bei Lärm-Miete (bei sehr erhöhter sogar!) und einem neuen Verlagsvertrag? Die Lärm-Miete war demnach sozusagen ein Schlag in's Stille, in eine leere Wohnung?!

Noch niemals hatte der Doctor Döblinger während der letzten Monate einen 1., 10. oder 20. daheim verbracht, noch nie einen Horn'schen Pauktag ob seinem Haupte erlebt. Als es aber doch einmal so weit kam, und er daheim blieb, vielleicht sogar aus Neugierde: da war der Professor längst zu voller Reihen-Behandlung übergegangen.

Von der Wohnung des Doctors Döblinger hörte sich das ungefähr an, als sei man unter den Bauch der Hölle gekrochen.

Das Toben war so urgewaltig, daß Döblinger an diesem Exzesse Gefallen zu finden begann. Ein großer Kristall-Lüster (er gehörte zu den anderen kostbaren Altertümern, die Döblinger hier für die Aufkäufer in seiner Wohnung bewahrte) schwankte und blinkte und klingelte mit allen seinen geschliffenen Facetten, als die Reihe drüber hinwegzog. Jetzt schmetterten die Figuren. Erst als diese Kanonade vorüber war, vermochte der Doctor Döblinger das dauernde Schrillen der Klingel an seiner Wohnungstüre überhaupt zu hören. Es trat sehr allmählich in sein Bewußtsein, denn bisher hatte es nur wie ein Zirpen geklungen.

Er stand in der Mitte eines der großen Räume unter dem langsam auspendelnden, glitzernden Lüster. Noch schmetterten die Bläser. Jetzt fuhr er zusammen, raffte sich aus seiner

Betäubung, ging hinaus und zur Türe und öffnete sie zum Spalt. Durch diesen konnte er den Oberlehrer Zilek zur Gänze erblicken.

»Also jetzt erleben Sie's einmal, jetzt erleben Sie's einmal!« flüsterte Zilek. »Früher war das noch garnichts! Es hat sich vervielfacht!«

»Man merkt's«, sagte Doctor Döblinger und bedeutete dem Oberlehrer, einzutreten.

Blasen, Pauken und Donner des Wutmarsches hatten bereits geendet, als sie in Döblingers Räume kamen. Man hörte zwar von oben viele Schritte. Aber das wirkte jetzt verhältnismäßig wie vollkommene Stille.

»Früher ging's von drei bis sechs Uhr, an den gewissen Tagen, oft noch länger. Jetzt beginnt's um elf und um vier Uhr, und ist bald vorbei: aber welch' ungeheuerlicher Krawall! Das war ja früher garnichts dagegen! Ich kenn' die Ordinations-Schwester von dort oben. Sie hat mir einmal die ganze Methode erklärt.«

»Der Kerl verdient viel Geld damit, sagt man mir«, bemerkte der Doctor Döblinger in mürrischem Ton.

»Und das können wir auch!« fiel Zilek sofort ein. »Und auf seinem Buckel. Deswegen bin ich zu Ihnen gekommen, Herr Doctor.«

Döblinger sah ihn nachdenklich an. Es schien, daß er garnicht ungewillt war, solchen Erörterungen näher zu treten; und das drückte sich zunächst schon durch sein Herbeiholen einer Cognac-Flasche und zweier Gläser aus. Er schob dem Oberlehrer eine metallene Cassette mit Cigaretten zu.

»Wie stellen Sie sich das eigentlich vor?« fragte er dann.

Sogleich nachdem Zilek dem Autor seinen Plan ausführlich dargelegt und Döblingers Zustimmung erhalten hatte, schritt er an's Werk, die Sachen selbst in die Hand nehmend, denn von der Aktivität eines Literaten in äußeren und praktischen Dingen schien er keine hohe Meinung zu haben, und setzte eine solche Aktivität überhaupt nicht voraus.

Wollte man nach Rezept und Rhythmus des Professors und unter der von ihm beigestellten Musik (letzteres war besonders wichtig!) selbst ordinieren, so galt es vor allem, die auf Kurpfuscherei bezüglichen Paragraphen des Gesetzes zu umgehen, denn weder der Doctor Döblinger noch Zilek besaßen ja ärztliche oder heilpraktische Befugnisse. Der sicherste Weg war die Gründung eines Vereines, was ja bekanntlich und leider jedermann frei steht.

So kam es denn zur ordnungsgemäßen polizeilichen Anmeldung des ›Vereines für rhythmisch-richtiges Gehen und Herren-Neogymnastik‹. Antragsteller waren Doctor Döblinger (Doctor phil., ausdrücklich!) und Reinhold Zilek, Oberlehrer i. R., Sitz des Vereines: unter ihrer Anschrift. Die Zusammenkünfte wurden genau zeitlich angegeben: jeden 1., 10. und 20. des Monates von vier bis sechs Uhr nachmittags. Die Sache war vollends unverdächtig.

Zilek ging alles rasch und scharf an, nicht nur ein vigilanter, sondern auch ein expeditiver Mensch. Bei Installierung der Sub-Ordinationen in Doctor Döblingers und seiner eigenen Wohnung (auch sie schallte und bebte nur so, wenn die Dachauer spielten) gab es garnicht wenige Einzelheiten, die in's Auge zu fassen waren. Vor allem mußte der Wut-Weg genau festgelegt werden, was einige Beiseite-Stellungen von Möbelstücken erforderte, auch um für den Figurentisch Platz zu gewinnen und einen genügend breiten Um-Gang zu schaffen: denn, ganz wie bei Horn im darüber liegenden Raum, sollte hier die Reihe ihre Kehre machen und zurückgeleitet werden. Nur brauchte man im nächsten Zimmer kein Orchester sitzen haben; ein solches bezahlte ja Horn. Auch sonst gab es natürlich einige weitgehende Vereinfachungen. Man entschied sich von allem Anfang an für eine simplifizierte Horn'sche Reihe mit eingliedrigen Elementen (man müßte sie hier in der Sub-Praxis eigentlich Sub-Elemente nennen). Jedes Sub-Element war zugleich als Applicator für das vor ihm marschierende gedacht. Appliciert wurden normale umwickelte Paukenschlögel, wie man sie in jedem größeren Orchester sehen kann. Die Application sollte variieren nur hinsichtlich der Intensität, bei gleichbleibender Instrumentalqualität (es ist überaus merkwürdig, daß Zilek, kaum daß man die Sache begonnen hatte, in eine Art Fach-Kauderwelsch verfiel, das er zum Teil wohl selbst erfand; einige Ausdrücke mochte er immerhin von Schwester Helga bezogen haben). Der Oberlehrer, welcher von Doctor Döblinger entsprechende Vorschüsse erhielt, beschaffte alsbald alles, zunächst zwölf Paar Paukenschlögel für jede der beiden Sub-Ordinationen und je dreißig Gipsfiguren. Diese waren von so außerordentlicher und tiefsitzender Scheußlichkeit, daß der Doctor Döblinger, nachdem sein Figurentisch damit besetzt worden war, nachdenklich und genießerisch-schaudernd um diesen herum ging. Eine von ihnen hieß ›Der Herzenskoch‹. Es war eine beliebte Figur. Sie stellte eine Amorette dar, die ein rotes Herz am Bratspieß hielt. Der Gesichtsausdruck dieses Liebes-Engelchens aber war von einer derart abgründigen und schweinischen Ordinärität, daß sich der Doctor Döblinger daran nicht sattsehen konnte. Die Figur wurde übrigens bei der ersten der Sub-Ordinationen in seiner Wohnung bereits zerschmettert, aber von ihm immer wieder neu angeschafft.

Als Hauptfrage erhob sich nun freilich, wer das erste Element einer Reihe führen, und wer das letzte pauken sollte.

Auf Nasenzangen verzichtete man von vornherein.

Die Führung sollte also ohne solche bewerkstelligt werden, und Frau Zilek für ihr Teil war reizvoll genug, um hier voranzuschweben. Der Oberlehrer ließ sie dazu einen weißen Arbeitsmantel anlegen, wie auch er einen trug. So ergab sich hier ganz von selbst, daß nun der andere Teil des Ehepaares am Schlusse zu gehen hatte, das letzte Element bepaukend.

Auch der Doctor Döblinger wollte es ähnlich halten, und ebenfalls im weißen Mantel. Ihm fehlte noch eine Führerin der Reihe. Doch wußte er Rat. Eine junge Dame, namens Elisabeth Friederike Krestel, die ursprünglich sogar Medizin und Psychologie studiert hatte, war von ihm während ihrer Studienzeit als Copistin beschäftigt worden, das heißt, sie schrieb damals einen umfänglichen Roman von mehreren hundert Seiten für die Drucklegung mit der Schreibmaschine in's Reine. Dabei allein schon bemerkte der Doctor Döblinger ihre hohe Befähigung. Es war wirklich ein Vergnügen, mit ihr zu arbeiten, denn sie fand sich trotz der Schwierigkeiten, welche das keineswegs immer klare und übersichtliche Manuscript infolge der vielen Verbesserungen und Einschübe bot, mit rascher Auffassung und bemerkenswertem Kunst-Instinkte stets zurecht. Schließlich erfuhr er, daß sie selbst schreibe, und sein Entzücken kannte keine Grenzen, als er ihre kleinen, ja, miniaturen Erzählungen las, die mit meisterlichem Geschick und einer an's Höllische grenzenden Bosheit einzelne Fäden aus dem Geweb des Lebens zupften, die Fräulein Krestel dann zu teuflischen Knödelchen zu rollen verstand, solchen, wie man sie im Magen tollwütiger Hunde findet. Später hatte sie dann ganz dem Schriftstellerberufe sich zugewandt und es darin zu Ansehen gebracht. Ihrer erinnerte sich jetzt der Doctor Döblinger, denn er war mit Fräulein Krestel in gelegentlicher collegialer Verbindung geblieben.

Als sie sein Anliegen hörte, wurde ihre Nase noch spitzer, als sie vordem schon gewesen, und in ihr hübsches und zartes Gesichtchen trat bei der Vorstellung, eine Reihe von Tollwütigen in gewinnbringender Weise anzuführen, ein ganz seltsamer und, wir möchten sagen, bedenklicher Ausdruck. Während sie mit Döblinger gründlich über die Angelegenheit – welche von Anfang an ihr größtes Interesse zu haben schien – sich unterhielt, hob die rechte ihrer zartgliedrigen Hände jeden Satz wie hervorgezupft aus einem unsichtbaren Untergrunde in die Höhe, wobei sie auch Daumen und Zeigefinger jedesmal in preziöser Weise zusammenlegte.

Diese beiden also wurden einig.

Ein synoptischer Blick auf alle drei Reihen-Führerinnen – Schwester Helga, Fräulein Krestel und Frau Zilek – lehrt uns deren tiefere Verwandtschaft und läßt uns einiges ahnen. Dem Herrn Zilek ging es ähnlich. Wir werden bald sehen, daß er sich nicht getäuscht hatte, in bezug auf Helga und Elisabeth Friederike nämlich. Übrigens legte ja auch er ihnen gegenüber dann die Karten offen auf den Tisch.

Inzwischen kam, nach gehörigen Vorbereitungen, der erste dreistöckige Pauktag schon nahe heran. Zilek erwartete, und nicht mit Unrecht, in seinen tiefer gelegenen Localitäten den größeren Zuspruch. Ja, er nahm überhaupt nicht an, daß am ersten Tage schon jemand zu Doctor Döblinger hinaufgelangen würde. Er hatte an seiner Wohnungstür bereits ein Täfelchen angebracht mit der Aufschrift:

> *Verein*
> *für rhythmisch-richtiges Gehen*
> *und Herren-Neogymnastik*
> *am 1., 10., 20. jedes Monates von 4–6 Uhr*

An diesem Täfelchen schwebte jetzt täglich der Professor Horn, im Lift emporsteigend, vorbei, ohne es zu bemerken.

Die Hausmeisterin hatte eine kräftige Trinkgeld-Douche erhalten (und die Zusage fester Bezüge für jeden 1., 10., 20. des Monats). Doch war sie angewiesen worden, Personen, die nach jenem ›Verein‹ fragten, nur bis zu Zileks Stockwerk im Aufzuge zu führen. Der Lift-Verkehr mußte ja jetzt an Pauktagen, zusammen mit jenem Professor Horns, gegen vier Uhr ein recht lebhafter werden.

Tatsächlich übertraf er dann alle Erwartungen. Wenn Zilek ursprünglich beabsichtigt hatte, nur überschüssige Elemente an den Doctor Döblinger abzugeben, das heißt, in's obere Stockwerk zu schicken – eine mehr als zehngliedrige Reihe wollte er für den Anfang nicht wagen – so ist dem gegenüber zu sagen, daß sich schon am ersten Vereins-Pauktag sowohl bei Zilek wie bei Döblinger elf eingliedrige Elemente seriell bewegten (die zwei überschüssigen wollte man eben nicht abweisen und schloß sie gleich an). Hier wird eine Gefahr sichtbar. In der Tat sind Döblinger und Zilek sehr bald, als der Andrang wuchs und die Rentabilität der Sache sichtbar wurde, zu fünfzehn- und zwanzig-gliedrigen Reihen übergegangen, ganz offenbar aus wissenschaftlicher Unkenntnis, während der Gelehrte im Oberstock über zehn Elemente nie hinausgegangen ist, die allerdings bei ihm, infolge ihrer Dreigliedrigkeit, mehr Platz beanspruchten als unten zwanzig.

Nun, es passierte bei Zilek und Döblinger (Zilek & Döblinger) nichts, trotz der enormen seriellen Dehnung (diesen Ausdruck entnehmen wir Zileks seltsamem Fach-Kauderwelsch). Fräulein Krestel sowohl wie die Frau Oberlehrer erwiesen sich als ungemein geschickt und zur Reihenführung höchst geeignet, und es war nur den beiden Damen zu danken, daß niemals eine De-Rhythmisierung eintrat, deren Folgen unter Umständen sehr ernste hätten sein können. Da sie beim Voranschweben dem ersten Element der Reihe halb zugewendet bleiben mußten, die Elemente selbst sich aber infolge ihrer gesteigerten Fußwinkel nur mit kurzen Schritten stampfend fortbewegten, so kam es bei ihnen zu einer Art Voraus-Tanzen mit akzentuiertem Treten und Vorüben des Rhythmus, wobei die Knie in tänzerischer Weise hoch gehoben werden mußten, um den Schritt gehörig kurz zu halten (eine Art Hahnentritt), was beiden Reihen-Führerinnen in ihren weißen Mänteln wohl anstand, sowohl der drallen Frau Zilek wie dem zierlichen Fräulein Krestel. Man konnte sehen, daß sie auf die ihnen nachstampfenden Elemente geradezu faszinierend wirkten – immer ein Händchen leicht auf die Schulter von Element No. 1 gelegt – so daß auch bei starker serieller Dehnung das ganze Aggregat durch sie stets beherrschbar blieb.

Zilek & Döblinger nahmen pro Ordination und Element 10 DM, ein Pauschalpreis, in den auch der Figurenverbrauch mit eingeschlossen war, mochte der nun groß oder klein sein. Dies erscheint als ungemein bescheiden, wenn man bedenkt, daß im Oberstock jedesmal 150 DM für eine Spezial-Ordination in Rechnung gestellt wurden und daß die therapeutischen Erfolge der Sub-Ordinationen denen des Professors kaum nachstanden. Für Brimborium war auch in den unteren Stockwerken gesorgt: die Patienten wurden in einem vorderen Raum, der als Sprechzimmer eingerichtet war (es standen ja die kostbarsten Möbel zur Verfügung!) einzeln empfangen, nachdem sie in einem eigenen Wartezimmer (auch hier echte barocke Möbelpracht!) sich versammelt hatten, wozu man allerdings bald fast sämtliche verfügbaren Sessel benötigte. Im Sprechzimmer ward der Patient dann nach seinen Beschwerden gefragt, wobei man seinen Fußwinkel beobachtete – freilich, Behandlung und Application blieben immer die gleichen. Das Öffnen der Türe und das Hereingeleiten in's Wartezimmer wurde in beiden Stockwerken von bewährten Bedienerinnen besorgt, welche bei diesem Anlasse weiße Häubchen und Schürzen trugen. Diejenige des Doctors Döblinger, eine Wienerin, die Poldi genannt wurde – sie befand sich schon weit über zehn Jahre in seinen Diensten – war eine blitzkluge und gerissene Person mit einem hübschen Katzengesicht, wozu ihre schönen, aber schon weißen Haare ausgezeichnet paßten. Poldi verstand es bald, in der Sub-Praxis erhebliche Trinkgelder zu kassieren.

Die laufenden Eigenkosten waren gering. Außer dem Lohne der Bedienerinnen blieben nur die Figuren zu bezahlen, welche man aber in größeren Partien billigst von einer Fabrik bezog. Bei Döblinger waren die Hälfte immer ›Herzensköche‹. Die Paukenschlögel erwiesen sich schon nach der dritten Sub-Ordination als voll amortisiert. Eine solche warf fast immer über hundert Mark Reingewinn ab. Der Doctor Döblinger hatte allerdings noch das Fräulein Krestel zu honorieren, was er in anständiger Weise tat. Für sie war diese dreimalige und kurze Nachmittagsbeschäftigung bequem und einträglich genug. Als Zilek zum ersten Male Patienten empfing, die er wiedererkannte, weil er sie vordem im Lift hatte zu Professor Horn hinauffahren gesehen, wußte er, daß die Sache an eine entscheidende Kehre gelangt und sich zu einem wirklichen Erfolge verdichtet hatte.

Nicht entging ihm, daß jene Abtrünnigen Horns einen gemeinsamen Zug aufwiesen. Es waren meist auffallend kleine, sanfte, ja kindlich-demütige Männer, und man konnte bei ihnen nur schwerlich sich vorstellen, daß sie hohen und furchtbaren Grimmes fähig sein sollten. Dennoch war der Fußwinkel bei einigen sehr beachtlich. Doch stampften sie auf ihren kleinen Füßen brav im Aggregat und paukten weisungsgemäß das vordere Element. Zilek dachte oft über diese kleinen, älteren Herren nach, die doch anscheinend von gutmütiger Art waren. Offenbar hatten sie aus Ersparungsgründen die kostspielige Ordination mit der so viel wohlfeileren Sub-Praxis vertauscht. Aber was bedeutete ihre Sanftmut? Waren sie dort oben einfach blöde geklopft und auf solche radikale Weise gleich in einem geheilt worden? Daß sie nun hierher kamen, schien eine Gewohnheit anzuzeigen, von der sie vielleicht nicht mehr lassen konnten – nämlich das Gepaukt-Werden – der aber in amplifizierter Weise bei dem Professor oben zu fröhnen weit über ihre Geldverhältnisse ging. Alle diese kleinen Patienten kamen monatlich dreimal, sie fehlten bei keinem Pauktag, und sie waren es, die eine verläßliche Grundlage jedes seriellen Aggregates bildeten, aber auch Zilek noch mehr zu dessen Dehnung verführten. Er stellte sie immer hintereinander an den Anfang der Reihe.

Er dachte oft über sie nach, aber ohne eigentliches Ergebnis.

Nun, die Sachen hatten sich eingespielt. Die Kosten erschienen zehnmal hereingebracht. Auch die Druck-Kosten. Die waren verhältnismäßig am bedeutendsten gewesen. Doch hatte gerade dieser Aufwand es ermöglicht, gleich die erste Sub-Ordination ganz voll zu kriegen. Zilek hatte mit Inseraten nicht gespart. Und ein Prospekt, mit wissenschaftlichen Ausführungen in Zileks seltsamer neuer Fachsprache reichlich geziert und gemeinsam mit Doctor Döblinger redigiert, war in schönster Druckausführung und auf bestem Papier hergestellt und zahlreich versandt und verteilt worden. Auch jetzt noch erhielt jeder neue Patient mehrere

Exemplare zum Weitergeben. Der Text gipfelte in den folgenden Worten:

> **Ja muß es denn damit enden**
> daß einer in seiner eigenen Wohnung
> brüllend mit Hämmern
> in alle Spiegel fällt?!
>
> **O nein!**
> Der Verein
> für rhythmisch-richtiges Gehen
> und Herren Neo-Gymnastik
> **löst Dich aus den Krallen der Wut!**

Während so die Wissenschaft ein ganzes Haus revolutionierte – glücklicherweise befand sich im tiefstgelegenen Stockwerk, unter Zileks Wohnung, nur mehr ein Magazin – überflog sie oben in der Höhe schon wieder sich selbst und ließ ihre elenden Nutznießer, Profitierer und technischen Sub-Knechte weit unter sich.

Es war neuerlich einer jener schöpferischen Augenblicke, welche ja den Mann der Wissenschaft machen (und zugleich den Fortschritt der Menschheit unvermeidlich), der vor Professor Horns innerem Auge ein serielles Aggregat plötzlich erstarren ließ. Es wurde stationär. Die zehn dreigliedrigen Elemente bewegten sich an Ort und Stelle.

Mit diesem geistigen Akt war im Prinzip dasjenige schon geboren, was man später ein ›Horn'sches Wuthäuslein DBP‹ genannt hat. Denn es kam hier wirklich nur auf den Grundgedanken an. Das Übrige war eine Sache der technischen und elektrotechnischen Ausführung, woran's ja in unserem vorgeschrittenen Zeitalter nicht fehlen kann.

Das Häuslein war mannshoch gedacht, jedoch in seiner Höhe verstellbar, innen mit Leder gepolstert. Die Füße des darinnen stehenden Patienten sollten auf Rasten ruhen, die um den Fersenpunkt waagrecht schwenkbar waren, Rasten, deren Stellung also immer dem jeweiligen Fußwinkel des Patienten entsprach. Die beweglichen Rasten bewirkten, auf zwei Viertelkreisen gleitend und eingebaute Rheostaten (Widerstände) aus- und einschaltend, die Kontakte für einen stärkeren oder geringeren elektrischen Strom, der einen rückwärts angebrachten Motor in Gang hielt, als Antrieb für die Application, welche also, stärker und schwächer werdend, jede Vergrößerung und Verkleinerung des Fußwinkels mitmachte und auf solche Veränderungen unmittelbar, und auch bei sehr feinen Schwankungen schon, reagierte. Das Klopfwerk der Application war in einer Art aufklappbarem Sturzhelm montiert und konnte mit beliebigen, auswechselbaren Instrumenten – Klöppeln, Schlögeln, Hämmern – beschickt werden. Ein etwa in Bauchhöhe des Patienten am vorderen Deckel angebrachter Indicator mit Zeiger ließ die Höhe des Fußwinkels jederzeit ablesen; bei einem solchen von über 165 Grad schaltete sich – gleichzeitig ging ja die Application auf volle Kraft – ein rotes Licht mit kurzem Klingelzeichen ein. Vor dem Munde des Patienten war im Sturzhelm ein Sprech- beziehungsweise Brüll-Trichter untergebracht, der vor Beginn der Behandlung ausgefahren werden konnte.

Horn wußte genau, worauf es hier ankam: die Feinheit der Applications-Variation mußte das bei dieser Methode ganz fehlende rhythmische Moment ersetzen. Dafür entfiel die bisher ja stets riskierte gefährliche Möglichkeit einer De-Rhythmisierung, die immer gerade beim Applicationswechsel am größten gewesen war. Ein solcher erübrigte sich hier: die Maschine, einmal mit einer bestimmten Instrumentenklasse beschickt, holte aus dieser jede erforderliche Steigerung mit einem absoluten Gleichmaß heraus, das im Handbetrieb niemals zu erreichen war.

Horn ließ das Aggregat von einer ›Medizinische Apparatenbau-Anstalt‹ durchkonstruieren; mit deren Chefingenieur zusammen verfaßte er sodann die Patentschrift; sie wurde einem bewährten Patentanwalte übergeben unter dem Stichwort:

Wuthäuslein nach Prof. Dr. Horn,
mit automatischer Application,
Fußwinkel-Indicator und ausfahrbarem Brüll-Trichter.
Medizinische Heil-Apparatur für schwere,
an der Grenze des Klinischen liegende affektive Zustände.

Dies alles getan, verfiel der Professor nahezu in's Träumen. Bewährte sich sein Apparat bei Einzelbehandlung (Childerich III.?!), so wäre die Investition vertretbar, zehn solcher Aggregate anzuschaffen, zu deren Beaufsichtigung Schwester Helga und er selbst völlig genügen würden. Alles ginge in würdiger wissenschaftlicher Stille und Muße vor sich. Keine Dachauer Bauernkapelle. Kein Auftritt von dreißig

Personen. Und keine Lärm-Miete mehr. Vor allem: keine drohende Gefahr der De-Rhythmisierung einer in Bewegung befindlichen Reihe.

Ja, durch so wechselnde Stadien geht die Wissenschaft. Aus der tiefen Stille der Meditation kommt sie. Dann aber entsteht ein ungeheurer Lärm, teils durch sie, teils um sie. Und endlich, in ihrer Perfektion, verschwindet sie wieder in die Stille hinein, diesfalls in's Wuthäuslein DBP, das nur gleichmäßige Geräusche stärkerer und schwächerer Application hören läßt. Doch auch sie setzen aus. Grünes Licht leuchtet auf, der Zeiger am Fußwinkel-Indicator fällt unter 60°, die Kur ist für heute beendet.

So träumte Horn einer großen und würdigen Zukunft entgegen.

Des Professors Statistiken, von welchen wir vordem hörten, waren im Grunde alle falsch, mochten auch die Einzeldata stimmen. Hätte er eine Kenntnis davon gehabt, in welchem Maße die Methode des Regierungsdirectors Schajo, das Beutelstechen nämlich, um sich griff unter den von der Wut geplagten Menschen, so wäre ihm unbegreiflich erschienen, daß die Frequenz seiner Spezial-Ordinationen nicht noch viel mehr zurückging.

Doch befand sich hier ein dritter und übergeordneter Faktor im Spiele, der außerhalb von Horns Horizont lag, aber schon seit längerem kräftig in diesen hinein wirkte: es war die Firma Hulesch & Quenzel Ltd. Noch dazu hatte er sie im eigenen Hause. Zileks Verdacht täuschte ihn nicht. Er sah schon richtig: Schwester Helga war Agentin, geheime, versteht sich.

Wenn sie durch Verbreitung von Artikeln, wie wir sie früher beschrieben haben, entsetzliche Wutanfälle hervorrief – besonders No. 10736 (künstlicher Taschengrus) bewährte sich in letzter Zeit hervorragend – so nützte sie damit zweifellos der Praxis des Professors und also auch ihrer eigenen Stellung. Anderseits aber stellte jene Praxis ein für die spezifischen Aktionen der Firma hochempfindliches und überaus geeignetes Objekt dar, besonders seit zur Reihenbehandlung übergegangen worden war, mit ihrem enormen Gefahrenmoment der De-Rhythmisierung. Soviel aber kann man mit Gewißheit sagen: alle Angehörigen des hohen Institutes haben bei jedem Pflichtenkonflikt sich stets für die idealen Ziele der Firma und oft gar sehr gegen ihre eigenen Interessen entschieden. Durchaus hierher gehört es, daß Schwester Helga den Zilek über Horns Methoden informiert hatte, vordem über diejenigen der Einzelbehandlung, später auch bezüglich der seriellen, und daß sie jetzt die Sub-Ordinationen tolerierte und dem Professor ihr Vorhandensein verschwieg. Das hohe Institut geht ungern in subalterner Weise geradewegs auf ein Ziel los. Es bevorzugte stets den indirekten Weg, in diesem Falle den über die Sub-Ordinationen. Die Sprengung Horns konnte einschlagenden Falles gerade durch jene in ihrem Effekte schlichthin verdreifacht und dieser bis zu einem unwahrscheinlichen Maße gesteigert werden.

Für ein Individuum wie den Grafen Landes-Landen war die Gefährlichkeit der Schwester Helga auf den ersten Blick klar gewesen, obgleich er freilich von ihrer Funktion nichts wußte, und überhaupt nichts von dem hohen Institute zu London. Aber dieser haarige Bursche hatte eben Haare sogar auf den Zähnen.

Es war bei alledem die Zweischneidigkeit der Schwester Helga noch ein verhältnismäßig einfaches Faktum. Komplizierter lagen die Dinge bei Zilek. Er befand sich nun bereits in einer dreifachen Verbindung mit Professor Horn, in einer dreifachen Gemeinschaft der Interessen. Erstens durch seine ›Eingemeindung‹ als Bezieher von Lärm-Miete, der jetzt seinerseits dreimal im Monat Lärm erzeugte, durch die Sub-Praxis: dies als zweites, und ganz wie bei dem Doctor Döblinger. Ohne Praxis keine Sub-Praxis. Die Dachauer Bauernkapelle hätten sie niemals zu bezahlen vermocht. Zilek aber war ja, drittens, von dem Professor als Spion in Sold genommen worden, um hinter das geheimnisvolle Wirken des Regierungsdirectors Doctor Schajo zu kommen. Auf diesem Felde werden wir ihn noch mit Erfolg tätig sehen.

Denn in aller Stille war Zilek sich von Anfang an darüber im Klaren, daß die Lebensdauer der Sub-Ordinationen nur eine eng befristete sein konnte. Früher oder später mußte man es hier, trotz der polizeilichen Anmeldung als ›Verein‹, mit dem Kurpfuscherei-Paragraphen und der Gesundheitsbehörde zu tun kriegen, mochte auch vorläufig noch die Ahnungslosigkeit des Professors alle Erwartungen übersteigen. Ein einziges Wörtchen der Hausmeisterin jedoch – welcher ja die gewaltige Steigerung des Verkehrs im Hause nicht entgehen konnte, am 1., 10. und 20. jedes Monates – mußte genügen, um alles in's Rollen zu bringen, wenn sie ein solches Wörtchen nämlich dem Professor Horn gegenüber fallen ließ. Nun, vorläufig hielt sie noch dicht, im dichten Trinkgeldregen. Die elementaren Auftritte in den unteren Stockwerken aber mußten längst in ihr Gehör gedrungen sein, ohne daß es dazu einer besonderen Vigilanz bedurft hätte. Hier lag wohl der Hauptgrund dafür, daß Zileks serielle Aggregate immer länger wurden, um nur möglichst viel heraus zu wirtschaften, und daß er solches auch dem Doctor Döblinger empfahl. In beiden Sub-Ordinationen wurde bereits mit fünfundzwanzig Elementen gearbeitet. Überdies aber – davon sagte Zilek jedoch dem Doctor Döblinger nichts – mußte die ganze Lage hier im Hause das Eingreifen der Firma Hulesch & Quenzel geradezu provozieren. Ein Bericht nach London war jedoch von Zilek bisher nicht abgesandt worden. Als ihn nun eines Tages Schwester Helga telephonisch anrief und um eine Unterredung ersuchte, wußte er sogleich, woran er war.

Erstaunlicherweise erschien sie bei ihm in Begleitung der Elisabeth Friederike Krestel. Beide Damen öffneten im Sprechzimmer ihre ledernen Handtaschen und überreichten Zilek gleichzeitig je ein Exemplar von Friedrich Theodor Vischers Werk ›Auch Einer‹ in deutscher Sprache. Zilek nahm, ohne ein Wort zu sprechen, die Bücher in Empfang und griff, nachdem er sie beiseite gestellt hatte, hinter sich in ein Regal. Sodann überreichte er seinerseits, mit knapper Verbeugung, jeder der beiden Damen ein Exemplar des gleichen epochalen Werkes. Das Erkennungszeichen war damit gegeben und Horns Schicksal in diesem historischen Augenblicke besiegelt.

Helga und Elisabeth Friederike hatten bereits zweimal nach London berichtet. Zilek drehte sich ein wenig herum und versuchte die Verzögerung seines Berichtes mit einigen Ausreden zu erklären. Es war indessen längst die Rückantwort mit den endgültigen Aktions-Direktiven eingetroffen. Schwester Helga zog das Schriftstück hervor, welches links oben in der Ecke das uns schon bekannte Wappen des Institutes trug. Sie eröffnete ihren Zuhörern einiges daraus. Es wurde in diesem Texte auch eines früheren Briefes der Zentrale gedacht: ›Two months ago we have recommended to you to put a few of our Short Men – on all levels – into action. We do hope you have meanwhile done so.‹

»Sie haben die kleinen Männer wohl in Ihrem Aggregat schon gesehen, Kollege Zilek?« sagte Schwester Helga mit feinem Lächeln.

Er hätte sich am liebsten mit der flachen Hand vor die Stirn geschlagen. Zugleich kühlte ihn das Gefühl von etwas Unheimlichem. Die Firma war, über ihn hinweg gehend, in sein eigenes Haus gedrungen. Auch lag es ja nun auf der Hand, daß Schwester Helga innerhalb des Institutes eine ihm übergeordnete Funktion hatte.

Bezüglich der Krestel aber wunderte er sich nicht zu sehr. Ihr Aussehen und Gehaben war derart, daß Zilek sie längst, und sozusagen unbewußt oder ganz nebenhin, für eine quenzlöse Erscheinung gehalten hatte.

Die nun folgende Konferenz war kurz. Als Ansatzpunkt zur Sprengung der Horn'schen Praxis samt ihren Sub- und Afterformen oder Derivaten bot sich selbstverständlich eine an vorbestimmtem Tage und zu genauer Uhrzeit erfolgende gleichzeitige De-Rhythmisierung der seriellen Elemente auf allen drei Ebenen (›on all levels‹) an. Dabei hatten die ›Short Men‹ entsprechend mitzuwirken. Den unvorstellbaren Folgen der De-Rhythmisierung mußten dann alle drei Agenten, so gut sie eben konnten, sich entziehen, jeder auf seine Art. Das mußte sich finden. Ihnen fehlte es nicht an Aufopferung und Unerschrockenheit. Von den Dummen (Professor Horn und Doctor Döblinger) wurde bei dem ganzen Entwurf überhaupt nicht gesprochen. Über sie ging man hinweg. Doch erstreckte man den Termin ziemlich lang, fast über drei Wochen. Dies wurde von Schwester Helga vertreten und durchgesetzt. Noch hoffte sie, bis dahin Childerich III. so weit zu haben. Professor Horn konnte sicherlich ›angesichts der mit seriellen Aggregaten und ihrem therapeutisch so wertvollen Reihen-Pathos‹ (Dr. Willibald Pauker) gemachten ausgezeichneten Erfahrungen, jetzt dazu bewogen werden, den einzigen bisher in Einzelbehandlung verbliebenen Patienten einem solchen Aggregate einzufügen: nämlich den Freiherrn von Bartenbruch, wenn der bis dahin nur erscheinen würde. Seine Einschaltung in die Katastrophe mußte diese ein größestes Ausmaß erreichen lassen.

15 Der große Beutelstich

Indessen hatte Zilek doch schon, unbeschadet seiner Sorgfalt bei Einrichtung der Sub-Praxis, die Nachforschungen bezüglich des Doctors Schajo nicht aus den Augen gelassen und mit dem Regierungsdirector ein oder das andere Mal im Café gesprochen. Denn so wenig ihm von Anfang an ein längeres Bestehen der Sub-Ordinationen als möglich erschienen war, so wenig glaubte er jetzt an eine völlige Vernichtung Horns: es lag nie im Geiste des hohen Institutes, jemand vollends zu vernichten. Nur wenn's einer zu weit trieb, erhielt er einen Nasenstüber. Und daß Horn es einigermaßen weit getrieben hatte, wird kein raisonabler Leser unserer dubiösen und scabrösen Erzählung bezweifeln. Zilek also war fest davon überzeugt, daß die Horn'sche Praxis überdauern würde, mochte auch zunächst eine Katastrophe größten Ausmaßes sich über dem unwissenden Haupte des Wissenschaftlers zusammenziehen.

Frau Zilek, die rosige, empfahl dem strichdünnen Gatten, sich geradezu an Doctor Schajo zu wenden, als ein von der Wut Bedrängter, und ihn um Rat zu fragen. Doch der Oberlehrer dachte hier anschaulicher. Der Regierungsdirector schien, nach einigen wenigen Äußerungen hierüber zu urteilen, solche Leute sehr gut zu kennen. Und Zilek war weit davon entfernt, einen Typus dieser Art darzustellen. Er gehörte nicht zu jenen gedrungenen Dick-Teufeln, übermäßig langen Dürr-Teufeln oder auch Knöterichen – die Wut wohnt in sehr verschiedenen Gehäusen – denen entsetzlicher Grimm, bei anscheinend nichtigsten Anlässen, die Augen aus dem Kopfe treibt wie Schneckenhörner (Exophthalmus) und das Antlitz gleichzeitig rot anlaufen läßt wie eines Fliegenpilzes Hut. Unter solchen Congestionen zu leiden hätte der Oberlehrer nie glaubhaft machen können, und er wußte das wohl. Ebensowenig wie jene Wüteriche – immer gleich Welt und Menschen zerreißen wollend! – jemals zu einem so scharfen und feinen, ja, giftigen Zilken fähig gewesen wären wie er selbst.

Es galt anders vorzugehen. Schajo war ein alter Junggeselle und wohnte allein in einer eigenen Villa am Stadtrand. Erfahrungsgemäß achten solche alte Junggesellen kaum darauf, daß abends alle Fenster verhängt werden und daß die

Vorhänge dicht sind, sehr im Gegensatze zu einer schönen Frau etwa; und leider ist es nicht umgekehrt. Vielleicht war es möglich, den Regierungsdirector in seinem Privatleben und Umgange zu beobachten und auf diese Weise zu irgendeinem Aufschlusse zu gelangen.

Zilek wollte es jedenfalls zunächst einmal so probieren und kam auch auf den zweckdienlichen Gedanken, bei seiner Expedition ein gutes Artillerie-Fernglas mitzunehmen, das vom Militärdienste her durch glücklichen Zufall in seiner Hand geblieben war. Bei schon vorgerückter warmer Jahreszeit, die seinen Zwecken nur förderlich sein konnte – vielleicht blieb ein Fenster offen – machte er sich mit seinem Gucker auf den Weg und näherte sich von oben, über einen Waldhang herabsteigend, der Villa, die an diesen Abfall des Geländes gebaut war, so daß sie rückwärts ein einziges, vorne aber drei Stockwerke hatte. Das ganze Unternehmen blieb nun einmal Glückssache. Ob man von hier aus überhaupt etwas zu sehen bekommen konnte, erschien fraglich. Immerhin vigilierte Zilek sorgfältig, nachdem er einen geeigneten Posten im Gebüsche bezogen hatte, über diese von ihm schon vordem, wie wir wissen, ausspionierte Lokalität. Das Haus lag dunkel. Es gab nach rückwärts mehrere Fenster, auch einen Zugang vom Waldrand direkt in das Stockwerk, über eine Art Veranda-Brücke, die grün gestrichen war. Es wurde allmählich ganz finster. Zilek konnte es freilich nicht wagen, eine Cigarette zu rauchen. Er saß still und wohl verborgen.

Das Letztere kam ihm sehr zustatten, denn jetzt sprang Licht in drei der gegenüberliegenden Fenster, das fast bis zu ihm her drang, und er konnte den Regierungsdirector persönlich sehen, der zu einer auf die Veranda-Brücke führenden Glastüre trat, sie aufsperrte – in der Stille hörte man das deutlich – und den einen Flügel aufstieß. Der Raum dort drüben war vollständig überblickbar, obwohl die Fenster Vorhänge hatten; allerdings durchsichtige. Zilek hob den Trieder und stellte ihn ein. Noch bemühte er sich um Orientierung in diesem Gartensaal – jedenfalls war es ein sehr großer Raum, verglichen mit den nach vorne gelegenen Zimmern des Hauses, die Zilek ja von einem Besuche her kannte – und dieser Raum erschien auf den ersten Blick leer und luftig und ohne alles Mobiliar.

Just als er dies genauer auszunehmen begann, waren Schritte von mehreren Personen zu hören, die auf dem ebenhin am Waldrand entlang führenden Wege heran kamen. Sie gingen schweigend und rasch, verließen drei Meter von Zilek den Weg und wandten sich über die Brücke zu dem erleuchteten Saal. Zilek konnte sehen, wie der Regierungsdirector die Ankommenden begrüßte. Deren erschienen dann noch zwei weitere Gruppen, ebenfalls wie in Eile und schweigend. Es befanden sich auch Damen darunter.

Das Verhalten, welches diese Leute dann zeigten, mußte für Zilek, der alles im Saale mit dem Feldstecher nahe an sich heranzog, zunächst unverständlich sein. Die Anwesenden traten in eine Reihe, mit dem Gesicht gegen die (von Zilek aus) linke Längswand des Saales, und vor kleine Tische, die einer neben dem anderen dort aufgestellt waren. Doctor Schajo selbst entfernte sich von ihnen und stand auf der anderen Seite. Die Reihe blieb durch eine Weile vollkommen bewegungslos. Dann hob der Regierungsdirector die rechte Hand, die einen blitzenden Gegenstand hielt, schwenkte diesen, und im gleichen Augenblick ertönte das silberne Geläut eines Glöckchens. Alle vor den Tischen stehenden Damen und Herren beugten sich daraufhin ein wenig vor und griffen nach rechts an eine Art Gestell, das vor jedem von ihnen stand. Was sie von dort nahmen, konnte Zilek sehen und hielt es für ein Stilett. Nun blieben wieder alle wie in tiefer Versunkenheit. Als das Glöckchen zum zweiten Male erklang, beugten sich jeder und jede noch mehr vor. Jetzt hoben sie die Stilette, und schienen mit größter Aufmerksamkeit und Sachtheit in das vor ihnen befindliche Gestell hinein zu stechen. Doctor Schajo wandte mehrmals den Kopf hin und her und behielt offenbar jeden Teilnehmer im Auge. Es verging eine kleine Weile, während welcher Zilek vermeinte, feine rieselnde und klimpernde Geräusche in der Stille zu hören. Als alle gestochen hatten – es geschah nicht durchaus gleichzeitig – erklang neuerlich das Glöckchen. Die Teilnehmer hängten jeder ihr Stilett dorthin, woher es genommen war. Sogleich verabschiedete man sich von dem Regierungsdirector mit herzlichem Händeschütteln, und die bis jetzt Schweigenden kamen mit Stimmengewirr und sogar Gelächter über die Brücke und schritten ebenso auf dem Wege am Waldsaum davon. Zilek vermochte sie noch ein Weilchen zu hören. Indessen versperrte Doctor Schajo den Gartensaal, das Licht sprang aus den Fenstern zurück, und das Zufallen einer Türe war vernehmbar. Der ganze von dem

Oberlehrer beobachtete Vorgang mochte kaum zwanzig Minuten gewährt haben.

Zilek blieb in der Dunkelheit sitzen. Was er gesehen, konnte ihm freilich so verständlich nicht sein wie uns. Jedoch, daß er ein ungeheures Glück damit gehabt hatte, gerade heute hierher zu kommen, dämmerte ihm bereits, und erhärtete sich bei den Expeditionen der nächsten Tage: nun saß er jedesmal vergeblich vor dunklen Fenstern. Denn das von Zilek Erschaute war garnichts geringeres gewesen als der ›Große Beutelstich‹ (so nannte es Doctor Schajo), den er am ersten Dienstag eines jeden Monates für diejenigen seiner Patienten, Schüler oder Schützlinge (oder wie man sie sonst nennen mag) gemeinsam abhielt, welche durch seine Unterweisung schon einen höheren Grad von Fertigkeit in dieser besonderen Disziplin erreicht hatten.

Zilek zweifelte freilich nicht im geringsten daran, etwas für Professor Horn sehr Wichtiges gesehen zu haben. Jedoch nicht nahe und genau genug für einen Bericht, noch nicht reif für einen solchen. Hier mußte es bei einer Information auf die Einzelheiten ankommen. Einen Augenblick lang streifte ihn der Gedanke, es könnte die Veranstaltung, welcher er als heimlicher Beobachter beigewohnt, eine solche des hohen Institutes in London sein – wozu die Erscheinung des Doctors Schajo wohl in etwa passen mochte! – und lebhaft trat vor sein inneres Auge jener Morgen, da der Regierungsdirector ihm ein Exemplar von F. Th. Vischers epochalem Werke überreicht hatte. Jedoch er verwarf's. Jetzt wieder, während er hier in der dicht gewordenen Finsternis saß, wollte sich der Gedanke geradezu auf den Kopf stellen: konnte man nicht diese Anstalten des Doctors Schajo ganz ebenso sprengen wie das Institut die Ordination des Professors Horn? Aber wo blieb hier eine Möglichkeit der De-Rhythmisierung?

Nun, Zilek war jedenfalls etwas ratlos, als er heimging. Er sprach lange mit seiner Frau. Die Undurchsichtigkeit des Regierungsdirectors zeigte sich als ein Punkt, an dem vieles scheitern konnte.

Daß von ihm ein System zur Bekämpfung der Wut durchgebildet worden war, lag auf der Hand. Der heitere und plaudernde Weg-Gang der Patienten nach so schweigsam-eiligem Kommen sagte alles. Am meisten frappierte Zilek die Kürze der Behandlungszeit angesichts einer so unstreitigen Wirkung. Die seriellen Aggregate Horns, wie sie nun auch von ihm selbst und von Doctor Döblinger bewegt wurden, waren, damit verglichen, eine altertümliche und ungefüge Anstalt, umständlich und – wie Zilek wohl wußte – mit einem hohen Gefahrenmoment verbunden. Die Methode des Doctors Schajo mußte das alles gegenstandslos machen. Wie, wenn man sich diese selbst aneignen würde, ohne dem Professor überhaupt irgendetwas zu berichten?

Über alles das sprach Zilek lange mit seiner rosigen Ehefrau, bevor sie endlich einschliefen. Beider Vigilanz war von da ab auf's höchste gespannt und gleichsam zum Äußersten entschlossen.

Inzwischen lagen, wie gemeldet worden ist, Horns Entwürfe bereits am Patentamt, und die Apparatebau-Firma war mit der Herstellung eines ersten Modells beschäftigt. Sie gab der sorgfältigen Construction auch eine prächtige äußere Gestalt. Alle Einfassungen und Beschläge waren verchromt ausgeführt, ebenso die aufklappbare Sturzhaube und der ausfahrbare Brülltrichter. Die Außenwände des Apparates strahlten in aseptischem Weiß. Das alles, zusammen mit dem bei über 165° aufblinkenden roten und bei unter 60° grünen Lichtsignalen – war der Apparat unter Strom, so gab es noch einen konstanten blauen Leuchtpunkt – machte, besonders wenn bei Erreichung der Grenzwerte die gedämpften Klingelzeichen ertönten, einen derart seriösen Eindruck, daß der Anblick solcher technischen Vollkommenheit allein schon hätte Respekt und Vertrauen erwecken und die Wut dämpfen müssen: so sehr ward hier ein affektives Geschehen auf eine sachliche Ebene verhoben. War der Apparat in Tätigkeit – vorläufig nur in der Werkstatt und probeweise! – so konnte er, mit seinen bunten Lichtern, dem glänzenden Metall, den ertönenden Signalen und dem ständig schwankenden Zeiger fast an die Spielautomaten erinnern, welche man häufig in Wirtshäusern antrifft, und in etwa auch an jene Musicboxes, die bei unserer kunstsinnigen Jugend beliebt sind.

So weit also war die Construction des Wuthäusleins schon gediehen, und das etwa vierzehn Tage nachdem Zilek, die Krestel und Schwester Helga einander das Erkennungszeichen gegeben hatten; die Einweihung der letzteren in Horns Pläne und Neuerungen versteht sich bei der Redseligkeit des Professors von selbst. Er hatte sie zuletzt sogar in die Werkstätten der Firma für medizinische Apparate mitgenommen, welche die Sachen in Arbeit hatte, und ihr das fast fertige Modell schon in Funktion gezeigt. Schwester Helga verriet nichts von alledem an Zilek oder die Krestel. Doch schien ihr jetzt beinahe bedenklich, daß sie den Termin für die Sprengung der Horn'schen Ordination so weit erstreckt hatte. Die Dinge konnten sich hier bald ändern, wenn auch kaum innerhalb einer Woche. Noch war am ersten Modell des Wuthäusleins das und jenes zu tun, waren Mängel zu beheben und, nach den Wünschen des Professors, Änderungen vorzunehmen.

Die Chancen der neuen Erfindung beurteilte Schwester Helga als sehr günstige: und zwar einzig und allein aus ihrem Gefühl für den Zeitgeschmack, dem ja die Weiber allezeit näher stehen als die Mannsbilder, weshalb sie ihm noch mehr unterliegen. Gerade die Umständlichkeit und der Metallglanz dieser ganzen technischen Zurüstung, das Aufleuchten der Signal-Lichter und das Ertönen gleichsam ernst und sachlich klingender kurzer Glockenzeichen mußten, Helgas Meinung nach, das Ansehen und die Vertrauenswürdigkeit der Sache in den Augen der Patienten ganz außerordentlich befördern.

Sie sah richtig, wie sich noch zeigen wird. Auf den ersten Blick mag man's bezweifeln. Wie könnte jemals eine so kostspielige und umständliche Apparatur (und die Kosten mußten ja durch Erhöhung der Honorare für Spezialbehandlung hereingebracht werden!) in Konkurrenz treten mit dem uns längst bekannten – der Schwester Helga freilich unbekannten – wohlfeilen und simplen Beutelstiche!? So sagen wir, und sprechen damit raisonabel. Darauf allein aber kömmt es nicht immer an. Und vielleicht war der Beutelstich allzu wohlfeil, allzu simpel. Zudem: er verlangte mehr vom Patienten, als sich in ein Häuslein zu stellen, das mit allen erdenklichen technischen Finessen ausgestattet war, und alles übrige der Apparatur zu überlassen. Der Beutelstich erforderte geistige Concentration, wenn zugleich mit dem zarten Klimpern der roten Perlchen im Sammelgefäß der kathartische Strom erfließen, der Wutkrampf zur Lösung gebracht werden sollte. Ohne Concentration des Geistes, ja, sogar eine solche von hohen Graden, war dies nicht zu erreichen.

Sie wird ungern geleistet.

Der Kreis um Doctor Schajo mußte ein exclusiver bleiben. Das Beutelstechen dürfte keiner unbegrenzten Expansion fähig sein; und wahrscheinlich hatte es seine größtmögliche bereits zu jener Zeit erreicht, als ihre Wirkungen für Professor Horn aus der Statistik ersichtlich wurden, abgeschwächt allerdings durch den von Schwester Helga verbreiteten Artikel 10736 (künstlicher Taschengrus), den jene eben damals frequenter anzuwenden für gut fand, solchermaßen die Interessen Horns, ihre eigenen, und die höheren Tendenzen des Institutes zu London unter einen Hut bringend.

Frau Zilek insbesondere zerbrach sich den Kopf darüber, wie an den Regierungsdirector heranzukommen wäre. Aber vergebens. Die unsichtbare Mauer um diesen langen Knöterich schien undurchdringlich. Schließlich verfielen die Zileks doch wieder auf jenen anfangs von ihnen verworfenen Weg, daß nämlich der Oberlehrer sich geradezu als ein von der Wut Bedrängter, also gewissermaßen als ›Patient‹ an Doctor Schajo wenden sollte. Er tat's. Im Café. Und stieß in's Leere. Doctor Schajo lächelte. »Bei Ihrem Temperament, Herr Oberlehrer«, sagte er, »brauchen Sie nicht zu fürchten, daß Ihnen dergleichen über den Kopf wachsen könnte. Bei Ihnen gibt es durchaus rationale oder eigentlich rationelle Wege, die Wege des Verstandes also, um solcher Zustände Herr zu werden. Denn es kann in Ihrem Falle gewiß nie zur Knödelbildung, Glomeration, kommen. In ihr wird ein Stück vom Leben losgerissen, rotiert um sich selbst, und wird bei steigender Umdrehungs-Geschwindigkeit zum kugelförmig in sich geschlossenen Kosmos, dessen Oberflächen-Spannung alles aus der übrigen Welt Herandringende abwehrt, zugleich aber solche Einschüsse von außen in Beschleunigung der Rotation umsetzt: und das wird bei einem Wütenden sogar mit den gütigsten und vernünftigsten Einwänden, den beruhigendsten Worten geschehen. Nur wer im Augenblicke auf der Welt nichts anderes mehr will als die eigene Wut, ist wirklich wütend. Die Wut ist die katastrophalste Form der Apperceptions-Verweigerung, welch' letztere ja sonst nur in den vielen Hunderten von Formen der Dummheit umherschleicht. Die Wut ist akut gewordene Apperceptions-Verweigerung, panische Flucht aus dem Leben, eine seltsame Art von Selbstmord, bei der einer, statt sich selbst, alle anderen umbringen möchte. Er will, daß kein Leben mehr sei. Aber, was möchte es ihm helfen? Er bliebe doch übrig, als einsam im Weltall kreiselnder Feuerball der Wut, die Hölle mit allen Teufeln in einer Person. Was die Knödelbildungen betrifft, so sind diese auch im physischen Sinne zu verstehen. Man findet solche glomera im Magen von Hunden, die an der Lissa oder Hundswut eingegangen sind. Ich selbst aber kannte einen Hauptmann der Luftwaffe im zweiten Weltkriege, einen Österreicher aus Klagenfurt, ein älterer Reservist und übrigens schwerer Choleriker, den bei einer Auseinandersetzung mit einem preußischen Major vor Wut der Schlag getroffen hat. Er wurde obduziert. In seinem Magen fanden sich mehrere Wutknödelchen, obwohl der Mann ja keineswegs an der Hundswut gestorben war.«

Zilek zilkte nur mehr fein vor sich hin, etwa in der Art, wie ein auf's Land gesetzter Flußkrebs mit seinen Kiefernfüßen oder Maxillipeden leise Geräusche hervorbringt, die wie das regelmäßige Fallen kleiner Wassertropfen klingen. Vielleicht hängt das auch mit der Art von Atmung zusammen, welche diese Tiere außerhalb des Wassers betätigen müssen.

Was sollte er, Zilek, hier noch sagen?

Auch wir wissen es nicht.

16 Einlegen von Peinflaschen bei Childerich III. – Grimm Childerichs – Die Wintermandln

Um die mit den theoretischen Erörterungen des Herrn Regierungsdirectors Doctor Schajo verlorene Zeit wieder einzubringen, berichten wir nur kurz, daß Schwester Helga, seinerzeit, nach dem Gespräche mit dem Grafen Pépin von Landes-Landen im Vorzimmer der Horn'schen Ordination, aus London eine komplette Kollektion des Artikels 10733 (Peinflaschen) hatte kommen lassen. So gerüstet, erwartete sie den telephonischen Anruf des Majordomus. Sie hielt 57 verschiedene Gerüche bereit, eine aufgegliederte Büchse der Pandora, möchte man fast sagen.

Inzwischen hatte der Majordomus das Riechorgan Childerichs III. schon einigermaßen erforscht. Es ist bekannt, daß bei Personen von hochadeliger Abkunft die Nase besonders empfindlich ist, zum Unterschiede von jener des gemeinen Mannes (humili natu), der ja in seinen Umgebungen mit einer so feinen Nase garnicht zu leben vermöchte. Nur durch eine solche adelige Nase ließe sich ein wichtiger und tiefsitzender Sachverhalt unmittelbar und anschaulich begreifen, der für unsereinen erst durch das Denken erschlossen werden muß: daß nämlich jeder Charakter im Grunde auf einen Geruch reduzierbar ist, den Eigengeruch seines Trägers: in jenem ist dieser ganz enthalten, und jener ist diesem das Selbstverständlichste, was es gibt, das Fundament seines So-Seins, welches von ihm selbst nicht erkannt werden kann. ›Jemanden nicht riechen können‹ – diese Redensart bezeichnet die Sache auf's trefflichste. Für eine Persönlichkeit wie Childerich III. aber stellte sich das wechselnde Auftreten der Personen seiner Umgebung vielfach geradezu als ein Erscheinen oder Verschwinden von Gerüchen dar. In ihnen erlebte er unmittelbar die Charaktere der Menschen; das Geruchsorgan hatte also hier die Funktion physiognomischer Erkenntnis. In rudimentärer Form wird das wohl bei allen Menschen mehr-weniger der Fall sein, sowohl gegenüber Charakteren wie auch bei Gerüchen an und für sich: immer sind sie freundliche oder feindliche. Und nichts reizt tiefer unseren Grimm als ein uns feindlicher Geruch, auch wenn er für sich allein auftritt und nicht gebunden im Materiale eines Charakters: es sind doch in ihm alle Möglichkeiten seiner charakteriellen Variationen enthalten, und was uns hier ergrimmen macht, ist gleichsam die Gesamtheit unserer potentiellen oder wirklichen Feinde.

Pippin bereitete, rein seinem Ahnungsvermögen folgend, ein Gemisch aus öligen Substanzen. Es war auch Vaseline dabei und sogar ein Tropfen Cuir de Russie. Mit einem Worte, Pippin stellte sich hier selbst dar: ein olfactorisches Selbstportrait. Es wurde die Kante der Marmorplatte von Childerichs III. Nacht-Tisch mit einer Spur davon betupft.

Abends, spät, ein Viertel nach zwölf Uhr, ertönte das markerschütternde Wutgebrüll. Pippin, in jenem Flügel des Palais' Bartenbruch, den er bewohnte, hörte es bis da herüber. Zur Stunde war er schon klein im Bette. Er schaltete das Licht aus und lag auf dem Rücken im Dunkel, das ihn wie dichtes Haar umwuchs. Wie einer ist, so auch seine Welt, bei genügend penetranter Person. An einer solchen fehlte es bei Pippin nicht.

Schon hörte man von fern Wänzrödls dumpfen Paukenwirbel sowie zwei schneidende Trompetenstöße, die ein hohes Ergrimmen seines Herrn anzeigten.

Auf dieses Signal hin sprang alles aus den Betten, und wer da nicht gleich sprang, dem half der Hausprofoß Heber mit dem Rohrstock. Die Gänge waren voll Getrappels. Heber trieb, wen er gerade antraf, mit dem Stock vor sich her und in Childerichs Flügel hinüber. Denn es mußte irgendein schweres Versäumnis passiert sein, und so galt es, den Schuldigen sogleich an Ort und Stelle zu ermitteln. Eben hörte man ein zweites Gebrüll Childerichs.

Bei diesem machte Pippin denn doch Licht und schlüpfte in den Morgenrock. An sich gingen ihn als Majordomus Delikte der Bedienten – und nur um so etwas allein durfte es sich, von seinem Standpunkte aus, handeln – nichts an. Das war Sache des Profoßen. Aber er vermochte sich's nicht zu verkneifen, den Effekt seines olfactorischen Experimentes aus der Nähe zu sehen.

Als er hinüber kam, fand er alle Gänge erleuchtet, wimmelnd von Bedienten, den zwecklos herumschnaufenden Heber, sogar einige Mägde in Nachtkleidern, und Wänzrödl, der eben bekümmert mit seinen Sonderpauken, und die Trompete umgehängt, vorbeischlich. Die Tür in Childerichs weites Schlafgemach stand offen. Doch befand sich darin niemand als der Merowinger, und bei seltsamem Gehaben.

Im langen, weißen Hemde und mit gesträubten und in Verwirrung geratenen Bärten umschnupperte er knurrend den Nacht-Tisch. Dann, gegen die unter der Tür Wartenden herfahrend, befahl er, das Möbel hinauszuwerfen und ein anderes an seine Stelle zu setzen. Alsdann hieß es: »Prügelt alle!« Sogleich begann der Profoß mit dem Rohrstock auf die zunächst Stehenden einzudreschen, diese mit Fäusten auf ihre Vordermänner, welche ihrerseits den Nächsten mit Knüffen und Püffen in den Rücken fielen, aber auch bereits Fußtritte auszuteilen anfingen. Jedermann schlug zu, setzte sich zur Wehr oder gab die empfangenen Prügel mit wahrer Innigkeit weiter. Gebrüll erhob sich, zudem hörte man die Mägde, welche da in Nachtkleidern dazwischen geraten waren, gellend kreischen, weil im Getümmel einzelne der Lakaien bereits über- oder untergriffig zu werden sich anschickten. Heber trieb den Haufen wieder mit Stockschlägen vor sich her, und so wälzte sich das Gezappel und Gedresche, daraus man auch schon einzelne Maulschellen knallen hörte sowie Schreie von Mägden, die wie hohe Pfiffe klangen, auf dem breiten Gange davon, gegen den Dienertrakt zu.

Pippin war abseits geblieben und betrachtete Childerich III., der ihn garnicht bemerkt zu haben schien. Beim Beginn des Tobens stand der Merowinger neben dem neu herbeigebrachten Nacht-Tisch, mit vor Wut krebsrotem Gesichtchen im tiefen, verworrenen Bartwald. Seine Fußspitzen in den Saffianpantoffeln waren weit auseinandergestellt, die Fersen aber fast geschlossen; und dabei schien er tretende Bewegungen anzudeuten, ohne jedoch die Sohlen vom Boden zu lösen. Als indessen das Dreschen seinen Fortgang nahm und der tobende Haufe sich entfernte, ward in der Tat der Fußwinkel kleiner, und alsbald zeigte sich auf Childerichs Antlitz etwas wie ein grimmiges und bärbeißiges* Lächeln. Sodann kam er leichten Schrittes gegen die Türe und schmiss diese zu.

Pippin kehrte langsam und nachdenklich in seine Gemächer zurück. Der Weg war weit genug. Er gedachte des Professors, dessen belehrende Äußerungen ihm nun doch nicht mehr als reines Gefasel erschienen.

Am nächsten Morgen fand er Childerich III. bei bester Laune am Frühstückstische. Der Grimm dieser Nacht war restlos verpufft. Hier schon ahnte dem Majordomus ein Fehler seiner Methodik. Es galt, Geduld zu haben und nicht sogleich schwere Explosionen als Effekt sehen zu wollen. Sie vergingen zu rasch. Schwester Helga hat dies dem Grafen nachdrücklich klar zu machen versucht, wenn auch nicht mit ganzem Erfolge, als sie ihm später die in Betracht kommenden Modelle von 10733 (Peinflaschen) überreichte. Es galt, fressenden Ärger zu erzeugen. Erst auf dieser Basis konnten schwere Ausbrüche in kürzeren Abständen erwartet werden, die Childerich dann zwingen würden, sich wieder in des Professors Behandlung zu begeben. Freilich, Schwester Helga dachte im Sinne ihres Chefs. Aber auch in einem höheren Interesse. Wir wissen es wohl.

Pépin indessen, nach jener nächtlichen Generalprügelei, machte einen weiteren olfactorischen Tastversuch. Vor Tische ging er in den Speisesaal und betupfte einen Teller von Childerichs Gedeck – den zweiten, der sich unter dem Suppenteller befand – leicht mit Essig. Man sieht, diesmal wurde es kein Selbstportrait. Denn sauer war er ja nicht, der Graf, sondern ölig. Der Effekt schien, für Childerichs Verhältnisse, gering, aber brauchbar, weil richtungsweisend. Als die Sup-

* Siehe Fußnote Seite 78.

penteller abgetragen worden waren, nahm Childerich, ohne sein Gespräch mit Pippin im geringsten zu unterbrechen, beiläufig den nächsten Teller vom Tische und warf ihn über die Schulter dem Lakaien nach, von dessen Oberarm er abprallte, um auf die Servante zu springen und einige dort stehende Gläser zu zerscherben. Der Lakai, als er vorbeikam, erhielt nur, bei währendem Tischgespräche, einen mäßigen Fußtritt.

Pippin genügte das. Als er bald danach Schwester Helga telephonisch erreichte, konnte er ihr zwei Geruchs-Qualitäten präzise angeben.

So sehen wir denn die beiden bemerkenswerten Persönlichkeiten zusammentreffen. Sie hatte der Kollektion 10733 die in Betracht kommenden Receptacula entnommen und trug diese – freilich mit verschlossenen Düsen – im Handtäschchen, wo sie bequem Platz fanden.

Man muß hier des Größenverhältnisses der zwei Figuren gedenken, man muß sich vorstellen, wie der Graf von Landes-Landen wie auf einem Fahrgestell hereingerollt kam, während Schwester Helga, mit ihm gleichzeitig das Lokal durch eine andere Tür betretend, langen und wiegend-lauernden Schrittes, mit ad notam nehmenden Eierklar-Augen, zwischen den Tischen hindurchschritt, bis sie seiner ansichtig ward. Dann blickte sie auf ihn herab, denn er war klein, während das Eierklar hinter ihren Brillengläsern angesichts des Objektes fester gerann. Es gehörte dieser Raum hier zu einem größeren Café-Espresso, ›Glory‹ genannt, das im Geiste unserer Zeit (so weit von einem solchen die Rede sein kann) eingerichtet war. Die insitzenden Gäste, ob alt oder jung, versuchten solchem Geiste zu entsprechen, so gut oder so schlecht es gehen mochte, sowohl in ihrer Tournüre, als auch hinsichtlich dessen, was sie zu sich nahmen. Er aber, Pippin, sah aus wie ein kleiner französischer Herr aus den Achtzigerjahren, und sie wie eine reisende, ältere englische Miss aus der gleichen Zeit. Heute würde man sagen eine ›spinster‹. Sie hätten auffallen müssen. Aber sie zogen sich sogleich in eine einspringende Ecke zurück, eine Art Nische oder Loge, die nur für ihr Tischchen und die Sessel Raum bot. Es ist bezeichnend, daß sie etwas furchtbar Saures bestellte, nämlich reinen Citronensaft. Pépin hingegen nahm jenen öligen Liqueur, den man Bénédictine nennt.

Sie schien Genuß zu empfinden bei dieser Zusammenkunft,

ja, überhaupt freudig bewegt zu sein. Nun, wir wissen ja, welcherlei Aktionen damals von ihr bereits eingeleitet worden waren.

Sogleich belehrte sie den Grafen, nachdem er über seine Ermittlungen ihr Bericht getan, in der von uns schon erwähnten Weise: dessen nämlich, daß nur fressender Ärger als Grundlage die Protuberanzen der Wut bei Dauer halten könne. Dem eben sollten die Peinflaschen dienen. Sie entnahm die Unternummern XVI (ölig) und XVIII (sauer) von 10733 dem Täschchen. Diese Modelle waren sehr elegant ausgeführt, sahen aus wie Cigaretten-Etuis, jedoch waren sie kaum zwei Millimeter dick. Glatt, mit einem schottischen Muster. Schwester Helga hatte die Farben rot und braun gewählt, besann sich indessen erst jetzt, daß dazu der Graf vorher wäre zu hören gewesen. Ob der Baron sich häufig im Bibliothekszimmer aufhalte, fragte sie jetzt. »Fast immer«, sagte Pippin, »mehr noch als in der Halle und in seinem Schreibzimmer.« Und ob es in der Bibliothek Bücher-Reihen in diesen Farben gebe, wollte sie noch wissen und wies auf die Peinflaschen. »Es gibt dort vorwiegend solche Einbände«, äußerte der Graf. Nun, dann sei's ja gut! Sie unterwies ihn im Öffnen der Düsen und schärfte ihm ein, daß dieses erst statthaben dürfe unmittelbar bevor der Apparat an seinen Wirk-Ort gebracht würde. Ob es da Bücher-Reihen gebe, aus denen fast nie was entnommen werde, die für gewöhnlich kaum in Benützung ständen? Deren wisse er genug, meinte der Majordomus. Dann möge er die Peinflaschen dort einlegen. Der Geruch penetriere allmählich die Nachbarschaft.

Damit verließ sie den Karolinger, der die Receptacula der Pandora einsteckte und noch einen Bénédictine trank. Er war sich wohl bewußt, der Graf, einen etwas abenteuerlichen Weg zu beschreiten. Aber er war sich auch der eigenen öligen Ruhe sehr bewußt, und kraft dieser fühlte er sich durchaus befähigt, alles bei Zweckmäßigkeit zu halten, mochten die Mittel auch etwas entlegene sein. Nun rollte er wie auf kleinen Rädern durch das Local.

Pépin verließ das ›Glory‹ und ging an der Front einer steifleinenen neugotischen Kirche vorbei, welcher Hintergrund zu ihm wohl passen mochte. Vor dem daneben gelegenen ersten Hotel der Stadt bemerkte er, unter anderen Fahrzeugen, einen langen, auffallenden Wagen mit cubanischen Kennzeichen, dessen Marke ihm fremd war. Der Graf verhielt für einen Augenblick. Im nächsten sprang's heraus und heran, eine feilende Cicadenstimme rief: »Graf Landes-Landen?!«, und sie war's, Geraldine, der Ägypterin zweite Tochter. Sogleich nahm sie den Majordomus, der sich verbeugt hatte, an der Hand und schleppte ihn durch die Halle des Hotels und in eine Ecke mit Fauteuils. Nun wohl, Pépin genehmigte einen dritten Bénédictine und ersah seinen Vorteil.

Das Frauenzimmer war beachtlich hübsch geworden, zudem erstklassig angeschirrt und hergerichtet.

Auch fülliger geworden. Infamen Gesichtsausdruckes.

Pépin gedachte jetzt der Chimären Karla und Sonka, mit denen diese da doch immer im Bandl gewesen. Ein Plan blitzte auf in ihm: hier galt es, einen Sack voll Ungeziefers gleichsam in Childerichs Bette zu entleeren.

Rasch überlegte der Graf alles, was er von Geraldine wußte:

Am ägyptischen Erbe konnte sie kaum urgent interessiert sein (was sie nicht gehindert hat, es doch herauszureißen, als man dann beim Ausreißen und Herausreißen einmal angelangt war). Sie hatte sich jenen alten Geldsack aus USA samt Ölquellen in Cuba zugeheiratet: und den Burschen innerhalb eines halben Jahres, durch Veranstaltung von Suff und ordinärster Wollüsterei, in Asche gelegt, verascht. Nichts blieb von ihm übrig (außer viel Geld für sie), kaum Krüstchen. Wie einst von ihrem Großvater und Urgroßvater.

»Ich bin gestern angekommen«, sagte sie. »Was macht der Alte?«

»Wir werden vielleicht bald Krieg mit ihm haben«, antwortete Pippin, und unterrichtete Geraldine über die Lage, ohne ein Hehl daraus zu machen, daß er die Sachen auf die Spitze zu treiben gedenke. Sie war es froh. Sie war es, welche alsbald vorschlug, Karla und Sonka gegebenenfalls aus ihren Pensionaten herbeizuziehen; sie sei schon bei ihnen gewesen. Ihre Wildheit sei ungemindert und könne von Vorteil werden. Mit Anneliese übrigens habe sie schon gesprochen.

Nicht mit einem Wort streifte diese ägyptisch-cubanische Merowingerin die Rechtslage, etwa um sich zu informieren, und in's Auge zu fassen, was getan werden könne. Sondern, so zart sie war: als der Majordomus die Möglichkeit eines gewaltsamen Weges andeutete, welche sich für Pippin damals ja nur entfernt abzuzeichnen begann, leuchteten ihre Augen durch Sekunden auf wie die Lichter eines Tieres. Die Abschiedsohrfeigen des Vaters schien sie tief im Gemüte bewahrt zu haben.

Sie beschlossen, in Verbindung zu bleiben.

Als Pippin ging, legte sie noch den Finger vor die Lippen, um zur erforderlichen Verschwiegenheit ihn zu mahnen.

Wahrhaftig, bei dem Karolinger war's nicht not. Tiefverborgen krochen die Pläne in den haarigen und öligen Schluchten seines Inneren.

Manche der Auftritte, Szenen und Disputate zwischen Childerich III. und seinem Hausmeier fanden auch in der Bibliothek statt. Nicht immer bildete die Halle den Hintergrund solcher Vorgänge, wie wir sie in dramatischer Form und – aus Mangel an Übung – in mäßigen Versen wiedergegeben haben. Denn ein Theaterdichter sind wir nun einmal so wenig wie ein lyrischer Sänger. Wurde nun aber in der Bibliothek das statuarische Theater etabliert, so brachte das für Pippin jedesmal einen nicht zu leugnenden dialektischen Nachteil mit sich.

Eine Bibliothek gab es, neben der Halle gelegen, sowohl im Stadtpalais wie auf dem Schlosse Bartenbruch selbst, ebenso wie hier und dort einen Dienertrakt samt Trinkstube für die Spitzen des Gesindes. Die Bücherschätze waren bedeutend. Sie standen in ihren Regalen bis zur Decke. Besonders Childerichs III. pavianöser Vater (Kynokephalus tristis) hatte größere Sammlungen hinzu erworben, bevor er dann ägyptischen Hasenbraten zu essen begann. Um überall auch bis zu den obersten Reihen bequem gelangen zu können, waren zahlreiche fahrbare Podeste mit Treppchen, Geländern und bequemen Plattformen vorhanden, kleinere für die mittleren Reihen, größere für die oberen; und einen recht breiten Turm konnte man einher rollen und mit Sicherheitshaken festlegen, wenn es galt, aus den höchsten Regalen, dicht unter der Decke, ein Volum zu entnehmen. Auch hatte jedes Fahrpodest ein Stütz-Tischlein zum Auflegen, wann etwa aus einem gewichtigen Opus man nur einer kleinen Notiz bedürftig war, um es dann alsbald wieder an seinen Ort zu stellen. Childerichs III. pavianösen Vater hatte man hier stundenlang mit Behendigkeit auf und ab klettern gesehen.

Wir sollten hier wohl etwas über den Bestand dieser beiden Bibliotheken sagen, ohne weitschweifig zu werden, aber immerhin angemessen einem Buche, darin die Wissenschaften eine so hervorragende Rolle spielen. Aber wo sollte man da anfangen, wo enden! Es scheint darum am besten, diesen Komplex, nach gelehrtem Brauch, in einer Anmerkung zusammenzufassen.* Soviel sei hier nur gesagt, daß es sich im wesentlichen um Sammlungen von Geschichtsquellen handelte, freilich auch der grundlegenden Literatur hiezu. Die erforderlichen Nachschlagwerke – für damals auch neueste – hatte Kynokephalus tristis angeschafft, so weit er sie erhalten

* Literatur: Alexander Freiherr von Wyssens-Gschafftlhueb ›Die Bartenbruch'schen Bibliothekskataloge. Dissertation‹. Greifswald 1894, und des gleichen Verfassers ›Analecta quisquiliarum minuscula‹ o. J. (wird meist als Adligatum zur genannten Diss. angetroffen).
Von den Quellensammlungen nur ›Monumenta Boica‹ vollstdg. vorhanden. MG lediglich ›Auctores antiquissimi u. script. rer. Merow.‹, sowie (Diplomata) der erste, heute veraltete Band (merow. Urkunden). Den Apparat hat vornehmlich Childrichs III. Vater, Childerich II. (Kynokephalus tristis), ausgebaut. Dem entsprechend sind die älteren Glossarien vorhanden (Du Cange etc.), während z. B. die seither erschienenen ersten Bände des ›Thes. Ling. Lat.‹ fehlen. Andere Behelfe sind veraltet (Chevalier, Förstemann etc.).
Die Sammlung enthält Cimelien und Rarissima, manche doppelt vorhanden (s. pag. 206), so etwa die überaus seltene anonyme ›Ars Repuncatoria / Sive Quomodo audaciter respondere possis et homini docto sine ulla cognitione rei et quamvis idiota sis / Patav. 1671. Ein Werk von größtem geschichtl. Interesse, weil es anschaulich macht, was damals als raffiniertester Gipfel der Frechheit galt,und heute im bundesdeutschen Gebiete von jedem zwanzigjährigen Geschäftsgesicht spielend beherrscht wird. Andere Desiderata und Rarissima: Prof. Dr. Aloys Ritter von Szlachtera/ ›Über die willentliche Absonderung von Gerüchen‹, mit besonderer Berücksichtigung der Einwohnerschaft kleinerer Orte / Scheibbs, N. Ö. 1863 (Archiv f. Volkstumskunde, Neue Folge XXIII.). Vorhanden waren auch die gesamten ›Linzer Abhandlungen zur Geoidiotie‹ (Hofhausers Archiv), sowohl die alte wie die neue Folge (ab 1933); im vierten Bande der letzteren findet sich auch die berühmte Abhandlung Prof. Dr. Sebastian Läb-Zülders ›Über Großraumverdummung und die Mittel ihrer sinngemäßen Herbeiführung‹. Vielfach mit Randnotizen Childerichs III., zum größten Teile Schimpfwörter. Auch mehrere der seltenen Bücher, die Dr. Franz Blei im Quellen- und Literaturverzeichnis der Erstausgabe seines ›Großen Bestiariums der Deutschen Literatur‹ nennt, waren (laut Wyssens-Gschafftlhueb) in den Bartenbruch'schen Bibliotheken vorhanden (s. l. c. 114). Darunter Rarissima und Desideratissima, wie das Dr. Kamillo Lauer Abhandlung ›Über den Brauch der Wiener Hausmeisterinnen, sich eine Wildgans als Singvogel zu halten‹. Urania-Vortrag 1915. Nur in einigen gebundenen Handschriften verbreitet. Diese Schrift gibt Auskunft über gewisse in Österreich heute noch herrschende literarische Gepflogenheiten, die außerhalb des Landes völlig unbekannt sind. Ferner: Brulat, Paul, ›La Kolbanette‹, une française-allemande Nobleziege et ses herzliche aspirations dans la Frage de l'humanité deutschfrançaise mixte. Genf. Edit. Carmel 1916. – Benedikt, Moritz, ehem. österr. Herrenhausmitglied, ›Synopsis reptilium emendata‹. Viennae, o. J. – A. W. Heymel. ›Ein Dutzend Wiegenlieder zu des Hofmannsthals 40. Geburtstag‹. Privatdruck in einem halben Exemplar. Auf Pergament (1913). – Borchert, Dr., Privatdozent, ›Das Gehauptmann und die sozialphilosophische Gedankenwelt in Schreiberhau und Umgebung‹. Lehmanns Verlag, München 1919. – Fischer, Johannes, ›De terris coelestibus earumque ornatu conjecturae‹. Hietzingiae 1918. (pp. 570 ff: Gütersloh). – Staackmann, ›De bacilli imbecilli varietate nominum‹. Lipsiae s. d. – Idem, ›Catalogus bacilli imbecilli nominum in Germania provenientium‹. Lipsiae s. d. (Dieser Autor stellt auch eine latinistische Merkwürdigkeit vor.) – Auernheimer R., ›Meine Siege auf Schnitzler‹. Erinnerungen eines Achtzigjährigen. Wiener N. F. P. No. 2760 ff. (komplett). – Catonis Ut., ›De Borchardti Moribus‹ Libri Tres. Ed. J. Zeitler. Lipsiae 1899. – Escobar, Antonius S. J., ›De Scheleri virtutibus et vitiis tractatus‹. Lugd. 1665, u. v. a. m.

konnte. Merkwürdig ist's, daß die beiden Bibliotheken, in der Stadt und auf dem Schlosse, einander nicht ergänzten. Sie waren fast identisch. Es gab also zahllose Dupla.

Auch das höchste Rollpodest hatte sein Duplum: auf dem Herrenhause draußen. Es war in jeder Bibliothek nur ein einziges höchstes vorhanden, allein schon deshalb, weil zwei zuviel Platz eingenommen hätten. Hier beginnt der dialektische Nachteil Pépins bei dramatischen Auseinandersetzungen in der Bibliothek sichtbar zu werden. Steigerten sich diese, so pflegte man auf die Podeste zu steigen, und bei zunehmender Dramatik auf immer höhere. Hier behielt Childerich leicht das letzte Wort, weil den höchsten Stand, mit dem Haupte nahe an der Decke des Raums. Er pflegte jenes höchste Podest bei den Gesprächen mit Pippin immer durch einen Lakaien (der danach auch zusehen mußte, daß er rasch hinaus kam!) auf seine Seite herüber rollen zu lassen; und wir wissen ja, daß die beiden Herren bei ihren statuarischen Verhandlungen eine gehörige Distanz von einander hielten. Das höchste Podest zu besteigen nahm der Freiherr von Bartenbruch als sein alleiniges Vorrecht in Anspruch.

Dabei nun konnte freilich der Fußwinkel des Barons von Pippin nicht mehr beobachtet werden, sondern jeweils nur dann, wenn er selbst das Wort genommen und ihn dabei überstiegen oder mindestens auf gleiche Ebene mit ihm sich gestellt hatte. Sie warteten dies ab. Sie ließen den anderen steigen und das Wort nehmen. Sie unterbrachen ja einander niemals.

Doch sah Pippin genug. Und was er sehen konnte, befriedigte ihn höchlich. Rasch wuchs der Winkel (war er nicht ein gelehriger Schüler Professor Horns geworden, dieser Karolinger?!). Seit drei Tagen befanden sich die Peinflaschen an ihren Örtern. Die Wirkung war nicht immer zu spüren, sondern wellenweise nur und mit wechselnder Stärke. Plötzlich kreuzten einander Essig und Öl in der Nase. Im nächsten Augenblick vermeinte man, sich den Geruch wirklich nur eingebildet zu haben. Er war gänzlich verschwunden. Schon hatte Pépin den Childerich mit zuckendem Riechorgan schnauben gesehn. Ja, er befürchtete sogar einen heftigen Ausbruch, statt der von Schwester Helga gewünschten Dauer-Wirkung. Doch blieb es bei dieser. Auch bei einem Auftritte, der eben damals in der Bibliothek stattfand und für uns merkwürdig ist als einziges theoretisches Gespräch, das die beiden Herren jemals miteinander führten. Es war kurz, aber saftig, von Childerichs Seite nämlich. Pépin hielt ihm seinen Mangel an sozialem Empfinden vor. Es ist anzunehmen, daß der Graf den Gegenstand des Gespräches wohlüberlegt und aus Bosheit gewählt hatte. Wir wollen es mit dramatischen Versen wiedergeben, schon um uns hierin etwas besser zu üben. Auch halten wir für richtig, jedes Steigen und Übersteigen zu vermerken, sowie auch den jeweiligen Fußwinkel Childerichs, letzteren auch dort, wo er für den Majordomus infolge der Überhöhung nicht sichtbar sein konnte.

Bibliothek des Bartenbruch'schen Stadtpalais'

Childerich III., Pippin
in Distanz und statuarisch zu ebener Erde einander gegenüber

PIPPIN
Dir fehlt Gemeingefühl. Die Freiheit, einst erkämpft
vom Volk und seinen Helden, ist dir Abscheu.
Nicht Wunder nimmt's mich da, daß mit Gewalt
man's deinesgleichen schließlich abgedrungen.
Ihr kanntet nur den harten Vorenthalt,
bis euch des Volkes Arm zuletzt bezwungen.

CHILDERICH *noch mit mittlerem Fußwinkel*
Weit haben sie's gebracht und herrlich scheint's gelungen!
   nach einer Pause, mit erhöhtem Fußwinkel
Jedweder Kerl gemeiner Abkunft stinkt
am Hinterkopf, wo ihm das Haar ausgeht,
am warmen Hügelchen der frühen Glatze
nach nassem Hund. Des sei einmal belehrt.
   nachdem er ein Podest genommen, mit 150°
Sub Fuchtula mag sich das Volk ergetzen.
Doch soll sich keiner je als Richter setzen
in Sachen, die er niemals wissen kann,
weil ihm sein eigner Stank die Einsicht wehrt.

PIPPIN *nachdem er ein Podest genommen und sich Childerich III. gleichgestellt*
Du redest Wahnsinn. Dennoch wirkst du Gutes.

Childerich
Ganz wider Willen. Prügel mein' ich stets
und wirke Wohltat. Jene meinten Wohltat,
verbessern alles, schinden jedermann.
Die Qual der Wahl scheint mir hier klein zu sein,
denn saftige Prügel bringen Wohlfahrt ein.

Pippin
Das ist ein patriarchalisch' Regiment.
Wie soll man solches heutzutage führen,
wo jeder nur nach seinem Vorteil rennt?!

Childerich *nachdem er ein höheres Podest genommen, mit 160°
und verstärkter Stimme*
Mit Dreschen, sag' ich. Vorteil soll er haben,
doch wer nichts andres will, der halte auch das Maul.
Mit Dämpfen, Dreschen, Treten: jeden, der's da aufmacht,
des Anspruchs voll, zum Denken doch zu faul.
Dem Volke Wohlfahrt, Freude und Ergetzen,
Genuß im Überfluß und vollen Bauch!
Doch trete man's mit Wucht in diesen auch,
will es zum Reden gar zurecht sich setzen!
Wer ganz sich aufgibt um der Wohlfahrt willen,
der fresse still und saufe auch im Stillen.

Pippin *nachdem er ein höheres Podest genommen und sich Childerich III. wieder gleichgestellt*
Fast möcht' ich dir die Selbstgewißheit neiden.
Erwäge, daß man deiner nicht bedarf.
Popanzen solcher Art sind überflüssig,
darüber ist man heute längst sich schlüssig,
bloß, daß man uns noch nicht zum Teufel warf.
Das Volk lebt ohne dich. Du aber sei bescheiden!

Childerich *nimmt den Turm; nahe der Decke und den obersten
Bücher-Reihen, mit 170° und im brüllenden Tone*
Elendig Volk! In Dummheit dicht befangen,
vom Antlitz stinkend, kaum des Fußtritts wert!
Denn wer sich selbst aufgibt, nichts Edles will,
von Anspruch aber starrt an andere
und daß man keine größ're Sorge kenne,
denn Wohlbefinden grauslicher Personen –
den prügle, wo du kannst. Mit ihm wird nicht paktiert.

Nur barscher Ton begegne ihm. Und jedes Wort
muß einem kräftigen Tritt in seinen Hintern gleichen.
Kleinweis, durch Dämpfung des Gesindels, sparen wir
an einem Meer von Grausamkeit, das sonsten kömmt,
und das man heute staut. Doch tropfenweis
kann es schon jetzt verrinnen. Und gemindert
wird heut durch Fußtritt und durch barsches Wort
viel härteres Geschehn, das unvermeidlich
herankommt und dereinst die Sachen in ihr Maß
naturgemäß und schrecklich noch wird rücken.
Drum dämpfe, dresche, trete immer.
Wo die Frechheit, die Ausgeburt der Leere und des An-
                                                  spruchs,
ihr Haupt erhebt, dort schlag' sie kräftig nieder,
mit kaltem Blick und barschem Wort. Am besten freilich:
                                                    Prügel.

Lakai, durch das Gebrüll veranlaßt, öffnet vorsichtig die Türe des Bibliotheks-Saales und steckt den Kopf durch den Spalt; Childerich III., seiner gewahr werdend, nimmt einen Folianten aus der Reihe und schleudert ihn gegen die Türe hinab, wo er donnernd auftrifft. Lakai hat rasch den Kopf zurückgezogen und den Flügel geschlossen.

Es gibt sehr verschiedene Arten von kleinen älteren Männern, von denen einige den Grimm auch eines normalen Menschen auf schreckliche Art erregen können: und zwar durch ihren Anblick allein und innerhalb von diesem ganz besonders durch die Art ihres Vor-Sich-Hin-Blickens. Nicht sind es jene sanftmütigen und bescheidenen Wesen, die aus der Horn'schen Reihe in Zileks und Doctor Döblingers Aggregate eingesickert oder eigentlich von Schwester Helga geradezu eingeschleust worden waren. Diese blickten aus glattrasierten und beinahe distinguiert erscheinenden Gesichtchen und durch dicke Brillengläser, welche ihre Augen vergrößert und treuherzig erscheinen ließen, um nicht zu sagen blöde und langsam. Vielleicht kam's wirklich vom Bepauktwerden, wie ja Herr Zilek ursprünglich vermeint hatte, bis er durch Schwester Helga bezüglich der ›Short Men‹ von H. & Qu. eines besseren belehrt war.

Aber es gab und gibt auch allezeit welche mit grauen Spitzbärten, und wenn hier etwa ein Hut à la Homburg noch verschärfend hinzukömmt oder gar ein Chapeau melon (in Deutschland auch ›Goks‹ genannt, in Wien ›Butten‹), jedoch keiner von den früher allgemein üblichen schwarzen, sondern von den weit aufreizenderen hellgrauen oder braunen: dann kann es geschehen, daß sich aus finsteren, schwer zu kontrollierenden Winkeln unseres Innern ein Antrieb zur sofortigen Gewaltanwendung erhebt, und zwar zu einer solchen ohne irgendwelche Nennung von Gründen.

Die Familie Kronzucker, am Rande der Stadt in einem einsamen Hause wohnend – diese Leute hatten später unter den von Doctor Döblinger inspirierten Exzessen schwer zu leiden – wies mehrere Specimina der beschriebenen Art auf. Eine Last für die Augen.

Man muß gegenüber den seelischen Zuständen, die von derartigen Erscheinungen hervorgerufen werden können, überaus nachsichtig sein. Zudem kommt es ja dabei höchst selten zu spontanen Brachial-Handlungen. Der Affekt aber ist meist kein geringer, mag er immerhin durch Besonnenheit ausgewogen werden.

Die braunen oder hellgrauen ›Gokse‹ wurden bei alledem sogar in jüngster Zeit noch gesehen. Auch sanfte Menschen sind nicht immer vor Anfälligkeit bewahrt. Dem Verfasser dieser Zeilen ist eine bayerische Dame freundlichster Gemütsart bekannt, der in ihrer Heimatstadt während der Jugendzeit einer von jenen Kleinen mit eisgrauem Spitzbarte nicht selten begegnete. Sie nannte die Erscheinung damals in ihrer Sprache ›das Wintermandl‹, weil mit deren Auftauchen jedesmal, sei's auch im blühenden Frühlinge oder heißen Sommer, die Vorstellung von trübem Spätherbste und von Novemberabenden sie unweigerlich antrat. Späterhin, nachdem sie in eine andere Stadt und dort in Position gekommen war, begegnete ihr am dritten Tage auf einer Brücke über die Isar, und dann noch öfter, derselbe Spitzbärtige (es war einer mit grauem ›Goks‹). Das Männlein war offenbar mit ihr übergesiedelt. Was Wunder, daß sie von Grimm ergriffen ward, bei all ihrer Gutmütigkeit. Man ist derlei Provokationen oft kaum gewachsen. Mitunter haben sie auch unheilvolle Bedeutung. Der Verfasser des früher von uns, als Quellenschrift in bezug auf H. & Qu., citierten Romanes ›Spirits of Night‹, der Schriftsteller Vincent Brun, hat einmal geäußert, daß ihm mit Sicherheit was Übles bevorstehe, wenn eine bestimmte Art von älteren kleinen Herren ihm mehrmals begegne. Er nannte die Erscheinung ›mein Männlein Zapp‹. Nach dessen Aussehen befragt, erwies sich aus seiner Beschreibung, daß jenes, ›Männlein Zapp‹ ein ›Wintermandl‹ war.

Es gehörte zu den besonderen Unglücksfällen Childerichs III., daß eine bei ihm bestehende heftige Abneigung solcher Art dem Pippin zufällig kund ward, und diesem damit Gelegenheit bot zu einem rechten Dolchstoße von rückwärts. Denn einst, in den Speisesaal tretend, dessen Fenster, ebenso wie die eines benachbarten Salons, darin Childerich nach Tische gern den Kaffee zu nehmen pflegte, auf die stille Gasse vor der Hauptfront des Stadtpalais' hinaus sich öffneten, bemerkte sein (durch Professor Horn!) nun schon geschultes Auge bei dem Freiherrn, der am Fenster stand, einen hochgesteigerten Fußwinkel, ja die Ansätze zu leicht tretenden Bewegungen. Sogleich auf die Gasse blickend, sah er auf deren anderer Seite eine von den schon geschilderten Figuren gemächlich dahinspazieren. Nun, daß der Karolinger hier einen Zusammenhang herstellte, erscheint begreiflich. Doch war es eben ein falscher. Denn er vermeinte ja, Childerich ergrimme über die Person. Daß es nicht diese, sondern nur die Species war, was den Fußwinkel des Freiherrn ansteigen ließ, konnte der Majordomus erst später erkennen, ja, erst beim dritten oder vierten Male, als ihm gewiß wurde, daß die Steigerung stets bei ähnlichen, jedoch unzweifelhaft verschiedenen Erscheinungen unweigerlich eintrat.

Damit aber zeigte sich ihm ein Mittel, welches an Wirksamkeit dasjenige der Schwester Helga zu übertreffen vermochte.

Sogleich erschienen in den drei Zeitungen der Stadt wohlbemerkliche Anzeigen, welche ältere Herren in Pension zu einträglicher Nebenbeschäftigung warben. Täglich nur eine halbe Stunde, bei Entlohnung von 20 DM. Reine Repräsentation. Hinzugefügt war: keine Kundenbesuche.

Nach einigen Tagen schon hatte Pépin eine durchaus reputierliche, wenn auch senile Mannschaft beisammen. Er behandelte seine Mietlinge in öligem Tone und gemessen. Niemand von den doch etwas verschüchterten alten Herren wagte ihn zu fragen, was der ganze Zauber sollte, und wofür denn eigentlich sie bezahlt würden?! Das Geld lockte übermächtig. Sie nahmen es im Grunde mit schlechtem Gewissen.

Denn ihre Leistung hatte darin zu bestehen, daß sie bei ihrem gewohnten täglichen Spaziergange zweimal durch jene Gasse gehen mußten, welche am Bartenbruch'schen Palais entlang führte, und zwar auf der gegenüber liegenden Seite: einmal hin und einmal her. Beim Palais erschien jedesmal, vom anderen Ende der Gasse kommend, schon der Gegengänger. Sie verkehrten pünktlich wie die Eisenbahnzüge. Ihr Fahrplan verteilte sie auf den ganzen Tag, von neun Uhr früh bis sieben Uhr abends: keine halbe Stunde ohne zwei ›Männlein Zapp‹ vorm Stadthause des Freiherrn. Die Sache kostete Pippin ein erhebliches Geld, aber dies, so vermeinte er, sei nun die rechte Truppe, welche Childerich III. unbedingt vernichten mußte.

Ob die Herren dann vom hervorgebrachten Effekte jemals erfahren haben, ist freilich unbekannt geblieben. Doch schon während ihres Wandelns war den meisten von ihnen nicht recht wohl. Sie waren ihr Leben lang in Ämtern und Geschäften gesessen, um jetzt ihre bescheidenen Pensionen und Renten zu verzehren. Der Gelderwerb durch bloßes Spazierengehen konnte ihnen unmöglich als eine rechte Sache erscheinen. Es ist späterhin die nicht ganz unvernünftige Meinung vertreten worden, daß die Angehörigen der Familie Kronzucker nur deshalb – nach Doctor Döblingers Veranstaltungen – gegen diesen nicht vorgegangen sind, weil sie einer Art Gewissenshemmung unterlagen, indem sie zwischen dem auf so befremdliche und leichte Weise verdienten Gelde, und jenem nicht lange danach über sie hereingebrochenen Unheil einen Zusammenhang herstellten wie zwischen Schuld und Sühne.

Zwischendurch und in der letzten Zeit hatte Childerich III. zweimal bei seiner Braut in Hessen geweilt. Doch ging die Adoptions-Sache mit dem alten Freiherrn Clemens von Bartenbruch – den wir jetzt besser und kürzer ›das Smokingerl‹ nennen – nur langsam vorwärts, obwohl der kleine Teufel längst kassiert hatte. Vielleicht lag der Grund auch darin, daß Pépin, der freilich auf seine Provisionen bedacht gewesen war, diese den Hessischen sogleich entreißen konnte, somit weniger interessiert und, wie wir wissen, jetzt anderweitig beschäftigt sich fand. Nun schwoll wieder Childerichs Grimm, ohnehin künstlich genährt, auch wegen der Säumnis. Oft verließ er die Bibliothek in gefährlicher Gereiztheit. Doch war es sein Unglück, daß er deren Ursache nicht auszumachen vermochte. Zwar schnupperte er. Doch sagte er sich dann, die Gerüche seien von ihm nur eingebildet. Sie waren wieder verschwunden. So zart und wellenweis wirkten die Peinflaschen. Das Werfen von schweren Folianten gegen Bediente, welches er, nahe der Decke des Saales stehend, zum ersten Mal beim Abschlusse seines theoretischen Gespräches mit Pippin als Ausdrucksmittel angewandt hatte, war ihm nunmehr zur stehenden Gewohnheit geworden. Mit höchster Vorsicht nur streckten die Lakaien den Kopf bei der Türe herein, wenn das Klingeln ihres Herrn sie in die Bibliothek befahl.

Im grünen Taunus, im märchenreichen*, in der Gegend von Usingen, war Childerich III., auf Spaziergängen mit Ulrike, dem eigenen Grimme entrückt. Sie fuhren mit dem Wagen auf die Höhe der üppigen Laubwälder, und hier fanden sie wahren Frieden, von den mächtigen Kronen überwölbt. So ging's wie in Hallen dahin. Trat man vor deren Tore, wenn die glatten Säulen der Stämme wichen, dann sah man auf's Waldmeer, auf und ab die Kuppen. Hier wollte er bauen, Childerich, schon war er dazu entschlossen. Das Landhaus im Fränkischen, bei Selb, das er einst für die Ägypterin errichtet hatte – gemischten Gefühls, denn ihr Ort wäre der Süden gewesen – zog ihn nicht mehr an. Von dort kam nur ein Stachel der Trauer. Aber hier zu leben mit dieser weizenblonden Ritterin, die neben ihm züchtigen Ganges das braune Bodenlaub rauschen ließ, darin ersah er seinen Frieden.

Doch noch immer trennten ihn von diesem die gewaltigen Pläne familiärer Totalität. Erst wenn es ihm gelungen war, sein eigener Oheim und auch sein eigener Neffe zu werden, konnte er, alles in sich eingenommen habend, in stabilem Gleichgewicht einem neuen Hause insitzen, und das eben mit jener Frau, die ihm den letzten Schritt zur Totalität und Omnipotenz ermöglicht hatte.

Er liebte Ulrike. Wenn er zu Bartenbruch ihrer gedachte, dann schwirrten seine Barthaare vor Zärtlichkeit.

---

* Damit dies nicht nur so hingeschrieben erscheine, also im Interesse der wissenschaftlichen Genauigkeit: s. Helmut Bode ›Zwischen Main und grünen Taunusbergen / Märchen und Geschichten‹ Verlag Waldemar Kramer, Frankfurt a. M. 1953.

Dies Schwirren sänftigte ihn. Nicht selten ließ er dabei auch einen leisen, schnurrenden Ton hören, wobei im bartfreien Teil des Gesichtes (recht eigentlich war ja dieser ein Gesichtchen im Gesicht) eine Art bärbeißiges* Schmunzeln erschien.

Wäre solche Sänftigung durch Ulrike nicht gewesen, viel früher noch, als es dann geschah, hätte es bei Childerich III. zu einem schweren Ausbruche kommen müssen, mindestens aber zur Rückkehr in die Behandlung des Herrn Professors Doctor Horn. Denn nun war der Merowinger ja von künstlichen Peinigungen verfolgt. Pippin erkannte darum nicht mit Unrecht in dem Freifräulein Ulrike seine eigentliche Gegenspielerin. Oh, daß Childerich doch an den – von Professor Horn dem Pippin gegenüber so unvorsichtig beim Namen genannten! – Regierungsdirector Doctor Schajo geraten wäre! Aber hier lief eine jener unsichtbaren und undurchdringlichen Mauern des Lebens dahin, die aus dem festen Stoffe unserer Nicht-Kenntnisnahme gebaut sind. Ansonst hätte Pippin noch einen ganz anderen Gegenspieler bekommen (und Ulrike einen traitablen Mann).

So kam's denn, wie es kommen mußte.

Einmal vorher noch ertönte die Orgel des Grimmes, und zum letzten Male unter des Merowingers Spiele.

Childerich III. fuhr hinaus nach Bartenbruch. Der Frühling war daran, in den Sommer überzugehen. Alles Gewächs stand prall, im erdunkelten Laube, kein helles Grün ward mehr gesehen. Der Merowinger speiste allein im Saale. Ihm ahndete an diesem Abend manches, eine dunkle Zukunft, in der seine kühnsten Pläne sich verlaufen und verlieren konnten. Doch gab es bei ihm wohl Schwermut, nie aber Kleinmut, mochten auch seine Gefühle, gewaltig wie bei den Vorfahren, in kleinem und schlappem, fast beutelförmig zu nennendem Leibe wohnen. Bei allen Fenstern sah das Grün herein und legte seinen Schein zusammen mit dem Golde der Abendsonne auf den Estrich; ein solcher war's; geschliffner und mosaizierter Stein. Ja, hier hatte man mit dem kleinen Teufel gezecht, an jenem Abende, da er Ulriken zum ersten Mal erblickt. Wie dunkel und funkelnd erfließender Rotwein lag's in Childerich. Einmal noch wollte er sich selbst gehö-

* Siehe Fußnote Seite 78.

ren, und ganz. Der Lakai, welcher herzusprang, ihm Kaffee nachzugießen, ward mit einem Fußtritte beseitigt.

Childerich verließ das Schloß und schritt durch den Waldpark bis in dessen tiefsten Grund. Pfiffe und Cadenzen einzelner Vögel weckten gewaltig in ihm das Gedenken an die ferne Geliebte, an die Gänge tief im Taunus, von den gleichen Stimmen begleitet. Zu Ulrikes Ehren wollt' er heute noch einmal sich ergießen, im Gebraus der Orgel, von der vox caelesta bis zum Donner der Steintürme.

Nun langte er an und zog die mehreren Schlüssel, welche, nur in bestimmter Reihenfolge sperrend, die schweren Sicherungen weichen ließen, die hier Ignaz Burschiks großartiges Werk bewahrten. Die Luft im hohen Spielsaale stand starr und reglos. Childerich öffnete das Schloß eines der die Fenster sichernden engmaschigen Stahlgitter, ließ dieses zurückgleiten und einen Flügel des Fensters aufgehen. Alle diese Mechanismen bewegten sich gehorsam, weich und fast lautlos. Aus dem ebenerdigen Saale sah man geradewegs in den hier schon hochstämmigen Wald.

Childerich III. stieg zum Spieltisch empor und schaltete den Strom ein. Chromatisch liefen die Motoren auf die feine Höhe ihres Gesummes.

Ein Reger'sches Praeludium vorweg.

Er hatte bei Praemius van der Pawken was gelernt und zu solcherlei sich erfähigt.

Als dies verklungen war, blieb er lange reglos auf der Bank hocken. Tiefstes Brüten umwob ihn. Die angeknipste Lampe über den Noten vereinsamte, denn draußen senkte sich die Dunkelheit herab, und hier im Saale hob sie wie Rauch sich aus allen Ecken. Langhin in Childerichs Innerem dehnte sich die Flucht der Räume in ferne Vergangenheiten hinein, und ganz dort rückwärts, die Zimmer, sie waren nieder und eng, nach unseren Begriffen kaum eines Fürsten Gemächer zu nennen, dennoch wie solche geschmückt, und mit abenteuerlichem Kram orientalischer Art, Teppiche, Schilder und Lanzen, vielleicht Beute aus den siegreichen Schlachten gegen die Araber bei Tours und Poitiers. So entschwindet uns Childerich, wie in sich selbst hineingehend, wandelnd in den Gedärmgängen der eigenen Herkunft, wandelnd unter der Zeit, wie einer, der unter Wasser zu gehen vermöchte.

Jetzt: den Ton, den Wind!

Jetzt: Burschiks Meisterwerk, das Höllenregister B.

Mit furchtbarer Schärfe ohne Schonung, das Pfeifen von tausend Vipern zehntausendmal verstärkt, fegte dieser einzelstehende Ton durch den Saal, wie eine rieselnd scharfe, blanke Sichel in's Gehör hackend. Ihr konnte nur der Donner folgen und antworten, denn sie selbst war ein Blitz. Prasseln folgte. Das Gewitter des Grimms begann sich zu entladen.

Rasch kletterte der Doctor Döblinger über die Parkmauer, die hier schon zwischen den Bäumen des Waldes hinlief. Erst den machtvollen Tönen folgend, erblickte er nun den Lichtschein und schwang sich ohne Mühe in den hochgewölbten Saal. Jetzt trat er neben Childerich an den Spieltisch.

Empor fuhr der Merowinger, ein kurzer Kegel des Grimms. Döblinger aber (dessen Frechheit eben damals schon alle Grenzen zu überschreiten begonnen hatte) sah ruhig auf ihn herab, ja, durch ihn hindurch, als wisse er alles und jedes über das Männlein und kenne sein Treiben wohl: dies unterstreichend nickte er zweimal dem erstarrten Childerich recht einverständlich und beiläufig zu. Dann aber, kurz ausholend, langte er dem maßlos Erstaunten zwei derart saftige Ohrfeigen herunter, daß der Merowinger in katatonische Starrheit verfiel, wie ein Stück Holz am Spieltische lehnend. Der Doctor Döblinger aber latschte langsam zum Fenster und verließ durch dieses den Saal.

Sollen wir diesen ordinären Kerl für einen noch größeren Therapeuten halten als den Herrn Professor Doctor Horn, weil er es verstand, das Mittel in einem geradezu einzigartig geeigneten Augenblicke zu applicieren? Genug an dem, daß Childerich ohneweiteres den Strom abstellte, den Spieltisch verließ, Fenster und Gitter verschloß, das Licht im Saale ausknipste und sich, nach vorschriftsmäßiger Betätigung aller Sperrvorrichtungen, zum Schlosse zurückbegab, langsam durch den Park wandelnd, geröteten Gesichts, jedoch nicht vom Zorne. Oder aber – etwa von den Ohrfeigen? Auch so nicht. Sondern Döblingern hatte er sogleich erkannt, nach Thomas Wiesenbrinks Bilde.

Jedoch, wie's in seiner Jugend gegangen war, wenn die jüngeren Brüder ihn verprügelt hatten, bei des tiefinnerlichsten Ergrimmens leisestem äußeren Zeichen: wie sich damals die Wut durch Hiebe stets verdickte, so jetzt durch die Ohrfeigen, denen nicht, wie in der Ordination des Professors, sogleich ein heilsames Abpauken hatte folgen können.

Am nächsten Tage dann fand er sich gegen Mittag schon zu allem fähig. Noch hielt er mit Macht an sich. Bei Tische ward niemand getreten. Als er jedoch im kleinen Salon den Kaffee nahm – allein, denn Pippin hielt sich aus irgendwelchen Gründen in seinen Zimmern – genügte ein Blick auf die am Bürgersteige gegenüber eben einander kreuzenden Männlein, um seine Lage unhaltbar werden zu lassen. Sogleich, ohne den Wagen zu verlangen, ohne Hut und Stock sich reichen zu lassen, verließ er das Haus. Hier konnte nur Horn helfen.

Pippin sah ihn vom Fenster, wie er die Straße entlang stapfte, und nahm mit Befriedigung einen gewaltigen Fußwinkel zur Kenntnis.

Es war vier Uhr und fünfzehn Minuten.

17 Fistulierung Bachmeyers

Bachmeyer war einer der leidenschaftlichsten Klysteure unter des Professors Horn Patienten geworden. Die wiederholte Anmahnung des Gelehrten, jede Obstipation zu vermeiden, und einen mittleren oder hohen Einlauf als Prophylacticum gegen sich ankündigende affektive Zustände stets zu verwenden, hatte Bachmeyern dahin gebracht, daß er bei jeder Gelegenheit sich solchermaßen relaxierte, und dies vollends in die Gewohnheiten seines täglichen Lebens eingebaut hatte. War etwa das Heimkommen seiner Gattin in einer halben Stunde zu erwarten – diese stellte jenen Typ jähblonder und geräuschvoller Damen dar, den schon König Salomon als ›mulier stulta et clamosa... et nihil omnino sciens‹* specificiert hat – schon verschwand Bachmeyer im Badezimmer und griff dort zur Apparatur.

Dieser hohe Grad von innerer Ausgewaschenheit machte ihn milder und verdünnte sein Wesen (und verhinderte obendrein jede Zunahme seines Körpergewichtes, obwohl er, mit schneeweißen Zähnen aus schwarzem Barte beißend, ein rabiater Esser war). Selbst im Geschäft hatte er rückwärts in

---

* Lib. Prov. IX. 13. (Ein dummes und schreiiges Frauenzimmer ... unwissend in jeder Hinsicht.)

seinem Privatcomptoir einen Irrigator unter Verschluß, der erforderlichen Falls an der Warmwasserleitung des Beckens gefüllt werden konnte. Die Toilette lag nebenan. Es geschah mancher rasche Hops.

Natürlich hatten seine Angestellten – drei Verkäuferinnen, ein Hilfsbuchhalter und der Diener – längst die Apparatur entdeckt, die im unteren Teil eines Aktenschrankes ihren Platz fand. Gar so verläßlich halten alte Bureaumöbel ihren Inhalt nicht unter Verschluß.

Sie schwatzten auch davon herum, und so ist schließlich die Sache dem Doctor Döblinger zu Ohren gekommen, der sich damals, wie wir eben vorhin sahen, wieder (und manchen Ortes) unangenehm bemerkbar zu machen begann; und so ward denn sein Augenmerk auf Bachmeyern gelenkt.

Nicht etwa, daß er sodann Bachmeyern von der beschriebenen schwächsten Seite her attackierte. Es gab noch eine andere, die sich bequemer dem Angriffe bot. Wir erinnern uns, wie Bachmeyers ohnehin helle Stimme im Ärger bis zu einem Grade steigen konnte, daß man ohne Zweifel vermeinen mußte, es rede ein Frauenzimmer, wenn man den Sprecher nicht sah. Diese Fälle wurden bei ihm nun in letzter Zeit immer häufiger. Es lag daran, daß die Klystur, allzu frequent verwendet, allmählich ihre prophylaktische Wirkung bei herannahenden hochaffektiven Zuständen versagte.

Es ist nicht möglich, hintnach zu entscheiden, ob die fünf Angestellten Bachmeyers überhaupt verrückt waren, wie er selbst, so daß er gerade diese Leute aus unbewußter innerer Verwandtschaft an sich gezogen hätte. Oder aber, ob es dem Doctor Döblinger gelungen war, die Bachmeyer'sche Belegschaft zu faszinieren und gewissermaßen mit seinen Wahnideen zu impfen. Eine Fähigkeit in solcher Hinsicht kann ihm nicht abgesprochen werden, denn er hatte sie ja vordem schon in einem größeren Kreise erwiesen, von dem man nicht annehmen darf, daß er nur aus Verrückten bestand. Auch die Art, in welcher später die Katastrophe der Familie Kronzucker vorbereitet worden ist, zeigt dies unzweideutig.

Er machte den fünf Personen, die neuestens unter dem giftigen Ärger Bachmeyers und seinen Wutausbrüchen bei den geringsten Anlässen noch weit mehr als früher zu leiden hatten, allmählich klar, daß nur ein Schock ihren Chef – den sie im übrigen gerne mochten und bei dem sie auch auszuharren gedachten – zu kurieren und zu erleichtern vermöge.

Das Mittel aber, um dies jetzt, beim Versagen der Klystur, herbeizuführen, mußte – so Doctor Döblinger – aus der fistelnden Stimme Bachmeyers selbst gewonnen werden, und zwar durch Übersteigerung derselben.

Es sollen in Doctor Döblingers Wohnung Übungen in diesem Sinne stattgefunden haben, und zwar solche mit verteilten Rollen, wobei diejenige Bachmeyers von Döblinger selbst übernommen ward. Die Sache ließ sich etwa in der folgenden Weise an:

BACHMEYER (DÖBLINGER) *krähend*
Herren-Halsbinden lang, Seide, zweite Qualität, dritter Karton – wo?!
das Letzte im Fortissimo und mit hohem Fußwinkel

DIENER *bereits fistelnd*
Steht vor Ihnen auf dem Tisch.

BACHMEYER *in noch höherer Tonlage*
Warum nicht ordnungsgemäß eingestellt?!

ERSTE VERKÄUFERIN *in der höchsten Fistel*
Kundschaft hat eben daraus gewählt!

Es gab freilich Kombinationen, bei denen auch die zweite und dritte Verkäuferin, sowie der Hilfsbuchhalter in Aktion traten. So ward alles für einen bestimmten Tag vorbereitet, an welchem Bachmeyer nur mehr Fistelstimmen zu hören bekommen sollte. Als Auslösung genügte es, beim damaligen Zustande Bachmeyers, ganz und gar, etwa zwei Schachteln offen auf dem Ladentische stehen zu lassen.

Doch bleibt immer unerklärlich, warum der gesetzte Termin mit einem gewissen anderen zusammenfiel, der von Schwester Helga im Einvernehmen mit Elisabeth Friederike Krestel und Zilek festgelegt worden war, wobei man doch die Dummen – heißt das: den Professor Horn und Döblinger – glatt übergangen hatte. Entweder hat Zilek geschwatzt – was vom Standpunkte der auftrag-gebenden Firma H. & Qu. unverzeihlich gewesen wäre – oder aber es müßte eine direkte Verbindung zwischen H. & Qu. und dem Doctor Döblinger angenommen werden, mindestens aber eine solche über die Schwester Helga.

Genug – als es dann so weit war, biß Bachmeyer krähend mit weißen Zähnen in seinen schwarzen Bart. Es war zwanzig vor vier, also noch hinlänglich Zeit, um in der Spezialordination des Professors zu erscheinen. Es gab, seiner Meinung nach, für ihn nur diese eine Hilfe mehr. Er knallte seinen Hut auf den Kopf, befahl dem Hilfsbuchhalter, die Sperrung des Geschäftes um sechs vorzunehmen und die Schlüssel ordnungsgemäß beim Hausmeister zu deponieren. Den Wagen ließ er stehen, und eilte hinweg, so rasch es sein hoher Fußwinkel erlaubte.

18 Untergang Professor Horns im Toben der Elemente

Dreifach donnerte der Wutmarsch. Als wären aller angesammelte Grimm, giftiger Ärger, bebende Wut der Stadt in diesem einen Hause versammelt, so vibrierte dieses von oben herab, wo das gewaltige Blasen der Musik in seiner Macht saß und alles zur Einheit zusammenzwang.

Es waren heute dreiundfünfzig Elemente in Bewegung: das oberste Aggregat, bei Professor Horn, mit zehn dreigliedrigen Einheiten; in der vordersten, von Schwester Helga geführt, stampfte Bachmeyer machtvoll in seinem Schweiße dahin; die Erhitzung trieb den Duft vom ausgiebig gebrauchten Eau de Lavande hervor. Im Stockwerk darunter, bei Doctor Döblinger, führte die Krestel, ihre Knie tänzerisch hebend, ein Aggregat von 22 Personen. Beim Ehepaare Zilek waren es 21. In beiden Sub-Aggregaten bildeten Short Men von H. & Qu. die Spitze.

Schwester Helga hatte an diesem Tage für zwei Umstände genaue Sorge getragen: erstens dafür, daß die bayerischen Musikanten diesmal nicht, wie sonst immer, ein frisch angeschlagenes Faß Bier in ihrem Raume aufgebockt fanden, samt den bereitgestellten Trink-Gemäßen, ihrer Kopfzahl entsprechend. Blasen macht durstig. Das Fehlen der Stärkung mußte Leuen-Grimm erzeugen. Doch fingen sie zunächst munter an, wohl des Glaubens, das Fäßlein würde noch gebracht werden von denen Wirts-Knechten, was schon ein oder das andere Mal um etliche Minuten sich verzögert hatte. Eine zweite Anstalt der Schwester Helga aber betraf die Nasenzangen. Sie hatte alle durch feinen Silberdraht fixiert und diese Blattzangen in harmlose Klammern verwandelt, die auch bei gespannten Schnüren und scharfem Zuge eine bändigende Wirkung zu tun nicht vermochten.

Um 4 Uhr und 15 Minuten erfolgte, auf den Tupfen genau, die De-Rhythmisierung in allen drei Stockwerken zugleich, gerade als die Aggregate sich um den Figurentisch bewegten. Schwester Helga bewirkte die Auslösung auf's einfachste. Sie zog Bachmeyern plötzlich an der Schnur nach rechts, denn immerhin hielt ja die Nasenzange noch klemmfest; dabei stellte sie ihm ein Bein und erteilte blitzschnell einen Bartriss. Jetzt brach er, dessen Fußwinkel ein enormer gewesen war, brüllend aus der Reihe und warf rasch hintereinander drei Figuren quer durch den Raum. Die Application stockte. Die Zangenführerinnen zogen scharf an, und da dies wirkungslos blieb, löste sich in den nächsten Augenblicken das ganze Aggregat tobend auf, wobei die Applicatoren in jedem Elemente alsbald handgemein wurden. Nun brach auch die Musik ab. Die Bayern, durstig und gereizt, kamen hervor, um zu sehen, was der Lärm bedeute, und als jetzt einige frei gewordene Elemente des Aggregates brüllend auf sie los sprangen, begannen sie ohne weiteres jedermann zu prügeln, der ihnen in die Hände lief, dies um so freier, als sie ihre kostbaren Blas-Instrumente nebenan in Futteralen geborgen und in einer Ecke zusammengestellt zunächst in Sicherheit wußten. Während aber nun die Musikanten nicht nur jedermann prügelten, sondern bereits den niedlichen Zangenführerinnen und auch der Schwester Helga gegenüber handgreiflich zu werden begannen, so daß gellendes Geschrei sich erhob, wieselten überall H. & Qu.'s Short Men herum und zogen geschickt das Chaos hinter sich her und weiterhin bis auf die Treppe hinaus.

Während dieser Vorgänge suchte der Professor Horn, dem irgendwer, wahrscheinlich einer von den bayerischen Musikanten, ein paar saftige Ohrfeigen verabreicht hatte, unentwegt seine bei dieser Gelegenheit davongeflogenen goldenen Brillen. Das dauerte eine ganze Weile. Aber Horn wußte sich ohne die Augengläser aktionsunfähig, weil halb blind. So tappte er denn, als die Tobenden sich allmählich nach vorne ergossen hatten, in diesem jetzt leeren Raume auf dem von Scherben bedeckten Fußboden umher, nachdem er in seinem weißen Arbeitsmantel sich auf die Knie niedergelassen hatte, immer noch in der schwachen aber hartnäckigen Hoffnung, das Augenglas zu finden. Und er fand es, so unglaublich das klingen mag, heil, unzertreten, unverletzt. Allerdings nicht auf dem Fußboden. Sondern, als er sich endlich erschöpft erhoben hatte, um in einem an der Wand stehenden Polstersessel ein wenig niederzusitzen, erblickte er die Brillen, eben noch rechtzeitig, bevor er sich fallen ließ, auf dem Stuhle. Sie waren von seiner Stupsnase und aus seinem bärtigen Antlitze dorthin geflogen, weich aufgetroffen, und daher ganz geblieben. Nachdem der Professor etwas verschnauft hatte, lauschte er in die benachbarten Räume. Sie lagen still. Das Toben kam von weiter draußen. Alsbald schlich er in sein Arbeitszimmer, das im ganzen, bis auf ein paar umgefallene Sessel und umhergeworfene Bücher, nicht verwüstet sich darbot. Das Telephon war intakt, die psychiatrische und neurologische Klinik meldete sich. Nach des Professors Anruf und Anweisung setzten sich von dort mehrere vergitterte Zellenwagen in Bewegung, jeder bemannt mit einigen jener Gorillas, die man in derartigen Anstalten als Wärter hält, und freilich auch mit Zwangsjacken und allem sonst nötigen Materiale ausgestattet. Horn verabsäumte es, die Polizei anzurufen. Vielleicht vermeinte er, mit seinen eigenen Mitteln des Aufruhrs Herr werden zu können, wie es ja dann auch tatsächlich der Fall war. Die Hausmeisterin aber, welche gewiß an die Polizei sich gewendet hätte, befand sich im Augenblicke des Hereinbrechens der Katastrophe beim Wäsche-Aufhängen am Dachboden. Als das Toben begann, schloß sie dort sich ein, wo freilich kein Telephon zur Hand war, und wagte es nicht das Treppenhaus zu betreten. Eben als Horn sein Gespräch mit der Klinik beendet hatte, kamen nebenan die Bayern vorbei getrampelt, um ihre Instrumente zu holen. Der Professor rief sie an, zahlte sie auf der Stelle aus und überreichte ihnen obendrein den Betrag für ein ganzes Faß Bier. So entließ er die nun Zufriedenen mit dem Rate, so rasch wie möglich davonzugehen, um aus dem Hause zu gelangen. Sie taten's und schlugen sich kraftvoll durch's Getümmel.

Auch in den Sub-Ordinationen hatte sich in analoger Weise die De-Rhythmisierung abgespielt: bei ihr schon wirkten hier die Short Men von H. & Qu. mit, aus der Reihe brechend, Figuren quer werfend und überall mit Geschrei umherwieselnd. Wurden oben die Applicatoren mit den Elementen handgemein, so hier vielfach die Elemente untereinander: deren Überzahl war's, was die Lage außerordentlich verschärfte, mochten auch keine bayerischen Musikanten eingreifen. Doch prügelte jeder jeden. Die Krestel, welche man an den Beinen durch's Zimmer geschleift hatte, flüchtete auf einen hohen Barockschrank, und nur mit Fausthieben und Fußtritten gelang es dem kräftigen Doctor Döblinger, den zappelnden Menschenbrei langsam in die vorderen Räume und gegen den Ausgang zu bringen. Zilek und seine Frau hatten hierin weniger Glück. Beide wurden verprügelt und geohrfeigt.

Während solcher äußerst turbulenter Vorgänge verweilte Professor Horn tief sinnend am schweren breiten Schreibtisch seines moderat devastierten Arbeitszimmers. Er ruhte. Und zwar ruhte er wie ein im Sturme untergegangenes Schiff, das nun fest und reglos am Meeresboden liegt, während an der Oberfläche die Elemente weiter toben, der Seegang hoch ist und die Schaumfetzen von den Wellenkämmen fliegen. Des Professors Ruhe erscheint als erstaunlich. Kein Brummen, Schnaufen, Piepen. Kein erregtes Hin- und Wider-Schreiten. Ja, sieh da! Selbst eine Cigarre kam zum Vorschein, und ihr nachdenklicher Duft zog durch diesen Raum, den wir in Wahrheit jetzt als einen unerschütterten Befehls-Stand der Wissenschaft erkennen. Mochte die Praxis im Toben der Elemente zusammengebrochen sein (und von den Ohrfeigen, die er nun seinerseits endlich einmal erhalten hatte, überhaupt abzusehen, dazu fehlte es Horn, diesem Märtyrer der Wissenschaft, jetzt nicht an Größe!), mochten augenblicklich alle aus Erfahrung getroffenen bewährten Anstalten im brüllenden Chaos sich auflösen: Horn lächelte, so unglaublich es klingt: er lächelte.

Denn ihm war gegeben, die Epoche zu erkennen, dem Sinnlosen Sinn zu verleihen durch tieferes Wissen, welches ihn erleuchtete: schon war ja diese Art der Behandlung im seriellen Aggregate reif zum Untergange gewesen – so kurze Zeit immer er sie erst praktizierte – und gänzlich veraltet gegenüber den Früchten einer neuen Gedankenwelt, die in jenem Augenblicke ihm zu Kristall geschossen war, als da vor seinem inneren Auge ein bewegtes Aggregat plötzlich statisch wurzelte: das Wuthäuslein war geboren worden. Sehr zur rechten Zeit hatte ein nur anscheinend blindes Schicksal donnernd das Alte und Überlebte im hereingebrochenen Strudel der Gewalten versinken lassen. Welch ein Weg war hier durchmessen worden, und in so kurzer Zeit, vom bewegten Einzelelemente über das dynamische Aggregat bis zur statischen Application, die in beliebiger Zahl der Einheiten sicher, wirksam und gänzlich gefahrlos parallel geführt und beigeschaltet werden konnte! Horn fühlte in diesen Augenblicken den reißenden Fortschritt der Wissenschaft gleichsam durch sich selbst hindurchgehen, der nichts anderes war und sein wollte als ein dienender Leitkörper. Er lächelte. Ja, er lächelte selig im Barte und unter seinen wiedergefundenen Brillen.

Inzwischen war es auch im Treppenhause zu den schwersten Exzessen gekommen. Denn wie geplatzte Wurst-Därme ihren Inhalt entlassen, so quoll hier ein vor Wut kochendes Magma aus den drei Ordinationen auf die Treppen-Absätze und ergoß sich fuchtelnd und zappelnd, dreschend und tretend, brüllend und kreischend die Stiegen hinunter. Der Bayern gewaltiger Durchbruch steigerte das Toben bis zum Äußersten. Jene durften keine Rücksicht kennen, wollten sie die Straße gewinnen und ihre kostbaren Instrumente heil davon bringen. Jeder Mann hatte ja nur einen Arm frei, der andere aber hielt und schützte das größere oder kleinere schwarze Futteral, während die freie Faust auf die Schädel sauste, sogenannte Kopf-Nüsse erteilend, oder auf andere Weise, etwa durch Knüffe und Püffe in den Magen, eine Gasse hieb. Am schwierigsten kamen die umfänglichen Instrumente durch, Bombardon und große Trommel. Sie hatten sich an das Ende der durchbrechenden Streitmacht gesetzt und wurden von jenen, die nur kleinere Etuis tragen mußten, wie den Flötisten oder Trompetern, mit einem ununterbrochenen Hagel von Ohrfeigen unverletzt durch's Gewühl gebracht. Es dauerte garnicht lange, und die mannhaft fechtenden Musiker hatten sich durchgeschlagen und das Haus verlassen. Jenes Faß Bier, das der Professor ihnen zuletzt gespendet, wahrlich, es war schwer genug verdient worden, und man darf es den Braven gönnen. Sie soffen es noch am Abende nach der Schlacht aus.

Aber das Ende des Bayern-Durchbruchs brachte aus einem

besonderen, wenn auch naheliegenden Grunde keine Beruhigung der Lage. Immer mehr Menschen traten aus den im Hause befindlichen Werkstätten und Magazinen heraus auf die Treppe, um zu sehen, was der gräßliche Lärm bedeute. Von den Tobenden angegriffen, wurden nun auch sie mit jenen handgemein. Weit Schlimmeres jedoch wirkten die überall herumwieselnden Short Men von H. & Qu. Ihnen schlossen sich merkwürdigerweise noch andere kleine und ältere Elemente aus den drei Ordinationen an, glattrasierte und bärtige. Sie alle, nachdem sie durch's ärgste Gewühl gewieselt waren und nun in's unterste Stockwerk gelangten, zeigten ein außerordentlich befremdendes Gebaren: einander an den Händen haltend, schritten sie sänftiglich abwärts. Hatten sie aber bisher in kecker Weise jedermann, der ihnen begegnete, kraulend unters Kinn gegriffen und das Verslein gesprochen:

»Hast' eine Wut?
tut dir gut!
Hast' ein' Zorn?
gehst zum Horn!«

– wonach sie allerdings wiederholt auf die Köpfe geschlagen worden waren: so schickten sie sich nunmehr, das Haus verlassend, zu einer Art Chorgesang an. Nur der letzte von ihnen kraulte unterm Haustore noch einen kleinen, sehr bärtigen Herrn, der eben eintrat, kraulte aber nur so lange, als ihm der automatische Türschließer dazu Zeit ließ, drang freilich tief in den Bartwald. Sein Verslein sprach er dabei noch. Schon fiel das Tor in's Schloss.

So resultierten jene, könnte man sagen, aus dem ganzen hochgetürmten Tumulte, wie ein Quell oder Bächlein harmlos plätschernd aus des Berges mächtiger Flanke entspringt.

Sie gingen die leere Gasse entlang, die jetzt, nach solchem brüllenden Chaos, auf sie wie ein Tal der Stille wirkte, sie schritten zu zweien auf dem Gehsteige dahin, einander an den Händen haltend, und sangen mit ihren dünnen Stimmchen:

»Wir sind erlöst von Wut und Grimm.
Wie Engel rein gehn wir dahin.

Ach, war es eine schwere Not!
Man schlug uns fast mit Knütteln tot!
Ja, Pein muß sein,
ja, Pein muß sein:
eventuell auch mit Knütteln.«

Es haben diese kleinen, alten Männer den lümmelhaften Doctor Döblinger nicht lange danach tief und für ihn recht beschämend in den Schatten gestellt. Denn die Folgerungen, welche sie aus dem Erlebten zogen, lassen erkennen, daß sie ihn besser verstanden als er sich selbst, und auf sublimerer Ebene ein von ihm nur roh und dumpf Geahntes in wahrhaft mustergültige Form zu bringen vermochten. Wo blieb da Döblingers dumme physiognomische Gangsterbande?! Und worauf war's denn bei ihm hinausgelaufen? Auf's Prügeln, und sonst nichts. Wie bei den Merowingern.

Ein markerschütterndes Wutgebrüll erhob sich, nachdem der Torflügel zugefallen war. Der Hausmeisterin, die sich am Dachboden eingeschlossen hatte, gefror das Blut. Professor Horn aber erkannte – kalt vor Schreck – den Kehllaut Childerichs III.

Mit einem Fußwinkel von nahe an 175° stampfte er empor. Noch war man auf allen oberen Treppen-Absätzen handgemein. Wohl lähmte das tigerartige Brüllen zum Teil das Gefecht. Aber, wär's auch noch mehr gesänftigt worden: ein Eintreten Childerichs III. in den Tumult mußte auf jeden Fall unvorstellbare Folgen haben.

Zum Glücke fuhr eben in diesen Augenblicken der erste von den psychiatrischen Zellenwagen vor. Die Gorillas, als sie des Gebrülls anhörig wurden, warfen sich sofort, Zwangsjacken in Händen, in's Haus und treppauf. Als sie Childerich III. ergriffen, sprang er und biß scharf. Da sein Gebrüll andauerte, mußte ihm ein Knebel in den Mund geschoben werden. So brachten ihn die weit überlegenen Kräfte in die Zwangsjacke und in den Zellenwagen. Wäre Childerich jetzt nicht stumm gewesen: sie hätten ein brüllendes Gebüsch davongefahren; so mächtig bauschten und fächerten die Bärte, durch den Kampf in Verwirrung geraten, nach allen Seiten.

Aber es brachte dieser Abtransport auch keine Beruhigung der Lage. Im Treppenhause blieb man handgemein; das Gebrüll, das Zetern und das gellende Geschrei schwollen wieder an. Den Zileks, die schrecklich zugerichtet waren, gelang es, ihre Wohnungstüre zu schließen und zu verriegeln. Noch besser glückte dies dem Doctor Döblinger, der sogar obendrein noch einmal auf den Treppenabsatz hinauslief und wahllos ein paar kräftige Fußtritte austeilte, nur um seinem Ärger Luft zu machen. Auch Professor Horn hatte jetzt seine Türe abgeschlossen.

Doch fuhr nun Zellenwagen auf Zellenwagen vor. Wer da noch im Treppenhause und im Handgemenge angetroffen wurde (freilich hatten inzwischen nicht wenige auch das Weite gesucht), ward ergriffen und abtransportiert. Schon half auch die Polizei mit. So ist es zu erklären, daß der Professor am nächsten Tage in der vergitterten Abteilung seiner Klinik drei von den Zangenführerinnen und fünf Applicatoren antraf, obendrein die Schwester Helga, letztere als die einzige Person, von der man mit einiger Sicherheit sagen kann, daß sie wirklich verrückt gewesen ist.

Jetzt auch wurden schon alle aus dem Haustore Kommenden ergriffen, in die Wagen gezerrt und dort in Zwangsjacken gesteckt; übrigens geschah dies irrtümlich auch einigen völlig unbeteiligten Personen, die zufällig vorbei gingen. Diese verbrachten dann viele Monate auf der Psychiatrie, wo man sie den widerlichsten Injections-Kuren unterzog, bis sie wirklich verrückt waren. Sodann entließ man sie als geheilt (es sei denn, sie wären sehr wohlhabend gewesen, was alsdann ihre Einweisung in teure Privatanstalten zur Folge hatte). Manche von ihnen stürzten sich, zu ihren Familien zurückgekehrt, sogleich brüllend und mit hochgeschwungenen Fäusten auf ihre Angehörigen, weil jetzt die während monatelanger Drangsalierungen unterdrückte Wut wieder frei wurde: alsbald aber mußten sie neuerlich in Zwangsjacken gesteckt und zu noch schlimmeren Peinigungen wieder eingeliefert werden, was ihren Angehörigen in den meisten Fällen überaus willkommen zu sein schien.

Merkwürdig bleibt es doch immer, daß gerade jener Mann, der, wenn auch unfreiwillig, zum Auslöser der Katastrophe geworden war, als erster und sehr bald dem Getümmel entwich. Wie eine Forelle schlüpfte Bachmeyer, ohn' alles Treten und Schlagen, flink durch's Toben der Elemente, gewann die Straße, ging rasch dahin, rief mit vorgestoßenem, schwarzem Spitzbarte einen Taxilenker an und war fünf Minuten später zuhause. Hier verschwand er alsbald im Badezimmer; und was denn sonst. Als seine jähblonde Gattin heim kam und mit ihr ein Redestrom sich in die Wohnung ergoß, empfing Bachmeyer sie mit charmanter Höflichkeit, die paar Worte in weit tieferer Stimmlage sprechend als seine Frau, deren Gefistel hoch über ihm dahinzog wie ein Mückenschwarm. Sein Blick aber, aus kultischer Nüchternheit und äußerster Verdünntheit auf sie fallend, war leicht gallertig und von heiligmäßiger Milde. So finden wir denn Bachmeyern sanft wie ein ausgeronnenes Schaf.

Es gehört zu den merkwürdigsten Fakten dieser fragwürdigen Berichte hier, daß seine Wut in solcher Weise wie früher nie wiedergekehrt ist. Es hat dieser Umstand dem Doctor Döblinger zu einem völlig unverdienten Ruhme verholfen, nämlich bei Bachmeyers Angestellten, die lange nach den geschilderten Begebenheiten seiner noch oft in Dankbarkeit gedachten.

19 Humane Anwendung verlängerter Blatt-Zangen

Einige Wochen nach der Katastrophe der Horn'schen Privatordination (in ihrer seriellen Ausprägung) trafen einander alle Kleinen, mit und ohne Bart, im reservierten, stillen Hinterzimmer des Wirtshauses ›Zu den drei Hacken‹.

Jedweder trug ein stabförmiges Futteral von über einem Meter Länge in Händen.

Es ist eine verlängerte Blattzange im Prinzip nicht anders wie eine Nasenzange construiert. Doch fehlt die scharfe Bezahnung. Die Blätter klemmen auch nicht stärker durch Zug, sondern schließen sich stets gleichmäßig sanft durch eine Feder; geöffnet werden sie, indem man einen Daumen auf den Knopf legt, welcher sich rückwärts am Ende des schlanken, hohlen, blank vernickelten Schaftes befindet. Innen läuft ein Gestänge. Es ist ganz so, wie bei gewissen Zuckerzangen. Die Blätter sind mit etwas Samt gepolstert.

Es dient die verlängerte Blattzange der physiognomischen Anzeige. Sie ist kostspielig. Die Kleinen hatten sich jeder eine machen lassen.

Die Sache war's ihnen wert. Hier wurde niemand überfallen, niemand blitzschnell unter ein Haustor gezerrt und verprügelt. Doch sanfte Anzeige erfolgte durch das Instrument, welches mit seinen Händlein kleinste Widerwärtigkeiten zu fassen vermochte, Wülstchen, Tränensäcke, krumme Rücken zwergisch kleiner Nasen, Backentaschen, hängende Mundwinkel, Auswüchse und Warzen. Schweigend zeigten's die Zangen. Mit zärtlichem Drucke. Saß man selbsiebzehnter um den großen, runden Tisch unter der obschwebenden, hellen Lampe: nichts entging. Einer etwa begann eine Anzeige, klemmte ein Wülstchen. Dem sie getan ward, der gab sie nicht zurück, sondern weiter: schon saß ein Tränensack sanft gedrückt zwischen den Blättern. Sie erkannten einander und schließlich auch sich selbst. Kein Wort fiel. Bald waren zehn und zwölf der blanken Stäbe über der Mitte des Tisches gekreuzt.

O Schweindi, was hast du für große Poren an der Nase. Säufst.

Deine Augen liegen in Hängematten.

Was mag denn jener in langer Gewohnheit innerlich beschmecken, bei solchen Mundwinkeln?

Schweige. Denn du bist ein Schwein. Mit breitem Nasenfundament.

Jetzt hab' ich deinen Daumen. Seht ihn an, den Daumen. Deutet wohl oft ordinär.

Wer Hunde hält, sollte auf der Straße an der Leine geführt werden.

Auch Krawatten können einbezogen werden, wenn zu breit und professoral gebunden.

Schuppig Schwein. Haare schneiden lassen. Willst wie ein Genie ausschauen?

Denkerstirn, aber schief nach hinten.

Zöttelchen an den Schläfen.

Schaust dich mit dem Bärtel oft in' Spiegel? Will's zupfen.

Wohl gehört dir alles und jedes ausgerissen, doch will ich dein Quellauge sanft in die Zange nehmen.

Äußere Augenwinkel hängen herab. Verdächtig.

Die Warze stört niemanden.

Wie ein blankes Gestrüpp aus lauter Geraden schwebten die Stäbe über der Tafel, leise schwankend; wohl auch änderte sich des Gebildes Gestalt, wenn eine neue Anzeige hinzukam. Jede einmal getane blieb liegen. Waren alle siebzehn Blattzangen gekreuzt und im physiognomischen Gefechte, dann brach man die Sitzung ab.

20 Einzelbehandlung Childerichs III. – Triumph der Wuthäuslein – Wiedergeburt Professor Horns durch die Wissenschaft

Hohnvoll schrieb Pépin an Ulrike von Bartenbruch, daß ihr Bräutigam seiner gemeingefährlichen Wutausbrüche wegen im Narrenhause festgesetzt worden sei. So, in diesen dürren Worten.

Schleunig reiste sie an, fand den Weg in die Klinik und zu Professor Horn, dessen ärztliche Kunst im Falle Childerichs III. jetzt wahrlich nicht auf dem Kopfe stand.

Gewaltig überwölbte sie der Gelehrte, vor Wohlwollen schnaufend und leise piepend, in seinem Ärzte-Mantel ein gletscherweißer Vater-Block.

Es sei nicht so schlimm, wie's erst ausgesehen habe, sagte Professor Horn. Der Zustand des Patienten sei normal und durchaus beruhigend, sie könnten ihn gleich jetzt besuchen gehn. Der Baron müsse einer, ihm, dem Arzte, zur Zeit noch unbekannten Schock-Wirkung unterlegen sein, die ihn aus dem Gleichgewicht geworfen habe. Doch sei es bisher leider nicht gelungen, aus dem Munde des Patienten selbst einen Hinweis in dieser Richtung zu gewinnen.

Esel. Hätte ihm Childerich etwa von den Wintermandln erzählen sollen oder von den Gerüchen, die ihn bei jedem Aufenthalte in der Bibliothek verfolgt hatten? Sogleich wären solche Wahnvorstellungen von dem besorgten Professor in die Krankengeschichte Childerichs III. eingetragen worden. (Pépin hatte teuflisch-trefflich alles vorausbedacht!) Die Peinflaschen wurden damals von Wänzrödl, der oft stundenlang weinte und täglich dreimal auf die Klinik lief, zwischen den Büchern sämtlich entdeckt und entfernt. Nachdem er die Bibliothek gründlich durchlüftet hatte, ging er mit Flacon und Ballon darin umher und versprühte Childerichs Lieblingsduft, ein starkes Chypre.

Übrigens wurde Wänzrödl von Pépin während der Abwesenheit Childerichs mehrmals im Vorbeigehen, etwa auf einem der Gänge oder im gewaltigen Treppenhause des Palais', beiläufig mit Fußtritten bedacht.

Ulrike und der Professor begaben sich zu Childerich, der ein sehr schönes Gartenzimmer der Sonderklasse innehatte, mit zwei großen Fenstern, deren Gitter dünn und weißlackiert waren, kaum in's Auge fallend. Als der Baron Ulriken erblickte, begannen sämtliche Härchen seiner nun wieder sorgfältig gepflegten, geordneten und geteilten Bart-Individuen vor sanfter Zärtlichkeit zu schwirren. Im gleichen Augenblicke erkannte Horn, daß diese Frau bei seinem Patienten alles zu wirken, ja, jeden Schatten affektiver Möglichkeiten zu vertreiben vermochte. Fast hätte sich für Sekunden seine ärztliche Kunst auch Childerich III. gegenüber auf den Kopf gestellt.

Sie saßen ein wenig beisammen. Wie sich zeigte, nahm der Baron seine derzeitige Lage mit Fassung, ja, mit Humor hin. Endlich äußerte er sich auch über die Umstände, die zu seiner Katastrophe geführt hatten. Er sei, so sagte er, im Treppenhause tätlich angegriffen und dann obendrein noch und gleich danach von den Irrenwärtern gepackt worden. Wir wissen wohl, daß seine Darstellung der Wahrheit nicht entsprach. Doch war sie klug. Und dem Professor genügte sie. Er wird sie wohl auch eingetragen haben. Es handelte sich also hier, genau genommen, nur um das spezifische Verhalten eines hochgradig reizbaren Cholerikers.

Inzwischen hatte freilich eine Behandlung Childerichs III. bereits begonnen, mit Rückgriff noch hinter die einstige serielle Therapie, also auf die percutive Methode am Einzel-Element. Dieser Regreß jedoch bedeutete durchaus nichts Endgültiges, sondern es stellte solches Zurückweichen gleichsam einen Anlauf dar zum Sprunge auf eine völlig andere methodische Ebene, nämlich auf die statische. Praktisch: auf die Behandlung im Wuthäuslein.

An dessen erstem Modelle wurden eben noch einige Verbesserungen, die bei Werkstatt-Proben noch ohne Patienten (Professor Horn und Doctor Pauker stellten sich selbst hinein) als notwendig erschienen waren, ausgeführt, und es konnte nur wenige Tage dauern, bis der Apparat dem Professor würde geliefert werden.

Der Gelehrte gedachte, im Einverständnis mit dem Oberarzt, zunächst alles streng geheim zu halten.

Es gab ganz rückwärts im tiefen Parke hinter der Klinik einen zur Zeit leer stehenden Pavillon, der genug Räume bot, um Childerich III. vorläufig zur Not als mobiles Einzelelement percutiv zu behandeln. So ward denn die Strecke für den Wutmarsch festgelegt, der Figurentisch aufgestellt, und wieder installierten sich hier in einem Nebenraume und unsichtbar die Dachauer, welche mit Freuden neuerlich für einige Tage in des Professors Dienste geeilt waren. Einen Plattenspielapparat, welcher den Krönungsmarsch aus der Oper ›Der Prophet‹ von Giacomo Meyerbeer ja hätte wiedergeben können, wollte der Professor nicht verwenden. In Anbetracht des letzten, schweren Ausbruches bei Childerich sowie des Umstandes, daß hier ein mitreißendes ›Reihen-Pathos‹ (Doctor Willibald Pauker) fehlte, wollte er jeder Gefahr einer De-Rhythmisierung zuvorkommen, und dies konnte am sichersten durch die Wucht der Tonmasse bewirkt werden.

So war denn für ein Kurzes wieder alles wie in alten Zeiten, wenn man von der größeren Grundgewalt der Musik absieht. Schwester Helga schwebte voran. Als Applicator fungierte Horn selbst. Den Fußwinkel beobachtete der Oberarzt.

Die neue Tätigkeit bewegte den Gelehrten auch tief im Gemüte. Daß man hier auf eine bereits archaisch wirkende Methodik zurück ging, um von da aus den Sprung in ein prinzipiell völlig andersartiges Verfahren, nämlich das statische, zu wagen; daß solcher Actus sich gerade über das Medium seines schwierigsten (aber auch ergiebigsten) Privatpatienten vollzog: all dieses ließ das lebhafte Gefühl von der Schicksalsverbundenheit seines Lebens mit dem Fortschritte der Wissenschaft wieder mächtig in ihm werden, so mächtig wie an jenem Tage der Katastrophe, die Überlebtes hinweg geschwemmt, ihn selbst aber ruhig auf den wahren Grund solcher Ereignisse gesetzt hatte, während an der stürmischen Oberfläche noch das Toben der Elemente sich vollzog.

Zilek und Doctor Döblinger erhielten um diese Zeit sehr höfliche Briefe des Professors, mit denen die Lärm-Miete aufgekündigt ward. Beiden kam's erwartet. Zilek betraf's mehr als den Autor, dessen neue Verträge zur Zeit ja längst wirksam waren, wie wir wissen, und ihm alles Nötige boten. Die Sub-Praxis, in welche Zilek ihn hineingeritten hatte – so sah er's jetzt! – war zuletzt von ihm schon als Last und Störung empfunden worden. Nunmehr ward wieder Raum für ein normales Leben, oder was er eben darunter verstand. Dessen nächste Frucht werden wir bald kennen lernen.

Zilek dahingegen sah sich nach Ersatz um, nachdem das Täfelchen an seiner Tür hatte verschwinden müssen, und damit hing's zusammen, daß er neuestens den Regierungsdirektor Doctor Schajo wieder zu bespionieren begann, diesmal mit mehr Glück als vordem, und mit weitaus geringerer Mühe.

Wieder am Hange durch den Wald herabschleichend und also von rückwärts dem Hause des Regierungsdirectors sich nähernd, erkannte er freudig klopfenden Herzens an den erhellten Fenstern des Gartensaales, daß er diesmal wieder zu einem großen Beutelstiche zurecht gekommen war. Doch seine Freude wurde stark gemindert, als er, aus dem Walde an die Brücke gelangend, die Fenster sämtlich mit zugezogenen Vorhängen sah, worauf man beim letzten Male wohl vergessen hatte (oder waren damals noch garkeine vorhanden gewesen?). Jedoch es fand sich plötzlich überraschender Rat. Sogleich zog Zilek seine Schuhe aus und schlich auf Socken über die Brücke. Dort vorne, links an der Glastür, hatte ein Vorhang sich gebauscht oder gespießt und ließ durch eine handbreite Lücke den Blick in den Saal frei, so daß nun die Vorgänge aus nächster Nähe konnten betrachtet werden: Zileks Auge befand sich kaum zwei Schritte von dem ersten in der Reihe der Gestelle entfernt. Und eben jetzt erklang des Doctors Schajo silbernes Glöckchen.

Horn mußte sich sagen, daß durch die Anwesenheit Ulrike von Bartenbruchs eine percutive Behandlung Childerichs III. im Grunde überflüssig geworden war. Anders: der wahre Fußwinkel konnte unter solchen Umständen garnicht ermessen werden. Milderung, Dämpfung und Verschleierung machten eine den eigentlichen Status des Patienten umfassende Diagnose unmöglich.

Schon stand also seine ärztliche Kunst wieder auf dem Kopfe (und das schien ja doch ihre eigentliche Normal-Lage zu sein), als er überlegte, mit welchen Mitteln Ulrike könnte zur Abreise bewogen werden.

Daß hierin sein Interesse dem Pépins begegnete, versteht sich am Rande.

So finden wir die beiden Herren wieder beisammen, denn der Majordomus kam jetzt freilich oft auf die Klinik, um sich besorgt und teilnehmend nach Childerichs III. Befinden und Zustand zu erkundigen. Die Art des Gespräches zwischen den beiden kennen wir bereits. Wohl stand dabei die Heilkunde auf dem Kopfe, aber der medizinische Blickpunkt ward von Horn festgehalten. Eben hierin bestand sein Kunst-Stück. Weil die Wissenschaft den genauen Mittelpunkt seiner Existenz bildete, konnten ansonst das Oben und das Unten vertauscht werden, da es ein solches ja aus dieser zentralen Sicht garnicht gab. Man konnte ähnliches an der militärischen Befundungs-Medizin während der beiden letzten ebenso geistreichen wie überflüssigen Kriege beobachten, wo vielfach die Methoden der Wissenschaft nicht etwa angewendet wurden, um jemand zu heilen, sondern um ihm zu beweisen, daß er ohnehin gesund sei, was freilich in solchen Fällen niemand sein wollte. Deshalb hat damals auch die Befundungs-Medizin ein seltsames Spiegelbild hervorgebracht, bestehend aus der wissenschaftlich genau durchdachten und praktisch erprobten Summe der Methoden, mittels welcher dargetan werden konnte, daß ein Kranker krank sei, und nicht gesund, was er ja in Wirklichkeit war.

Horn hielt durchaus daran fest, daß Ulrike entfernt werden müsse, weil es durch ihre Anwesenheit unmöglich wurde, das Krankheitsbild richtig zu sehen.

Die Baronesse Bartenbruch wohnte im Hotel, und nicht etwa im freiherrlichen Stadtpalais, was wohl am Platz gewesen wäre. Aber es dachte der Majordomus nicht im entferntesten daran, sie dahin einzuladen. Childerich, anfangs darüber ergrimmt, hätte hier wohl befehlen können. Aber sie selbst hielt ihn lebhaft davon ab und sagte, sie sei außer Stande, sich in seiner Abwesenheit in jenem Hause auch nur einigermaßen wohl zu fühlen, und sie ziehe jetzt das Wohnen im Hotel bei weitem vor. Nun, Childerich erwog vorübergehend sogar, Ulrike in jenem schönen Gartenpavillon unterbringen zu lassen – es war eher schon eine Villa – den er am Hange über der Stadt besaß. Hier allerdings hätte man einiges ausbessern und herrichten müssen. Kurz, Ulrike blieb in ihrem Hotel.

Dort auch empfing sie Pépin und den Professor, und zwar in einem der Schreibzimmer hinter der Halle, wo man allein bleiben konnte. Gewaltig überwölbte sie der Gelehrte, ein Berg der Väterlichkeit, ein Vater-Berg, wenn auch nicht im gletscherweißen Mantel, aber es war auch so eindrucksvoll genug. Pépin klein daneben.

Nichts Fremderes für Ulrike konnte es geben als diese beiden in ihrem Äußeren so verschiedenen und doch im Augenblicke gleich interessierten Persönlichkeiten, da mochte der Professor wie immer hereingewuchtet sein und Pippin leise und ölig auf seinem unsichtbaren Fahrgestelle hereingerollt. Gegen ihn empfand Ulrike Widerwillen. Sie fühlte seinen dunklen, haarigen Haß und zugleich sein Ergeilen bei ihrem Anblicke. Horn, niemals sein wissenschaftliches Zentrum verlassend, suchte ihr jetzt auseinander zu setzen, daß der Patient gewissermaßen isoliert werden müsse, um ein zutreffendes diagnostisches Bild zu gewinnen. Ulrike blickte auf Pépin und wußte schon von seiner Gefährlichkeit. Warum überhaupt war er hierher mitgekommen zu dieser Unterredung, um welche der Arzt sie ersucht hatte? Der Majordomus erschien nur teilnehmend und sprach kaum ein Wort.

Keinesfalls wollte Ulrike den Professor dahin bringen, ein formelles Besuchsverbot aussprechen zu müssen. Keinesfalls auch wollte sie dem Arzte in den Arm fallen; sie hätte auch nur die leiseste Möglichkeit, ihrem Bräutigam hiedurch etwa doch zu schaden, nie auf sich genommen. So besuchte sie denn Childerich III. noch einmal, und reiste nach Hessen ab. Aber freilich in ihrem Sinne nur vorläufig und für ein Kurzes.

Pépin, wäre die Hessische nicht gereist, hätte Mittel gehabt, ihr Beine zu machen. Seit er das Geschäft mit dem Teufel Clemens, dem Smokingerl, und dessen Sohne Jochem zustande gebracht, beherrschte er diese beiden (denen er, wie wir hörten, seine vereinbarten Provisionen sofort herausgerissen hatte) auf nicht ohne weiteres erklärliche seltsame Weise. Daß er sich jener für ihn bestimmten Summen alsbald hatte bemächtigen können, ist noch am ehesten verständlich, da ja Childerich, seiner Art nach, die Zahlungen wahrscheinlich durch den Majordomus hatte besorgen lassen, ohne sich weiter darum zu bekümmern: und hier legt sich die Annahme nahe, daß den Hessischen irgendetwas entzogen wurde, was

Pépin einbehielt, und nur sehr allmählich aus der Hand ließ, dabei den alten Burschen gelegentlich so das und jenes abpressend, nicht eben Geldeswert, sondern was er sonst, nach Gelegenheit der Sachen, von ihnen brauchte.

Kurz, der jüngere von den beiden Skeletten, nämlich Ulrikens Vater, Jochem, wäre auf Befehl Pippins sofort schwer erkrankt, und hätte die Tochter an sein Schmerzenslager gerufen.

Sogleich nach Ulrikens Abschied stieg Childerichs III. Fußwinkel stark an und sein Figurenverbrauch erhöhte sich beträchtlich. Damit war die Stunde der eigentlichen Erprobung gekommen für das inzwischen fertig gewordene Wuthäuslein, das man eben jetzt in die Klinik brachte. Es ward im leeren Pavillon aufgestellt.

Für Professor Horn bedeutete der erstmalige praktische Übergang von der percutiven Therapie mit mobilen Elementen zur statischen einen Zentralknoten seiner Wissenschafts- und Personsbiographie. Er war sich dessen voll bewußt.

Childerich stieg in's Häuslein, bei eingeschalteter mittlerer Application und ausgefahrenem Brülltrichter. Doch kam es nicht zu einem langen Erstrahlen der roten Lichter, nicht zu anhaltendem Klingeln. Der Indicator zeigte ein rasches Sinken des Winkels an. Schon erschien Grün. Bald danach verließ Childerich, als die Klapptüre geöffnet ward, lächelnden Antlitzes den Apparat. Über diesen war er voll des Lobes und bewunderte die ingeniöse Construction, derzufolge er eine fast augenblickliche Erleichterung empfunden habe.

In seiner linken Brust-Tasche befand sich seit einer Stunde ein allerzärtlichster Brief Ulrikes, der ihm nach ihrer Abreise noch durch eine junge Krankenschwester übermittelt worden war.

Der Gelehrte führte die eminente Wirkung der Apparatur vor allem auf die absolute Gleichmäßigkeit der Percussion zurück, welche am mobilen Elemente und bei manueller Application in solcher Weise nie wäre erreichbar gewesen.

Nach Gewinnung solcher Gewißheit, nunmehr aber auch sofort, ging Horn an den Wiederaufbau seiner Privat-Ordination auf einer neuen Ebene der Erkenntnis. Der erprobte Apparat ward in einer Serie von sechs Exemplaren sogleich in Auftrag gegeben – unter bereits bestehendem Patentschutze – und verhältnismäßig sehr bald konnten die ersten dieser Wuthäuslein im ehemaligen Figurenzimmer zur Aufstellung gelangen. Ihre Wirkung – nämlich schon die rein optische – auf die in der Zeit nach der Katastrophe allmählich wieder sich einfindenden Patienten war die vorzüglichste, welche sich denken läßt. Das blanke Gestänge, das seriöse Gesicht des Indicators mit seinem Zeiger, das blaue Licht, welches kund tat, daß der Apparat bereits unter Strom stand, dies alles wirkte beruhigend und Vertrauen erweckend, ja, den Affekt gewissermaßen schon rationalisierend und distanzierend: er fiel in geordnete Bahnen. Auch ward dem Patienten vom Professor stets alles bereitwilligst erklärt, freilich in einer populären und auch dem Ungelehrten faßbaren Form. Was aber dann den größten Eindruck machte, war die statische Stille, in welcher sich alles vollzog, das Fehlen jeder Turbulenz, die doch bei serieller Application an zehn bewegten Elementen mitunter erheblich gewesen war, insbesondere, wenn das für diese Art der Behandlung ja notwendige Reihen-Pathos eintrat und der Auftritt ein schlichthin gewaltiger wurde, etwa im Figurenzimmer. Hier herrschte jetzt eher eine meditative Atmosphäre, eine nachdenkliche Stille, wie man sie im öffentlichen Leseraume einer Bibliothek antrifft, wo nur von Zeit zu Zeit das Rascheln eines gewendeten Blattes vernommen werden kann, so wie hier das Anschlagen der gedämpften Klingeln. Die Application selbst blieb fast unhörbar, dem Ticken einer großen Pendule vergleichbar, nur rascher; alles war ja durch Gummibelag gedämpft. Den sechs in aseptischem Weiß strahlenden Wuthäuslein, die in einer Reihe an der Rückwand standen, gerade gegenüber hatte Schwester Helga ihren Arbeitstisch in diesem nun ganz hell gehaltenen Raume. Von hier aus konnte sie leicht alle sechs Apparate (bald sollten es sieben sein, denn einer befand sich ja noch auf der Klinik!) im Auge behalten und in Ruhe und gleich an Ort und Stelle ihre statistischen Notizen machen, die bisher immer nach beendeter Ordination hatten nachgeholt und geordnet werden müssen. So aber kam nun die Statik auch der Statistik zugute.

Horn trat ein, nickte Schwester Helga zu, rieb sich die Hände, schritt an den Apparaten entlang, sah nach dem Rechten. Schon kam es nie mehr vor, daß ein Häuslein während der Spezial-Ordination unbesetzt blieb. Die Apparatur schien eine fast magische Anziehung auf die Leidenden auszuüben. So wurden ihrer immer mehr, obwohl Professor Horn seine Honorare erhöht hatte, um die gewaltige Investition bald zu amortisieren. Auch als später schon sieben Wuthäuslein sich in Tätigkeit befanden, gab es immer noch wartende Patienten, die in illustrierten Zeitschriften blätterten und durch manche der Photographien darin in noch größere Wut gerieten. Hierfür wurde neuestens auch durch Schwester Helga gesorgt, welche die Ausstattung des Wartezimmers dementsprechend gestaltete. Unter den Plastiken, die man dort sehen konnte, befand sich jener ›Herzenskoch‹, an welchem vordem der Doctor Döblinger so großen Gefallen gefunden hatte.

Professor Horn konnte sein Werk überblicken. Das statistische Material wuchs. Bald würde es möglich sein, dieses in einem ersten Erfahrungsbericht über die neue Methode für eine Fachzeitschrift zu verarbeiten.

Sehr zur Unzeit nach solcher Wiedergeburt der Horn'schen Praxis durch die Wissenschaft klingelte Zilek eines Tages, nach Ende der Privat-Ordination, bei dem Professor, und wurde von Schwester Helga, als diese die Türe noch kaum spaltweit geöffnet hatte, sogleich zur Gänze erblickt.

Er ward angemeldet. Jedoch der Professor ließ ihn warten. Dies bremste Zilek, der doch darauf brannte, seine nun endlich gewonnenen Informationen vor dem Gelehrten auszubreiten, in ernüchternder und niederschlagender Weise. Als er dann endlich eintreten konnte, wurde er zwar zunächst überwölbt, doch dann lehnte sich der Professor im Stuhle zurück und versperrte Zilek jede andere Aussicht, ein hohes, steiles Schneebrett. Ihm wurde bald zu Mute wie einst beim Lehramts-Examen. Doch diesmal fühlte er sein Schief-Liegen: mochte er auch noch so gut präpariert sein. Es nützten ihm die Kenntnisse nichts. Er konnte sie nicht an den Mann bringen. War bei seinem ersten Gespräche mit Horn über den Regierungsdirector Schajo immer der Professor der Andrängende und Begehrliche gewesen, der nach Informationen lechzte, so zeigten sich die Rollen nun als vertauscht. Zilek trachtete seine Informationen loszuwerden: der Gelehrte aber schien sich für diese Sachen nur sehr beiläufig mehr zu interessieren.

So, ohne jeden Schwung der Erzählung, machte Zilek genaue Angaben über das Verfahren beim Beutelstiche.

Der Professor, welcher seinem Etui eine Cigarre entnommen hatte, ließ nach Zileks Bericht eine Pause eintreten und füllte diese mit umständlichem Anzünden aus.

»Tja«, sagte er dann, »im ganzen eine primitive, veraltete und spezifisch dilettantische Methode. Die Sache ist, vom heutigen Stande der Wissenschaft aus gesehen, bedeutungslos, fast lächerlich, hat jedenfalls nichts auf sich.«

So abgeprallt, ermannte sich doch Zilek sofort, ja, fast möchte man sagen, mit dem Mute der Verzweiflung, und erinnerte den Professor an die Summe, die für Beschaffung der Informationen vereinbart worden war, und auf welche das bisher Empfangene ja nur einen Vorschuß dargestellt hatte.

Horn zahlte kühl.

Wir aber dürfen noch tröstlich melden, daß Zilek wenige Tage später ein nettes Sümmchen von H. & Qu. Ltd aus London erhielt, für Durchführung der De-Rhythmisierung; Schwester Helga allerdings – in übergeordneter Stellung – beinahe das Doppelte; die Krestel so viel wie Zilek.

So verschwand Zilek nicht nur aus Doctor Döblingers Gesichtskreise, sondern auch aus dem des Professors. Und auch wir werden mit ihm nicht mehr zu tun haben.

Die Überheblichkeit des Gelehrten aber scheint doch bedeutend, im doppelten Sinne, denn sie deutet auch in eine bestimmte Richtung. Dem Verfahren des Doctors Schajo konnte er schon deshalb nicht jeden Wert absprechen, weil es ja weiterhin praktisch-therapeutisch sich auf's beste bewährte. Immerhin sagt es ja auch etwas, daß so mancher Patient Horns zu den Beutelstechern abgewandert war, nie aber sich ein umgekehrter Fall ereignet hat. Doch haftete freilich des Regierungsdirectors Methode an der Person, ja, mehr als das, an der Persönlichkeit; und zwar sowohl an der unseres dürren Menschenfreundes selbst wie an der Person aller einzelnen Patienten. Nicht jeder Mensch ist zum Beutelstiche befähigt; und im Grunde kann dazu nur begrenzt angeleitet werden.

Eben das aber hielt der Professor für unwissenschaftlich. Es war nicht unbegrenzt lagerfähig in irgendeinem Depot, wo sich die Kenntnisse außerhalb des Menschen befinden, also etwa in derselben Lage wie im totalitären Staate das nach außen verlegte Gewissen, dessen Stimme erstirbt, weil es nicht gefragt wird. Denn was etwa zu tun sei, legt ja die Norm fest. Es gibt Mißgeburten (Teratome), bei denen sich das Herz außerhalb des Brustkorbes befindet. Sie sind freilich nicht lebensfähig. Dem Geiste aber ist ein größerer Spielraum zum Irren gegeben als der Physis. Wer bei der Gymnastik dauernde Fehler macht, wird lahm, und jeder Bezirksarzt könnte ihm den Fall erklären. Verstöße gegen die noch wenig bekannte Mechanik des Geistes strafen sich selbst nicht so handhaft mit unmittelbar eintretenden Folgen.

Darum wird's mit der Wissenschaft wohl noch eine Weile hingehn. Hier, bei den Wuthäuslern und den Beutelstechern, teilten sich wahrlich die Geister in lehrreicher Weise, coexistierten fast zwei Zeitalter nebeneinander im gleichen Raume; und welches da das kommende oder das abtretende war oder ist, läßt sich auch heute noch nicht entscheiden. Vielleicht ist es dem Regierungsdirector gelungen, eine Schule zu stiften, eine Tradition zu begründen. Wir wissen es nicht. Die Wuthäuslein aber zeigen sich in manniger Gestalt und auf den verschiedensten Lebensgebieten auch in unseren Tagen. Denn, wie der ölige Majordomus einmal gesagt hat: »Die Wut des Zeitalters ist tief.«

Doch hat jedes wissenschaftliche Denken seine unendliche Elongatur und überfliegt sich selbst (wir haben's erlebt, wir waren Zeugen der Schöpfung jener ›Horn'schen Reihe‹ sowohl, wie ihrer Überwindung durch das statische Prinzip!) bis in eine Art Ionosphäre, wo das Unmögliche schwebt, das doch immer als ein möglich Werdendes gedacht wird, in welchem Falle es schon wieder zurückgelassen würde. Hier wird das Irrationale der Sachen eben sichtbar, da hilft nichts. Meta fugiens. Eine rennende Zielsäule.

Auch die Wuthäuslein waren für Professor Horn in der Ionosphäre seines Denkens hoch überschwebt, und, zu unserem maßlosen Erstaunen, von einem Gebilde mobiler Art, welches doch das statische Prinzip der Apparatur auf einzigartige Weise bewahrte. Nie hat er zwar eine praktische Durchführung in's Auge gefaßt. All das bewohnte nur die geheimste Kammer seines Seins. Aber in flüchtigen Notizen – ähnlich jenem ersten Entwurfe zur Horn'schen Reihe – ward es doch niedergelegt: das Konzept der Wutbahn, der spatiös-locomotorischen Therapie, der Wutstrecke. Durch sie erscheint nun wieder das mobile Prinzip in der Synthesis vertreten.

Applicatur fest und bandförmig über der Strecke. Die Patienten – in Reihe, auch hier ward ein vordem antithetisches Stadium in die Synthesis wieder aufgenommen! – rasch darunter hinbewegt. Die Strecke forderte ein Schmalspurgleis: schnelles Sausen zu Tal, langsames Steigen zu Berg. Die Züge zu je sechzehn Elementen, Fahrer vorn, Bremser rückwärts, beide etwas tiefer sitzend, während die sicherheitshalber auf den bequemen Stühlchen festgeschnallten Elemente (auch mit den Armen konnten sie nicht fuchteln) im Dahinsausen die Percussion von tausenden von Hämmerchen empfingen. Freilich, es wäre ein großes Haus erforderlich gewesen, um eine Anlage, auf der vier Züge zugleich in Bewegung gehalten werden konnten, einzubauen. Aber es hätte auch eine Simultan-Behandlung von vierundsechzig Patienten ermöglicht. Enge, schlauchartige Gänge, durch welche die Züge mit je sechzehn röhrenden und krähenden Elementen dahinsausten: sie mündeten in weite und hohe Cavitäten, wo sie, bei aussetzender Application, in langsamem Gleiten mit den anderen Zügen sich kreuzten. In der Central-Cavität erschaute jeder die eigene Wut: einsam kreiselten die dunkelroten Feuerbälle im Raum. Es beweist sehr schön die letztendige Einheit allen Geistes und so auch des wissenschaftlichen Denkens, daß uns hier im Konzepte Horns ein Bild aus der Welt des Regierungsdirectors Doctor Schajo begegnet! Der Auslauf war milder, nicht mehr sauste man in Sechzehner-Reihen ohne Bremse in die Schlünde, die Fahrt ging sanfter, erst durch Wolken von Duft und Farben, dann aber durch mehrere Kabinette mit Wachsfiguren, fast durchwegs gediegene pornographische Darstellungen. (Auch ein Figurenzimmer tauchte also wieder auf, wenngleich gewandelt!) Die Fahrt war zu Ende: lächelnd stieg beim Ausgang aus den Zügen, was beim Eingange nur mit Mühe sie hatte besteigen können, wohl infolge des hohen Fußwinkels.

So Horns Traum in der Ionosphäre seines Denkens. Wer vermöchte zu leugnen, daß auch in der Wissenschaft die voranschwebende schöpferische Phantasie immer die Führung hat, so wie einst die Dichterin Elisabeth Friederike Krestel, die, mit hochgehobenen Knien einhertänzelnd, den donnernden Wutmarsch von zwanzig Elementen in des Doctors Döblinger Sub-Praxis anführte! Der Vorstellungskraft, die alles bewegt, gilt es jedesmal nachzukommen, mit allen bis in's Einzelne und Einzelste gehenden Anstalten, wie's ja auch Professor Horn getan hatte: und nur so hatte er bis zur Schöpfung der Wuthäuslein gelangen können. Wenn er jetzt abends die Decke über sich zog, dann trat die Welt der Wutbahn vor sein inneres Auge. Besonders bei einem bestimmten Anlasse war dies der Fall: wenn er nämlich, wie's zu Zeiten kam, eigentlich nicht recht wußte, ob er, auf dem Rücken liegend, den Bart beim Schlafen unter die Decke stecken oder ihn über derselben belassen sollte. Jemand hatte ihn einmal in dummer Weise gefragt, wie er's denn damit halte, und seitdem bestanden in Abständen derlei Nöte. Im Ärger darüber hatte er sich einmal nach Schluß seiner Privat-Ordination sogar selbst in ein Wuthäuslein gestellt, dessen Application eingeschaltet war. Schon klappte die Türe zu. Hätte die Schwester Helga nicht ihr Brillenfutteral liegen gelassen, das zu holen sie nun zurückkehrte: Horn hätte die Nacht im Wuthäuslein verbringen müssen, und noch dazu unaufhörlich beklopft, also dem Wahnsinn nahe. Seitdem nahm er sich den eigenen Apparaturen gegenüber in acht und traf auch Sicherheitsvorkehrungen. Ja, nicht nur dies: bedachtsamer verkehrte er auch mit dem eigenen Vorstellungsleben. So passierte nichts und es ging ihm weiterhin wohl, wofür man zu Zeiten nicht unbedingt hätte garantieren mögen.

21 Timurisation der Familie Kronzucker

Die Verrücktheiten Professor Horns, die Prügeleien im Hause Bartenbruch, vor allem aber der Schwester Helga Schandtaten, die jene im Auftrage von H. & Qu. Ltd in immer weiteren Kreisen verübte (10733, 10736!), hatten allmählich eine Atmosphäre in der Stadt geschaffen, welche eine merkwürdige Art von Menschen ermunterte, das Haupt frecher zu erheben. Es kam so ein zweites Mal zur Entstehung einer Bande, die in kürzester Zeit bereits eine über die Grenzen des noch Erträglichen weit hinausgehende Wirksamkeit entfaltete, dann aber ebenso rasch wieder zerfiel und verschwand wie die erste. Der Doctor Döblinger, aufgereizt vielleicht durch das Treiben Horns und dessen schließliche turbulente Consequenzen, wohl aber auch seiner besonderen Veranlagung folgend, soll, wie man später sagte, an den Ausschreitungen diesmal nicht geradezu beteiligt gewesen sein, jedoch dieselben zumindest inspiriert und hervorgerufen haben; dies, nachdem er durch den Zusammenbruch seiner Sub-Praxis wieder zu einer ›normalen Lebensweise‹ zurückgekehrt war, wobei er jedesmal auf irgendeine Art gemeinlästig wurde, wie wir längst wissen.

Timur, Timur-Lenk, der Lahme, geboren zu Samarkand 1333, gestorben auf einem Zuge gegen China nach 1402, war bekanntlich ein vortrefflicher und gerechter Mongolen-Fürst, jedoch im Kriege, nach der Art seines Stammes, von äußerster Rücksichtslosigkeit und Grausamkeit. Das Radikale der mongolischen Kriegsführung ist bekannt: sie riß das Leben samt der Wurzel aus und ließ hinter ihrem Rücken eine menschenleere Wüste als beste Sicherung. Im heutigen Sprachgebrauch, der ja einige auf der Höhe unserer Zivilisation auftretende, sehr verwandte Erscheinungen zu bewältigen hat, würde man sagen: sie verfuhr nach dem Prinzip der ›verbrannten Erde‹.

Jedenfalls also: radikal. Eben diesen Radikalismus aber, verbunden mit einer unheimlichen Schnelligkeit der Aktionen – die man in bezeichnender Weise ›Timurisationen‹ nannte – vermochte der Doctor Döblinger den von ihm inspirierten und gelenkten Individuen einzuimpfen; und daß sich unter diesen sogar mehrere Damen befanden, läßt die Vorgänge als noch verwerflicher erscheinen. Döblingers Art zu sein war während der hier in Frage kommenden wenigen Wochen – länger dauerte ja das Unwesen nicht – durch seine, trotz Wegfalles der Lärm-Miete, neuerlich erhöhten Einkünfte, durch verstärkte Ernährung, Landaufenthalte und sportliche Unternehmungen, bereits derartig aufgetümmelt, daß er gleichsam aus allen Öffnungen von überschüssiger Kraft nur so paffte, braunrot im Gesicht, bei jeder Gelegenheit seinen neuen hyper-eleganten Sportanzug tragend, um mindestens fünf Kilogramm schwerer, und von einer aufdringlichen, geschwollenen Bonhommie: er war geradezu unter die Schulterklopfer gegangen. Die Art zu frühstücken, die er sich neuestens zugelegt hatte, ließ die Horn'sche jetzt schon weit hinter sich, und die geräuschvollen Vorgänge, welche sich da allmorgendlich am gedeckten Tische in seiner Wohnung abspielten, kann man nur mehr als schlichthin widerlich, als pompös und bombastisch bezeichnen. Gleichwohl kostete ihn dieser neue aufgetümmelte Lebens-Stil – wenn man es so nennen will – eigentlich kein erhebliches Geld, denn sowohl das exorbitante Frühstücken, wie die Landaufenthalte oder Campings waren ja, von der finanziellen Seite gesehen, durchaus bescheidene Unternehmungen. Aber die demonstrative Art, in der das alles geschah – man möchte sagen: grundsätzlich unter nur unnötigem Lärm – gab seinen Gepflogenheiten das Relief einer barocken, vielfresserischen Burschikosität.

Die Timurisationen wurden wochenlang vorbereitet, alle zugehörigen Einzel-Aktionen von den beteiligten Damen und Herren zahllose Male geübt. Ein Ziel oder Objekt dieser Anstalten stand noch keineswegs fest, und die später davon betroffene Familie Kronzucker war dem Doctor Döblinger damals nicht einmal dem Namen nach bekannt. Doch spionierte er bereits überall herum und suchte geeignete Opfer ausfindig zu machen.

Im wesentlichen übte man das Verpacken. Die vollständige Transportfertigkeit einer Wohnungseinrichtung, von den großen Möbelstücken und Bildern bis zu den kleinsten Gebrauchsgegenständen herab, wurde in immer kürzeren Zeiten erreicht, so daß, nach der zwölften oder vierzehnten Übung etwa, zehn Herren, sieben Damen und ein halbes Dutzend Dienstboten, ohne einander im geringsten zu behindern oder im Wege zu sein, ein Heim von mehreren Zimmern bereits in fünfzig Minuten zu bewältigen vermochten: und zwar ohne den allergeringsten Sachschaden, ohne daß auch nur eine einzige Kaffeetasse wäre zerbrochen, oder etwa ein Rasierpinsel wäre vergessen worden. Besonders das Verpacken des Küchen- und Tafelgeschirres wurde eine immer mehr sich steigernde Glanz- und Meisterleistung der sieben Damen, und man hat Zeugen dafür, daß jedes einzelne Objekt von Porzellan jedesmal dicht in Seidenpapier gewickelt worden ist. Das Abrücken der schweren Möbelstücke von den Wänden sowie deren Verpackung und Verschnürung in Sackleinen besorgten zwei überaus kräftige Hausknechte, welche der Gruppe zur Verfügung standen; diesen oblag auch die Fertigmachung des sogenannten Sperrgutes, also die Unterbringung leichter aber umfangreicherer Gegenstände in aus Holzlatten gitterartig zusammengeschlagenen Behältern. Alles übrige kam in peinlich saubere, große und feste, wohlgefügte und verschließbare Kisten. Diese und das andere erforderliche Packmaterial rollten in einem Schnelltransporter an, auf welchem auch die Hilfskräfte mitfuhren. Die Gruppe selbst folgte in Personenkraftwagen.

Über die Insassen einer für den Ernstfall in Frage kommenden Wohnung gedachte man glatt hinweg zu gehen. Notfalls waren sie durch die Hausknechte für die Zeit des Packens in Schach zu halten; keinesfalls aber sollten ihre Proteste, Wünsche und Beschwerden irgendwelches Gehör finden, wozu ja auch die Zeit fehlen würde. Wollte man bei der ersten Aktion nicht allzusehr hinter dem letzten erreichten Übungs-Rekord zurückbleiben, so mußte wohl jede Hand fliegend in die andere arbeiten. An einen Abtransport der Güter nach Schluß des Packens war nicht gedacht, höchstens sollten einzelne Stücke im Hause selbst verlagert werden. Mit der vollzogenen restlosen Unterbringung aller Sachgüter in den Packgefäßen war der Eingriff jedenfalls als beendigt anzusehen, das Feld blitzschnell zu räumen und die betroffene Familie nicht mehr am Auspacken zu hindern, welches ja alsbald begonnen werden mußte, sollte am selben Tage noch wenigstens das unumgänglich Notwendige wieder zur Verfügung stehen.

Inzwischen, während man noch übte, war dem Doctor Döblinger die Familie Kronzucker dadurch aufgefallen, daß sie nur aus kleinen, älteren und grämlichen Individuen zu bestehen schien. Die ersten eingezogenen Erkundigungen ergaben merkwürdigerweise, daß im Hause Kronzucker noch niemals ein jüngerer Mensch gesehen worden war. Es lebten die Kronzuckers am Rande der Stadt im zweiten Stockwerke eines Miethauses, welches ansonst zur Zeit, infolge mehrerer Übersiedlungen, fast leer stand. Alsbald von Doctor Döblinger ausgeschickte Spione brachten die Verhältnisse im einzelnen zu genauer Kenntnis. In summa waren diese Verhältnisse widerliche; überdies aber für die Durchführung einer Timurisation günstig. Obendrein erregten die Kronzuckers schon durch ihren Namen Döblingers Zorn. Es wurde in der Nachbarschaft herumerzählt und schien allgemein bekannt, daß die Familie – bestehend aus zwei Ehepaaren über sechzig und einem kleinen alten Mann, welcher der Bruder der einen

Frau sein sollte – einen ungewöhnlichen Verbrauch an Weißzeug habe, insbesondere an Leibwäsche, welche sie jedoch selbst herstellten, weshalb in ihren Zimmern fast immer zwei Nähmaschinen im Gange sich befänden. Die ganze Wohnung sei daher ständig vom Geruch des Maschinen-Öles und der neuen Leinwand durchzogen, wie bei einem gewerblichen Betriebe, wovon doch hier keine Rede war: die beiden alten Frauen arbeiteten ganztägig nur für den Bedarf der Familie – die übrigens in ihrer äußeren Erscheinung keineswegs einen hervorragend reinlichen Eindruck machte, und schon garnicht, was die Wäsche betraf. Die Kronzuckers lebten in auskömmlichen Verhältnissen; dennoch pflegten sie, wie man hörte, im Winter nur sehr wenig zu heizen. Jedoch auch sommers saßen alle in einem einzigen Raume beisammen, und zwar im letzten Zimmer der Wohnung, wo die drei alten Männer Patiencen legten; die Frauen spielten miteinander Pinokeln, wenn sie nicht gerade an den Maschinen Weißzeug nähten. Die erhaltenen Auskünfte über Kronzuckers bestätigten sich dann fast alle bei Durchführung der Timurisation. Es wurden so große Vorräte an unverarbeiteter Leinwand gefunden, daß in den Kisten dafür kein Platz mehr war; vielmehr mußte man alles mit Sorgfalt in einen gerollten Ballen bringen, diesen in starkes Papier hüllen und durch die beiden Hausknechte in Sackleinwand verpacken und allseits verschnüren lassen. Für die Nähmaschinen, deren Marken vorher ermittelt worden waren, hatte man spezielle Kisten bereit, die sodann an Ort und Stelle zugenagelt wurden. Übrigens war das Dienstmädchen bei Kronzuckers lange vorher schon bestochen worden, ebenso der Hausmeister. Es fanden sich weiterhin ungeheure Vorräte von Schmalz, etwa zehn riesige Gläser, deren Verpackung einigen Zeitverlust brachte. An manchen Dingen fehlte es gänzlich. So gab es in diesen unangenehm riechenden Zimmern nirgends eine Stehlampe oder Studierlampe, bei der man hätte sich niederlassen, oder ein Buch, das man dort hätte lesen können: in der ganzen Wohnung fand sich kein einziges. Auch Seife und eigentliche Toilettemittel schienen hier fast unbekannt zu sein.

Bei der Durchführung erscholl das Gezeter der Betroffenen – übrigens war unglücklicherweise eben Besuch da – weit schwächer, als man erwartet hatte. Diese Handvoll alter, grau gekleideter Menschen erstarrte bald vollends, und man bedurfte der Hausknechte nicht, um sie in Ruhe zu halten. Es ist bei den zwei oder drei Timurisationen, welche die Gruppe noch durchführte, jedesmal so gegangen; allerdings hatten die ausgewählten Familien alle eine gewisse Ähnlichkeit in Struktur und Atmosphäre. Die erste Aktion dauerte genau eine Stunde, also länger als vorgesehen, der letzte Übungs-Rekord wurde dabei um zehn Minuten überschritten. Auf die viele unverarbeitete Leinwand war man wohl einigermaßen gefaßt gewesen, nicht aber auf die Schmalztöpfe. Ein, wenn auch handlicheres, Hindernis bildete in einem anderen Falle die vollständige Sammlung aller Rechenschafts- und Jahresberichte eines mittelfränkischen Gewerbevereines, etwa sechzig illustrierte Bände. Sie gehörten einem kleinen alten Mann. Es ist bemerkenswert, daß sich sonst in dieser Wohnung – ähnlich wie bei Kronzuckers – nicht ein einziges Buch vorgefunden hat. Solche Verhältnisse erregten Döblingers Grimm, als er davon hörte.

Bei Timurisation der Familie Kronzucker waren übrigens auch einige eben zu Besuch weilende gleichaltrige Angehörige versehentlich als Sperrgut verpackt und auf den Dachboden verlagert worden. Dort lärmten sie aber bald derart in ihren aus leichten, gitterförmig zusammengeschlagenen Holzlatten bestehenden Behältern, daß der Hausmeister hinaufstürzte und die Tobenden befreite.

Diese Leute waren es nun, welche die Geschichte von der Timurisation der Familie überall in der Stadt herumerzählten, während die Kronzuckers selbst, in einer merkwürdigen Art von Scham, niemals irgendjemand auch nur ein Wort davon sagten. Befragt jedoch bestritten sie durchaus die Wahrheit jener Erzählungen: bei ihnen sei derartiges nie vorgefallen. Auch die anderen betroffenen Familien verhielten sich so. Vielleicht waren sie wirklich in einem schlechten Gewissen: alle Timurisierten hatten ja Angehörige unter Pépins wandelnden ›Wintermandln‹ gehabt.

22 Kriegsvorbereitungen – Schnippedilderichs Wiederkehr

Furchtbar ergromm Pippin, weil Childerich III. aus der Klinik als geheilt entlassen war. Und in Folgerung schritt er sogleich zu Taten.

Er verschanzte sich in seinem Flügel des Stadtpalais' und erschien nicht mehr zu den Mahlzeiten. Das Verschanzen ist buchstäblich zu nehmen. Die breiten Korridore wurden durch schwere Möbelstücke unpassierbar gemacht. Pippin benützte einen anderen Ausgang, durch den Park nach rückwärts in jene Straße, wo der Laden des Friseurs lag. Sämtliche Bartenbruch'schen Lakaien wurden aus seinem Flügel verjagt. Er nahm einen Koch und Küchenmägde auf, sowie eigene Livrée, die er in seine Farben kleidete.

Ein Blick auf diese sehr zahlreiche Dienerschaft wirkt aufschließend, sofern man nur einige Kenntnis merowingisch-karolingischer Lebenskreise und der dort herrschenden Auffassungen besitzt, was bei dem Autor dieser fragwürdigen Berichte hier wohl vorausgesetzt werden darf. Es waren die Livrierten Pippins ganz ausnahmslos riesige Bauernkerle, denen man außergewöhnliche Körperkraft, aber auch eine gehörige Portion Stupidität und Roheit leichtlich ansah.

Nun waren ja Childerichs Lümmel um nichts besser; aber die Überlegenheit der karolingischen Mannschaft fiel doch in's Auge. Für den Kenner bildet ihr Erscheinen ein sicheres Indiz dafür, daß der Majordomus – wohl mehr seinen Ur-Instincten als einer Überlegung folgend – sich bereit machte, die Grenze zwischen List und Gewalt zu überschreiten.

Begreiflich, wenn hier gefragt wird, wie der Merowinger solches dulden konnte? War es nicht sein Haus? Hätte er nicht Pépin daraus verweisen, ihm überhaupt das Majordomat aufkündigen können? Jedes gesetzliche Mittel wäre Childerich III. zur Verfügung gestanden, das Recht war klar auf seiner Seite. Schon daß der Karolinger einen Teil des Palais' durch Barrikaden unzugänglich machte, stellte offenen Hausfriedensbruch dar, und Besitz-Störung obendrein.

Hier halten wir an einem entscheidenden Punkte. Nie hätten Merowinger untereinander, aber auch nicht gegen Karolinger, die gesetzliche Macht des Staates in ihre Händel gezogen! Solche trug man untereinander aus. Kein Herr läuft zum Kadi. Das war ihre Meinung, das galt für sie als selbstverständlich. Man kündigte auch keinem Majordomus. Institutionen sind nicht kündbar. Aber, wenn es sein mußte, schlug man sich mit seinem Hausmeier. Intern galten die Paragraphen der Behörde für nichts. Doch die Faust ward anerkannt. Und nur sie war das allerletzte Auskunftsmittel, um eine Entscheidung zu gewinnen. Auf den Rechts-Staat aber konnte sich, merowingischer Auffassung nach, eine Person von Adel keinesfalls stützen. So auch hielt man etwa die Verträge mit den Hessischen, welche der Doctor Gneistl aufgesetzt, im Grunde für Lapperei und Papier. Childerich hätte auch gezahlt, ohne eine einzige ihn dazu verpflichtende Zeile in der Hand des Clemens oder Jochem zu wissen. Eine Verweigerung Ulrikens und der Adoptionen aber – freilich erfolgte sie nicht, nur Pippin verzögerte alles – hätte ein Prügel-Ungewitter am Horizonte aufziehen lassen, und bald danach wäre auch schon die Childerich'sche Livrée mit Knütteln in's Haus gedrungen.

In Ansehung solcher seelen-fundamentaler Sachverhalte wird klar, daß nunmehr die üblichen Brachialitäten wieder einmal in der Luft lagen, im gegenständlichen Falle aber in einem größesten, ja, noch nicht dagewesenen Ausmaße. Auf Childerich III. bezogen, mag übrigens der Ausdruck ›Brachialitäten‹ als ungenau erscheinen. Er war, wie wir wissen, nie ein Prügler, stets ein Treter gewesen. Man müßte also von ›Pedalitäten‹ sprechen.

Die Verschleppung der Adoptions- und Heirats-Sachen durch den Majordomus reizte den Merowinger zu äußerstem Grimme. Fast täglich stieg er jetzt bei Horn in's Häuslein, nicht nur in den Spezial-Ordinationen am 1., 10. und 20. jedes Monates, wie sie ja nun wieder im Schwange waren. Der Professor behandelte ihn außertourlich, und fuhr gut dabei.

Inzwischen zog Pippin nicht nur die schwere Mannschaft, sondern auch seine sämtlichen Verbündeten an sich. Es waren dies jene Leute, die wir bereits als ›Subkontisten‹ kennen. Ihr Grimm hatte sich um nichts gemindert. Als Pippin wieder einmal in der Villa des Doctors Stein erschien, wo er jene versammelt wußte, boten sich davon erstaunliche Proben. Ihm schwebte entgegen einer, den der eigene Grimm bereits reißend durch die Luft dahintrug, mit angezogenen Knien, Stiefelsohlen voraus, und jedem nur gleich in's Gesicht. Nachdem Pippin in der Halle durch Beiseite-Springen solchen einherkommenden Erscheinungen rechtzeitig ausgewichen war, betrat er die Gesellschaftsräume und fand dort die ansehnliche Versammlung.

Es war eine Interessengemeinschaft. Merkwürdig bleibt es immer, daß die ganze karolingische Partei ja nur einen einzigen Menschen dieses Blutes hatte, nämlich ihr Haupt, Pippin, den Majordomus. Alle anderen waren teils merowingischer Abkunft, teils Bürgerliche, wie zum Beispiel der Arzt Doctor Bein, Sohn des Amtsrichters und der schönen, an einer Lungenentzündung verstorbenen Frau Barbara, geborenen Paust, die zuletzt Childerichs III. vierte Gemahlin gewesen war. Immerhin hatte er eine geborene von Knötelbrech zur Großmutter gehabt, Childerichs III. erste Gemahlin. Aber es gab auch einen Angeheirateten von rein bürgerlicher Abkunft, den Doctor Stein, in dessen Hause man sich noch dazu versammelte.

Seine Frau Agnes stellte die eigentliche Seele der Revolte dar. Erstaunlich genug. Sie war keine Subkontistin. Von Childerichs III. absurder Schwester Gerhild 1921 ›auf dem Dache‹ empfangen (vielleicht sogar dämonischer Abkunft! Hulesch?!), hatte sie doch vom einen Elternteil merowingisches Blut (nam mater semper certa) und war als ein bayerisches Freifräulein von ältestem Adel aufgewachsen. Doch sah sie, wie wir wissen, wahrhaftig nicht so aus, was Richenza veranlaßte, schamlose Bemerkungen herumzustreuen, bis dann der damals sechzehnjährige Schnippedilderich Gelegenheit nahm, den bayerischen Baron und offiziellen Vater der Agnes im Walde bei einem Pirschgang in der ordinärsten Weise zu verprügeln, weil der es ihm verwiesen hatte, Richenza's Gemeinheiten in seiner Gegenwart nachzureden. Man erinnert sich wohl des Vorfalls. Die Agnes aber begann danach, von Jahr zu Jahr immer hübscher, aber immer noch ordinärer auszusehen, wurde von den Merowingern ›die Stubenmädchenschönheit‹ genannt und von Schnippedilderich, der sich nach einem Frauenzimmer untergeordneten Standes nie umzudrehen pflegte, durchaus als solches behandelt und obendrein belümmelt. Wir haben das mitangesehen.

Ihr Grimm war tief. Dem merowingischen Manns-Stamme spann sie Verderben. Es war ihr, wie wir wissen, gelungen, den Falken des Horus an sich zu ziehen, heißt das, ihre um sechs Jahre jüngere Cousine Anneliese, die erste Tochter aus Childerichs dritter Ehe, jener mit der ägyptischen Prinzessin. Der Falke war Agnes wesensverwandt. Und wie die Anziehungskraft der Erde den Mond aus seiner ursprünglichen Kugelgestalt gezerrt und zu einer Art Pflaume gemacht hat, die nur von uns aus gesehen noch kreisrund herschaut, so begannen Interessiertheit und Vigilanz das hübsche Antlitz Anneliesens bald mehr und mehr aus seinen Maßen zu zerren, so daß sie, wenngleich sechs Jahre jünger, in manchen Augenblicken bald so ordinär aussah wie ihre Cousine Agnes.

Man sieht, es kommt nicht nur auf die Abkunft an.

Dem Pippin war der Weiber Wut was wert, weil sie ja stets gegen Childerich III. hetzten; und vor allem hetzten sie die eigenen Männer auf. Doch diese letzteren selbst mußten Pépin nunmehr wichtiger werden, weil sich die Sachen aus der Sphäre der List immer mehr in jene der Gewalt wenden wollten. Auf die geworbene Mannschaft allein gedacht' er nicht, sich zu verlassen, mochte immerhin den Kerlen, schon auf's bloße Ansehen hin, die Fähigkeit eignen, alles kurz und klein zu schlagen.

Darum wandt' er sein Augenmerk mehr und mehr seinen rüstigen männlichen Parteigängern zu, und nicht so sehr den Doctoren Stein und Bein – deren ärztliche Kunst in seinen finstersten und zutiefst bebrüteten Plänen ihren Platz hatte! – als vielmehr sowohl den Brüdern des Doctors Bein als auch deren Oheimen, also den Söhnen des Bierbrauers Paust, welche ihm die geborene von Knötelbrech und spätere Freifrau von Bartenbruch geschenkt hatte. Auf diesen ruhte sein Auge mit Wohlgefallen. Einer besonders war's unter den Paust'schen, den er an sich zu ziehen trachtete; ein riesiger starkknochiger Mann, mit steifem schwarzem Roßhaar, das er von seiner Mutter hatte: Hagen von Tronje.

Merkwürdig genug doch, wie sich jene Leute auch hier vor einer Art von Autorität zu beugen schienen: diesfalls vor dem Grafen Pépin. Man wollte wohl so ganz unteilhabend nicht sein an merowingisch-karolingischen Stammes- und Standesgepflogenheiten. Und so ist es dem Majordomus mit der Zeit gelungen, alle diese Personen vorwiegend bürgerlicher Herkunft in das merowingisch-karolingische Begriffs-System einzufügen und einzubeziehen, so weit, daß ihnen die Vorbereitung von Gewalttaten am Ende angemessener erschien als die Einleitung von Klagebegehren und Prozessen. Zu des Grafen großem Leidwesen hielt sich der einzige Standesgenosse, den es da gab, der bayerische Baron Fonse, Gatte Gerhilds und nomineller Vater der Stubenmädchenschönheit Agnes, gänzlich von ihm fern. Sehr glücklich hinwiederum fügt' es sich, daß Childerichs III. rohe Brüder Dankwart und Rollo (Rolf), die einst auf dem Ritten bei Bozen im Auftrage Richenza's deren Gemahl, den seligen Grafen d'Alfredi, in der ordinärsten Weise verprügelt hatten, gänzlich in Verschollenheit geraten zu sein schienen. Nachdem sie dem Familienchef an Geldern entpreßt, was noch innerhalb ihrer Möglichkeiten lag – und von da an hielt Childerich III. die Hand hart am prallen Beutel! – ließen sie von sich nichts mehr hören. Einmal hieß es dann, sie hätten beide, übrigens auch der jüngere Bruder Eberhard, in England drüben alte aber reiche Erbinnen geheiratet, auf solche Weise freilich kinderlos bleibend. Richenza aber, Schnippedilderichs gewaltige Tante und vordem auch seine Geliebte, warf zu Kulmbach den Majordomus, als er sie zur Conspiration bewegen wollte, kurzerhand hinaus. Dies war dem Grafen bitter leid. Denn ihre Prügelkraft schätzte er derjenigen von zwei bis dreien der geworbenen Kerle gleich, und Richenza auf seiner Seite zu haben, wäre von ihm für einen nicht geringen Vorteil erachtet worden.

So trieb denn alles zur Entscheidung im Endkampfe. Es möchte hier nicht unerwähnt bleiben, daß der Graf Pépin den beiden Ärzten, den Doctoribus Stein und Bein, jetzt schon und für alle eintretenden Fälle jedwede Beteiligung an irgendeinem Gefechte verbot. Sie hätten sich, so sagte er, nur der Verletzten anzunehmen, und es müsse ausgeschlossen bleiben, daß sie etwa sich untauglich machten zu späteren und weit ernsteren Geschäften, für die er sie ausersehen habe. Hintnach sollte der sinistre Sinn seiner damaligen Worte noch auf schreckliche Weise sichtbar werden.

Die Dramatik der Lage erfordert eine ebensolche Darstellung. Auch wird uns die Übung gut tun. Charles Baudelaire* sagt über das Theater:

»Was ich im Theater immer am schönsten gefunden habe, in meiner Kindheit, und auch jetzt noch, ist der Lüster – ein schöner leuchtender Gegenstand, kristallisch, kompliziert, rundgeschwungen und symmetrisch.

---

* Charles Baudelaire ›Mon cœur mis à nu‹, XVII. Die Stelle lautet im Original:

Ce que j'ai toujours trouvé de plus beau dans un théâtre, dans mon enfance, et encore maintenant, c'est le lustre – un bel objet lumineux, cristallin, compliqué, circulaire et symétrique. Cependant je ne nie pas absolument la valeur de la littérature dramatique.

Mein Vater, der ein Eisenbahnbauer gewesen – die Karawankenbahn mit dem Rosenbach-Viadukte ist sein Werk – war sein Leben lang ein leidenschaftlicher Freund des Theaters. Er unterschied summarisch zwei Arten von Stücken: 1.) Stücke ›im Blech‹, wie etwa Shakespeare's Königsdramen, auch Römer-Stücke, 2.) Stücke ›ohne Blech‹, das heißt bürgerliche Tragödien, wie etwa ›Kabale und Liebe‹ oder die eben zu seiner Zeit bekannt werdenden Werke Ibsens. Bei Stücken ›im Blech‹ nahm er auch erhebliche Atrocitäten gelassen hin; bei solchen ›ohne Blech‹ war er empfindlicher. Am meisten wurde von ihm Henrik Ibsens ›Wildente‹ gefürchtet.

Indessen leugne ich nicht durchaus den Wert der dramatischen Literatur.«

Wir sind ganz und gar dieser Meinung. Nur muß es hier auch ohne Lüster gehen.

Gemach in Childerichs Flügel des Bartenbruch'schen Stadtpalastes
Childerich III., Pippin

CHILDERICH *mit gesteigertem Fußwinkel*
O Schwein der Schweine! Daß ich dir
an die Kaldaunen könnte!
Ich risse dir die Kutteln einzeln aus
und schmisse sie zum Fenster dann hinaus,
weil ich den Hunden solches Fressen gönnte!

PIPPIN *ruhig, ölig und im scrotalen Basse*
Die leere Drohung macht mir wenig bang.
Du bist mir neidig, sei ich noch so klein.
Nennst andre Schweine und bist selbst ein Schwein.
mit bösem, sinistrem Lächeln
Wer wem was ausreißt, wird die Zeit noch zeigen.
Ich will für heute lieber davon schweigen.
Er wendet sich zum Gehen.

CHILDERICH
Schwein!
Tritt Pippin in den Hintern

PIPPIN *der sich blitzschnell umgewandt hat, versetzt Childerich einen kräftigen Fußtritt vor den Bauch und geht rasch ab*

CHILDERICH *allein, als er das Gleichgewicht gefunden, nach Atem ringend, mit 170°, doch nicht ohne Größe*
Dies Schwein wagt's, mich zu treten. Auf dem Schlachtfeld
allein kann solcher Schmach die Sühne werden!
Doch halt! Versammelt er der Kerle nicht
starkknochig, grob, jetzt eine rauhe Menge?
mit rasch sinkendem Fußwinkel
Wie soll mein Lumpenvolk denn da bestehn,
verfressen und verwöhnt, geil und versoffen?!

Man jagt sie aus dem Feld! Und Pippins Hohn,
der Wut der Weiber werde ich zur Beute.
Soll so das Bartenbruch'sche Haus vergehn,
der Rettung fern, da ich allein hier stehe
und niemand zuhilft?! Unvollendet bleibt
mein Werk auch, und zum Ende treibt
jetzt schrecklich alles. Dreimal Wehe!
Langes Schweigen
Es klopft. Lakai tritt auf.

LAKAI
Mein gnädger Herr! Die eilende Dépêche
ward eben jetzt gebracht. Darf ich sie reichen?

CHILDERICH
Gib her!

LAKAI *präsentiert auf einem Tablett das Telegramm und rennt, nachdem Childerich es aufgenommen, eiligst hinaus.*

CHILDERICH *öffnet die Dépêche. Nachdem er gelesen, verharrt er lange schweigend. Dann in ausbrechender Freude*
O Schnippedilderich! Mein starker Sohn,
des Vaters tiefste Schmach kommst du zu rächen!
Nun fahr' dahin, mein Majordomus! Schmachvoll
wird dies noch für dich enden; und mit Prügeln
wird der Verrat an deinem Herrn bezahlt.
Noch einmal, Bartenbruch'sche Heldenkraft,
trittst du in's Feld, um alles rasch zu wenden.
mit Donnerstimme
Musik heraus!
Getümmel auf den Gängen. Nach einer Pause hört man von draußen schmetternd die ersten Takte des Coburger Marsches.
Verwandlung

*

Gemach in Pippins Flügel des Bartenbruch'schen Stadtpalastes
Pippin *allein. Er steht an einem Tische, die Fingerknöchel der linken Hand aufgestützt. Man hört von Childerichs Flügel herüber eben die letzten Takte des Coburger Marsches.*

PIPPIN
Musik?! Was hat dies bärt'ge Schwein* zu musizieren?!
Dazu gibt es für ihn recht wenig Anlaß,
so will's mir scheinen, angesichts der Lage.
Doch halt! Es haben diese Freudenklänge
unmöglich Gutes für mich zu bedeuten!
Kam ihm Succurs von irgendwelchen Seiten?
Und wenn, woher denn?! Wüßte nicht,
wer sich dem Kerl zum Bundsgenossen gäbe!
Doch ahnt mir Übles. Sollte etwa gar
das Untier, das er vordem zeugte
mit jener Gräfin, sollte etwa Schnippe
– die Gräfin möge in der Hölle braten! –
zur ganz verfluchten Unzeit hier erscheinen?!
Der Mannschaft mein entfällt das Herz, wenn sie ihn
Wer wird ihn dann bekämpfen, wer ihm stehn?!   [sehn!
nach einer langen Pause
Ermanne dich, Pépin! Und finde rechten Rat!
Hagen von Tronje kämpft auf unsrer Seite.
Wenn ich nun den mit zehen meiner Kerle,
von weitern Paust'schen Männern angeführt,
zusammen nur auf dieses Untier werfe:
ich zweifle nicht, daß man ihn niederbringt,
mit rasch gestelltem Bein und klugen Kniffen.
Das andre Lumpenvolk nimmt dann der Rest auf sich,
von mir geführt. Sind immerhin noch dreißig.
Sie werden's den versoffnen Schweinen zeigen,
die er als Dienerschaft sich hält. An Kraft
wär' höchstens Heber, der Profoß, bedeutend.
Doch geht der noch mit drein, in unsre Prügel.
besinnt sich
Die Schlacht biet' ich ihm an! Es werde Ort und Zeit
nach altem Brauche nun vereinbart. Freilich
wird er nicht schlagen wollen vor des Scheusals Ankunft.
Wenn die bevorsteht, zeigt uns das sein Zögern.
Verwandlung

*

---

* Mag's manchem paradox erscheinen: doch gibt's im sogenannten ›Marchfelde‹, nordöstlich von Wien, eine Ortschaft, die ›Groß-Schweinsbart‹ heißt.

Bibliothek zu Bartenbruch
Childerich III., Childerich IV. (Schnippedilderich)

CHILDERICH III. *auf einem Podeste, in gleicher Höhe mit dem Sohne, keifend*
So knüpft er Netze! Garnt mich enger ein!
Verschanzt sich! Sammelt seine Bauernknechte!
Verhetzt die Weiber. Unser Haus zu schänden,
ist alles schon bereit. Und du, mein Sohn, allein
hast hier die Kraft, das Letzte abzuwenden.
Hilf dem Erzeuger dein zu seinem Rechte
und laß die angebotne Schlacht uns ruhmvoll enden.

CHILDERICH IV.
Erbärmliches Geschlecht, mit dem ich lebe!
Nur stichelnd statt zu stechen, klopfend statt zu schlagen!
Was soll man tun in solchen matten Tagen?
Der Saft ist aus. Kein Mensch mag heut' mehr richtig.
Pause
Doch bei Vouglé, da waren wir noch tüchtig!

CHILDERICH III.
Vouglé?

CHILDERICH IV.
    Ein Schlachtort war's. Und heut'
nennen uns die Gelehrten einen andern:
zehn Meilen von Poitiers, so glauben sie's zu wissen.
Wie immer doch! Man focht auf blachem Felde.

CHILDERICH III.
Wer focht und gegen wen? Du sprichst,
als wärst du selbst dabei gewesen?!

CHILDERICH IV. *mit halbgeschlossenen Augen, fast visionär*
Ich war's. Und mehr dabei als hier.
Die Goten waren's unter Alarich,
und wir drauf aus, sie weit zurück zu werfen,
was auch gelang, nach einer harten Arbeit.
Sie wichen. Sollen dann in Spanien
ein Reich gegründet haben, sei's wie's sei.
Das steht in Büchern. Doch die Schlacht war unser,

der Sieg auch, und der furchtbare Verlust.
Denn jeden Schritt fast, den die Riesen rückwärts taten,
bezahlten wir mit einem toten Krieger.
Childerich III. weicht, mit allen Zeichen des Schreckens, auf ein höheres Podest
Ich war beim Fechten immer frisch daran.
Doch gegen dies Entsetzen hier zu streiten
war fürchterlich. Sie standen wie die Bäume.
Man hätte jeden einzeln sägen müssen.
Wer da verwundet ward, focht auf den Knien weiter
und rafft' sich wieder auf und wich nur kämpfend
und Schritt für Schritt dann hinter sich.
Ihr Schlachtgesang ging bis in's Mark. Der Blutdunst
Childerich III. steigt noch höher
stand auf dem Felde wie in einem Fleisch-Hof,
der Boden rot, es quatschten Sand und Schollen,
und immer wieder gegen diese Türme
rannten wir an. Wir zwangen sie zurück.
Childerich III. ist auf dem höchsten Podeste angelangt
Niemand ergab sich. Keinen fingen wir.
Um wenig Tote hatten sie zu klagen.
Doch wir um viele. Wohl, das Feld blieb unser.
Und es ward Ruhe. Viele Wochen pflegt' man
auf beiden Seiten nur die Wunden. Und dann war
am Morgen einst ihr Lager leer. Sie hatten
nach Süden endlich ihren Rückzug angetreten.
Erblickt den Vater ganz oben und erwacht aus seiner visionären Erinnerung
Nun, nun, mein Alter. Sei nur ruhig. Dir geschieht nichts.
Wir holzen also übermorgen, wie's vereinbart.
Dem Ernste muß der Spaß doch endlich folgen.
Hebt den verschüchterten Childerich III. mit Sorgfalt herab.

23 Verprügelung des Doctors Döblinger

Man sieht, wie's die Prosa-Entlässlinge treiben, kaum, daß sie auf die Bretter kommen: Plusterung, Pathos, bombastisch-dröhnende Tiraden. Wie wird das erst auf dem Schlachtfelde werden!

Den Doctor Döblinger aber greifen wir lieber mit der Prosa-Zange an. Seine Verprügelung bildet ein Postulat poetischer Gerechtigkeit. Zudem empfiehlt sie sich noch aus einem weniger auf der Hand liegenden Grunde. Nämlich um den Grimm des Lesers zu sänftigen (dessen Fußwinkel an dem Punkte, wo wir mit unserem fragwürdigen Berichte halten, einen beträchtlichen Grad schon erreicht haben dürfte), seinen Grimm gegen den Autor nämlich: da aber gedachter Leser längst dessen enge Beziehungen zu unserem Doctor Döblinger durchschaut hat, so besänftigen wir, diesen verprügeln lassend, den Leser gleich auch in bezug auf jenen. Freilich, die totale Verprügelung des Doctors Döblinger hat bei ihm nichts geändert. Derartige Leute sind ja als ganze nur ein wandelnder Unfug in Person, und man kann ihnen diesen daher nicht austreiben.

Doch nun: *Wer??!!*

Wer soll's vollbringen, das heilsame Vergeltungswerk?!

Die Käsbauern!

Niemand anderer.

Das Recht findet seinen Knecht.

Sie überfielen ihn, der sich diesmal allein befand, genau an der gleichen Stelle, wo er sie einst durch seine Bande hatte dreschen lassen. Und ihrer waren nunmehr zehn. Mit Käskübeln. Einen davon wandten sie daran.

Mit Wucht wurde er samt Inhalt auf Döblingers Haupt gestülpt, dem auf solche Weise Licht, Sicht, Luft und Atem benommen waren, während die fetten Käsebrocken auf den uns wohlbekannten Sportanzug herabfielen (deshalb begegnet uns der Doctor bald in einem neuen, allerdings nicht ahnend, daß er diesen nächstens auf dem Schlachtfelde tragen sollte). Schon ging die Prügel-Kanonade auf seinen Buckel nieder. Gleichzeitig mit dem Setzen des Kübels aber erschütterte ein Fußtritt von solcher Gewalt den Doctor Döblinger von rückwärts, daß er genügt hätte, einem Elephanten geschwollene Hinterbacken zu machen.

Daran schienen die Käsbauern denn auch ein Genügen zu finden, sie rückten ab, und ließen Döblinger für sich im Kreise taumeln. Als er den hölzernen Eimer mit dem Streichkäse endlich vom Kopf brachte, wollte es sein Unglück, daß eben einer von den Plombierten vorbei ging, der ihn, trotz der Blitzartigkeit des damaligen Vorganges, jetzt doch wieder erkannte.

Von ihm erhielt er sofort zusätzliche zwei Ohrfeigen, und saß erst eine halbe Stunde später entkäst und auf einem schmerzenden Hintern in der Badewanne.

24 Die Schlacht am Windbühel

Das Schlachtfeld
Wellige, öde und unbewohnte Gegend, da und dort von Buschwald bestanden.

Pippin, Hagen von Tronje *und andere* Paust'sche Männer *treten auf. Im Hintergrunde* Pippins Knechte. *Alle beknüppelt. Trompetenstoß.*

PIPPIN
An diesem Tag, ihr Herren, wird ein Unfug
ganz aus der Welt geschafft, den weiterhin zu tragen
Unwürde wäre. Dieser Tag sei unser.
Den vielfach bärt'gen Abergeil in Staub zu strecken
erfordert jetzt die Ehre. Denkt's, ihr Subkontisten!
Denkt auch an eurer Weiber gift'ge Wut!
Daß jener neuerlich im Brautbett sich ergetze,
die uferlose Zeugung weiter fort noch setze,
daß er sein eigner Oheim werde und sein Neffe,
dies hindre unser Arm.

EINER VON DEN PAUST'SCHEN
                      Doch sind wir Menschen bloß.
Niemand ist's zu verargen, daß er sich entsetze
vor einem Ungeheuer, wie's vor achtundzwanzig Jahren
geboren ward aus Gräfin Clara's Schoß.
Darum auf ihn mit allen unsren Listen
versammle sich vereinte Kraft der Subkontisten.

PIPPIN
Recht so! Damit man ihn noch besser treffe,
lenkt ihr ihn erst nur ab und kreist ihn ein,
indessen ich mit Childrichs Volk mich schlage,

die Kräfte bindend. Mit nur wenig Männern
bewirk ich's. Ihr da greift den Wolf von allen Seiten
ununterbrochen an wie tapfre Rüden,
allein nur deshalb, um ihn abzumüden,
und durch geschicktes Schwenken abzulenken.
Bis dahin halte, Hagen, dich zurück.
Dann aber fälle diesen Baum mit gutem Glück.

Ein andrer von den Paust'schen
Ein Bein sei ihm gestellt zur rechten Zeit,
wenn er einmal mit Hagen hart im Streit.

Alle
So sei's! Und unser wird der Sieg
in diesem höchst gerechten Krieg!
Trompeten. Alle ab.
Verwandlung

*

Ein anderer Teil des Schlachtfeldes
Flacher Platz. Im Hintergrund ragen aus dem Buschwald drei mächtige alte Bäume.
Getümmel und Rückzug. Trompetenstoß; hierauf kommen Childerich III. *und* Schnippedilderich, *dieser unbewehrt*

Childerich *Er trägt das mächtige Frankenschwert samt Scheide und Gehenk in Händen und blickt aufmerksam-ängstlich um sich*
Nur du hast sie geschreckt! Sie kommen wieder.
Bleib' nun bei mir und laß mich nicht allein.
Sieht sich wieder um
Wenn sie allein mich sehen, setzt es Hiebe.
Drum bleibe bei mir stehen, mir zu Liebe!

Schnippe
Es gilt nunmehr die Kerle herzulocken.
Drum zeige dich allein jetzt auf dem Feld.
Indessen ich hier hinter Bäume trete.
Ist ihnen nur mein Anblick ganz verstellt,
sie prellen vor und wagen sich voran.
Ich aber fange dann mit Dreschen an.
Er verschwindet.

CHILDERICH *mannhafter*
Zur Furcht besteht kein Grund. Ich weiß ihn hinter mir.
Heran, du öl'ges Schwein! Die Spitze biet' ich dir!

PIPPIN *beknüppelt, tritt eilends auf*
Nun, Abergeil, du Ungestalt, hier treff' ich dich
zur guten Stunde, und wie freu' ich mich,
dich jetzt zu dreschen, daß du deine Klauen
nie wieder streckst nach adeligen Frauen!
Dein Ungetüm verließ dich. Bald wird es gebändigt
und dieser höchst gerechte Krieg geendigt.
Sie fechten. Childerich pariert Pippins Knüppelhieb mit dem Frankenschwert, das zu heben er beide Hände braucht.

SCHNIPPE *unter schallendem Gelächter hervortretend, sieht den Fechtenden durch Augenblicke höchlich belustigt zu, ergreift dann Pippin – der ihm entfliehen wollte – am Genicke und wirft ihn durch die Luft im hohen Bogen davon.*

PIPPIN *Man hört ihn aus der Luft schelten*
Du Ausgeburt aus wüster Zeiten Tiefe!
Wenn ich den Teufel selbst zu Hilfe riefe,
ich scheute keinen Pakt, dich zu verderben:
verflucht seist du samt allen deinen Erben.
Verwandlung

*

Ein anderer Teil des Schlachtfeldes *an dessen Rande gelegen:*
Buschwald
Gellendes Geschrei der Chimären *und feilende Cicadenstimme* Geraldinens
Jetzt packt ihn, packt ihn, zwackt ihn, zwackt ihn
und reißt ihm aus, was er noch hat!
Daß ihm ersterbe weitere Neigung
zu immerwährend neuer Zeugung:
dies wirke eure rasche Tat!

Zu Boden sinken bald die Bärte
und was sich sonst damit verknüpft!
Noch fuchtelt er mit seinem Schwerte,
doch wird der Kleine jetzt gelüpft.
Drum packt ihn, packt ihn, zwackt ihn, zwackt ihn
und reißt ihm aus, was er noch hat!

Daß ihm ersterbe weitre Neigung
zu immerwährend neuer Zeugung:
dies wirke eure rasche Tat!
*Schnippedilderich nähert sich. Sie verschwinden im Buschwald
Verwandlung*

*

Ein anderer Teil des Schlachtfeldes
*Getümmel. Karolinger im Rückzuge, nach ihnen die Paust'schen.
Hierauf kommt* Schippedilderich, *der* Hagen von Tronje *am
Kragen vor sich her über die Scene trägt.*

SCHNIPPE
Roßhaarig Männlein, schwarzer Tinterich!
Er war mir lästig, denn er hetzt' auf mich
ohn' Unterlaß die andre Hundemeute.
Drum muß ich ihn jetzt hier am Kragen tragen.
Merk's, Männlein, gut und denke lang an heute!
*Wirft ihn den fliehenden Karolingern nach
Verwandlung*

*

Ein andrer Theil des Schlachtfeldes*
Getümmel. Der Dauphin, Orleans, Bourbon, *der* Connetable
Rambures *und Andre treten auf*

CONNETABLE
O diable!

ORLEANS
O seigneur! La journée est perdue, tout est perdu!

DAUPHIN
Mort de ma vie! Dahin ist alles, alles!
Verachtung sitzt und ew'ge Schande höhnend
In unsern Federbüschen. – O méchante fortune!
*Kurzes Getümmel
Verwandlung*

*

---

* Diese Scene ist zu streichen, weil irrtümlich vom Vorbilde wörtlich abgeschrieben und also nicht hierher gehörend.

Jungwald am Rande des Schlachtfeldes
Der Doctor Döblinger, *im neuen Sportanzug, tritt auf. Aus dem Hintergrunde zunächst noch Stockprügel, Ohrfeigen und Gebrüll hörbar. Später* Wänzrödl

DÖBLINGER
Man rennt, man ficht, man schreit und schilt!
Was geht denn vor hier, lärmend-wild?
Den Freiherrn sah ich mit gesträubtem Bart,
Getümmel herrscht von kriegerischer Art!
Auch einen Riesen merkt' ich auf dem Felde,
er jagt' die andern als ein rechter Helde.
Doch scheint's zu Ende. Und es schweigt das Schrei'n.
Täuscht mich nicht alles, tritt nun Ruhe ein.
Pause. Wänzrödl *ist aufgetreten*

DÖBLINGER *Wänzrödl erblickend*
Ein Zwerg! Welch widerliches Wesen! Mit Trompete!
Komm her, daß ich dich in den Hintern trete!
Wänzrödl, *ohne Döblinger die geringste Beachtung zu schenken, bläst eine lange complicierte Cadenz, welche das Ende des Gefechtes anzeigt*
Verwandlung

*

Lichter Hain in der Nähe des Schlachtfeldes
Es treten auf: Childerich III., Schnippedilderich, Wänzrödl, *alle drei unbewehrt; der* Profoss Heber, Praemius van der Pawken, Burschik, *Bartenbruch'sche Livrée, alle beknüppelt*

CHILDERICH *mit Schnippe,* Wänzrödl *und den Chargen beiseite getreten und die übrigen Versammelten anredend*
Ihr Lumpen! Aus die Schlacht. Ihr schlugt euch leidlich.
Seht zu, daß ihr mir aus den Augen kommt.
Noch raucht mein Grimm im Blut. Des seid belehrt.

SCHNIPPE *mit dem Finger auf Childerich deutend, doch halb beiseite*
Der reißt sein bärt'ges Maul auf! Was denn Großes
hast du in dieser Keilerei vollbracht?!
Zahnstocherschwinger! Er nennt es ein Schwert.
Wo hast du's denn, dein dummes Heldenmesser?

CHILDERICH
Ich stürmte in's Gefecht und in's Gebüsch.
Dort trat mich einer. Ihm zu wehren,
hob ich die Waffe. Jener doch war schneller –

SCHNIPPE
Das läßt sich denken! Hahaha!

CHILDERICH
Halt's Maul und fall' dem Vater nicht in's Wort.
Mir ward die Waffe aus der Hand geschlagen.
Wohin sie fiel, vermag ich nicht zu sagen.
Doch will ich zehen Bediente suchen lassen
und den belohnen, der sie kriegt zu fassen.

SCHNIPPE *beiseite*
Jetzt wirst du üppig, Alter! Vorher warst du klein.
Ich tunkte gern dich wieder in's Gefecht.
Doch alle sind geflohen. Und kein Schwein
hält mehr das Feld. So sei's denn eben recht.
Trompeten. Alle ab.

25 Übergang zum Stellungskriege – Schnippedilderichs Abschied – Childerichs III. Auszug

Nicht zur Unzeit traf Ulrike aus Hessen wieder ein (nie war das ihre Art gewesen), sondern am Abend nach der gewonnenen Schlacht. Sie freute sich, den Bräutigam aus der Klinik entlassen und bei guter Gesundheit anzutreffen (übrigens war in der letzten Zeit sogar die ambulante Behandlung bei Professor Horn vom Freiherrn unterbrochen und vergessen worden). Doch erfuhr sie freilich bald vom Stand der Dinge hier, daß nämlich die Karolinger sich verschanzt und noch immer das halbe Stadtpalais besetzt hielten, trotz ihrer Niederlage.

Gleich nach dieser hatte Schnippedilderich die Barrikaden auf den Gängen beiseite räumen und den von Pépin und den Seinen besetzten Teil des Palastes stürmen wollen. Zweifellos wäre es dabei zu schweren internen Schlägereien, so Brachialitäten wie Pedalitäten, und wohl auch zu bedeutenden Verwüstungen gekommen. Aber der Gedanke Schnippedilderichs war doch zweifellos der richtige: nämlich den angeschlagenen Gegner gleich ganz zu vernichten, keineswegs jetzt schon auf den Lorbeeren des Sieges auszuruhen. Gerade so aber wollt' es Childerich III. Daß er dem Rat des Riesen nicht gefolgt ist, wurde für ihn zum Anfang vom Ende.

Denn sein gewaltiger Sohn sollte ja nicht lange bei ihm mehr bleiben. Der Urlaub Schnippedilderichs – dessen größten Teil er schon in England verbracht – war zu drei Vierteln abgelaufen.

Es ist tragisch, daß Ulrike – zunächst aus reiner Friedfertigkeit – sich ebenfalls gegen eine unmittelbare Fortsetzung der Kriegshandlungen aussprach und dadurch Childerich III. in seiner unheilvollen Haltung und seiner Säumigkeit noch bestärkte. Freilich, sie wußte, daß die ganze Adoptions-Angelegenheit mit allen Unterlagen dazu und samt dem Heiratscontracte sich in den Händen des Majordomus (und nicht in denen des Doctors Gneistl) befand. Childerich hatte es natürlich abgelehnt, sich mit Schreibereien und Schritten, sei's in den Heirats- oder Adoptions-Dingen, auch nur im geringsten abzugeben (als Nicht-Amtsgänger kennen wir ihn ja schon aus der Horn'schen Praxis!). Derartiges war für ihn von vornherein Aufgabe des Majordomus gewesen. Die beiden Sachen zu trennen aber – ach, wie gerne hätte Ulrike nur einfach ihr Glück gesucht! – dies konnte an den Merowinger garnicht herangetragen werden. Hierin blieb er ungebrochen, und schon gar jetzt, nach einem völligen (und unausgenützten!) Siege. Aus diesen Gründen zusammen hat Ulrike wohl im Auge gehabt, wenigstens Verhandlungen zwischen dem Merowinger und seinem Hausmeier anzubahnen, vielleicht sogar mit dem Fernziel einer Versöhnung. Aber alles von solcher Art hätte an der Wildheit beider Teile scheitern müssen, die jedoch unserem Freifräulein von Bartenbruch, mochte sie gleich vom selben Stamme sein, gänzlich fremd, ja unbegreiflich blieb.

Was sie indessen vertraut anmutete und ihr gar sehr gefiel, war Schnippedilderichs wohlwollendes, ja zärtliches Verhältnis zu dem getreuen Hofzwerge. Oft lieh er sich Wänzrödln vom Vater aus, spielte in kindischer Weise mit ihm, beschenkte ihn reich, und ließ ihn auf seiner Schulter sitzen, wenn er sich im Parke erging (die Karolinger sahen's nicht ohne Grimm von ihrem Flügel aus). Wänzrödl, am wandelnden Turme oben, war zuerst ein wenig ängstlich gewesen und hatte stets ein Ärmchen um Schnippedilderichs Genick geschlungen, unterhalb des starren, goldroten Haares. Auch hielten sie zusammen Siesta, der Zwerg lag auf des Merowingers mächtiger Brust und ein kleines Kissen aus seinem Puppenbettlein war unter den Kopf geschoben.

Schnippedilderich lümmelte ansonst herum, soff und fluchte. Ganz anders jedoch war der Stil seines Verhaltens, wenn ihm Ulrike nur in die Nähe kam. Dieser Umstand verdient unser Interesse, denn er ist letzten Endes entscheidend geworden. Auch bedeutet er einen Aufschluß über den Menschen der Völkerwanderungszeit überhaupt.

Sie wohnte nun im Palais. Der erklärte Krieg ließ eine klare Haltung zu. Und Horn war aus dem Wege und vergessen. Begegnete ihr Schnippedilderich auf einem der breiten Gänge, so trat er bis an die Wand beiseite und verharrte in tiefer Verbeugung. Das verwandtschaftliche ›Du‹ wäre ihr gegenüber von seiner Seite wohl am Platze gewesen. Jedoch er sprach sie, wenn überhaupt, mit ›hohe Frau‹ an. Childerich III. gefiel das ehrfürchtige und ritterliche Verhalten des gewaltigen Sohnes gegenüber der erwählten künftigen Gemahlin sehr wohl. Oft erschien bei solchen Anlässen ein bärbeißiges* Schmunzeln im bartfreien Teil seines Antlitzes. Daß Ulrike durch ihre Heirat übrigens die Nichte Schnippedilderichs werden würde, weil dieser ja, als Sohn von Childerichs III. Großmutter, der Oheim seines eigenen Vaters war, solches kam dem Freiherrn weniger zu Sinn, obwohl er doch einst durch Schnippedilderich recht nachdrücklich daran erinnert worden war.

Es hätte sich das Ungetüm durch des Vaters Willen allein kaum dauernd von einem Angriffe auf den karolingisch besetzten Teil des Palais' abhalten lassen, und wahrscheinlich nach der Schlacht am Windbühel früher oder später die Barrikaden auf den Gängen beiseite geräumt. Ulrike war's, die ihn daran hinderte. Ihrem Abwinken war er gehorsam.

So lebte man denn wie in einer belagerten Festung. Niemand hätte das dem Palais von außen angesehen, durch die stille Gasse gehend, die es mit seiner klassizistischen und doch pompösen langen Front beherrschte. Das Treppenhaus übrigens, mit den beiden links und rechts lyraförmig aus-

---
* Siehe Fußnote Seite 78.

schwingenden marmornen Stiegen, befand sich noch im merowingischen Machtbereich, der also etwas mehr als die Hälfte des Palastes umfaßte, nämlich jenseits der Einfahrt und des Portales noch einen kleinen Teil des anderen Flügels. Dort erst zeigten sich die Gänge mit Barrikaden verrammelt.

Die Karolinger, kaum daß sie von ihrer Niederlage sich erholt, nahmen fast unmittelbar nach derselben wieder eine drohende Haltung ein, wie wir noch sehen werden. Auch späterhin, und oft tief in der Nacht, um ein oder zwei Uhr, ertönten plötzlich ihre Sprech- oder eigentlich Brüll-Chöre, die etwa einen Ruf wie ›Tod dem Abergeil‹, oder sonst etwas von dieser Art, mit Donnerstimme mehrmals wiederholten. In solchen Augenblicken war Schnippedilderich kaum zu halten. Nur Ulrikens Blick vermochte ihn gebieterisch zu bändigen. Der Profoß zudem, und auch Burschik sowie Praemius van der Pawken, ja sogar Wambsgans wären ihm bei einem Sturmangriff bedingungslos gefolgt.

Inzwischen hatte Herr Doctor Döblinger wieder einmal Gelegenheit genommen, sich wichtig zu machen. Nachdem die fechtenden Parteien das Schlachtfeld am Windbühel verlassen hatten – als erste freilich die fliehenden Karolinger – streunte er neugierig dort herum, allerlei am zertrampelten Heideboden auffindend, fünf Hüte, drei Kappen, mehrere Knüttel, einen abgerissenen Leibgurt und sogar einen einzelnen Ärmel. Nun, nach den welthistorischen Schlachten, nach Kunaxa oder Azincourt, hat's im Grunde auch nicht anders ausgesehen. Übrigens sah der Doctor Döblinger drüben am anderen Rande des weiten Feldes, wo drei mächtige Bäume aus dem Buschwalde ragten, mehrere Gestalten ebenfalls herumgehen und sich suchend bücken. Schließlich erblickte er, durch reinen Zufall, tief im Gebüsche drinnen einen länglichen Gegenstand, der nicht am Boden lag, sondern an den Zweigen lehnte, fast aufgerichtet. Es war das Frankenschwert.

Auf einen solchen Fund am allerwenigsten gefaßt – wir wissen freilich, daß zehen Bediente die Waffe nun vergeblich suchen mußten – betrachtete er Scheide und Gehenk, auf den ersten Blick deren moderne Arbeit erkennend. Beim Knaufgriff aber ward ihm recht anders zumute. Er war ja kundig, wenn auch eben nicht von diesem Fache, der Waffengeschichte, kommend. Aber so viel sah er: dies war, wohl möglich, ein Schwert der Völkerwanderungszeit.

Er zog's blank. Es wog schwer. Er betrachtete die breite, vorne nicht spitzige Klinge der alten Hiebwaffe (wir haben sie anderwärts schon beschrieben), packte schließlich fest den Griff, tat einen Ausfall und führte ein paar Hiebe. Bewunderungswürdig gut ausgewogen lag die Waffe in der Hand. Er hätte mit diesem Schwert (das Schnippedilderich schon mit vierzehn einen Zahnstocher, jüngst aber ein dummes Heldenmesser genannt hatte!) sich eine gute Weile zu verteidigen vermocht, aufgetümmelt, ausgefressen und recht ordinär, wie er damals eben war. Er nahm's mit sich, unterm Arme. In den ersten Vorstadtgassen fand er eine Papierhandlung, trat ein und verlangte einen Bogen starken Packpapiers, um den immerhin auffallenden Gegenstand darin einzuschlagen.

Hier lagen auch Zeitungen am Ladentische, darunter ein lokales Blatt. Döblinger las, während die Ladnerin das verlangte Papier hervorrollte, mehr-weniger gedankenlos die Anzeige eines Vortrages: ein prominenter Kunsthistoriker aus Wien sollte da sprechen, Custos der Waffensammlung des Hofmuseums.

Im nächsten Augenblick schon wußte er, daß dieser Doctor Kranbert ein Studiencollege von ihm war. Zu ihm mußte er mit dem Schwert. Dieser Mann allein erschien ihm competent und urteilsfähig. Wenn der Gelehrte heute am Abend im Saale der Stadtresidenz sprechen sollte, dann war er wohl aller Wahrscheinlichkeit nach schon eingetroffen. Und für eine Person seines Ranges kam nur das erste Hotel der Stadt in Betracht.

Am nächsten Standplatz nahm der Doctor Döblinger einen Wagen. Gegen die Stadtmitte fahrend, überlegte er die Sache. Freilich war ihm vom Anfang an bewußt gewesen, daß dies Schwert hier, dies längliche Paket auf seinen Knien (lag es da nicht eben so verhüllt wie einst auf den Armen der Gräfin Clara, als sie es Childerich III. gebracht hatte?), mit der freiherrlich Bartenbruch'schen Familie im Zusammenhange stand, deren Haupt er ja heute gesträubten Bartes auf dem Schlachtfelde gesehen hatte. Aber nichts hätte ihn abhalten können, seinen Fund jetzt dem competenten Fachgelehrten zu unterbreiten, wenn dieser schon hier in der Stadt weilte. Es war einfach die Neugierde, was ihn trieb: zu wissen nämlich, was es mit diesem hochadeligen Familien-Relict – denn das war es doch wohl – auf sich habe, genauer, ob es überhaupt echt sei. Das aber konnte nur der Doctor Kranbert unzweifelhaft feststellen.

Dieser ließ sich alsbald antreffen und Döblinger durch den Portier bitten, in sein Zimmer heraufzukommen. Der Gelehrte, ein schlanker, eleganter Mann, hatte einen Tisch mit Papieren und Büchern an's Fenster gerückt, ein zweiter, leerer, stand linker Hand. Auf diesen legte Döblinger, nachdem sie einander begrüßt hatten, das Paket, löste Verschnürung und Hülle, und trat sodann, ohne weiter ein Wort zu sagen, mit einladender Handbewegung auf das Objekt weisend, vom Tische zurück.

Doctor Kranbert beugte sich über diesen. Die Scheide betrachtend, auf welcher man gar so etwas wie altgermanische Ornamente hatte nachzubilden versucht, lächelte er, und die Ketten des Gehenkes hob er nur kurz auf und ließ sie wieder fallen. Dann wanderte sein Blick zum Griffe (und darauf hatte Döblinger gewartet!). Nunmehr veränderte sich sein Gesichtsausdruck vollständig. Er bückte sich rasch noch mehr und sah näher zu. Dann nahm er das Schwert aus der Scheide, trug es zu dem Tische beim Fenster, legte es quer über seine Schriften und setzte sich davor auf den Sessel.

Es blieb still. Döblinger hätte allzugerne von den Kriterien und Kennzeichen gewußt, nach denen der Gelehrte jetzt offenbar suchte; aber dieser hätte ihm dergleichen wohl schwerlich auf die Nase gebunden. Auch lassen sich ja langjährige Erfahrungen nicht mit ein paar Worten übertragen. Es schien eine gründliche Untersuchung zu werden. Unser Schlachtenbummler hatte sich auf einem Fauteuil niedergelassen.

Endlich wandte sich der Doctor Kranbert, samt dem Sessel, darauf er saß, ihm zu.

»Woher, in aller Welt, hast du das?!« fragte er.

Soweit Absurdes mitgeteilt und erklärt werden kann, und soweit er überhaupt wissend war, erzählte ihm Döblinger die Umstände der Auffindung; auch daß ihm demnach bekannt sei, wo das Schwert hingehöre, und daß er es alsbald in das Bartenbruch'sche Palais zu verbringen gedenke. Doch er habe vorher unbedingt die Gelegenheit ergreifen wollen, die Echtheit dieses hochadeligen Familien-Altertumes von absolut competenter Seite prüfen zu lassen.

Kranbert lachte und verbeugte sich leicht im Sitzen. »Es ist sicher echt«, sagte er, »und, mehr als das noch: es ist eines der besterhaltenen Stücke dieser Art, von allen, welche ich jemals gesehen habe. Eine genaue Zeitbestimmung ist natürlich unmöglich. Gewisse Anzeichen sprechen dafür, daß die Arbeit aus dem fünften Jahrhunderte stammt. Wenn du gestattest, werde ich mir die wichtigsten Daten und den Eigentümer notieren.«

Er zog ein Etui aus seiner Handtasche, dem er ein Maßband und ein Vergrößerungsglas entnahm. Mit diesem untersuchte er noch einmal die Waffe, vermaß sie (wir wissen ihre Dimensionen von früher) und trug alles, auch den Namen Childerichs III., seinen Wohnort und seine Adresse, in ein steifgebundenes Notizbuch ein, welches auf dem Tische beim Fenster gelegen hatte.

Dann verpackte Döblinger das Frankenschwert auf's neue.

»Worüber sprichst du heut abend?« fragte er, als sie zum Abschiede sich erhoben.

»Über die Innsbrucker Plattnerkunst des ausgehenden Mittelalters.«

»Ich werde kommen.«

»Das wird mich außerordentlich freuen.«

Sogleich nahm Döblinger wieder einen Wagen und rollte bald in die stille Gasse und vor das Portal des Bartenbruch'schen Stadtpalastes.

Der Portier hatte ihn schon durch's Fenster erblickt und öffnete, nachdem der blanke Klingelgriff von dem Doctor gezogen worden war, eine kleinere Tür, die sich eingelassen in die mächtigen Torflügel zeigte.

Schon erwies sich der Pförtner als unterrichtet.

»Ist es das Schwert?« fragte er sogleich, als er das Paket sah. »Sie wünschen sicher eine Bestätigung zu haben, mein Herr?!«

»Ja«, sagte Döblinger, »es ist ein wertvolles Stück.«

»Sogleich. Wollen Sie, bitte, für einen Augenblick eintreten.«

Die Tür von der Pförtnerwohnung in den Flur blieb indessen offen. Der Portier, ein hünenhafter Mann mit breitem Barte (wir kennen diesen alten Hinausschmeißer schon) setzte sich vor eine winzige Schreibmaschine, fragte: »Wie ist der werte Name« und klapperte. Freilich war vorher das Schwert beschaut worden. Später sah Döblinger, daß die Empfangsbescheinigung auf einem wappengeschmückten Viertelbogen ausgestellt war, der links oben den Aufdruck zeigte: ›Im Auftrage des Freiherrn Childerichs III. von Bartenbruch‹ und darunter: ›Verwaltung‹. Nun wurde Döblinger ersucht, sein Bank-Konto anzugeben, wegen des Finderlohnes; er tat's, denn seit neuestem besaß er glücklicherweise wieder eines.

Kaum indessen hatte er das empfangene Dokument sorgfältig in seiner Brieftasche verwahrt und wollte sich eben zum Gehen wenden, als die kleine Pforte aufflog und man lärmend in den Flur brach. Es waren die zehen Mann – zum Teil recht zerrupft und unordentlich aussehend in ihren Livreen, einer trug sogar den abgerissenen linken Ärmel in der Hand – die von ihrer vergeblichen Suche auf dem Schlachtfelde mißmutig zurückkehrten. Nun hätten die Kerle wohl die Dienertreppe zu benutzen gehabt; jedoch diese befand sich im karolingisch besetzten Teil des Palastes und war somit unpassierbar geworden. Hier lag eine der vielen, durch die nunmehrige Zweiteilung des Hauses entstandenen Schwierigkeiten. Die von Pippin ausgetriebene Bartenbruch'sche Dienerschaft hatte zudem herüben neu untergebracht werden müssen, auch die Mägde, was zu fortwährenden Unzukömmlichkeiten führte, von denen das Aus- und Eintrampeln der Lumpenhunde durch das herrschaftliche Hauptportal noch die geringste darstellte. Ein weit größeres Übel bedeutete es etwa, daß der sauer sehende Butler in aller Stille seinem Herrn untreu geworden, zum Karolinger übergelaufen und bei ihm eingekrochen war – unter Mitnahme des Kellerschlüssels, von dem es ein einziges Exemplar gab, welches allein das hochkomplizierte Schloß zu öffnen und zu sperren vermochte. Glücklicherweise befand sich die Kellerstiege auf der merowingischen Seite des Palais'. Immerhin, man mußte ein neues Schloß anbringen lassen, was bei der Unverläßlichkeit und Schlamperei heutiger Handwerksleute auch eine rechte Kette von Querellen bedeutete. Denn die Kehlen durften – und gar jetzt! – nicht trocken bleiben, man hätte anders Leuengrimm bei den bayerischen Musikern und übelste Revolte beim Lakaienvolke zu besorgen gehabt.

Sogleich nachdem die Lumpenhunde in den Flur gebrochen waren, ergriff der Portier seinen schweren betroddelten Stab mit dem Knauf oben dran und schwang ihn mit einem brüllenden »Ho-ho!« den Kerlen entgegen. Dem Doctor Döblinger war es gelungen, zum Pförtlein zu retirieren, von wo er sich aber, aus Neugier stehen bleibend, jetzt umwandte. Jene indessen hatten das Schwert, welches in der Portiersloge auf dem Tische lag, durch die offenstehende Tür erblickt. Schon schoss einer hinein, riß es an sich und schrie: »Ich hab's gefunden!« »Den Teufel hast du!« brüllte der Torwart und hieb ihm seinen Knauf in den Buckel. Als der Mann taumelte, entrissen ihm andere das Schwert, die sich alsbald darum zu balgen begannen. Dem Doctor Döblinger dünkte es wohl besser, sich jetzt zu entfernen, denn daß dies hier ein Boden war, auf welchem die Prügel gediehen wie die Kürbisse am Komposthaufen, dies wußte ja männiglich in der Stadt, und auch ihm war es vom Hörensagen (und jüngst auch vom Schlachtenbummeln) bekannt. Jedoch, seine Freude an derartigen Auftritten war allzugroß, er vermochte sich nicht loszureißen, und blieb.

Inzwischen waren Keilerei und Gebrüll allgemein geworden.

Hervor lief aus dem Gange oben, linker Hand vom Treppenende, Heber, der Profoß, stürmte herab, den Rohrstock in der Faust, und schon tanzte der auf den Rücken der Raufenden, wobei sich alsbald aus den blauen Livréen dicke Staubwolken erhoben, als klopfe man einen alten Teppich: so wenig waren diese Fräcke gebürstet worden; oder kam's von den Staubwirbeln des Schlachtfeldes, jenen κονίσαλοι (konisaloi), die schon der Vater Homer erwähnt? Aber Heber: erzielte er was, dämpfte er vielleicht den gräßlichen Lärm? Das sei ferne. Er mehrte ihn noch, durch polterndes Fluchen in seiner württembergischen Mundart (während er im Dreschen immer fortfuhr), es klang, als lade man eine Fuhre Schotter ab. Der Doctor Döblinger, in Staunen und Schreck erstarrt, drückte sich mit dem Rücken an das Pförtlein.

Doch war hier das Ärgste noch gar nicht geschehen. Da Hebers handfester Durchbruch (ihn hatte man hergeschickt) nichts fruchtete, erschien jetzt oben links an der Treppe Schnippedilderich. Dieser, alsbald herabgestiegen, langte sich gleich zwei oder drei von den Kerlen, die unermüdlich mit Fäusten auf einander los schlugen, verdrosch sie kräftig und warf sie wieder in den Haufen zurück, um sich aus diesem alsbald neue Objekte zur selben Hantierung zu fischen; und bei solcher Gelegenheit riß er gleich auch das Schwert an sich. Sodann plärrte er die allmählich erstarrenden und verstummenden Burschen an: was denn sie eigentlich wollten?! was denn solch tierischer Lärm zu bedeuten habe? und wessen überhaupt sie sich da erfrechten? Und solche Reden begleitete Schnippe, seine Sätze gleichsam interpunctierend, nach links und rechts mit saftigen Ohrfeigen.

Dann zahlte er aus. Wir wissen, daß auf diesem merowingischen Prügelerntefeld Hiebe und ebenso saftige Trinkgelder nahe beisammen, ja, eigentlich durcheinander wuchsen, gediehen, wucherten. Jeder erhielt nun aus Schnippedilderichs Hosentaschen die volle Belohnung für Auffindung des Schwertes.

In die bei diesen letzten Handlungen eintretende verhältnismäßige Stille hinein ertönte plötzlich rechts oben, aus nächster Nähe, vom Ende der geschwungenen Treppe her, ein furchtbarer karolingischer Brüll-Chor:

»Tod dem Abergeil!«

– und gleichzeitig mit solchem widrigen Getön erschienen von links her über dem marmornen Treppengeländer Ulrike und Childerich III.

Ihnen also hatte das Gebrüll gegolten aus der, während des Krawalles im Hausflure, rasch bis an's obere Ende der Stiegen auf dem Gange vorgeschobenen Barrikade.

Jetzt konnte man die ganze Macht Ulrikens über Schnippedilderich erkennen. Als er, der den letzten von den Kerlen eben ausgezahlt hatte, das Gebrüll der Karolinger vernahm, warf er mit einem blitzschnellen Ruck seinen riesenhaften Körper herum – und aus dieser Bewegung allein schon sprach seine gewaltige Kraft und Behendigkeit – um zu einem Tigersprunge treppauf anzusetzen. In diesem Augenblicke hob Ulrike mit kurzem Rufe den Arm.

Schnippedilderich erstarrte und sah empor.

So standen sie denn gekreuzten Blickes, beide, sie oben auf der Balustrade mit erhobenem Arm, und Schnippe unten am Fuß der Treppe.

Zwei andere Blicke kreuzten einander gleichzeitig; die Childerichs III. und jene des Doctors Döblinger, der dort ganz hinten im Hausflure, noch immer gegen das Pförtlein gelehnt, stand, allmählich, da niemand ihn zu bemerken schien und kein Mensch sich um ihn kümmerte, zur Ruhe und

Gelassenheit eines außenstehenden Beobachters gelangt. Und so hatte er denn bereits in bequemer Weise die Arme verschränkt.

Childerich, als er ihn erblickte, schenkte dem Gebrüll der Karolinger nicht die mindeste Beachtung mehr. Sein Grimm schien zu sinken, und wohl auch sein Fußwinkel dürfte zurückgegangen sein: vielmehr sah er voll tiefster Nachdenklichkeit auf jenes Individuum, das von rechtswegen in ein von ihm selbst gekauftes Bild gehörte, dann aber ihn auf der Orgelbank wortlos geohrfeigt hatte, nun hier auftauchte, wo sich erst – und trotz des erfochtenen Sieges und gerade nach diesem – die gabelnden Wege eröffneten zu einem neuen sieghaften Glanz des Bartenbruch'schen Geschlechtes, oder aber zu dessen Untergang.

Es scheint, daß der Anblick Döblingers auf den Freiherrn ähnlich gewirkt hat wie auf einen Schiffer jener des Klabautermannes, der in den Wanten erscheint, etwas über das Deck erhoben, und viel kleiner als ein Mensch.

So kam alles zum Stehen. Es ist hier der Ort, die Vermutung auszusprechen, daß Childerichs Friedfertigkeit, um nicht zu sagen, Faulheit und Feigheit, nach der Schlacht am Windbühel zum weitaus überwiegenden Teil auf den Einfluß Ulrikens und auf ihr Machtgebot zurückzuführen seien. Mindestens hat sie jene Haltung in ihm gewaltig bestärkt. Vortreffliche Frau! Doch hat sie den Untergang des bärt'gen Merowingers mit herbeigeführt, in seltsamem Bündnis mit jenem skandalsüchtigen Subjekte, das sie gar nicht bemerkte, und welches nun, nachdem es seine Blicke mit denen Childerichs III. gekreuzt, rücklings durch das kleine Pförtchen auf die Straße hinaus verschwand, während Heber die Lakaien mit dem Rohrstocke lärmend abtrieb, unter der Freitreppe durch.

Die Merowinger aber wichen von der Balustrade in ihren Flügel zurück. Von jetzt an lag das Stiegenhaus unter Beschuss aus der vorgeschobenen karolingischen Stellung. Man war genötigt, mehrere große Schutzschilde aus Holzrahmen und starkem Strohgeflecht anfertigen zu lassen, der von oben herabfliegenden leeren Flaschen und Büchsen wegen. Solche Schilde lehnten jetzt stets neben dem Zimmer des Pförtners, für einen allfälligen Bedarf. Jedoch schloß jener das Haustor bald ganz ab und legte eine Eisenstange fest. Die Vorhalle war nahezu unpassierbar geworden, der Flaschen-Hagel wurde lebhaft, sobald sich nur irgendwer zeigte. Den Postboten und etwaige Lieferanten empfing man nunmehr an einem Seitenausgang, der am Ende des merowingischen Flügels sich befand.

Man hatte sogleich nach Schnippedilderichs General-Prügelei auf der merowingischen Seite eine Gegen-Barrikade errichtet, jedoch von geringerer Höhe und weniger stark als des Gegners Verschanzung; waren bei dieser eichene Schränke aneinandergeschoben worden und dahinter Kommoden als Auftritt und Schützenstand, so hatte man sich herüben zunächst damit begnügt, den breiten Gang durch übereinander getürmte schwere Truhen zu sperren.

In einer der nächstfolgenden Nächte ward das Gebell der Chimären erstmals hinter der karolingischen Schanze gehört, begleitet von feilendem Cicadengetön. Wambsgans, der Koch, welcher zur Stunde die Wache hatte, fuhr aus seinem Dösen empor, und jetzt auch erblickte er – die Gänge lagen hüben und drüben hell im elektrischen Lichte, aus Generosität Childerichs III., der es den Karolingern nicht hatte abschalten lassen – die beiden Geschöpfe, welche von der Verschanzung herabsprangen und grinsend auf ihn zu kamen. Schon waren sie da und erkletterten den geringen Schutzwall. Der Koch blieb zunächst wie gelähmt, weil er doch nie hätte gegen die jungen Baronessen seine Hand erheben mögen. Indessen spuckte ihm Sonka bereits in's Gesicht, während Karla eine große Flasche blauer Tinte über seinem Haupt entleerte. Wambsgans in solcher Not fand die Alarmklingel (in Eile war sie beim Barrikadenbau kriegsmäßig installiert worden) und drückte auf den Knopf. Aber schon kam Heber heran, der eben im Begriffe gewesen, den Koch abzulösen, und bald danach erschien Ignaz Burschik in Eile. Die Chimären wichen und erkletterten mit unheimlicher Behendigkeit drüben das Bollwerk. Es kam zu einem kurzen Flaschenwechsel.

Warum Childerich III. diese Nacht wachend verbracht hatte, ist uns nicht bekannt geworden. Vielleicht saß er brütend vor Thomas Wiesenbrinks Gemälde. Jetzt plötzlich hörte man Wänzrödls Paukenwirbel, sodann einen Stoß mit Cadenz und das Signal ›Musik heraus!‹ Sieben Minuten später rückten die Musikanten unter der Führung des Praemius van der Pawken hinter die merowingische Barrikade und schlugen den Coburger Marsch ein. Mit ihnen erschien Childerich, bald auch Ulrike im Morgenrock.

Noch dauerte der Flaschenwechsel an, als zwei Umstände eintraten, die alles sogleich an die Kante einer jetzt noch möglichen Entscheidung rissen.

Über der karolingischen Barrikade tauchten die Köpfe der Chimären auf und zwischen ihnen das hohnvoll lächelnde Antlitz des ungetreuen Butlers. Er deutete mit dem Zeigefinger auf den tintenbesudelten Koch und tippte sich sodann mit dem gleichen Finger leicht auf die Stirn.

Furchtbarer Grimm ergriff die Getreuen Childerichs III., als sie solchen Hohn jenes Wichtes erleben mußten. Auf sprangen Heber, Burschik und Wambsgans und schickten sich an, trotz des Flaschenhagels von drüben über die Barrikade zu steigen, angefeuert jetzt auch durch den noch immer schmetternden Coburger Marsch.

Erst diese Musik war's, was Schnippedilderich, dem wohl der dickste Schlaf im ganzen Hause eignete, erweckt hatte und jetzt auf den Plan rief. Sogleich, als er die drei Männer zum Hinübersteigen sich anschicken sah, stürmte der Riese nach vorn: sogleich brach der Flaschenhagel ab. Die Karolinger, als sie Schnippedilderichs ansichtig wurden, verließen in Flucht ihre Verschanzung und stoben nach rückwärts davon. Ihre trappelnden Laufschritte waren auf dem breiten hallenden Gange zu hören.

Der Weg lag frei.

Und wieder rief Ulrike den Riesen zurück. Die Männer knurrten unverhohlen vor Erbitterung.

Pépin ward bei dem nächtlichen Scharmützel nicht gesehen.

So kam alles zum Stehen, zu fester Verschanzung und zum Stellungskriege. Auf der merowingischen Seite des Treppenhauses ward die Gegen-Barrikade verstärkt. Dann und wann flogen leere Flaschen hin und her. Doch kam es zu keinem Kampfe, nur zu Provocationen von drüben und zu kleinen Scharmützeln, jedoch ohne Handgemenge. Zudem dauerte der Zustand gar nicht mehr lange.

Childerich III. verfinsterte sich tief. Oft stand er stumm brütend vor Wiesenbrinks Meisterwerk, dem Bilde der zechenden Halbstarken, daraus ihn Döblingers Fresse angrinste, wahrlich als nichts Geringeres denn die fahle Sonne einer heraufkommenden Neuen Zeit. Bedeutete das Heraus-Springen dieses frechen Lümmels und beiläufigen Buben aus einem Bilde, das er einst gekauft hatte – einer Laune folgend und halb im Grimme – nicht jetzt ein sinistres Zeichen hinab? Vor Jahr und Tag noch hätte er den Kerl durch seine Knechte ergreifen und dreschen lassen! Und nun grinste jener, der ihn obendrein geohrfeigt hatte, winkte ihm zu und verschwand durch's Pförtchen, während er selbst vollends erstarrt gestanden war – obstipuit, vox faucibus haesit, wie Virgilius sagt.

Man sieht, schon litt er unter Sinnestäuschungen und Gesichten. Weder hatte der Doctor Döblinger gegrinst, noch ihm gewunken: sondern heilfroh davonzukommen, war er verschwunden, in Angst vor den hier so reichlich zur Austeilung gelangenden Prügeln und vor allem vor Schnippedilderich, dessen Wirksamkeit er ja schon auf dem Schlachtfelde hatte beobachten können. Erst festgehalten und unwiderstehlich angezogen von den lärmenden Auftritten – wie's eben bei Individuen seiner Art der Fall zu sein pflegt, die, mag solches wo immer losgehen, gleich zur Stelle sind, mindestens als Zuschauer! – hatte er's auf diesem Prügelerntefelde doch zuletzt ernstlich mit der Angst bekommen und war, zu seinem Glücke unbemerkt, entwischt.

Man sieht auch, daß Childerich ihn weit überschätzte. Aber es kann selbst ein Armleuchter zum Focus werden, wenn nur die Strahlen gehörig sich versammeln oder kreuzen. In diesem Falle war's ein finstrer Focus und ein dunkles Erstrahlen für den Merowinger. Jetzt zog's ihn hinab in seltsam wilder Liebe zum eigenen Schicksal, und dieser amor fati hatte die Züge eines alten Halbstarken angenommen.

Schnippedilderichs Abschied nahte heran. Noch bevor dieser Tag gekommen war, hat Childerich III. Ulriken heimgesandt. Allein das schon zeigt uns sein finsteres Vorauswissen. Zugleich seine beginnende Unbegreiflichkeit. Warum reiste er nicht auch ab, mit ihr? Und wenn schon nicht nach Hessen zu den alten Gespenstern, Knöterich und Smokingerl, so einfach anderswohin? Und nach vollzogener Heirat, warum dies nicht? Und statt nach Hessen eben nach

Cannes, Venedig oder Mentone, Deauville oder Dinard? Nun gut, für die letzteren Seebäder war's wohl schon zu spät im Jahr. Oder wenn es nicht weit weg sein sollte, so etwa in's fränkische Selb, in's eigene Haus, das er einst für die Ägypterin erbaut hatte? Und, wenn durchaus hier geblieben werden mußte, warum zog er sich nicht auf das Majorat nach Bartenbruch zurück? Nein, es ward nicht gewichen (so schien's zunächst). Und Ulrike reiste. Daß dies geschah, bevor noch durch das Fehlen des Sohnes die karolingische Macht überhand nehmen mußte, erscheint als das einzig Begreifliche an des Freiherrn Anstalten, ja, als durchaus vernünftig.

Die letzten Tage vor Schnippe's Abreise allerdings verbrachte Childerich mit dem Sohn auf dem Schlosse seiner Väter. Auch Ulrike war herausgefahren (man hätte sie schwerlich im belagerten Flügel zurücklassen können). Hier trat man, nach Feldschlacht und Stellungskrieg, in tiefe, schon herbstliche Stille. Jedoch, allenthalben war noch das Laub voll. Verlockend winkte die Erholung, Frieden erfüllte die vordere Bühne des Daseins; und hier mußte sich ja die Frage aufdrängen, warum er denn jenes nicht ganz durchdringen sollte? Das Frühstücken auf der alten Terrasse, mit den riesigen steinernen Kugeln am Abschlusse der Treppen und Brüstungen; das Ergilben des Ahorns, und strichweis schon des Waldes da und dort hinter dem grauen Viereck des Schlosses; der Duft aus dem Forst in Wogen, gemischt mit der Schilf- und Wasser-Aura des alten Teichs: nur ein Verstockter konnte ja dem widerstehen; und ein solcher nur, in welchem sich der dunkel-violette, ja fast schwarze See des Grimmes jahrhundertetief gesammelt hatte.

Ulrike reiste. Vater und Sohn blieben allein zurück. Merkwürdig war's, daß Childerich den Orgelmeister, Ignaz Burschik, mit auf's Land genommen hatte. Dies rohe und unverschämte Antlitz sah man nun hier. Immerhin, man bekam ihn mehr zu hören als zu sehen. Wenn der Vater mit dem Sohne sich erging, bei mächtigen Bärten doch winzig neben jenem Riesen, erdröhnte, schwang und sang der Wald, als hätten sich die hohen glatten Buchenstämme in Orgelpfeifen verwandelt und brächten selbst nun dies große Getön hervor, nicht aber der Meister im einsamen, tempelartigen Gebäude mit den fensterlos und stumpf zwischen den Baumwipfeln starrenden Türmen des Grimms, des Bergsturzes und Donners. Dort also spielte jetzt nicht Childerich, sondern Burschik auf seinem Meisterwerke, das zu prüfen, zu pflegen und instand zu setzen ihm wieder einmal oblag. Nie mehr jedoch hat der Freiherr das Gebäude betreten. Unverrückt mußte für ihn jener Markpunkt bleiben, jene Kehre, mit welcher in Wahrheit der Abstieg und letzte Absturz seines Geschlechtes begonnen hatte (wie er jetzt zu wissen vermeinte) durch das leibliche Erscheinen und das jedes denkbare Maß der Unverschämtheit weit überbietende Auftreten einer Kreatur, die er einst nur in einem Bilde mitgekauft und dadurch in sein Haus gebracht hatte.

So also ergingen sich jetzt Vater und Sohn im schon herbstlichen Park und Walde, umspielt und im Gespräche sonor grundiert von Passacaglien und Fugen längst dahingegangener Tondichter. Es schwiegen die Posaunen, es schwiegen die Lawinen, kein Höllenregister B ward gezogen.

Burschik phantasierte auch in freier Weise.

Es war ein tiefes Meditieren mit den Mitteln der Musik, was er trieb; freilich rohen Antlitzes. Sein Anblick, wie er da, umwallt von solchen Tönen und versunken in sein Spiel, mit einem geradezu grenzenlos ordinären Gesichtsausdrucke auf der Orgelbank saß, müßte Goldes wert gewesen sein.

Aber es sah ihn niemand. Sein gewaltiges Spiel erfüllte losgelöst vom Spieler den Luftraum: herbstgeboren, aus tönenden Buchenstämmen.

Noch einmal, nach solchen lyrischen Gemeinheiten, steh' uns bei, dramat'sche Muse, beim Abschiede des Sohn's!

Halle zu Bartenbruch
Rückwärtige Fensterreihe steht offen. Man sieht in den herbstlich angegoldeten Buchenwald.
Childerich III., Schnippedilderich
beide statuarisch in Distanz – ähnlich wie einst Childerich und Pippin – an Trinktischchen stehend.

CHILDERICH
O Schnippedilderich, mein starker Sohn!
Mich lässet er zurück. Er geht.
Und um geheime Angel dreht
sich nun das Bild. Es öffnet neuen Blick.

Hab' ich Unmögliches gewollt,
im Planen staffelweise steigend?
So wird ein Hauptgeleis, wo unsre Absicht rollt,
und alles scheint zu gehn, wie es gesollt,
doch Schweigendes daneben wirkt entscheidend.
Wir brachten nebenhin es mit herein,
es schien ganz unbedeutend uns zu sein,
wir nahmen's mit in Laune oder Grimm,
es schien uns weder nützlich noch auch schlimm.
Es war ein Bild nur: dann sich doch ereignend.

SCHNIPPE
Zum Teufel auch! Denn ich versteh' kein Wort.

CHILDERICH
Ein Bild. Ein In-Bild wär's zu nennen.
Bei dir auch hatte solches seinen Ort.
Als du der Gotenschlacht gedachtest, war es so:
dich riß dein eignes In-Bild mit sich fort.
Während des Folgenden Orgelpraeludium von der Waldseite her
anschwellend hörbar.

SCHNIPPE
Ein In-Gebild, das man sich eingebildet hat.
Nun, jetzt versteh' ich's. Solches hängt oft fester
als schwer im Rahmen ein Gemäld' am Mauerhaken.
Bin ich's nun, oder nicht? Hängt's drinnen oder draußen?
Ich kann es greifen, und doch ist es nicht.
Ich kann's nicht greifen, und doch ist es da.

CHILDERICH *beiseite*
So klug hört' ich ihn niemals reden.
laut
Wenn beides dich zugleich antritt,
wer wäre fähig, es da zu verscheuchen?
Das In-Bild reißt das Außenbild noch mit,
und beide Bilder scheinen sich zu gleichen.
So schlägt dann alles in die selbe Kerbe
und immer tiefer wird die böse Rille.
Sie leitet dich, auf daß sie dich verderbe.
Was dich vernichtet ist dein eigner Wille.

Pause. – Orgelfuge setzt ein.

Dort hinterm Speisesaal im Stadtpalast,
du kennst das Bild, dort hängt es in der Stille,
und hing sehr lange gleichsam un-entschleiert ...
Im Vordergrund Gesindel, das da feiert,
aus irgendwelchem Anlaß: ein Gelage
scheint hier im Gang, und ganz am hellen Tage,
vor aller Augen. Wohlanständ'ge Leute,
entfernter stehend, wollen sich entrüsten –

SCHNIPPE *einfallend*
Dort hinterm Speisesaal im Stadtpalast,
ich kenn's, ich kenn's, das Bild. Wir aber müßten
gerade jene prügeln, die entfernter stehn,
hat man sie einmal nur genauer angesehn.

CHILDERICH
Dort hinterm Speisesaal im Stadtpalast
verließ ein Kerl das Bild, und sitzt noch gleichwohl drinnen.
O Thomas Wiesenbrink, jetzt lehrst du mich,
der Macht des Künstlers nachzusinnen!
Was ist ein Künstler schon, so dachte ich,
ein Mensch, der uns was reimt, der uns was malt,
ein besserer Lakai, den man bezahlt.
Nun zeigt sich furchtbar seine Kraft,
weil er allein Lebendiges schafft ...

SCHNIPPE *einfallend*
Ein Kerl verließ das Bild und sitzt noch gleichwohl drinnen?
Verließ er's, also geht er doch umher!?
Den möcht' ich sehen, um ihn stracks zu dreschen,
denn mich zu foppen fiele ihm wohl schwer!

CHILDERICH
Du sahst ihn außerhalb des Bildes schon
im Hausflur rückwärts, ganz am Tore,
du teiltest Prügel aus und Geld.
Er hatte sich dorthin gestellt,
mich anzugrinsen und mir noch zu winken.
Seit dieser Stunde weiß ich's: unser Haus muß sinken.

SCHNIPPE
Im Hausflur rückwärts, ganz am Tore?!
Mein Vater, nein, ich sah dort – niemand ...

Er verstummt, bei sichtlichem, tiefem Erschrecken über des Vaters Umnachtetsein vom Wahne. Langes Schweigen. Während dieser Pause läuft die Orgelfuge aus und schließt.

CHILDERICH
O furchtbare Gestalt, die dauernd kömmt
und immer wieder Zukunft an sich nimmt,
seit jener Meister ihr die Bahn bestimmt!
Ich kenn' den Namen. Weiß auch die Behausung.
Dies alles sagt' genau er dem Portier.
Und auf sein Konto überwies ich Geld,
weil er das alte Schwert uns zugestellt.
Er fand das Schwert. Das aber war die Wende.
Er brachte uns das Schwert und auch das Ende.

SCHNIPPE *schweigt und betrachtet erschüttert den Vater, an dessen Sinnesverwirrung er nicht mehr zweifeln kann. Man hört inwährend Geräusch und Horn des für Schnippedilderichs Reise vorfahrenden Wagens von der Hauptfront des Schlosses her. Lakai erscheint, um den Wagen zu melden, bleibt jedoch, das Besondere des Vorganges zwischen Vater und Sohn erkennend, verschüchtert neben der Flügeltüre in der Halle stehen.*

CHILDERICH
Ja, so bewohnt's uns. So führt's uns dahin.
Halten wir's auf? Ein Einzelner noch kann's,
ein Abgeriss'ner, der für sich einherstürmt.
Er wird sich selbst aus solcher Gasse zwingen,
mit Müh' und Qual zuletzt den Sieg erringen.
Doch ein Geschlecht ist schwerer als der Mensch.
Es schiebt ihn vor sich her, wie die Lawine
den Wall von Steinen und von Bäume-Trümmern.
So hier ein alter Grimm, der grundlos frißt,
in jedem Sinne, weil er Abgrund ist.

Schweigen. – Danach nähert sich Schnippedilderich dem Freiherrn, hebt ihn empor und auf den Arm, und küßt ihn lange in den Bartwald. Nachdem er ihn sorgfältig wieder zu Boden gestellt, geht er rasch durch die Halle hinaus, während der Lakai beide Türflügel vor ihm aufreißt. Childerich III. bleibt in tiefem Sinnen zurück.

Doch, er wich zuletzt, der Freiherr. Er blieb in Bartenbruch; allerdings genau berichtet vom Stande der Dinge im Stadtpalast. Heber, der Profoß, und Praemius van der Pawken, der Musikmeister, fuhren als Kuriere hin und her. Letzterer löste hier auch Ignaz Burschik an der Orgel ab. Denn immer mußte jetzt ihr Spiel erklingen, wenn der Baron meditierend im Parke ging.

Die Karolinger verhielten sich ruhig, so ward gemeldet. Sie unternahmen keinerlei Versuch, das Palais gänzlich zu erobern. Ihre Barrikaden blieben jedoch stets besetzt. Einmal war Pippin an jener erschienen, die oberhalb der Freitreppe sich befand. Eine geschleuderte leere Flasche traf ihn an der Schulter, und er war dann unter Drohungen verschwunden.

Praemius und Ignaz, die Kollegen, besprachen zu Bartenbruch die Lage. Der Orgelbauer hielt einen karolingischen Überfall auf das Majorat für denkbar, und so auch deutete er sich die verhältnismäßig ruhige Haltung Pépins und der Seinen in der Stadt. Oft, wenn er nachts allein in seinem Zimmer saß, das an der Waldseite des Schlosses lag, lauschte er in den Park hinab. Aber es ließ sich nur der Herbstwind in den Bäumen hören.

Vielleicht waren es ähnliche geheime Befürchtungen, die Childerich III. schließlich bewogen, das Schloß zu verlassen. Es wäre ja wirklich mit des Verwalters geringer Mannschaft, den paar Bedienten und dem Orgelmeister – dessen Kampfkraft damit nicht gering geschätzt werden soll! – kaum zu halten gewesen. Der Freiherr teilte eines Tages mit, daß er nunmehr auf Theuderoville zu wohnen gedenke.

Hinter diesem prunkvollen Namen, der an merowingische Könige gemahnt, verbarg sich nicht etwa ein fester Platz oder ein Schloß; sondern es war ein ganz bescheidenes, jedoch sehr reizvolles Haus, an einer Lehne über der Stadt und schon weit außerhalb gelegen. Man erinnert sich vielleicht, daß Childerich, während seines Aufenthaltes auf der Klinik, vorübergehend daran gedacht hatte, hier Ulrike unterzubringen, da ihr die Vorstellung, im Stadtpalais zu wohnen, unangenehm gewesen war. Doch hat sie dann auf jeden Fall das Hotel vorgezogen, auch wegen seiner größeren Nähe zur Klinik. Theuderoville, das durch viele Jahre kaum benutzt worden war – es sei denn insgeheim von Schnippedilderich in seiner ersten Jugendzeit für kurzangebundene und prügelreiche Liebesabenteuer – befand sich damals auch nicht so ganz mehr in einem Zustand, der es als Quartier für eine hochadelige Dame empfohlen hätte. Jetzt aber wurde es alsbald durch einen Schwarm von Handwerkern unter der polternden Leitung Hebers in Stand gesetzt. Der Profoß, wohl von Burschik und dem Musikmeister beeinflußt, befürchtete übrigens ebenso wie diese einen Überfall der Karolinger auf das Schloß Bartenbruch. Hierin täuschten sich alle drei. Die Absichten Pépins waren ganz andere, sie zielten in eine von alledem gänzlich verschiedene Richtung, ja, sie lagen auf einer völlig anderen Ebene. Davon irgendetwas vorauszusehen, wäre allerdings gewiß niemand vermögend gewesen. Pépin ging es weder darum, das Majorat zu besetzen, noch den merowingisch gebliebenen Flügel des Stadtpalais', oder überhaupt um irgendetwas dieser Art.

Doch wußte er wenige Tage nach Childerichs Übersiedlung schon, daß dieser nun, mit geringer Bedienung durch zwei Mägde und einen Lakaien, in Theuderoville hause. Wie dies so bald den Weg zu seinen Ohren gefunden hatte, dürfte nicht schwer zu erklären sein: durch die Frauenzimmer wohl und den einen Lumpenkerl von Bedientem.

Theuderoville lag in Gärten. Ein fernblickendes Haus, dessen Fensterscheiben an schönen Abenden weithin über die Stadt blitzend leuchteten, denn die Front mit ihrem kleinen Säulenporticus sah nach Westen. So hatte man auch die schräge Sonne vor ihrem Untergang lange in den Zimmern liegen. Zum warmen Fließen des Abendlichts paßte des Hauses Farbton wie im Hinblick darauf gewählt; es war ein helles Rot, und in der Lichtflut fast rosig. Die kleine Halle zeigte über einem weißen Fries gereihte Wiedergaben pompejanischer Wandmalereien, teils figuraler, teils mit Ornamenten des sogenannten dritten und vierten Stiles. Auch die – bis auf einen Speisesaal und den anliegenden Raum – verhältnismäßig kleinen Zimmer waren mit ähnlichen Fresken geziert, und die Decken mit sehr schönen Stuccos.

Wie immer fehlte auch hier Wänzrödl nicht. Man bemerkte ihn kaum. Oft saß er stundenlang regungslos auf einem Schemel vor dem Zimmer des Barons, nur dann und wann die großen Ohren bewegend, bereit, wenn der Freiherr in die Hände klatschte. Noch immer ward der Hofzwerg auf solche Weise gerufen, nie durch eine Klingel. Diese Gepflogenheit erforderte von seiner Seite ständige Aufmerksamkeit. In ihr hatte er sein Leben hingebracht.

Childerich III. studierte jetzt viel. Auch manches, was im weiteren oder engeren Sinn als zur Geschichte seines Hauses gehörig angesehen werden kann. Darunter sogar die Erzählung von Wänzrödls Vater, Pelimbert, dem Indiscutablen, dessen einsames, von Welt wie Familie verlassenes Leben auf dem Lande ihn jetzt in tieferer Weise anzusprechen begann. Er hatte eine Edition des ›Pelimberti indiscutabilis chronicon quae supersunt fragmenta‹ aus der Bibliothek des Majorates herüber bringen lassen. Erst jetzt fiel ihm eigentlich der Herausgeber auf. Er nickte stumm. Dies Übel war also mit der Geschichte seines Hauses schon vor zwanzig Jahren verknüpft und befaßt gewesen.

Die Stille wurde nach allem groß, größer als sie zu Bartenbruch draußen gewesen. Statt Orgelklang Abendsonne. Auch diese schien gleichsam sonor, bei aller Lautlosigkeit, die nur von leichtem Rascheln unterbrochen ward, wenn Childerich III. ein Blatt in seinem Folianten wandte.

26 Sturm auf Theuderoville – Scheerung und Entmannung Childerichs III.

Doch gab es auch Nächte. Nicht alle hatten den Mond. Wänzrödl schlief in seinem Bettchen – es war nicht viel größer als es die Mädel für ihre prächtigen Gliederpuppen haben – neben der Türe des Gemachs, wo sein Herr ruhte. Er war es froh, daß dieser Bartenbruch verlassen hatte. Das prachtvolle Schloß war ihm in der letzten Zeit fast so erschienen, als zöge es Unheil herbei. Dies insbesondere nach gelegentlicher Belauschung von Gesprächen zwischen Burschik, Praemius und dem Profoßen. Hier schien's ihm besser. Doch schreckte er auch zu Theuderoville oftmals aus dem Schlafe. Seit den letzten bewegten Zeiten war dies bei ihm gewöhnlich geworden. Der Freiherr schlief ruhig im Bartwalde.

Am 16. October 1950 cernierten nachts um ein Uhr Pépin und seine Karolingischen Theuderoville, lautlos von allen Seiten durch die Gärten heranschleichend. Sehr bezeichnend ist's, daß diesmal auch Weiber mit dabei waren: darunter Agnes und Anneliese. Beide begleiteten ihre Gatten, die Doctoren Stein und Bein. Nachdem das Haus umstellt war, ließ man die bestochene ungetreue Dienerschaft – zwei Mägde und einen Livrierten – welche das Haustor geöffnet hatten, durch den Kordon. Diese begaben sich in das Stadtpalais. Sodann brachen die Karolinger, Pépin voran, die Damen am Schlusse, in's Haus, ohne sich weiter um Geräuschlosigkeit zu bemühen. Alsbald war die erleuchtete Halle von Menschen erfüllt.

Wänzrödl, als er die Treppen herabgelaufen kam, ward an den Ohren ergriffen und beiseite geworfen. Nun stürmte man empor. Das markerschütternde Wutgebrüll Childerichs, als er, im Nachthemde und mit gesträubten Bärten, von der Schwelle seines Schlafgemaches aus den Feind erblickte, trieb diesen beinahe für Augenblicke zurück. Aber dann machten sie den Merowinger mit Stricken dingfest.

Inzwischen ward schon das große Speisezimmer in einen Operations-Saal verwandelt. Gleichzeitig erschien bei dem Gefesselten der Friseur, den die Karolinger mitgebracht hatten. Childerichs Bärte, zunächst mit der Scheere zusammengestutzt, verschwanden unter einer ungeheuren Menge von Seifenschaum. Das Haupthaar war ihm schon mit der Maschine abgenommen worden. Als nun der Barbier an dem Gefesselten, welchen man zudem eisern hielt, die Rasur begann, sprach Childerich mit einer schwachen, vom Gebrüll erschöpften Stimme:

»Du scheerst mich, Schurke! Schäme dich!
Der Knüttel denkst du. Doch der Wohltat nicht!«*

Es war das Letzte, was er sagte. Sein Widerstand schien gebrochen, regte sich auch nicht mehr, als man ihn zur Operation in den Speisesaal trug.

Hier hatten die Doctoren Stein und Bein inzwischen ihre Vorbereitungen beendet. Beim Öffnen der Flügeltüren blitzte das grelle Licht entgegen von den Lampen, welche die Ärzte

---

* Das Bildnis blieb im Sonderfenster – wir meinen Thomas Wiesenbrinks Wachsbüste des Freiherrn, welche danach vom Friseur verbartet worden war – und strahlte nach wie vor durch Jahr und Tag rosig in die Gasse (nie mehr wandelte oder fuhr jedoch Childerich III. vorbei). Hier zeigt sich eine der tiefsten Paradoxien des gemeinen Mannes, gemahnend an die Erscheinung, daß, nach Abschaffung von Monarchien und Höfen im Jahre 1918, in denen breiten Volks-Schichten alle Romane und Geschichten, Operetten und Illustrierten-Bilder, die hohe und allerhöchste Herrschaften zum Gegenstande hatten, stets höchlich beliebt blieben, insbesondere aber derartige, oft geradezu glorificierende Filme, was die Schindersknechte, Leichenfledderer und Beutelschneider des Geistes wohl zu nutzen gewußt haben, wie männiglich bekannt, und bis auf den heutigen Tag.

vorsorglich mitgebracht und nun aufgestellt hatten, so daß ihr scharfer Schein auf die blendend weiße Fläche der Speisetafel fiel, die jetzt mit frischem Linnen überzogen sich darbot. Childerich wurde festgeschnallt. Er war kaum mehr kenntlich. Ein fast kahler Schädel, ein winziges faltiges Gesichtchen. Das Körperlein höchst spärlich. Er bekam seine Spritze und bald gingen die beiden Ärzte an die Arbeit. Bei ihnen stand Frau Agnes, als Instrumentenschwester. Alle drei in Weiß. Die Ärzte mit den Operationsmasken. Die Türen des Speisesaales wurden von innen versperrt.

So beraubten jene Childerich III. seiner Mannheit. Es geschah das an seinem sechzigsten Geburtstage. Die Karolinger verhielten sich inwährend einigermaßen ruhig, streunten durch die Zimmer, guckten in Childerichs genealogische und heraldische Folianten und suchten nach Wänzrödl, den sie aber zu seinem Glücke nicht fanden. Inzwischen ward von den Damen der Schlafraum des Barons gründlich durchgelüftet, das Bett frisch gemacht. Es sollte ja ein Krankenzimmer werden. Vereinbart war, daß immer ein Arzt im Hause bleiben würde sowie eine von den Damen bei Tag, und eine als Nachtschwester.

Die Karolinger waren sich der Bedeutung dieser gegenwärtigen Stunde schon einigermaßen bewußt. Es dämpfte solches Bewußtsein, zunächst wenigstens, ihr Betragen, zusammen mit der Rücksicht auf die arbeitenden Ärzte. So unterdrückte männiglich für's erste seine Triumphgefühle. Jedermann hatte vor Augen, daß die Totalität der Familie als Anspruch nunmehr gebrochen war und allein schon durch diesen Akt die Stellung der bürgerlichen Glieder erhöht und gefestigt wurde. Das Freiwerden der Sub-Konten war zu erwarten. So gingen denn alle voll Neugier und Unverschämtheit durch diese Räume, die einem echten Herren zur letzten Zuflucht geworden waren.

Pippin empfand's. So hielt er sich abseits. Finstern Gesichts, die Mundwinkel verächtlich herabgezogen, saß er allein und klein in einem schweren Armstuhle unten in der mit pompejanischen Malereien verzierten hell erleuchteten Halle. Nein, dem Grafen war nicht wohl jetzt im Rückblicke auf sein vollendetes Werk, im Hinblicke auf seine Verbündeten, die da plötzlich deutlicher sichtbar wurden, bisher für ihn gleichsam vernebelt durch den Verfolg der Zwecke. Diese waren erreicht. Und die bastardische Crapule blieb hier versammelt. Der Graf erhob sich, tief verfinstert. Gut kannte er seine Leute und er wußt' es, daß heute nacht ein Fest hier noch würde gefeiert werden. In diesen Augenblicken, wäre seine Livrée ihm zur Hand gewesen, er hätte jedermann prügeln lassen, ganz wie es einst Childerich getan. Ohne zu irgendwem mehr ein Wort zu sagen verließ er das Haus, ging langsam durch die Gärten, welche an manchen Stellen des Tages gesammelte Wärme jetzt noch duftend in die Dunkelheit entließen, und begab sich in das Stadtpalais, um in der gleichen Nacht noch seine Vorbereitungen zur Abreise nach Frankreich zu beginnen: unter Assistenz des ungetreuen Butlers; längst hatte er mit diesem – und auch mit den drei anderen verräterischen Subjekten – vereinbart, sie mit sich und in seine Dienste zu nehmen.

27 Die Eygener

Childerich genas. Seine Nichte Agnes und seine Tochter Anneliese mußten sehr bald, auf den Rat der Ärzte hin, vom Krankenbette entfernt werden. Denn schon als er zum ersten Mal erwachte und die beiden erkannte, lief sein gering gewordenes, fast kahlgeschorenes und bartloses Haupt rot an vor Wut und sah aus wie der Kopf gewisser Stecknadeln, die einen solchen von Glas haben. Auch sonst schien, bei eingetretener Reduction (reductio in integrum), von ihm viel mehr nicht vorhanden. Man nahm zwei berufsmäßige Krankenschwestern in die Villa.

Anneliese und Agnes bildeten in der ganzen Affaire, bei all' ihrer inneren Verwandtschaft, zwei äußerste Gegenpole, hinsichtlich der Motive nämlich. Die bayerische Baronesse war ja keine Subkontistin. Für sie stand nichts zu erwarten. Die beispiellose Kälte, mit welcher sie als Operations-Schwester direkt sich beteiligt hatte an der Entmannung ihres Oheimes, war nichts als kalt genossene Rache für die Hintansetzung durch Schnippedilderich. Bei Anneliese dagegen ging es durchaus nur um's Geld, nämlich um die endliche Abwicklung der Hinterlassenschaft ihrer Mutter, der Ägypterin, und die Einsetzung in das beträchtliche Vermögen, das diese sowohl ihr, wie ihrer jüngeren Schwester Geraldine, vermacht hatte; diese letztere fehlte denn auch nicht bei der Aktion von Theuderoville; ihre feilende Cicadensstimme ward gehört. Und ebensowenig fehlten Childerichs Töchter aus vierter Ehe, der mit Barbara Bein, geborene Paust und Witwe des Amtsrichters: mit Agnes, Anneliese und Geraldine drangen damals auch Sonka und Karla, die Chimären, nächtens in's Haus. Die Anwesenheit dieser beiden aufreizenden, immer grinsenden, von zartem, blondem Schweißdunste umgebenen Halbwüchsigen ist es vor allem gewesen, was zu den schweren Ausschreitungen und Tumulten geführt hat, deren wir hintnach noch werden Erwähnung tun müssen. Pépin hatte die Chimären ihrer Wildheit wegen dabei haben wollen und sie schon vor der Schlacht am Windbühel aus ihren Pensionaten in den karolingischen Flügel des Stadtpalastes geholt. Nun hatten sie am Sturm auf Theuderoville und damit an der Entmannung ihres Vaters teilgenommen. Das Skandalöse kannte hier wirklich keine Grenzen.

Von Pietät also – die etwa dem Ungeheuer Schnippedilderich sehr wohl eignete – kann bei diesen zum Teil bastardierten Merowingerinnen, die zum Karolinger übergelaufen waren, wahrlich nicht gesprochen werden. Keine Spur davon schien mehr vorhanden; vielmehr tobten Rachsucht, Geldgier und Ressentiment ohne jede Scham und Hemmung.

Am übelsten taten sich bei alledem die Paust'schen hervor, mochten sie auch in offener Feldschlacht sich wenig bewährt haben, höchstens beim Flaschenwerfen aus den Barrikaden, das aber die Merowingischen auch recht gut verstanden hatten (der Treffer auf Pépins Schulter war übrigens von Wambsgans, dem Koche, erzielt worden). Jene Bierbrauer und Geschwister Barbara Beins drangen mit Pippin als die ersten in Theuderoville ein, gleich hinter ihnen ihre Neffen, deren ältester Doctor Bein war. Danach der Chirurgus Doctor Stein mit Gattin Agnes, sodann Anneliese, Geraldine, und die ganz jungen Frauenzimmer. Wänzrödl, erst beiseite geschleudert, ward dennoch bald gesucht: ganz offenbar in der Absicht, mit diesem Lieblinge Childerichs Schindluder zu treiben. Nach Vollzug der Entmannung, als, trotz Abmahnung der Ärzte, ein lärmendes Fest im Hause begann – ganz, wie's der Graf vorausgesehen! – suchte man Wänzrödl neuerlich. Stimmen von Angetrunkenen – man soff des Freiherrn Vorräte aus – wurden laut, welche die zusätzliche Castration des Hofzwerges forderten, für den Fall, daß man ihn noch finde. Dies ginge doch gleich ›in einem Aufwaschen!‹ (so hieß es). Die Ärzte freilich hätten sich zu dieser völlig unnötigen Maßnahme wohl kaum bereit gefunden. Bei gesteigertem Rausche vergaß man schließlich darauf. In den Räumen ward da und dort erhebliche Verwüstung gestiftet, verglaste Schränke begann man einzuschlagen, Stühle zu zertrümmern, Bücher in Childerichs Schreibzimmer durcheinander zu werfen. Als die Paust'schen schließlich gegen die Mädchen – welche ihr zartes Alter davor nicht bewahrte! – handgreiflich zu werden begannen, erhob sich gellendes Geschrei. Die Ärztefrauen blieben durch die Anwesenheit ihrer Männer geschützt; diese fanden sich allerdings genötigt, auch zum Schutze Geraldinens mehrere Fausthiebe auszuteilen. Mit Pausthieben ward erwidert. Am schlimmsten trieben es Hagen von Tronje und sein nächst-ältester Bruder. Diese beiden, durch Gehaben und Ausdünstung der Chimären auf's äußerste gereizt, warfen sich, zur Gewalt entschlossen, auf jene, die jedoch unter Gebell in's untere Stockwerk entwichen. Sie wurden eingeholt, entkamen aber neuerlich. Das grauenvolle Geschrei der Chimären, denen die Paust'schen buchstäblich die Kleider vom Leibe gerissen hatten, so daß die Mädchen nackend durch die Zimmer rasten, erfüllte das ganze Haus. Die beiden Ärzte gingen schließlich, einhellig unterstützt von dem jüngeren Bruder Hagens und den beiden Brüdern des Doctors Bein, mit rohen Fausthieben gegen die besoffenen Bierbrauer vor und schlugen sie zusammen. Das Toben dauerte lange. Wänzrödl vernahm's. Zitternd hockte er am Trockenboden auf einem breiten Dachsparren, jetzt mit seinen großen Ohren wirklich einer Fledermaus ähnlich, für die ihn sein bezechter Vater Pelimbert einst gehalten hatte.

Am nächsten Tage war Wänzrödl wieder hervorgekrochen. Nach Entfernung der Agnes und der Anneliese, welch letztere ihm sogleich mehrere Fußtritte versetzte, ging er ganz in der Pflege seines Herrn auf, stets neben der Nachtschwester noch am Krankenbette wachend, beim leisesten Augenwinke Childerichs bereit. Sogleich auch ward von ihm das Hauswesen wieder geordnet. Doch ließ er niemand von den Bedienten oder Mägden herein, die man vom Stadtpalais auf Geheiß Pépins heraufgesandt hatte. Kein treuloses Pack sollte mehr über die Schwelle. Wänzrödl, seine Beliebtheit nützend, brachte ein paar ältere und ehrbare Frauen aus der Stadt. Nachdem sie die verscherbten und bespienen Räume gereinigt und geordnet hatten, übernahmen sie die Küche und Hausarbeit. Eine von ihnen ist bis zu Childerichs Ableben in seinen Diensten geblieben.

Der Freiherr ließ drei Wochen nach der Katastrophe, als er sich bei mildem Wetter bereits in den weitläufigen Gärten ergehen konnte, die zu Theuderoville gehörten, den Doctor Gneistl rufen, und besprach mit ihm alle Schritte für die teilweis noch nötige Erbabwicklung und die Einsetzung in die bei ihm auf Subkonten liegenden Erbteile (gleichzeitig errichtete er auch ein neues Testament, darin sämtliche an der Aktion von Theuderoville beteiligten Töchter enterbt, beziehungsweise auf den Pflichtteil gesetzt wurden, während Schnippedilderich daraus als naturgemäßer Universalerbe hervorging, mit dem Onus eines sehr beträchtlichen Legates für Wänzrödl und hoher Pensionen für alle Getreuen). Jener Erbteile waren nicht weniger als fünfzehn. Allein der ›Paust'-sche Sack‹ enthielt sechs Erb-Berechtigte, zunächst drei Söhne des alten Bierbrauers Christian Paust und der geborenen von Knötelbrech, die dann Stiefsöhne Childerichs III. geworden waren, durch dessen erste Ehe: Hagen von Tronje und zwei jüngere Brüder. Ferner die Enkel des Bierbrauers, Kinder der Barbara, nämlich Doctor Bein, des Amtsrichters Sohn, ebenfalls mit zwei Brüdern. (Diese alle – bis auf den Arzt – hatten sowohl an der Feldschlacht und am Stellungskriege, wie zuletzt an der Erstürmung von Theuderoville teilgenommen.) Hiezu kamen noch neun eigene Töchter Childerichs: zwei von der Knötelbrech-Paust, zwei von der Gräfin Cellé, ferner die zwei Töchter der Ägypterin und schließlich die drei der Paust-Bein, Childerichs vierter Gemahlin, von denen allen die Mädchen kraft errichteter Testamente geerbt hatten. Es befanden sich die Portionen auch der Volljährigen und Verehelichten bisnun unter des Freiherrn Verfügung. Den zwei minderjährigen Töchtern seiner vierten Frau – die älteste wär's auch noch gewesen, hätte sie nicht so frühe geheiratet – bestellte der Baron nun den Doctor Gneistl als Vormund (wem hätte er sonst vertrauen können?).

Dem Doctor kam kein geringes Verwundern, das läßt sich denken. Aber er fragte nicht und der Freiherr sagte ihm nichts.

Hier berühren wir wieder den entscheidenden Punkt merowingischer Grund-Auffassungen. Entmannung war Entmachtung. Er hatte eine Feldschlacht gewonnen, den Krieg jedoch verloren. Geschlagen ist geschlagen. Er nahm's auf sich. Wohl lag auf der Hand, daß hier ein ganzes Bouquet von Delicten sich darbot, einschließlich eines Gewaltverbrechens, die das Gesetz mit schweren Strafen bedroht. Jedoch das interessierte den Freiherrn nicht. Ein Herr läuft nicht zum Kadi. Und wenn er muß, so bezieht er den Ort, welchen ihm das Schicksal zugewiesen hat. Die Karolingischen wußten wohl, ja, sie wußten es allzu gut, daß Childerich III. sich so und nicht anders verhalten würde, und sie konnten mit dem besten Gewissen auch die Doctores Stein und Bein in dieser Hinsicht beruhigen. Ein ordinärer Kerl ist immer ein vortrefflicher Menschenkenner (er kennt sie wie der Metzger die Kälber) und nichts weiß ein solcher besser und genauer, als was ein Edelmann tut und was er nicht tun wird.

Ulrike kam. War's Ahnung? Hatte er ihr Nachricht gegeben und sie kommen lassen? Wir wissen es nicht. Sie war da. Und mit Childerich fast wortlos verständigt in einem Sinne, den die Karolingischen auch von ihr gar nicht anders erwartet hatten. Sie sah die ganze Größe von Childerichs Sturz, die Größe, nicht nur die Tiefe. Sie ersah den Ort, wo ihn die Sturmflut des Schicksals abgesetzt und den er nun besetzt hielt, ein Unglücklicher, der jedoch sein eigenes Unglück eingeholt und als eine Haltung zur Form erhoben und in Besitz genommen hatte. Damit aber war Ulrikens Glück dahin. Ihr blieb nur übrig, mit gleicher Größe neben den geschlagenen Geliebten zu treten. Sie tat's, und hat ihn niemals verlassen, sondern häufig besucht – jetzt, zu Friedenszeiten, möchte man sagen, konnte sie freilich im Stadtpalais absteigen – und bis an sein Lebensende als schwesterliche Cousine umsorgt.

Hier ist der Ort, einer Lächerlichkeit gleich im voraus entgegen zu treten, die da herangetragen werden könnte. Wer etwa ergänzend erwähnen wollte, daß Childerichs Stimmlage sich doch vermutlich ganz beträchtlich erhöht haben dürfte, irrt erstens medizinisch, da bei Spät-Castrierten diese Erscheinung erfahrungsgemäß (hm!?) ausbleibt; zweitens aber sollen uns derartige Einwürfe nur einen sehr billigen Effekt nahelegen, welchen wir verschmähen. Einen Bachmeyer kann man fistulieren, nicht aber einen Freiherrn von Bartenbruch.

Wiederum wich er, nun vollends hergestellt. Aber weder nach Bartenbruch, noch in sein Stadtpalais, obwohl bald Kunde kam, daß die Karolingischen dieses gänzlich geräumt hätten, und Pépin nach Frankreich zurückgekehrt sei. Jedoch Childerich hat weder das Majorat, noch sein Haus in der Stadt jemals mehr betreten. Entmannt hieß auch entmachtet. Da mochten Childerichs III. Mittel so groß wie immer sein. Und das waren sie freilich auch nach Auszahlung aller Erbteile und Fortfall der Subkonten. Alles das, mochte es in summa enorm sein, zeigte sich als unbedeutend im Vergleich zu seinem eigenen Vermögen, und war von ihm ja nur zur Stärkung der Zentralgewalt in der Hand behalten worden, auf dem Wege zur absoluten Totalisierung der Familie. Aber das Fundament seines Lebensplanes war nun zerbrochen und dieser selbst außerhalb jeder Möglichkeit einer vollendenden Verwirklichung gerückt.

Warum aber bezog er nicht, wie so mancher entmachtete Potentat, einen der vielen schönen und comfortablen Punkte unseres Erdteils, sei's Lausanne oder Mentone? Jedoch diese entlastete Rolle eines reichen und vornehmen Spaziergängers im weißen Strand-Anzug war für unseren Merowinger nicht gemacht. Sie hätte ihm als ein angehängtes Schwänzchen privater Art an sein bisheriges größeres Leben gegolten und damit als unwürdig, lächerlich, und dieses ganz und gar verleugnend. Nein, sein amor fati verlangte nach sichtbarem Ausdruck des tiefen Sturzes auch durch die Wahl seiner Umgebung.

So verließ er die Stätte letzter und endgültiger Niederlage und verzog, ohne seinen Wohnort zu wechseln, in ein bescheidenes Mietshaus vorstädtischer Art und in eine Wohnung von zwei Zimmern, niemand bei sich behaltend als Wänzrödln und jene treue Bedienerin, die täglich kam und bis an's Ende seiner Tage das Hauswesen besorgte. Es war ein altes Gebäude mit dicken Mauern, wo Childerich nun hauste, von vier Seiten um einen weiten Hof gebaut, im ganzen nicht unfreundlich, mit breiten altväterischen Treppen, von vielen Familien bewohnt, meist kleine Leute, deren Kinder unten vor den Fenstern spielten. Bartenbruch aber und das Stadtpalais blieben voll besetzt, der Profoß, Praemius,

Burschik und Wambsgans in ihren Ämtern, freilich auch die Gutsverwaltung. Dem Profoßen schenkte der Freiherr mit Recht volles Vertrauen bezüglich der ihm übergebenen obersten Aufsicht. Nicht einmal die Musik-Kapelle ward entlassen (was die karolingische Livrée betraf, so war diese noch von Pépin vor seiner Rückkehr nach Südfrankreich abgelohnt und fortgeschickt worden, bis auf den Butler und die anderen Verräter, welche er mit sich nahm). Oftmals spielte die Blasmusik Childerichs Getreuen auf, und auch bei den nicht seltenen Gesinde-Bällen war sie als Tanzkapelle zu hören. Doch nie mehr sah man dabei den Herrn. So zogen denn einstmals alle herüber und brachten im Hofe jenem ein Ständchen. Childerich III., der nur eine Treppe hoch wohnte, erschien am Fenster, winkte freundlich, verbot aber danach strengstens jede Wiederholung solcher Veranstaltung, die bei all' den bescheidentlichen Bewohnern des Mietshauses freilich kein geringes Aufsehen hervorgerufen hatte.

Daß er Bartenbruch und das Palais in der Stadt bei so vollem Leben erhielt, war im Grunde nichts anderes als eine Äußerung zärtlicher Liebe zum Sohne, der sich während seines kurzen Aufenthaltes daheim in so vielfältiger Weise bewährt hatte, ein Wohlgefallen dem Vater. Dieser wollte ihm sein Erbe lebendig halten, nicht veröden lassen. Und vielleicht hoffte er auch, daß Schnippedilderich früher dahin heimkehren würde, nach Erreichung des Rangs eines königlich britischen Captain's etwa, was damals ihm eben bevorstand. Es sind des Freiherrn Wünsche wohl auch in Grenzen erfüllt worden, wenn auch später erst, als Childerich IV. es bis zum Obristen oder Colonel gebracht hatte. Aber auch dann kam er immer, wie schon bisher, als ein Gast nur heim und in sein künftiges Erbe, wenn auch oft für Monate, nachdem er sich in der südwestlichsten Ecke Englands, dem sagenreichen und geheimnisvollen Cornwall, nah der Küste, niedergelassen hatte. Vielleicht hätte er öfter und länger zu Bartenbruch und im Stadtpalaste residieren mögen – mit dieser Vermutung gehen wir gewiß nicht fehl – wäre der Vater nicht mit solchem Starrsinne in seiner Mietswohnung geblieben und bei der Weigerung, jemals mehr die freiherrlichen Sitze zu betreten. Hiedurch entstand jedesmal, war der Sohn anwesend, eine für dessen Pietät schwer erträgliche Lage.

Wie verständlich, daß der Alte mehr und mehr im Sohne zu wesen begann, aus dem eigenen katastrophal zusammengebrochenen Leben gleichsam in jenen auswandernd! Der Stamm bestand. Dies war Childerichs III. fester Halt, und zugleich sein erhabenster und letzter Irrtum. Wenn der entmannte Vater mit dem ganz ebenso entmannten Sohne, welcher in den letzten Jahren zunehmend fettleibig ward – jeder unwissend in bezug auf den Zustand des anderen – in der Wohnung Childerichs beim Whisky saß, im vorderen der beiden geringen Räume, dann konnte der Freiherr beinahe glücklich sein, während Schnippedilderich das Zimmer fast zur Hälfte ausfüllte. Glücklich über den Sohn, glücklich im Ausbrüten geheimer Ehepläne für diesen. Schnippedilderich hatte das dreißigste Lebensjahr noch nicht weit überschritten. Seine Carrière in den Tropen war – durch die kriegerischen Anlässe und zuletzt auch durch seine schwere Verwundung (die den Vater aufs äußerste besorgt gemacht hatte) – eine rasche und hervorragende geworden.

Doch meistens war er ja einsam, der Baron. Sein Brüten und Studieren! Immer wieder las er jetzt die Geschichte Pelimberts des Indiscutablen. Vielleicht hing es sogar damit zusammen, daß sein Verhältnis zu Wänzrödl zärtlichere Formen gewann.* Oft schlief das Kerlchen jetzt auf des Freiherrn Knien, so wie es einst auf Schnippedilderichs mächtiger Brust geschlafen hatte. Der Riese, war er anwesend, lieh sich den Zwerg übrigens des öfteren aus, nur um ihn zu verwöhnen, reich zu beschenken, auf seiner Schulter sitzen zu lassen, wenn er im Parke sich erging, und in kindischer Weise mit ihm zu spielen, was Wänzrödln besonderen Spaß bereitete. Auch tranken sie miteinander. Hierin erwies sich Wänzrödl überraschend als äußerst fest, was Schnippedilderich in maßloses Staunen versetzte. War der Kleine im Stadtpalais, so reichten auch die älteren Mägde einander in ihren Kammern gern das Kerlchen zu, allein schon deshalb, weil solches den jungen Herrn höchlich erheiterte. Am Rande darf übrigens

---

* Er dürfte wohl ›De maltractionibus etc. etc.‹ gelesen haben (s. Fußnote zu Seite 92). Döblingers Fälschung! Man muß sich den Freiherrn richtig vorstellen, wie er da lesend saß. Keiner denk' ihn mehr bärtig! Er war gewissermaßen auf den vorigen Stand gebracht (reductus in integrum), auf den seiner Jugend nämlich: ein lasches, backentaschiges Antlitz, jetzt erst recht ein greisenhaftes Beutelchen. Und gänzlich entbauscht. Er sah erbärmlich aus.

angemerkt werden, daß Wänzrödl längst ein wohlhabender Mann geworden war.

Die Stille nach einem vollzogenen historischen Ablaufe – und ein solcher war ja das nun gewisse Aussterben des merowingischen Geschlechtes im zwanzigsten Jahrhundert – zeigt einen eigenen Charakter: an der Grenze zwischen Fühlbarkeit und Hörbarkeit. Nach jedem Versinken einer großen Gewesenheit bleiben die Saugwirbel der Zeit, erst allmählich sich schließend, spürbar, mindest für jeden, dem solches Gespür eignet. Und so vergeht hintnach sehr langsam, was zunächst wie unter einem Donnerschlage augenblicklich versunken war.

Mag sein, daß Childerich III. jenes Gespür besaß und daß es bei ihm, in seiner ereignislosen Einsamkeit, frei ward. Denn etwa ein halbes Jahr nach der Katastrophe von Theuderoville hatten sich ja so ziemlich alle Sachen beim schon beschriebenen Stande beruhigt (auch Schnippedilderich war längst genesen). Vielleicht vernahm da der Merowinger wie von weit draußen und nur ahnungsweise den dröhnenden Schritt der Tatsachen, die, in jener selben Nacht von Theuderoville, am 16. October 1950, fern an der afghanischen Grenze, das Schicksal seines Stammes für immer geschlossen hatten. Und so war ihm vielleicht nicht dauernd ganz wohl im Bannkreis eines letzten und glücklichen Irrtums, darin er nun lebte.

Wänzrödl, der ihn ebenso genau, wie liebevoll und ehrfürchtig beobachtete, nahm frühe schon mit feinen Organen ein unterirdisches Grollen wahr, den Nachhall einer versunkenen Epoche, wie durch halbverschüttete Gänge heraufdringend.

Deshalb besorgte er sich, lange bevor noch eine Erhöhung des Fußwinkels bei Childerich III. manifest ward, einen kräftigen Briefumschlag, tat zehn neue Scheine zu hundert Mark hinein (des Freiherrn Schatulle war ihm anvertraut) und legte dieses Instrument einer allenfalls notwendig werdenden Rettung seines Herrn an einem versteckten Platze griffbereit. Verließ Childerich zu einem seiner gemessenen Ausgänge die Wohnung, gefolgt vom Zwerge, so trug dieser stets die erforderliche Sicherung in der Tasche.

Denn, so überlegte das getreue Geschöpfchen, wenn es

etwa zu einem jener einstmaligen scharfen Kurz-Wutanfälle kommen sollte (bei welchen der Baron wirklich zu allem fähig gewesen war, auch einem Lakaien die Nasenspitze abgebissen hatte), so konnte er, Wänzrödl, hier in der Wohnung ohneweiteres den Blitzableiter abgeben, und das auch bei längerem Toben (so selbstlos dachte das winzige Wesen). Wenn's aber den Freiherrn auch nur einen Schritt vor die Türe seiner Wohnung trieb, in diesem von zahllosen gewöhnlichen Menschen bewohnten Hause, dann würde unter Umständen die Lage gar sehr eine sofortige Dämpfung von Personen erfordern, die etwa von der Wut betroffen wurden, durch den gewissermaßen lähmenden Anblick des vielen Geldes.

Die Nachbarn also fürchtete Wänzrödl (oder er befürchtete für sie) und nicht so sehr die Ausgänge. Diese spielten sich in einer nahezu feststehenden und gleichbleibenden Weise ab, und standen allein schon deshalb unter freundlichem Aspecte, weil sie des Freiherrn gastronomischen Freuden und Interessen dienten, die neuerdings stärker hervorzutreten begannen; und so führten denn solche Gänge fast immer in ein feines Delicatessengeschäft, wo der Freiherr gewisse Dinge – etwa den Kaviar oder einen schon angerichteten Hummer, köstliche Artischocken, besonders aber die französischen Käse-Sorten – höchstselbst zu wählen pflegte. Wänzrödl folgte seinem Herrn mit einem hellen, neuen Korbe aus Weidengeflecht. Sodann ward der Zwerg heimgeschickt, und Childerich erging sich allein für ein Kurzes in den öffentlichen Anlagen.

Der Zwerg natürlich war's, der im ganzen Viertel sogleich die Aufmerksamkeit erregt hatte und sehr bald zu einer allgemein bekannten Figur geworden war, nicht so sehr der Baron. An diesem bemerkte man zur Zeit wirklich nichts Besonderes mehr: ein kleiner, spärlicher, glattrasierter alter Herr; aber immerhin Herr des Zwerges eben. Bei einem solchen zwergischen Wesen erwartet jedermann im Grunde – ohne das so genau zu wissen – Boshaftigkeit und Tücke. Wänzrödls sehr rasch sich steigernde Beliebtheit auch in diesem entlegenen Stadtviertel hier beruhte einfach darauf, daß sich mit der Zeit und im Laufe näherer Bekanntschaft mit ihm, das rechte Gegenteil von all jenem Erwarteten herausstellte. Besonders die Kinder auf der Straße begannen ihn sehr bald zu lieben – man muß hier daran denken, daß er ein unbestimmbar, ja vielleicht ur-alter Mann war! – und Wänzrödl hatte unter ihnen schon in kurzer Zeit viele Bekannte. Stets grüßte er freundlich. Die Frauen auch waren ihm zugetan, ja selbst das Herz der Frau Anna Schenker – so hieß die Hausmeisterin – hatte er gewonnen.

Von den Ausgängen, wie schon angedeutet, befürchtete Wänzrödl weniger für seinen Herrn. Die Sorge, welche den Zwerg anfocht, beruhte mehr auf der ihn verfolgenden Vorstellung, Childerich könnte, in plötzlichem Grimme, aus der kleinen Wohnung ausfahren (weil ihm diese für die Größe seiner Wut zu enge würde), um alsbald draußen im Flure auf wen zu stoßen. Die Türe der Frau Eygener, welche die nächste Nachbarin war, lag gerade gegenüber, mit kaum drei Schritten Abstand.

Frau Eygener, eine ältere Ehefrau, lebte allein mit ihrem Gatten, den man selten sah. Ihre Töchter hatten die Eygeners unlängst ausgeheiratet. Sie war eine muntere und gutartige Person, die in aller Stille den Freiherrn sehr verehrte, denn es machte einen nachhaltigen Eindruck auf sie, daß ein so großer Herr und ›Besitzer von Palästen‹ (Frau Anna Schenker) auf so bescheidentliche Weise hauste. Hiezu kam, daß ja der Freiherr von Bartenbruch anständigen kleinen Leuten gegenüber seit jeher eine herzliche Art gehabt hatte. Stets grüßte er Frau Eygener sehr höflich und als erster, wenn er sie zu Gesicht bekam. Wänzrödl für sein Teil, die Wichtigkeit dieses nachbarlichen Verhältnisses erkennend, erwies der guten Frau manche Freundlichkeit, und auch sie, wie alle anderen, brachte dem Zwerge Sympathie entgegen, sobald sie nur sein Wesen erkannt hatte.

Wehte von Childerichs Pforte her geisterhaft das Pathos erhabener Vergangenheit, so von der Eygener'schen Tür höchstens der nahrhafte Duft vom Zwiebelfleische, das man eben in die Pfanne tat. Sie waren muntere Leute, die Eygeners, nicht selten hörte man sie lachen. Sie gehörten zur großen Menge der Glücklich-Geschichtslosen, begabt mit jenem Wohlbefinden geborener Atheisten, die in ihrem Verhalten keine unfrommen Leute sein müssen, und meistens auch zur Kirche gehn.

Mit Herrn Eygener (den man selten sah) stand's eigen. Er war klein und rundlich, und trug ein flottes Schnurrbärtel. Mittlerer Beamter im Bureau der städtischen Verkehrsbetriebe, bei eher schmalem Gehalte. Aber kein unlustiger Bursche; des Fraßes und Zwiebelfleischs froh, zu Umtrünken geneigt. Eben die Teilnahme an solchen aber war ihm nur selten möglich. Denn jenes Auffahren-Lassen von Runden, das bei solchen Veranstaltungen, und besonders zu vorgerückter Stunde, unter Conviven allezeit der Brauch ist (und wofür er eine ganz besondere Neigung gehabt hätte), ging weit über seine Tasche. Noch bedurften die jungverheirateten Töchter einiger Unterstützung. Frau Eygener aber hatte als Mädchen für reich gegolten, für geheimnisvoll reich, also für reicher vielleicht, als man wußte. Doch, als die Sachen so weit gekommen waren, wollte keinerlei Mitgift herausspringen. Und als sie später erbte, war's auch nichts. Darob erhob sich in Eygener ein gewisser Grimm (da er nie dazu kam, nennenswerte Runden bezahlen zu können), den er dann von Zeit zu Zeit ventilierte, obschon sonst seiner Gattin sehr zugetan. Doch wenn's ihn anwandelte, das mit der Erbschaft, der Mitgift oder den Runden, ward er plötzlich des Hohnes voll und manchen Tortes fähig. Boshafte und nicht einmal talentlose Reimereien wurden auf Zetteln zur Bettlampe seiner Frau gelegt, worauf er sehr schnell einschlief, noch bevor sie kam und ihr Licht knipste. Für Reimereien solcher Art hatte er überhaupt eine gewisse Vorliebe und vielleicht sogar einen echten musischen Antrieb dazu. Eygener dürfte aus dem Süden gestammt haben, vielleicht aus Bayern oder auch aus Österreich, worauf der Umstand hinweist, daß er in einem seiner ›Gedichte‹ für Ohrfeige oder Backpfeife den Ausdruck ›Watschen‹ gebraucht hat. Im übrigen, wenn er wegen Mitgift oder Erbschaft ergrimmte, blieb es keineswegs nur beim Abschießen epigrammatischer Pfeile. Er hatte schon seine Methoden nachdrücklicher Huntzung für die Frau. Ging sie für eine halbe Stunde fort, was zu holen, dann stand bei ihrer Rückkehr in die Küche ein mächtiger Topf samt Deckel aus dem weißen Schranke in unordentlicher Weise mitten auf dem Tisch, was sie veranlaßte, das Gefäß rasch weg zu nehmen, um es wieder an seinen Platz im unteren Teil des Küchenschrankes zu stellen. Aber es war randvoll mit heißem, wenn schon nicht kochendem Wasser.

In solchen Fällen betrafen den Herrn Eygener einige Ohrfeigen. Aber das machte ihm nichts. Sie ärgerte sich doch.

Wänzrödl, in weiser Voraussicht, nahm öftere Fühlung

mit der Eygener, und sprach zu ihr von seinem Herrn, was freilich der Neugier sehr entgegen kam. Indessen dachte der Zwerg nicht im entferntesten daran, diese wirklich zu befriedigen. Er sagte, sein Herr habe die Zurückgezogenheit gewählt, weil er seit längerem mehr und mehr frommen Betrachtungen und gelehrten Studien sich zuwende, zugleich aber wünsche, daß sein Sohn, dem er alles übergeben, die alten Sitze der Familie mit dem seinen Jahren angemessenen jugendlichen Leben ganz ungehindert erfüllen könne. Der Baron, sagte Wänzrödl, sei ein sehr gütiger Mann. Wohl, er habe Eigenheiten. Aber wer diese respectiere, hätte es noch nie zu bereuen gehabt. Von dem Freiherrn sei für solche, die ihm Verständnis entgegen zu bringen vermochten, auch wenn sein Gehaben einmal recht kraus gewesen sei, stets ein reicher, ja, in des Wortes vollstem Sinne, goldener Segen ausgegangen. Und nachdem der Zwerg etliche Male in solcher Weise mit der Zaunlatte, wenn nicht mit dem Zaunpfahle, also recht deutlich, gewunken hatte, überließ er das Übrige der Nachwirkung seiner Praeparativen, nicht mit Unrecht, wie wir gleich sehen werden.

Denn als Childerich III. zum ersten Male mit höchstem Fußwinkel durch seine nun so bescheidene Pforte ausfuhr und geradewegs wie ein Rammbock gegen die Türe der Eygener, den Daumen auf den Klingelknopf drückend und auch gleich gegen die untere Türfüllung tretend – Wänzrödl war dicht hinter seinem Rücken und schwenkte den Briefumschlag über dem Kopf – als die Eygener heraussah, und schon auch zwei ungeheure Ohrfeigen zu sitzen kamen: da ward sie doch durch des Zwerges unaufhörliches, beruhigendes Winken am Geschrei und Geplärr verhindert, vielmehr – bei vielleicht schon erfreulicher Ahnung! – bewogen, das Couvert entgegenzunehmen, worauf ihr Wänzrödl von außen die Türe glatt vor der Nase zuzog. Der Freiherr war indessen schon durch die Pforte zurückgedampft.

Ob sie nun geahnt hatte oder nicht, die Eygener: mit hochschwellenden Backen hinter der Türe stehend, sah sie doch gleich in den Briefumschlag. Und das änderte den Aspect des Zwischenfalles von Grund auf.

Dem Herrn Eygener, als er abends heim kam, konnte nicht entgehen, daß seine Frau von irgendwem geohrfeigt worden sei. Es war ja vollends kenntlich. Er empfand Freude darüber. Sie aber, des Neuen allzu voll, erzählte ihm das Geschehene und zeigte ihm auch die tausend Mark. Das hatte sogleich zur Folge, daß er zweihundert davon als eine Art Tribut einhob.

Und von da an allmonatlich. Des Merowingers Ausfahren mit höchstgesteigertem Fußwinkel erfolgte in regelmäßigen Abständen, welche Herr Eygener genau vom Antlitze der Gattin lesen und daher jedesmal zeitgerecht zur Einhebung des Tributes schreiten konnte. Damit waren nun endlich die Runden gesichert. Begegnete er dem Baron auf der Treppe, was dann und wann einmal geschah, dann trat Eygener beiseite, verbeugte sich und zog tief den Hut.

Vom Standpunkte Childerichs III. muß hier gesagt werden, daß diese Ventilation der Wut, welche jedesmal ein fast augenblickliches Zurückgehen des Fußwinkels zur Folge hatte, weniger umständlich und, vor allem, noch weitaus billiger war als seine letzten und fast täglichen Besuche in der Praxis des Professors Horn. So ist er von diesem und den Wuthäuslein endlich für immer losgekommen, und, wenn schon nicht zu den Beutelstechern, so doch zu einem anderen und nicht minder segensreichen Turnus übergegangen.

Jedoch, auch für die Eygeners brachte die Einrichtung – nach Jahr und Tag schon stehend geworden – außer den finanziellen noch Vorteile von ganz anderer Art, die sich beim ersten Mal in keiner Weise hätten voraussehen lassen. Des Gatten Verhältnis zur Gattin, welcher er im Grunde doch herzlich zugetan war, besserte sich durch die Ermöglichung von Runden (denn um solche ging's ja dem Herrn Eygener, nicht eigentlich um's Trinken), und aus dieser Ecke also wurden sein Seelenfrieden und seine Heiterkeit nicht mehr getrübt. Noch mittelbarer und umwegiger jedoch waren die Wirkungen der neuen Lebensquelle auf Frau Eygener selbst. Sie beobachtete nämlich jedesmal, wenn die kürbisgleiche Schwellung ihres Antlitzes nachgelassen hatte, eine durch Tage anhaltende frischere Beschaffenheit ihrer Backen. Da sie solches mit Recht als eine Wirkung der empfangenen Massage ansah, kam sie auf den guten Gedanken, sich derlei regelmäßig in einem Kosmetik-Salon applizieren zu lassen, freilich nicht gerade Ohrfeigen, sondern eine sachgemäße Behandlung des Gesichtes und seiner Haut überhaupt. In jenem Salon nun kam man obendrein noch auf dies und das, was für die Auffrischung ihrer Weiblichkeit von Vorteil sein konnte, und redete es ihr ein. Geld war ja nun allmonatlich genug vorhanden. Jene kosmetischen Traktierungen – Massagen, Wechseldouchen, Haut- und Haarpflege, ja, sogar ein Gymnastik-Kurs, den man ihr empfahl – waren nicht einmal ein Schwindel, sondern wirkten höchst vorteilhaft auf ihre äußere Erscheinung, wie auch ihr Gesamtbefinden. Und da nun von Seiten des rundlichen und gelegentliche Runden zahlenden Gatten auch nichts mehr zwischen den beiden stand (und wenn schon einmal – ward er nicht allmonatlich von Childerich summarisch gerochen?!), so belebten und besserten sich zunehmend die ehelichen Beziehungen. Herr Eygener hat all' die empfangene Wohltat und das Verhältnis des Ehepaares zu Childerich III. sehr schön in einem hymnischen Gedichte zum Ausdruck gebracht, das er zum einundsechzigsten Geburtstage des Freiherrn verfaßt und dem Zwerge übergeben hatte, damit dieser es seinem Herrn unterbreite. Ob der's freilich getan, bleibt fraglich, und ist eigentlich unwahrscheinlich. Das Poem hatte folgenden Wortlaut:

> Du watschst mein Weib. Des sei bedankt!
> Du zahlst dafür. Das ist noch schöner!
> Ein Bringer bist Du und ein Angewöhner
> von besserm Leben, das Du uns gegeben,
> und das um Deine Größe jetzt sich rankt.
> Ein echter Herr, wohin er immer tritt,
> schafft Knechte, die ihm dann begeistert dienen.
> Er ohrfeigt sie und zahlt und lebt mit ihnen.
> An Unzufriedenheit scheint sonst die Welt erkrankt.
> Hier knallt die Watschen, klingt das Geld,
> ein jeder Teil fest zu dem andern hält.

Aber mit solchem Geversel des Runden zahlenden Herrn Eygener kann eine Biographie wie diejenige Childerichs III. nicht geschlossen werden. Hier muß denn zuletzt ein eherner Ton her. Ihn haben uns zum Glücke die Römer mit ihrer Sprache hinterlassen. So weihen wir denn eine Inschrift:

CHILDERICUS/QUAMVIS IN INTEGRUM REDUCTUS/
CAPITIS DEMINUTIONEM DIGNE SUSTINUIT/
FATO LOCUTO AEQUA MENTE CAUSAM FINITAM SUAM
EXISTUMANS/EXCEPTA RABIE RECURRENTE/CUI AUTEM
OMNIA QUAE NECESSE VIDEBANTUR CURA WAENZROEDELI

PARATA FUERUNT/AB OVO IMMO VERO AB OVIS
INCOEPIT/METAM QUIDEM NON PLENE ATTINXIT/
IN MAGNIS TAMEN VOLUISSE SAT.

28 Epilog

Jene Stille nach einem historischen Ablauf, deren wir früher Erwähnung taten, herrschte auch in des Doctors Döblinger Zimmern am 10. Mai des Jahres 1954, als Mr. Aldershot bei ihm zu Besuch war. Doch hatten die Saugwirbel der Zeit, wie sie nach jedem Versinken einer großen Gewesenheit durch eine geraume Weile noch spürbar bleiben, hier lange schon ausgekreiselt und sich beruhigt. Es war ein schöner, heller Maientag. Es lachte die Flur, möchte man sagen, rings um die Stadt, und man spürte solches Lachen auch hier im Raume, in welchen des Captains lange Beine von seinem Fauteuil aus weit hineinreichten, bis gegen einen prunkvollen Barockschrank, neben dem ein billig aus Brettern zusammengeschlagenes Büchergestell stand. Man spürte das Lachen der Flur und ihren ausholenden Aufschwung in die Lehnen der eidechsengrün gespritzten Weingärten, durch welche auf schmalem Wege einst jener Plombierer gewandelt war, dem wir das fragwürdige ›Tagebuch eines Menschenfreundes‹ verdanken. Die Lichtflut draußen machte die Stille herin noch fühlbarer. Ein blankes Glas nicht nur, in der einfallenden Sonne, sondern jedwedes leuchtende Ding im Zimmer schien in die abwesende Ferne zu streben.

Mr. Aldershot wußte so viel wie wir. Das heißt, ihm waren die vorstehenden Berichte bekannt. Denn – und dies war vielleicht das merkwürdigste an diesem Liebhaber der Literatur – der Kapitän hielt auch Zeitschriften, die ihm um den Erdball herum nach- oder eigentlich vorausreisten, um dann bei den verschiedentlichsten Hafen-Postämtern von ihm behoben zu werden. Der Doctor Döblinger aber hatte um diese Zeit sein Opus schon fortsetzungsweise in einer deutschen Revue veröffentlicht. Eine Buchausgabe stand bevor. Aber eben in bezug auf diese trug unser Schiffskapitän etwas im Sinne; und zwar den Schluß des Romanes betreffend.

Auch schien er den Wunsch zu hegen, das Urbild, nämlich Childerich III., möglichst bald einmal zu erblicken, was merkwürdigerweise bisher nicht hatte sich fügen wollen. Von Schnippe – der zwischendurch für eine Woche nach England verreiste – war Mr. Aldershot angedeutet worden, der Alte sei zur Zeit etwas schwierig und schrullig (wahrscheinlich stammten derartige Informationen und Winke von Wänzrödl, der ja die Eygener'schen Periodizitäten des Freiherrn genau kannte). Die dem Vater mit dem Gaste zu machende Aufwartung wäre daher besser für die Zeit nach seiner, Childerichs IV., Rückkehr aus Cornwall zu verschieben.

»Dennoch, glaube ich, können Sie ihn jetzt schon sehen, Mr. Aldershot, wenn auch nur par distance. Wollen wir's versuchen?« schlug Döblinger vor.

Sie brachen auf und gingen zu Fuß in die Vorstadt. Die eigentliche Altstadt querend, an ihren Giebelhäusern entlang, sah der Captain mehrmals in ebenerdig gelegene Zimmer und durch diese hindurch in das Grün rückwärtiger Gärten und Höfe, wo etwa eine Tür offenstand, durch welche die Sonne hereinfiel und das Getüpfel des Blätterschattens alter Bäume. Die breit und weit und licht ausfallenden Zeilen der Neubauten jedoch winkten mit anderen Formen des Behagens: vor dem blauen Himmel und dem Schwung eines Rebenhügels dahinten, hing luftig ein Balkon wie ein abgestrecktes Glied des weiß strahlenden glatten Häuserblocks: man sah die Marquise, die leichten Gartenmöbel, den Strecksessel. Seines, des Captains Haus schwamm. ›Häuser sind Schiffe‹ dachte er, und sogleich auch fiel ihm ein, daß mit diesen Worten ein Gedicht des längst verstorbenen Dichters Leo Greiner begann. ›Häuser sind fest verankerte Schiffe‹ dachte der Captain, und ›wie war nur dieses deutsche Gedicht weiter gegangen ...?»Lichte, mein Haus, die Anker ... in den Tagwind hinein«... so, oder ähnlich, oder anders ...‹ Er hatte hier eine Möglichkeit für immer versäumt. Er hatte kein Haus verankert. Das seine schwamm. Er war ein älterer Junggeselle, und sein Haus war eines der vielen tausend Stückchen königlich britischen Bodens, die als Schiffsdecks auf allen Meeren dahinziehen, nicht weniger ehrwürdig als das Mutterland. Denn kein Schiff kann ehrwürdiger sein als ein englisches; von solchen wurde die weite Welt erschlossen. Und James Cook endete auf dem von ihm entdeckten Hawai, als ein untadeliger Gentleman, weil er verbot, auf die Eingeborenen mit dem Feuergewehr zu schießen, und als er es dann endlich in der höchsten Not doch erlaubte, durften es nur Schrotschüsse sein. Diese durchdrangen nicht die Mattenschilde und so wurde Mr. Cook erschlagen. Nach seinem Tode aber gaben die Stückpforten einige Geschütze frei von H.M.SS. ›Discovery‹ und ›Resolution‹. In Panik fegten die Wilden über den Strand. Es war der Beginn einer neuen Zeit, und für einen Gentleman wie Mr. Cook war es vielleicht wirklich besser gewesen, vorher zu sterben. Mr. Aldershot hatte kein Haus verankert. Sein Haus schwamm. Doch jetzt erst nahm er, als älterer Junggeselle, den Abschied ganz von der Möglichkeit, durch eine nach rückwärts offenstehende Tür unter den Blätterschatten der alten Bäume im Garten zu treten, welcher sonngetüpfelt schon auf der Schwelle dieser Tür und bis tief in das Zimmer herein lag. Sein Haus schwamm. Jedoch auch nach diesem konnte man Sehnsucht empfinden, auch dorthin konnte man nach Hause kommen und dann zu Hause sein. In der Südsee, wenn es ruhig war, etwa. Ein kleines Spielchen Bridge nach dem Dinner, mit dem ersten und dem zweiten Offizier und dem Supercargo, in der Messe. Man ging danach hinauf an Deck in die rasche Dämmerung und brauchte sich nicht auf das blanke Messing des Treppengeländers zu stützen. Alles war so ruhig wie das Summen der Maschinen, und die Hitze lüpfte sich und wich ein wenig, wenn man bis ganz nach vorn ging, um das Ankerspill herum, und dann voraus schaute, wo das Meer bereits in ein noch profunderes Blau sank, denn die Sonne war schon untergetaucht.

»Look at right«, sagte der Doctor Döblinger rasch, »just now he's coming.«

Sie sahen Childerich, so weit es eben an ihm noch was zu

sehen gab, entbauscht und beutelförmig, wie er nun war. Doch muß gesagt werden, daß jetzt und auch solchergestalt das Männlein immer noch vornehm aussah. Wänzrödl, hinterdrein happelnd, mit einem hellen neuen Weidenkorbe am Arm (das Ding sah geradezu appetiterregend aus), wurde erst einige Augenblicke später erblickt. Herr und Zwerg, auf der drüberen Straßenseite in der Gegenrichtung herankommend, verschwanden alsbald in einer großen Feinkosthandlung.

»Jetzt wird's eine Weile dauern, bis sie wieder auftauchen«, bemerkte der Doctor Döblinger. »Er wählt den Käse.«

»Sieht doch sehr würdig aus«, sagte der Kapitän; er war recht nachdenklich geworden und streifte Döblingern mit einem fast kritisch zu nennenden Seitenblick. »Der Zwerg scheint brav, scheint treu. Nun gut, das haben Sie ja so dargestellt. Indessen – «

Er brach ab. Es schien, was er eigentlich meinte, nicht recht heraus zu wollen. Es war durchaus nicht die Gewohnheit Mr. Aldershots, auf der Straße zu rauchen. Jedoch jetzt zog er seine Tabakstasche hervor, stopfte die Shagpfeife, und tat, nachdem der Tabak in Brand gesetzt war, einige so kräftige Züge, daß die honigsüß duftenden Wolken des Capstan medium dicht um ihn und den Autor schwebten.

»Hören Sie, Doctor«, sagte er, »mit dem Schluß Ihres Romans kann ich mich nicht einverstanden erklären. Das geht doch zu weit. Das verstößt gegen den guten Geschmack, ja, gegen das Anstandsgefühl.«

»Was haben Sie dabei sonderlich im Auge?« fragte der Doctor.

»Nun, den ganzen Schluß. Die Art der Entmachtung Childerichs III.«

»Ah –!«, rief Döblinger, »die castrative Problemlösung also?!«

»Die – – ja, meinetwegen, nennen Sie es so.«

»Sie ist unumgänglich.«

»Wieso denn unumgänglich?! Childerich III. wäre wohl auch auf irgendeine andere Weise außer Gefecht zu setzen gewesen. Zum Beispiel dadurch, daß ihn bei geeigneter Gelegenheit der Schlag getroffen hätte.«

»Also: die apoplektische Problemlösung.«

»Nun, gut«, sagte der Engländer.

»Sie ist unmöglich«, entgegnete der Doctor mit Entschiedenheit und einer befremdlichen, ja, geradezu enthusiastischen Kälte. »Das hieße, dieser Figur was anstückeln. Nein! Sie mußte am fatalen Punkt getroffen werden. Das besorgt mir kein Herz-Anfall. Denn jener Punkt liegt tiefer. Wie sagt der Philosoph? ›Aus dem Dingen des Dinges ereignet sich und bestimmt sich auch erst das Anwesen des Anwesenden‹ und: ›Wie aber west das Ding? Das Ding dingt. Das Dingen versammelt.‹ Diese Sätze geben in äußerster Kürze und Prägnanz auch eine ganze Theorie der totalen Familie. Anders: die castrative Problemlösung war Childerich III. ab ovo, um nicht zu sagen ab ovis, als Entelechie impliziert.«

Mr. Aldershot schwieg einige Augenblicke und sah auf den Doctor Döblinger hinab, der über das eigene Maß hinaus sich streckte und mit größestem Schwunge ihm entgegen wuchs. Endlich nahm der Captain die Pfeife aus dem Mund und sagte gemütlich:

»Verzeihen Sie, Doctor, aber das ganze ist doch ein Mordsblödsinn.«

»Ja freilich, freilich Blödsinn!« rief der Doctor Döblinger, beglückt, von diesem sehr geschätzten Leser endlich und richtig verstanden worden zu sein. »Wie denn anders?! Und was denn sonst als Blödsinn?! Alles Unsinn –«*

In diesem Augenblicke öffnete sich schräg gegenüber, auf der Straße anderer Seite, die Türe des Delikatessenladens. Der Baron trat heraus und wandte sich sogleich nach rechts, in die Richtung, aus welcher er gekommen war. Links hinter ihm happelte der Zwerg mit dem Korbe. Beide Herren blickten Childerich nach. Döblingern aber schien es, als wichen des Freiherren Fußspitzen jetzt weiter auseinander und als höbe er höher die Knie als zum Gehen erforderlich ist. Anzeige des Steigens jenes schwarz-violetten unterirdischen See's des Grimmes, quellend aus der Tiefe der Zeiten? Sei's drum: doch auch den Eygeners baldigen und goldenen Segen wieder in Fülle verheißend.

---

* Verprügelung mangels Mannschaft unmöglich.

Stammtafel

Die Merowinger im

Der Paust'sche Sack

Christian Paust ∞ 1890 Christiane von Knötelbrech * 1870 (1)
Bierbrauer zu Kulmbach   ∞ 1915 Childerich III. (2)

Barbara * 1892 † 1939   *Hagen v. Tronje* * 1893   *2 Brüder*   ex 2: ZWEI TÖCHTER
1. ∞ 1915 Amtsrichter Bein † 1931
2. ∞ 1932 Childerich III.

ex 1: *Dr. Bein,* Arzt * 1916 – *2 Brüder* – ex 2: WIDHALMA / KARLA / SONKA
    ∞ 1947   ∞ 1948
    ANNELIESE VON BARTENBRUCH   (Argentinien)
    (Tochter Childerichs III. ex 3)

ex 1: Childerich III. * 1890 ⚰ 16. Oct. 1950 / Dankwart * 1893 / Rollo (Rolf) * 1895
    1. ∞ 1915 Christiane, verw. Paust, geb. von Knötelbrech * 1870 † 1919
    2. ∞ 1921 Gräfin Clara von Cellé † 1926
    3. ∞ 1927 Die Ägypterin † 1931
    4. ∞ 1932 Barbara Bein † 1939

ex 1: 2 TÖCHTER // – ex 2: CHILDERICH IV. / PETRONIA / WULFHILDE // ex 3: ANNELIESE
              (Schnippedilderich) beide ∞ nach 1945   * 1928
              * 1922   ∞ 1947
              ⚰ 16. Oct. 1950   (Dr. Bein, Arzt)

Zeichenerklärung:

leibliche Nachkommen Childerichs III. IN KAPITALSCHRIFT / Stiefkinder Childerichs III.

19. und 20. Jahrhundert

Die Hessischen

Clemens v. Bartenbruch * 1851   Pelimbert der Indiscutable * ?
                                       (vermutl. Bruder d. Clemens)

Joachim (Jochem) von Bartenbruch * 1872   Wänzrödl * ? (Bastard)

Ulrike von Bartenbruch * 1912

Fränkische Hauptlinie

Childerich I. von Bartenbruch * 1835 † 1920
1. ∞ eine österreichische Adlige
2. ∞ 1919 Gräfin Clara von Cellé * 1893 † 1926.

ex 1: Childerich II. * 1858 † 1927
    1. ∞ eine englische Adlige † ca. 1908
    2. ∞ 1926 Die Ägypterin * 1903 † 1931

Eberhard * 1897 / Ekkehard * 1905 † 1941 / Richenza * 1888 / Gerhild * 1891
                                           ∞ 1912   ∞ 1921
                                           (Graf d'Alfredi †) (bayerischer Freiherr)

GERALDINE // ex 4: WIDHALMA * 1932 / KARLA, SONKA   Agnes * 1922
∞ nach 1948   ∞ 1948   ∞ (Dr. Stein, Arzt)
(Cuba)   (Argentinien)

Kursiv / * geboren / ∞ verehelicht / ⊃⊂ entmannt / † gestorben

Heimito von Doderers Werk im Verlag C. H. Beck

Heimito von Doderer
Das erzählerische Werk
Neun Leinenbände in Schmuckkassette
1995. zus. 4599 Seiten. Leinen

Die einzelnen Bände:

Die Dämonen
Nach der Chronik des Sektionsrates Geyrenhoff
39. Tausend. 1995. 1348 Seiten. Leinen

**Die erleuchteten Fenster
oder Die Menschwerdung des Amtsrates Julius Zihal
Ein Umweg**
Zwei Romane
2. Auflage. 1995. 304 Seiten. Leinen

Die Erzählungen
3., erweiterte Auflage. 1995. 512 Seiten. Leinen

Frühe Prosa
Die sibirische Klarheit. Die Bresche.
Jutta Bamberger. Das Geheimnis des Reichs
1995. 504 Seiten. Leinen

Der Grenzwald
1995. 272 Seiten. Leinen

Die Merowinger oder Die totale Familie
23. Tausend. 1995. 368 Seiten. Leinen

Ein Mord den jeder begeht
33. Tausend. 1995. 371 Seiten. Leinen

Die Strudlhofstiege oder Melzer und die Tiefe der Jahre
64. Tausend. 1995. 909 Seiten. Leinen

Die Wasserfälle von Slunj
30. Tsd. 1996. 394 Seiten. Leinen

Heimito von Doderer. 1896–1966
Selbstzeugnisse zu Leben und Werk
Ausgewählt und herausgegeben von Martin Loew-Cadonna
Mit einem einführenden Essay von Wendelin Schmidt-Dengler
1995. 112 Seiten mit 26 Abbildungen. Broschiert

Verlag C. H. Beck München

Jakob Wassermann im dtv

Caspar Hauser oder die Trägheit des Herzens
Die Geschichte des rätselhaften Findlings, der 1828 im Alter von etwa 17 Jahren fast sprachlos aufgegriffen wurde: Seine Herkunft regte ganz Europa zu Spekulationen an.
dtv 10192

Der Fall Maurizius
Seit 19 Jahren gilt Maurizius als Mörder seiner Frau, verurteilt vom Oberstaatsanwalt Andergast. Doch dessen Sohn Etzel hat Zweifel an der Rechtmäßigkeit des Urteils…
dtv 10839

Etzel Andergast
Joseph Kerkhoven ist ein erfolgreicher Psychiater. Aber ist er gegen die Liebe zu einer Patientin gefeit? Etzel Andergast wird sein Schüler…
dtv 10945

Joseph Kerkhovens dritte Existenz
Seine Frau und Etzel Andergast haben Kerkhoven hintergangen. Die Entdeckung wirft den berühmten Psychiater aus der Bahn… dtv 10995

Christian Wahnschaffe
Wassermanns Hauptwerk: Ein Millionenerbe verläßt seine soziale Schicht und geht zu den Mühseligen und Beladenen.
dtv 12371

Laudin und die Seinen
Friedrich Laudin ist ein erfolgreicher Rechtsanwalt, wohlsituiert und gutverheiratet. Da begegnet er Lu, der gefeierten Schauspielerin, und seine Welt gerät plötzlich aus den Fugen…
dtv 10767

Mein Weg als Deutscher und Jude
Wassermanns eigene Erkundungen von 1904 bis 1933
dtv 11867

Der Aufruhr um den Junker Ernst
Ein phantasiebegabter junger Mann gerät in die Mühlen der Inquisition.
dtv 12080

Oskar Maria Graf im dtv

»Oskar Maria Graf gehört zu den bedeutendsten
Schriftstellern unseres Jahrhunderts.«
Carl Zuckmayer

Wir sind Gefangene
Ein Bekenntnis
dtv 1612
Grafs Erlebnisse
1905 bis 1918.

Das Leben meiner Mutter
dtv 10044
Aus der Lebensbeschreibung einer einfachen Frau aus dem Volke, wie es die Mutter Oskar Maria Grafs war, erwächst eine Chronik bäuerlich-dörflichen Daseins und der politischen Ereignisse der Zeit.

Anton Sittinger
Roman
dtv 12453
Aus dem Blickwinkel eines deutschen Kleinbürgers schildert Oskar Maria Graf die Ereignisse der Jahre 1918 bis 1933 und legt am Beispiel eines Menschen »wie du und ich« Verhaltensweisen bloß, die mitverantwortlich waren, daß sich das nationalsozialistische Terrorregime etablieren konnte.

Die Erben des Untergangs
Roman einer Zukunft
dtv 11880
Der Pazifist O.M. Graf hat eine Vision: Nach einer atomaren Katastrophe überlebt nur ein Zehntel der Menschheit. Er erzählt, wie die Menschen »sich auf der verwüsteten Welt irgendwie einrichten«.

Bolwieser
Roman eines Ehemannes
dtv 12310
Xaver Bolwieser, ein kleinbürgerlicher Bahnhofsvorsteher, wird plötzlich aus der Bahn geworfen: Seine Frau hat Liebhaber, die Gerüchteküche brodelt, und sein Meineid, zur Beteuerung ihrer Unschuld, bringt ihn ins Gefängnis...

Reise in die Sowjetunion 1934
SL 71012
Mit Briefen von Sergej Tretjakow und Bildern

Günter Grass im dtv

»Günter Grass ist der originellste und
vielseitigste lebende Autor.«
John Irving

Die Blechtrommel
Roman · dtv 11821

Katz und Maus
Eine Novelle · dtv 11822

Hundejahre
Roman · dtv 11823

Der Butt
Roman · dtv 11824

**Ein Schnäppchen
namens DDR**
dtv 11825

Unkenrufe
dtv 11846

**Angestiftet, Partei zu
ergreifen**
dtv 11938

Das Treffen in Telgte
dtv 11988

**Die Deutschen und
ihre Dichter**
dtv 12027

örtlich betäubt
Roman · dtv 12069

**Ach Butt, dein Märchen
geht böse aus**
dtv 12148

**Der Schriftsteller als
Zeitgenosse**
dtv 12296

**Der Autor als
fragwürdiger Zeuge**
dtv 12446

Ein weites Feld
Roman · dtv 12447

Die Rättin
dtv 12528

**Aus dem Tagebuch einer
Schnecke**
dtv 12593

Kopfgeburten
dtv 12594

Gedichte und Kurzprosa
dtv 12687

**Mit Sophie in die Pilze
gegangen**
dtv 12688

Volker Neuhaus
**Schreiben gegen die
verstreichende Zeit
Zu Leben und Werk von
Günter Grass**
dtv 12445

Gert Hofmann im dtv

»Er ist ein Humorist des Schreckens und unermüdlicher Erfinder stets neuer, stets verblüffender und verblüffend einleuchtender Erzählperspektiven.«
Frankfurter Allgemeine Zeitung

Der Kinoerzähler
Roman · dtv 11626
»Mein Großvater war der Kinoerzähler von Limbach.« Karl Hofmann, der exzentrische Kauz, ist eine stadtbekannte Persönlichkeit. Doch dann kommt der Tonfilm und macht ihn arbeitslos...

Auf dem Turm
Roman · dtv 11763
In einem kleinen sizilianischen Dorf wird die Ehe eines deutschen Urlauberpaares auf eine harte Probe gestellt.

Gespräch über Balzacs Pferd
Vier Novellen · dtv 11925
Unerhörte Begebenheiten aus dem Leben von vier außergewöhnlichen Dichtern: Jakob Michael Reinhold Lenz, Giacomo Casanova, Honoré de Balzac und Robert Walser.

Der Blindensturz
Roman · dtv 11992
Die Geschichte der Entstehung eines Bildes.

Das Glück
Roman · dtv 12050
Wenn Eltern sich trennen... »Ein schöner, durch seine Sprache einnehmender Roman.« (Frankfurter Allgemeine Zeitung)

Vor der Regenzeit
Roman · dtv 12085
Ein Deutscher in Südamerika, das »bizarre Psychogramm eines ehemaligen Wehrmachtsobersten« (Die Zeit).

Die kleine Stechardin
Roman · dtv 12165
Der große Göttinger Gelehrte Georg Christoph Lichtenberg und seine Liebe zu dem 23 Jahre jüngeren Blumenmädchen Maria Dorothea Stechard.

Veilchenfeld
Roman · dtv 12269
1938 in der Nähe von Chemnitz: Ein ruhiger, in sich gekehrter jüdischer Professor wird in den Tod getrieben. Und alle Wohlanständigen machen sich mitschuldig.

Herbert Rosendorfer im dtv

»Er ist der Buster Keaton der Literatur.«
Friedrich Torberg

**Das Zwergenschloß
und sieben andere
Erzählungen**
dtv 10310

Vorstadt-Miniaturen
dtv 10354

**Briefe in die chinesische
Vergangenheit**
Roman
dtv 10541 und
dtv großdruck 25044
Ein chinesischer Mandarin
aus dem 10. Jahrhundert
gelangt mittels Zeitmaschine in das heutige
München und sieht sich
mit dem völlig anderen
Leben der »Ba Yan« konfrontiert…

**Stephanie und das
vorige Leben**
Roman
dtv 10895

**Königlich bayerisches
Sportbrevier**
dtv 10954

**Die Frau seines
Lebens und andere
Geschichten**
dtv 10987

Ball bei Thod
Erzählungen
dtv 11077

**Vier Jahreszeiten im
Yrwental**
dtv 11145

Eichkatzelried
dtv 11247

**Das Messingherz oder
Die kurzen Beine der
Wahrheit**
Roman
dtv 11292
Der Dichter Albin Kessel
wird eines Tages vom
Bundesnachrichtendienst
angeworben. Allerdings
muss er immer an Julia
denken…

Bayreuth für Anfänger
dtv 11386

Der Ruinenbaumeister
Roman
dtv 11391
Schutz vor dem Weltuntergang: Friedrich der Große,
Don Giovanni, Faust und
der Ruinenbaumeister
F. Weckenbarth suchen
Zuflucht.

Herbert Rosendorfer im dtv

Der Prinz von Homburg
Biographie · dtv 11448
Anschaulich, amüsant und unterhaltend schreibt Rosendorfer über diese für Preußen und Deutschland wichtige Zeit.

Ballmanns Leiden oder Lehrbuch für Konkursrecht
Roman · dtv 11486

Die Nacht der Amazonen
Roman · dtv 11544
Ein Satyrspiel zur Apokalypse der Nazizeit.

Herkulesbad/Skaumo
dtv 11616

Über das Küssen der Erde
dtv 11649

Mitteilungen aus dem poetischen Chaos
dtv 11689

Die Erfindung des SommerWinters
dtv 11782

... ich geh zu Fuß nach Bozen und andere persönliche Geschichten
dtv 11800

Die Goldenen Heiligen oder Columbus entdeckt Europa
Roman · dtv 11967
Außerirdische landen in Deutschland, und unaufhaltsam bricht die Zivilisation, unterwandert von der Heilssüchtigkeit der Menschen, zusammen.

Der Traum des Intendanten
dtv 12055

Ein Liebhaber ungerader Zahlen
Roman · dtv 12307 und dtv großdruck 25152

Don Ottavio erinnert sich
Unterhaltungen über die richtige Musik
dtv 12362

Die große Umwendung
Neue Briefe in die chinesische Vergangenheit
Roman · dtv 12694

Deutsche Geschichte
Ein Versuch
Von den Anfängen bis zum Wormser Konkordat
dtv 12817